楊基振日記附書簡・詩文新書發表紀念

2008.03.12

U0063257

楊基振日記

附・書簡・詩文（下）

編譯◎黃英哲・許時嘉

審訂◎許雪姬・楊宗義

國史館 印行

二〇〇七年十二月

楊基振日記 附 書簡・詩文

總　目　次

IV

楊基振日記 附書簡‧詩文（下冊）

目　次

楊基振的書簡

壹、二二八事件相關書簡

拝啓、一別以来永らく御無沙汰して居ます　兄を巡り生起した其後の諸々の不幸な事実は其の都度上海より帰来せる友人に依り詳細に知悉しつゝ御慰みの手紙一葉差上度、烈しく心に念願つゝも故山の頽廃的客観情勢と消極的に沈倫せる怠堕[ママ]な気持に禍され今日に至りました

先日諸代表と帰台され新生活賓館に御滞在中なるを聞知し　危険を犯して是非会ひ且つ語りたいと思って賓館を訪れたが既に上海へ御帰還されたる翌日でした　輓近島内の各団体各機関が其の筋の命を受け

殊更に二二八事件の内容を曲解し　一つは陳長官に対する□と一つは身の保全よりして笑止千万なる通電を乱発しつゝあるを見、真相の一端をお知らせし在外活動の些少なる参考にでもなればと思って筆をとりました

一、二二八事件発生の動機

二二八事件は決して極少数の共産党分子、奸党、匪徒、南方帰還者の策動に依り発生したる者ではなく　台湾六百五十万島民全体が陳長官の一年有余政治的腐敗に対する全面的な民変である　従って中小学生、商人、農民、工人迄が直接参加し婦女子迄間接的に多大の支援を惜しまなかったのである　処理委員会は八項本の基本的要求を陳長官に提示し其の同意と実践を要望した　各地に於ける軍隊竝軍機の押収は従来と雖も軍は保民よりは略奪と非法行為多き事実に鑑み　寧ろ其の叛乱を防止する為で此等の軍機は何れも当局で公認せる処理委員会（各地は各分会）負責の下に学生、憲兵が保管したのである　勿論専売局警手の殺人竝長官と署前の人民請願団体の射殺に発端したる人民の公憤は二十八日、三月一日の両日の亘り民家の鬱憤を外省人の欧打[ママ]に依り晴らしたるは事実なるも　之は三月三日に於て完全に止り、民家は寧ろ自らの非行を反省悔誤したのである　事変の発生竝全島的への慢延[ママ]と同時に各機関の外省人は上下を問はず全部逃避し、長官は終始責任の不追求と民家要望の政治的改革の実践を三度ラヂオを通じ放送したのである

二、二二八事変に対する政府の陰謀

　然るに一方政府は　（一）中央依りの派兵を当初より策動し三月の八日、基隆、花蓮港、安平より同時に上陸せしめた　（二）全面的な民変を一部少数の共産分子の仕業の如くに紛飾[ママ]し、自分の失政を隠蔽する為に　三月一日より七日午前迄八項目の処理委員会の基本的要求の筈なのに七日の午後に至りスパイを処理委員会に派し八項目の他に二十四項目を提出させ其の中に警備司令部の解散、武装解除等の非合法的要求を提出せしめて合計三十二項目と策動した（註、処理委員会は公開的で誰人も意見を発表し得、確実なる証拠なき□当局は明日軍の到着を控えて急に七日の午後呂柏雄[ママ]等可成多数のスパイを派し　無理矢理に二十四項目の追加を席上に於て叫び通過せしめた。蒋渭川氏等は此の政府の陰謀を感知し七日の夜、処理委員会よりの脱退を声明した）　（三）八日の午後軍の到着と同時に八日の夜三台のトラックを北投から台北へ派し途中機関銃を沿路乱射しつゝ台湾銀行前に於て止ましめ、共産党分子が終ひに台銀を奪略しに来たと報じて其の夜直ちに全島的の戒厳令を布告した　同時に多数の箇所に於て民家が軍隊、軍倉庫を占領したと発表した。何故に三月三日以来総ては非常に平静に帰り夜間遅く迄外出しても何もないのに八日国軍が著[ママ]台したと同時に台銀、軍倉庫が其の夜共産分子に依って襲撃を受けるか等々の事実の如何に作為的であるか　特に三台のトラックは沿路機関銃を乱射したる事実よりして全く政府の陰謀歴然たるものである　（四）楊亮功監察使が著台し　其の乗れる自動車を挟撃した　先述せる如く民家の乱暴は三月三日に於て完全に停止、我乍ら台湾の民家は何時の間に斯くも整然たる規律を修得せるかを感心する位なのに　楊監察使の到著[ママ]日に彼の自動車のみに対して暴行を民家が自発的にやる事はどうしても解しない　（五）八月から九月の朝にかけ治安を維持せる学生等を多数殺し、円山一帯にあった人も例外なしに殺して円山の下に死体を棄て九日楊監察使を案内して之等が何れも共産党分子、奸党なる旨見せかけ、実に見る者聞く者をして涙なしには語れない程の惨酷な事をやった　米人の副領事すら人道上許すべからざるものであると憤

嘆せしめたのである　　（六）流氓　許徳輝をして処理委員会の治安組組長たらしめ本事件の関係者をなく調査し九日、十日、十一日以降陸続として検挙し或ひは投獄し或ひは殺害した

三、二二八事件の経過竝現状

陳長官竝柯遠芬参謀長等一派は自分等の失政に依り生起したる本事件を少数の奸党、共産分子、野心家に責任を転嫁する為に斯かる少数の犠牲者の資料を作る必要を生じ事件直接処理者若くは協力者は勿論事件に関係なく、平素政府に不満を抱懐する者すら逮捕、殺害を敢てした

1、先づ新聞社（民報、人民導報、大明報、重建日報、中外日報）等は悉く封鎖され、民報等の如きは中の器物什器、備品等迄破壊され、各社の経理、主筆は全部逮捕された　党部の和平日報すら二十三日に「陳長官が三中全会に於て撤職査辨［ママ］を劉文島以下五十一名が提議し、通過したる」との報導［ママ］をしたるに依り、之又閉鎖され、現在新聞は新生報のみとなり　見るに忍びない程の曲解と罵討［ママ］を民家に浴せかけ得意然としてゐる。同時に雑誌も全部停刊され、省外より来る新聞は例へば大公報の如き二二八事件の政府に不利なる記事、論説等は全部消され、言論の自由は完全に封鎖された

2、集会、政治結社も全部解散、禁止され、往来すら三人以上一緒に歩いたら歩哨は無条件に発砲殺害し得、特に学生の如きは列をなすことを禁じられ一切の自由を奪はれてしまった

3、料理店は過去兵卒、警察（特に警務処直属の警察大隊、謂はゞ陳長官の親衛隊）が無鉄砲をするので嫌味を言ったものは悉く破壊され　経理は何れも故なくして九日、十日、十一日其の場で殺害されしもの多数であった　更に大きな民家に入り、略奪を為し、罪件を隠蔽する為に全家殺害されし者、辛うじて殺害のみ免れし者（顔滄海の如きは略奪されて　本人は庭の木にしばられ殺されるところを二二八事件の関係者たることが知られて軍法処へ全家族連れて行かれてゐる）は数へきれない程ある。更に往来に於て高価品例へば時計若くは金鎖、現金を持ってゐる為殺されし者（一字身体検査を歩哨がやっ

た）、自転車を奪はれて殺されし者、兵卒と警察は一時全く強盗殺人を平気でやった　此の狂気沙汰は三月十七、八日迄続いた

　４、完全なテロ政治に入り狂気じみた恐怖政治は今台湾の人士を縮みあがらせてゐる　処理委員会の主脳竝関係者は或ひは虐殺され或ひは投獄され或ひは行方不明になってゐる　今度の粛清が如何に徹底的であり如何に驚怖的[ママ]なるかは次の事実に鑑みて明らかである

　学界の大先輩杜聡明氏は十一日付を以て医学院長をやめさせられ氏は身辺の危険を感じて行方不明になった　陳炘、宋斐如（教育処副処長）、陳松堅（台北市警察局長、外省人、比較的公平な人）等本事件に全然関係なき一流の紳士迄十日に逮捕され　未だに何処に監禁せるか判明せず　一部の謡言では既に虐殺されたとの事であるが事実は更に判明しない　一流の紳士にして逮捕されしもの全島を通じ百名を超える見込であり、彼等は何れも生命の危険にさらされてゐる　林連宗、林桂端、李瑞元、李瑞漢等、律師多数も逮捕され生命の安全も判明し得ない

　法院の呉逢祈[ママ]（判事、新竹人）は法院長と自動車に乗ってゐる処を逮捕され、警官の涜職[ママ]事件を判決した恨を買って其の夜直ちに惨殺され死体は南港に棄てられた　員林事件を取扱った検事も恐怕されて行末をくらまし、王主席検察官も（外省人）便船で逃げて帰国し、陳慶華（高等法院検察官）も身辺の危険を感じて休暇をとり帰省してゐる

　施江南を初め医師の多数も二十八日、一日の時負傷せる外省人を治療しなかったかどに依り或ひは殺害され、或ひは病院を破壊され或ひは逮捕されてゐる

　中、大学の学生は何れも恐怖の絶頂に達し台人の校長は或ひは被免[ママ]され（建国中学校陳文彬氏は被免）或ひは逮捕され、或ひは学生が事件に参加したるに依り銃殺（淡水中学校長は馬皆（英人）の保証に拘らず銃殺された）されたり、延平大学は封鎖され、台湾大学分院（日本より帰台せるもの補修班）は解散され、本省人の学生竝教授の大部分は或ひは病気と称し或ひは他の理由をつけて何れも姿を晦ましてゐます　それは事件に関係したからではなく恐怖政治にすっかり心胆を寒からしめたのです

　処理委員会の台北本部は主脳者王添灯（十日逮捕）蒋渭川は逃亡、娘は重傷を負って死亡、妻は殴打され、張晴川、孛[ママ]仁貴、周延寿（議長であり、白部長の招宴の際漸く釈放、家中の家財道具は全部破壊された）等は何れも逮捕され、その他は大部分虐殺され、或ひは逃亡した。各地方の委員も或ひは逮捕され、或ひは逃亡、虐殺された全島で一番悲惨なのは基隆と高雄にして高雄の精しい事情は判明し得ざるも基隆は虐殺されし者二千人を超え、死体は多く海中に棄てられた　淡水河にも多数死体が遺棄され台北の大橋頭へ数日前麻袋に入れられた死体が数十個浮び島都の人士を驚かせてゐる。

　専売局に於ては外省人が事件中何れも逃亡したので本省人林旭屏外八名が委員となり暫行的に管理して来たのであるが其の功績を認めざるのみか林旭屏は十一日の午後総経理が其の労をねぎらふ為に招宴すると連れられたきり翌日、南港に屍体が棄てられ、耳、鼻、陰茎をとられて鄭荘[ママ]（専売局専員）等の死体と共に八箇発見された　陳長官は更に市係長の民選を約束し現任市係長にして不適任なるものは参議会において三人の候補を推薦しその中の一人を長官が決定する旨放送したので台南市は真先に黄伯禄氏、湯氏外一名幷三人[ママ]を推薦したら湯氏は野心家だとて広場で虐殺され、黄外一名は投獄されてしまった　此の処理に脅えて全島の外係は何れも現任者の留任を運動、決議し新竹市のみは三人共外省人（市長が逃亡した為）を推薦したのである

　以上テロ行為、恐怖政治の実例は筆紙に尽きない　次に二二八事件の後に来たれるものは何かを簡単にお知らせしたい　（一）政府は事件に依る外省人の公私の損失を調査し必要に応じ個人的損害を賠償すると声明した　其の為外省人は何れも鼓脹[ママ]して自分の傷害と損失を報告し、私財は何れも略奪されたと報告し、公物は過去インチキで失くしたもの、或ひは現在之を売飛ばさうとするもの、将来之を売却せんとするもの何れも二二八事件に依り損害を受けたと報告し損害の数字の如何に大なるか唯一驚するだけである。

　（二）金持階級を脅迫し例へば台中黄棟の如きは民家が外省人を暴行中、もっとなぐれと言いもしないのに言ひがゝりをつけられて憲兵より十万円まきあげられて事なきに至った如く多少でも金を持ってゐ

ると脅迫され、要求された金額を出さない時は変な罪名をつけられて
逮捕されていくのである。

　（三）二二八事件の発生後台胞の人士は痛く政府の台胞に対する植
民地的統治方式の反省と転換を強く念願したが政府の事件に対する決
定的な認識の過誤と不当なる処置は完全に民心の離脱を招来し台胞は
最早外省人とは相交る可からざる平行線である　此の深刻な事実は多
分に後任省長の政治的措置如何に俟つべきも現下の状態は極めて悲し
い事実に置かれてゐる。

　台胞は白部長に絶大の期待をかけた　然るに昨夜二十七日午後八時
の全国的放送に於て相変らず五十一年の日本の流毒と小数の共産党分
子、奸党の作為が事件の発因なると声明するに至って台胞は何れも涙
を流して其の救ふべからざるを悲しんだ　私も其故に此処に筆を取っ
たのである。私は敢て政府に反問したい　（一）五十一年の二本教育[ママ]
の流毒なら何故一昨年の十月、国軍、陳長官を全島的最高度の熱況[ママ]で
歓迎したか　そして良心的に見る台湾が祖国に光復した時誰か歓喜雀
躍しない者があったか　然るに一年有半後の今日、外省人を全部豚と
して軽蔑するに至った其の間の大きな変化の客観的原因は何であるか
を政府は深く反省すべきである　（二）此度の事変は当初前線計画性
のない一年有半の憤怒の全島全民的な表現であり、民変であるのに政
府は自己の失政を小数の奸党の責任に帰している　何と大きな認識の
誤謬でありませう

　過去台湾の政治は私が茲に批判するを必要としない　誰しもがよく
知ってゐる　然し私が茲に特に指摘したいのは陳長官一派の（一）政
治性の貧困（朝令暮改、各機関の有機的連絡性の欠如）（二）政治態
度の不真面さ（公務員は商売と金もうけに興味をもち公務に全然興味
がない）（三）政治人員の腐敗（貪官汚吏の横行、長官公報にて公款
拐帯逃亡の通緝令のみ外省人は毎日五、六人ある。発見されないもの
は其の幾層倍である）（四）政治の包辨性[ママ]（専門家を起用せず姻戚徒
党のみで堅め）（五）上層支配階級の法律の無視、専政　等枚挙に遑
がない

　台湾は現在秦の始皇帝を彷彿たらしめる如き専政治下に沈吟してゐ

る　永らく上海へ行った廖文毅兄弟等を再度逮捕しに来たゞけでも如何に現在の政府が狂気じみてゐろか想像するに難しくないであらう　書きたい事は尚山々ある　然し余り多く書くと発見せられては私の生分迄危険である　何卒心ある者に事変の真相の一端を知らせて欲しい

自由を失へる一書生より

肇嘉先生へ

三月二十七日　夜

【中文版】〔此篇為楊氏本人自譯，原文無標點。因考慮閱讀方便，此處標點為編者所加。〕

敬啟者，一別以來，久疏稽候，獲罪良深。

仁兄所遭遇之種種不幸事件，詳細已由自滬回台之友人聞知知悉。想欲致書慰問，而為故山之頹廢的客觀情勢與自己之消極的沉淪懶怠之心相所阻，未克如願，殊深為憾。此番聞仁兄與代表團歸台住宿於新生活賓館，遂則冒險往訪賓館，而仁兄則已於前日回滬，惆悵奚如。輓近島內之各團體與各機關受當局之命令故意曲解「二二八」事件之內容，獻媚於陳長官以保自身之安全，其所發之通電貽笑大方，茲將其真相之一端報告仁兄，倘得資參考，則幸甚之。

一、「二二八」事件發生之動機

「二二八」事件絕非由極少數之共產黨分子、奸黨、匪徒以及由南方歸還者之策動而發生者，實則台島六百五十萬民眾對於陳長官一年有餘之政治的腐敗之不滿而激發之全面的民變。是故不但中小學生、商人、農民、工人直接參加，婦人女子亦不惜間接之援助，處理委員會向長官提出八項之基本的要求，請其同意與實行。至於各地之軍隊與軍械之押收及鑑於過去軍隊對人民之搶奪與非法行為而欲防止其兇橫之發生，此等軍械全由當局所公認之處理委員會(各地有各分會)負責保管，雖有因專賣局警手之殺人及在長官公署前之人民請願團被射殺而激發之民眾□其鬱積之公憤於外省人，而在二月二十八日、三月一日兩日間有毆打外省人之事實，但至三月三日此種行為完全停止，民眾反省悔悟自己之非法行為而歸於冷靜。事變發生次及全島之蔓延，各機關之外省人不分上下，全部逃避，長官始終廣播責任之追求與實行民眾所要望之政

治改善，由此可見「二二八」事變之動機之非凡也。

二、對「二二八」事變之政府之陰謀

但政府一方面：

1.策動由中央派兵，於三月八日由基隆、花蓮港及安平三方面同時上陸。

2.以全面之民變粉飾為共產分子之策動，為掩蔽自己之失敗。自三月一日至七日午前八時祇有八項目之處理委員會之基本要求，而至七日午后則派密探(間作)至處理委員會策動，再提出二十四項目之要求，其中包含解散警備司令部，解除武裝之非合法要求，以成所謂三十二項目之要求(註：處理委員會乃公開的集會，任何人可以隨便發表意見，雖無確實之證據，但聞當局於軍到台之前日(七日)急速派呂柏〔伯〕雄等之密探在席上無理通過二十四項目之追加要求，蔣渭川因感政府此種之謀略，遂於七日業聲明脫退處理委員會)

3.八日午后軍到台，同時八日夜則以三輛卡車由北投馳至台北，沿途以機槍亂射，至台灣銀行前停止，聲稱有共產分子襲擊台銀，其夜遂佈告全台之戒嚴令，同時發表多數民眾佔領軍隊及軍用倉庫等。何以自三月三日以來全台已歸平靜，夜間外出無有任何危險，而至八日國軍上陸而突有共產黨分子之襲擊台銀及軍倉庫之事實，其事實之捏造可想而知。且使三輛卡車沿途亂射機槍，足可證政府當局之陰謀之歷然者也。

4.對於楊亮功監察使到台時挾擊其所乘之汽車之報告，民眾之憤怒行為以〔已〕於三月三日以後完全停止，其秩序維持之整然實為人神之所共察，是故對於楊監察使之暴行謂民眾自發的之行為，殊令人難解。

5.八日至九日早朝殺害多數之維持治安之學生

在圓山一帶之台省人全被殺害，其屍體放於圓山之下，九日請楊監察使參觀，以為全係共產黨分子及奸黨，使聞者、見者無不流淚，痛恨其殘忍行為。友邦美國副領事亦慨嘆，謂人道上所不能容也。

6.使流氓許德輝為處理委員會之治安組組長，詳細調查本事件之關係者，九日、十日、十一日陸續檢舉，或遭殺害，或被投獄。

三、「二二八」事件之經過及現狀

陳長官及柯遠芬參謀長等一派以自己等之失敗而引起之本事件，認為少數奸黨、共產分子及野心家之行為，欲轉嫁其責任，有需要無理作成犧牲者之資料，遂不但對於本事件直接有關或協助者，雖與本事件無關，因平素對政府抱不平者，全部肆行逮捕及殺害。

1. 新〔聞〕報社(《民報》、《人民導報》、《大明報》、《重建日報》、《中外日報》)全被封鎖。《民報》等社內之設備、器物等全被破壞，各社經理、主筆全被逮捕，黨部之《和平日報》亦因二十三日登載「陳長官於三中全會由劉文島以下五十一委員會之提議通過其撤職及查辦案」遂被封鎖。現在新報祇有《新生報》滿載對於民眾之報道及罵□民眾之記事。同時雜誌亦全部停刊，由省外郵來之新報，如《大公報》等，其中所記載對「二二八」事件之對於政府不利之記事論說全被抹削，言論之自由完全被封鎖矣。

2. 集會政治結社全部被命令解散或禁止

於路上三人以上之同行者必被巡哨無條件之發槍殺害，學生一切行動及自由全被奪取。

3. 飯館過去對於兵警(尤其警務處，直屬之警察大隊則陳長官之親衛隊)之徒飲食〔白吃白喝〕有觸犯兵警者，此回即全遭破壞，其經理亦有九、十、十一日當場被殺者，再有進去大民家搶奪者，因欲陰蔽其罪行，將全家殺害(如顏滄海者家被搶奪，本人被縛於庭樹，再因本人為有關「二二八」事件，遂將全家族送去軍法處)者不計其數。更有在路上見有帶有高價品(如鐘錶、金錶鍊或現金而遭殺害者。一時實施身體檢查)，亦有被奪自行車者，兵警一時如強盜、殺人無畏、此種情形延至三月十七、十八日。

4. 完全恐怖政治使台島人士發生畏懼

處理委員會之主腦及關係者或遭虐殺，或被羈獄，或失蹤等，可見此次之肅清如何徹底、如何恐怖。學界之大先輩杜聰明先生於十一日被免醫學院院長，先生因感身體危險，行蹤不明。陳炘、宋斐如(教育處副處長)陳松堅(台北市警察局長外省人)，比較的公平之人士，而與本事件全然無關係之一流士紳，被捕者全島已超過百名以上，渠等全有生命危險。林連宗、林桂端、李瑞元〔峰〕、李瑞漢等律師多數亦被捕，生

命是否安全，不確。法院之吳逢祈〔鴻麒〕(判事，新竹人)於與法院長乘汽車時被補，因判決警官之瀆職事件受恨，於是晚被慘殺，而屍體被棄於南港。處理員林事件之檢事因害怕而逃匿。王主席檢察官(外省人)亦乘船逃走歸國，陳慶華(高等法院檢察官)亦感身邊之危險，遂告暇歸省。施江南等多數醫師因於二十八日、一日外省人乘受傷時未給醫治，而遭殺害，或被破壞醫院，或被逮捕。中、大學生恐怖至極，台人校長或被罷免(建國中學校長李〔陳〕文彬先生被免)，或被逮捕，學生亦因參加事件而被槍決(雖有淡水中學校長馬皆〔偕〕(英人)之保證亦被槍決)〔應是楊基振誤植。此時淡水中學校長為陳能通，且於二二八事件發生後不久被捕遇害〕，延平大學被封鎖，台灣大學分院(由日本歸台者之補習班)被解散，本省人之學生及教授或稱病等逃避，非有與事件有關，實因為恐怖心理所致者。

處理委員會台北本部主腦者王添灯十日被補，蔣渭川逃亡，其女兒負重傷死亡，夫人被打。張晴川、李仁貴、周延壽(議長，於白部長招宴時繞釋放，家中之器具全被破壞)等全被逮捕或遭殺害，或逃亡各地方之委員或被捕逃亡、被虐殺。全島最慘者為基隆與高雄，高雄之情形不詳，基隆遭虐殺者二千人以上，屍體悉投棄於海中，淡水河或有多數屍體之遺棄。台北之大橋頭，數日前有藏屍體之麻袋拾數個浮上，使人戰慄。專賣局因外省人事件發生逃亡，不得已本省人林旭屏等八人為委員，暫行管理，而對其功績不但不承認，且於十一日林旭屏為總經理所慰其勞，請宴帶走後，翌日發現其屍體於南港，其耳、鼻、及陰莖被割去。鄭莊(專賣局專員)等之屍體八個亦同時發現。陳長官已對民眾約束市縣長之民選廣播「□有現任市縣長不適任者，可於參議會推薦之人候補中由長官決定一人」，依此，在台南市率先選黃伯〔百〕祿、湯氏、外一名，計三人，而湯氏則謂渠野心家，在廣場被虐殺。黃氏外一名被投獄，以致全島各縣市運動決□留任現任者，新竹市因市長逃亡再推薦三人外省人，以上恐怖行為、恐怖政治，不勝枚舉。

再簡單報告「二二八」事件以後之情形。

1.政府以聲明調查由本件發生之外省人公、私損失，設法賠償，以致外省人多誇張事實，偽道自己之傷害與損失，再公物過去自己賣出或欲賣出，乘此次之事變報告全已損失，以圖私利。

2.富裕階級被恐迫，如台中之黃棟，謂渠於民眾對外省人暴行時，叫其多打之，由憲兵向渠要求十萬台幣，如此富者被恐威脅要□，不出錢則負戴罪名或被捕。

3.「二二八」事件發生後，台省人士深望政府能反省及改革過去對台胞之殖民化的統治方式，而其結果則反遭政府認識之誤會與不當之處理，以致民心完全離反，台胞與外省人已成為不可交之平行線。此種深刻事實，尚待後任省長之政治措施，但本縣〔省〕之情形殊屬可悲，台胞對於白部長有絕大之期待，然於昨二十七日午后八時之全國的廣播，尚稱事變之發因為五十一年之日本之流毒與少數共黨分子及奸黨之作為，至此台胞無不流淚悲痛台島之經不可救，是故弟致亟於吾兄說明其真相。鄙人敢問政府：

1.若謂五十一年之日本教育之流毒，則如何說明前年十月對國軍及陳長官之全島的最高度之歡迎熱況耶？台灣歸祖國之懷抱，台島人士之歡欣雀躍之情況，如何而至今一年有半，蔑視外省人之心情，其客觀的重大變化之原因何在，政府應深反省。

2.此次之事變非有計畫性之變動，乃一年有半之全島民眾積憤而激至，是全島民憤之表現，而政府不自反省自己之失政，竟歸咎於少數之奸黨，其認識之錯誤，尚有何言？

3.過去台灣之政治無容再批判，已成為眾知之事實，但鄙人之所欲強調指摘者，則陳長官一派之：

(1)政治性之貧困（朝令暮改，各機關之有機的連絡性之缺如）。

(2)政治態度之不真摯（公務員作生意，對於撈財感興趣，對於公務則不感興趣）。

(3)政治人員之腐敗（貪官污吏之橫行，在長官公報發現其款拐帶之通緝令，日有數案）。

(4)政治之包辦性（不起用專家，而以姻戚徒黨結羣）。

(5)在上者蔑視法律、專政等不遑枚舉。

台灣現在如在秦始皇之暴政下而沉吟，廖文毅兄弟因久住上海而再度受捕，其恐怖之一端不難想像，嗚呼慘矣，台島夫復可言，臨□有數萬言，然欲寫書則感自己生命之危險，聊告一端以供有心於台島者之參考。

失自由的一書生謹□

三月十七日夜

貳、日常書信

No. 1

〔郵便はがき〕

東京市小石川区武島町七　　楊肇嘉殿　　　　大久保百人町四一

楊貽炳

　今般左記の場所に移転致しましたからお閑が御座いましたらお遊び
にお出で下さいませ　東京府下杉並町高円寺五五一番地　秋山方（省
線中野駅下車）　電話（呼出し）中野二五二四番　呉敦礼　楊基振

　　　　　　　　　台湾台中市新富町五ノ廿八　　　楊肇嘉殿

　東京市淀橋区戸塚町二ノ一，〇五五　三都新館　　楊基振

　電報有難く拝見致しました　色々先輩友人の意見を聞きましたが大
概安田がよいと云ふのです　満鉄は将来確かにのびる余地があります
が然し生活が非常に不安定で其上何処へやられるか現在の処も分から
ないのです

　人事課長にも相談したがやはり安田がよいと云ってゐます　其の上
保善社に卒業と同時に入った人は今迄に早大には一人もないさうです

　持株会社であるだけに断ることは非常に学校としては立場が苦しい
し、今後の信用の影響にもなるさうです　厚く察してくれと云はれて
私の手を堅く握りました　安田銀行や信託なら断られるが云々……と
云ってゐました

　其に実際に私としては東京に強い未練があるのです　もう少し勉
強するにも東京が便利だと思ひます　理由は他に沢山あります　此の
二、三日来このことに関して小さい心を抑へて一人で悩んで来ました
だけに今とても頭がつかれてゐます　明後日からの試験にも全然自信
がありません　然し保善社に入ったらきっと何とか努力して見ますか
ら何卒御心配なさらないで下さい

　四、五日前　忠鋼、忠君、燕確、信用、錫昭が集ってゐる処を叱っ
てやったら、特に忠君（子江の第二息子）をきつく叱ったら翌日すぐ
子培様の令弟子瓊とか云ふ流氓をつれて脅迫にきました　後で燕翼か
ら聞いたことだが子瓊（一面識もない人）は僕をなぐる為に来たさう
です　あべこべに説教して帰らせたが実に困ったものです　殊に子瓊
のやうなごろつきを頭として党をつくってゐるのです

　基椿は愈々今日試験が終りました　昨日荘君が来て色々話して行き
ました

　忙しいから精しいことは試験後に譲ります　三月一日に終ります

　皆々様に宜しく

　さよふなら

　　　　　　　　　　　　　　　　　　　　二月廿日　基振より

　　肇嘉哥へ

【譯文】

〔明信片〕

東京市小石川區武島町七 楊肇嘉殿 大久保百人町四一 楊貽炳

近日搬遷自下記地址，如有空檔歡迎前來一敘。

東京府下杉並町高圓寺五五一番地 秋山方(省線中野站下車) 電話
(叫名)中野二五二四號 吳敦禮 楊基振

　　　　　　　　台灣台中市新富町五之二十八　楊肇嘉殿

　　東京市淀橋區戶塚町二之一，〇五五 三都新館 楊基振

　電報已拜讀，詢問過許多前輩友人的意見，大家都認為安田比較
好。滿鐵在未來的確有發展的空間，但生活非常不安定，且究竟能發展
到什麼地步，現階段都無法預知。

　與人事課長商量，他也說安田好。且聽說早稻田大學至今還沒有一
個人是畢業後馬上進入保善社的，它是股票上市公司，故回絕一事就學
校的立場而言十分困難，且影響到日後信用，他緊緊握著我的手，要我
務必多方面考量。還說若是安田銀行或信託的話還有辦法回絕等等。

　　其實，個人也覺得自己在東京還有許多有待磨練的地方，若想繼續學習，待在東京到底是方便得些，此外還有許多理由。這兩三天來為了這件事，壓抑著心情一個人煩惱著，現在覺得腦袋疲累得很，後天的考試完全沒有自信。不過一旦進入保善社，我一定會努力以赴，毋須為我擔心。

　　四、五天以前，忠鋼、忠君、燕確、信用、錫昭等人聚在一起，被我罵了一頓，我特別狠狠教訓了忠君(子江的二子)，結果隔天他帶了子培的流氓弟弟子瓊前來威脅我，之後聽燕翼說，子瓊(我與他素不相識)是來揍我的。被他說了一頓實在很不痛快，特別是被他這種自以為老大、找街頭混混們結黨營私的人。

　　基椿今天終於考完試了。昨天莊君前來聊了許多。

　　最近事忙，詳情等考試結束後再報告，三月一日考完。

　　請代為問候大家。

　　再會

　　　　　　　　　二月二十日　　　　　　　　　　基振敬上

　　致肇嘉哥

No. 2

　　東京市小石川区武島町七　　　楊肇嘉殿

　　神戸にて　　楊基振

肇嘉哥！！

　　私は去る十五日東京を立って　十六日の船で帰台する兄さんと面接の上私の此度の企図を色々と相談致しました　十五日突然二枚の電報によって非常な多忙の中に出発した為め兄さんに挨拶が出来なかったのを何卒お許し下さい　思ふに明日（二十日）は兄さんに対する謝恩会が催されますが此の席上に出る事の出来ない私は如何に残念でしたらう　兄さんと色々話した結果結局民国留学を諦めることになりました　私自身がある前に私には家庭と相関併続の関係にある以上如何ともすることが出来ません　もうすべては運命の悪戯だと諦めませう「あらなみに　身をまかせたる　小船かな」之が私自身の運命を歌っ

た歌です　私は十九日の長安丸で天津に向出発致します　然し其れは
単なる旅行であって一ヶ月の終り多分四月末か五月の初旬には再び上
京の首途につくことでせう　荒城の落魄の憂目を淋しく胸に抱いて旅
行するのがせめての私の慰みです　もう何もかも眠ってしまひました
　　真青な天空には涼しい春の囀りが洩れて来ましたね　私は変化流転
の車輪の中に更生の道を求めようとしてゐます　生に対する私の鋭い
執着、憧憬希望に対する鋭い執着は私を方向転換の路上にさらけ出す
でせう　全く相反せる一端とは云へ私は復活の波浪の中から強い未来
への跫音を聞きました　兄さんも何卒安心して下さい
　　信夫の事につきましては万事宜しくお願ひ致します　然るべく何卒
お取計へをお願ひ致します　皆々様は皆御健勝でせうね　遥かに前途
の多幸を祈りつゝ

　　　　　　　　　　　　三月十九日　　　　　　さようなら

【譯文】

　　東京市小石川區武島町七　楊肇嘉殿
　　於神戶　楊基振

肇嘉哥！！
　　我十五日離開東京去找準備搭十六日的船回台灣的哥哥，與他商量
這次的計畫。十五日突然接到兩封電報，在匆忙之間出發，無法事先打
聲招呼，還請多多體諒。想到明天（二十日）要舉辦您的感恩會，我不克
出席，感到十分遺憾。與哥哥商量的結果，決定放棄留學大陸一事。出
生以前家中親族繼承關係複雜，這讓我無能為力。全是命運的捉弄，使
我不得不放棄。「驚濤駭浪中／足以容身者／僅此小船」這首歌正是我
命運的寫照。我搭十九日的長安丸前往天津。這只是單純的旅行，一個
月即結束，約四月末或五月初將再回到東京。寂寞地懷抱著憂鬱落魄獨
自旅行，是我僅有的安慰。萬物皆沉入夢鄉，湛藍的天空透露著春天到
來的聲息。我在變幻流轉的車輪中尋求更生之道。對生的敏銳執著、對
憧憬盼望的敏銳執著，再再曝露出我正在人生的十字路口上。雖然方向
全然相反，但我在復活的波濤中聽見通往未來的堅定腳步聲。請哥哥務

必寛心。

　　關於信夫一事還請多多照顧，務必好好處理。敬祝各位身體健康，
前途似錦。

三月十九日　　　　　　　　　　再會

No. 3

　　　台湾台中市新富町五ノ廿八　　　楊肇嘉殿　　親展
　　　奉天大西辺門外　佳賓飯店　　　楊基振

　　拝啓、御手紙拝見致しました　去る上京の御通信に接してより此の
方永い間御便りがないので何処にお出でかと思ってゐました　幸ひ御
滞京中御満悦なる結果を得られしとの事遥かに祝して已まないのであ
ります　九・一八事件の発生以来ファショ的強力政治の新たなる段階
に直面して　内には戦時非常時的動員が行はれ、対外的には他民族排
拆の強嵐に吾が台湾民衆も幾多の犠牲の下に呻吟してゐる筈です　爾
後の植民地に於ける社会運動は嘗て経験せし困苦に幾層倍せる新たな
る困難に遭着せられることで御座いませう　図書館には台湾日々新聞
のみあって台湾民報がないので肇嘉哥の御近況も余り分かりません
何んだか台湾は遠くなってしまったやうな感じが致します　新聞は六
日目に毎日着きますので僅かに其を通して故郷の便りとしてゐます

　　滞京中の御感想は如何でせうか？　新内閣の成立は自治聯盟の目
的達成へ如何なる影響を与へたことでせうか？　蓋し自治聯盟の前途
も平坦ならざるものを思はしむるのであります　台湾は暑さの絶頂で
せう　皆々様は皆元気ですか？　基椿さんはよく勉強してゐますか？
　霜冷さんは高女も出られたですね　基心さんの成績は立派だったで
せう　時々海水浴にお出でになりますか？　満洲の夏は全く涼しいで
す　丁度東京の六月初の気候で終ひ汗もかゝずに夏も過ぎ去らうとし
てゐます　然し近頃は曇り勝ちな鬱陶しい天気です　漸く風土に慣れ
て来ました　初め友達がなくて華やかな東京から来て随分淋しかった
が今は友達が多過ぎて困ってゐます　然し肝胆相照らす友が一人もな
くどうして斯くも満洲には人間の屑が集まるかと感心する位です　僅

かに安東の鄭瑞麟君のみが唯一の友ですが幾ら無賃乗車でも如何せん六、七時間かゝりますから汽車乗の嫌ひな僕には余り行く気がしないのです　彼は始めから地方部に採用され今尚勧業課に勤務してゐます

　柯子彰君も地方部です　柯さんとは一寸とも交際しません　時たま大連で会ふ位のものです　鄭君は時々遊びに来てくれます　鉄道部は僕が初めて採用されたのみです　元来鉄道部は軍部との関係上色々秘密なことがありますので殖民地の人を絶対に採用しない方針らしいのです　今も調査係へ来て蘇聯に関する民国に関する色々の秘密書類を勉強して事象の新たなる展開と現象の正確なる理解を把握してゐます

　塘沽協定の新展開たる通関問題・通信問題殊に東支鉄道の買収問題一切は満を持して動かざること山の如き感なにを得ません

　今年も武七会が開かれたことでせう　一度も欠席したことのない僕ですが今年は如何とも出来ません　せめて電報位送って暑中見舞にかへるのでしたけれど開会の時日が分かりませんから若し未だ開いてゐなかったらあなたから一つ宜しくお伝へして下さい　武七会も子供から段々と社会人になりましたね　肇嘉哥もお喜びのことで御座いませうね　結婚前は友情が結合の紐帯ですが結婚すると兎角家族に縛られて会の存在も困難になるものです　然し武七会だけは永遠に益々堅めて行きたいものです

　次に御多忙の処甚だ恐縮ですが一つお嫁の候補者を一人捜して下さいませんか？　勿論未だ結婚するほどの社会的陶冶は出来てゐませんがまた今年、来年に結婚する意志もありませんが一つには訂婚後私の理想と思ふやふに教育して行きたいと一つには満洲殊に満鉄に入ったら先輩の例から結果を以て結論とするとやはり結婚を後らすことはよくないらしいのです　一切の誘惑に破れる程弱くはありません　唯私は如何なることがあらうとも必ず台湾人とならでは結婚しないのです

　然るに故郷を相去る千里の異郷にあり、とても台湾の女に接触する機会がありませんから秘密裡に時間は如何やうに永くかゝるともよいから一つ私の変りに選択して下さいませんか！　決して誰にも洩らさないで下さい　条件としては

　1、性質温和にして朗らかであること

　　２、美人で、愛嬌があること

　　３、二十才以下であること（成るだけなら女学校を出たばかり）

　が大体の標準ですが要するに個別的条件の合計ではなくて総合的に見たる人間として全体観がより大事です　甚だ厚がましいことのやうですが然し之は冗談や厚顔の問題ではなくて私の真の意思が奈辺にあるかきっと御了解して下さることゝ思ひます

　会社の規定ぢゃ二年以上勤務したら論文を出し、試験に合格したら留学に行けるので初めは初めは大分意気込んだし、殊に米国留学は私多年の望みであったが如何せん独逸語は忘れ、英語も永く勉強しない為に昔の面影更になしでどうしようかと近頃は嫌になってしまひました　今は少し北京語の勉強をしてゐます　来る九月二日に北京語二等の試験を受けます　若しパスすれば一ヶ月十円の語学手当が新たなる収入として二ヵ年継続しそれから一等を受ける積りです　特等にパスすれば月二十五円から五十円までの間の手当がつきますから満鉄ぢゃ北京語を知って居れば語学の収入だけでも馬鹿に出来ないものです

　卒業後一寸とも原稿を書きません　殊に民国へは通郵問題が解決しないので手紙さへ通じない状態です　台湾民報に満洲事情──主として社会経済的視野から見たるものであるが──や民国の経済観等を書きたいと思ってゐますが台湾人は興味があるでせうか？　どうも興味がないやうです　殊に最近多くの若い同胞が親に無断で新聞につられて大臣にでもなる積りで沢山満洲へ来て失業苦・生活苦に悩んでゐるやうです　先日も南部の人で中等学校を出たものが何処かで僕の名を見て就職の世話をしてくれとの事ですがこうしたやうな人は大連殊に新京に相当ゐるらしいのです　だから一寸とした満洲事情を民報に発表して満洲国に関して如何にヂャナリズムは虚偽であるかを夢見つゝある人に知らせるのも強ち無意義ではなからうと思ひますが何分にも私としても諸方面の研究に支那語・英語の勉強に相当忙しい日々を送っているから若し全然興味のないテーマに時間を空費するのもどうかと思ってお伺ひしたやうな訳です　尚満鉄史料課の参考書に台湾金隔[ママ]研究月報と云ふ雑誌がありますが発行所を御存じでしたら一寸お知らせして戴けませんか？　大連へ行けば分かるのですが遠くて行く

気がしないので若し御存じでしたら御一報をお願ひ致します

　同封鄭瑞麟君が奉天へ遊びに来た時僕がとった写真です　満鉄にゐる二人の台湾人――柯君は大国民性が強くて僕は彼を台湾人と認め難い――だと拙いながら御笑納して下さいませ

　駅務・運転皆終って今は貨物の実習に入りました　経済的に見てすこぶる興味のある問題です

　暑い折柄何卒益々御自重なさると同時に御自愛なされるやう切望致します

　先は御願ひ方々暑中見舞までに……

　さようなら

　　　　　　　八月七日　　　　　　　　　　　　　　　　　基振より

　肇嘉哥へ

【譯文】

　　台灣台中市新富町五之二十八　楊肇嘉殿　親展
　　奉天大西邊門外　佳賓飯店　楊基振

　　敬啟　來信已拜讀。自上次聽您提及上京一事後遲遲未收到來信，想您大概是出門遠遊吧。身在遠方的我祝福這趟東京之行的結果能圓滿順利。九一八事件發生以來面臨了法西斯式強力政治的新局面，對內施行戰爭非常時期動員，對外則掀起排斥其他種族的狂嵐，我們台灣民眾應該正在這波狂嵐所造成的犧牲中哀鳴著吧，爾後，殖民地的社會運動大概會碰到比過去嚐過還要困苦好幾倍的全新困境吧。圖書館只有《台灣日日新報》，沒有《台灣民報》，因此不清楚肇嘉哥的近況。感覺起來台灣好像越來越遠了。報紙第六天每天都送，僅能靠其得知故鄉的消息。

　　待在東京期間感想如何？新內閣的成立對達到自治聯盟的目的有何影響？想必自治聯盟的前途也不太順利。台灣現在應該熱得要命吧，大家都還好嗎？基椿有沒有好好讀書？霜冷〔湘玲〕應該自高女畢業，基心〔基森〕的成績還是很好吧。偶爾會去海水浴場嗎？滿洲的夏天十分涼爽，大概是東京六月初時的氣候，到頭來好像一滴汗也沒流夏天就

這樣過去了。但最近天空老是陰霾，天氣讓人陰鬱。我總算習慣這邊的風土民情了。剛開始沒朋友，隻身從華麗的東京來到這裡，感覺十分寂寞，但現在朋友已經多到讓我覺得困擾了。然而，肝膽相照的知心好友卻沒有半個，讓人不免感嘆為何聚集滿洲的都是些人渣。僅有一位住在安東的鄭瑞麟是我唯一的朋友，就算坐車不用花錢，但(見上一面)總要花上六、七個小時，讓討厭坐車的我不是很想去。他一開始是被地方分部採用，現在仍在勸業課服務。柯子彰君也是地方分部。我和柯君一點交情也沒有，只是偶爾會在大連碰見。鄭君不時會來找我玩。鐵道部只有我是一開始就被採用的。一直以來鐵道部由於與軍部關係密切，藏有許多秘密，因此依過去的方針是絕對不可能錄取殖民地出身的人。而現在我則正在調查部研讀許多與蘇聯、民國相關的秘密文件，掌握世事時局的新變化與正確的情勢，塘沽協定新發展的通關問題、通信問題，特別是東支鐵道的買賣問題，發現非靠滿洲國才可以運作的事宜多得不得了。

今年也開武七會吧。一次都沒缺過席的我今年是如何也無法出席了。本想好歹打個電報問候大家，但苦於不知開會日期，若大會還沒舉行，請您代為替我跟大家問好。武七會(成員)各個都從孩子變成大人了。肇嘉哥您應該也很高興吧。結婚前有友誼做為大家的橋樑，而結婚後受到家庭羈絆，聚會變得困難。但希望武七會可以永遠屹立不搖。

其次，百忙中叨擾，十分過意不去，但可否請您為我找一個適合結婚的對象？當然，我自己的社會歷練也還未足夠到可以結婚的程度，也沒打算今年或明年就要結婚，但一是希望訂婚後可以教導對方成為我的理想女性，二是進入滿鐵後看到前輩的例子，讓我歸納出結論，就是婚還是早點結比較好。我沒軟弱到敵不過誘惑。但不論如何，結婚的話一定要與台灣人結婚。但我身在千里之外的異鄉，與台灣女性接觸機會全無，所以即使背地裡花再多時間也無妨，請替我擇一佳偶吧！請不要告訴別人。條件如下：

1.性格溫和開朗。

2.容貌姣好、天真可愛。

3.二十歲以下(最好是剛從女學校畢業者)

這是大概的標準，但重點不在總結各個條件，整體觀察這個人的氣質才要緊。聽起來實在厚顏無恥，但現在不是開玩笑或不知羞恥的問

題，請您務必理解我真切的心意。

公司規定工作兩年以上交出論文、考試合格後可以出國留學，一開始我十分認真，留學美國是我多年的心願，但德語忘得差不多，英語又因為久未接觸，生疏了，最近反而對此生厭。現在稍微在學習北京話，今年九月二日要考北京語二等檢定。若是及格，一個月可以收到十圓語言補助津貼當做新收入，連續兩年後打算再去考一等考試。若到時又及格，則可以收到二十五到五十圓左右的津貼。在滿鐵會講北京話的話就可以增加收入，這可不是一般人辦得到的。

畢業後一次都沒寫過稿。特別是尚未解決對民國的通郵問題，現在連信都通不了。我想在《台灣民報》上寫一些滿洲情勢——特別是從社會經濟的視點來探討——或是民國的經濟觀等，但台灣人對這議題感興趣嗎？感覺起來應該沒興趣。特別是最近許多年輕同胞被新聞報紙吸引、背著父母打算來滿洲謀個一官半職，但來了以後卻為失業、生活而苦惱。之前有個南部人從中等學校畢業，不知在哪看到我的名字，跑來找我謀職，聽說這種人在大連，特別是新京尤其多。所以在《民報》上發表一些滿洲方面的事情，讓一些一直對滿洲國抱懷美夢的人知道新聞媒體的虛偽，應該不是全然沒有意義，但我每天忙於學北京話與英文，不知道該不該把時間浪費在大家沒有興趣的題目上，這點還請您指點一二。另外，滿鐵史料課的參考書中有提到《台灣金融研究月報》這本雜誌，若您知道發行處，可否告知？去大連也可以找得到，但遠得我不想去，若您知曉，煩請不吝一言。

隨信附上鄭瑞麟君來奉天時我照的照片，照的是身在滿鐵的兩個台灣人（柯君日本國民性過強，讓我很難把他當台灣人看），區區拙照還請笑納。

站務與駕駛都結束了，現在進入貨運實習，就經濟上看來，這是一個相當有趣的課題。

夏日炎炎，切望保重玉體。

請代我向大家問候。

再會

八月七日　　　　　　　　　　　　　　基振敬上

致肇嘉哥

No. 4

台湾台中市新富町五ノ廿八　　　楊肇嘉殿　　親展

大連市北大山通橋北寮　　　楊基振

　只今御手紙拝見致しました　色々御配慮下され有難く御礼申上げます　新民報の肇嘉哥の震災の記事を通じて、今般の災害が手に取るやうに見られ、殊に復興篇に於て最も共盟する処であります　封建的家長制度に根ざした大家族主義はいまや歴史的進化の激流の中に、時代に逆行する幾多の弊害をさへ生み出して、自然の与へし今度の暴戻を唯一の機会として、我らは無組織な大家族制度から近代的文化生活に適応した組織ある小家族制への分解運動を提唱すべきであります　之には其の生活の本拠たる建築物の型式の小家族的単一化と建築物の内容たる土角造──現在の土角造は往昔の匪賊横行せし時の防禦としては適切であるが近代文化生活に対しては極めて不合理である──の科学的改革を必要とするのみならず、新生活運動の精神的革命を提起して台湾民族性の革新創造へ邁進すべきであります

　今度の震災を通じて台湾人には幾多の美談義挙あるを民報で見たが、大勢としての台湾人、殊に富豪階級が人間性の陶冶から見て極めて遺憾であり、文化人として価値づけるには未だに遠しと言ふ感想は肇嘉哥と同じです　震災一度伝はるや海波遠く隔たる大連に於てさへ、大連市役所　満洲日報社、満鉄社員会は真先に立って義捐金の募集を致しました　殊に私の最も感激させられた事は別紙の如く、大連基督教青年会主催の下に中華民国の若き男女が全く自発的に演劇や余興を催し、其の入場料で台湾災区の救済資金を集めたのです　其の夜私は主催者に台湾の代表と自ら任じて其の義挙を謝したが、見渡せばぎっしり詰まった場内には、大連在住の台湾同胞三百有余であるにも拘らず僅かに十人に寥々たるもので、全部民国人ばかりです　もう一つはやはり別紙新聞切取の如く英国領事夫妻が自ら俳優に紛して台湾義捐金の募集をしました　美しい人の心です　又アカシヤの香りを吸ひながら遠く故郷の事を考へて居ると公園の入口には可憐な女学生が

自分で織った造花を手にして「台湾震災義捐資金」と花籠に書いて花を売って居ました　きけば一つ十五銭ださうで僕は五拾銭銀貨一枚を与へて一つ貰ひました　専修高等女学校の生徒です　麗はしい人の愛です　私の眼には涙が出るのです　感激の涙と言ふよりは無念でならないのです　と言ふのは丁度其の前日義捐金の募集に在連台湾人を歴訪したが余り豊かでないサラリーマンや在連駐外員は概して相応の義金を出したが、孟天成の如き百二十万の大連に於て台湾人きっての金持たる人が五円札を一枚出して渋々顔だった事や、葉博愛分院長の如き、其他巨万の富を持って居る主として医界の富豪が我知らず焉と拱手傍観の態度を採った事です　台湾人の根生が斯くも情けないのです

　前述の英国領事の義金演劇の中には一人のすヰス人と一人のうら若いアメリカ人が入って居るのです　国を異にし、人種を異にし、しかも遠く大連に居る外国人が台湾の震災を聞いて高貴な社会的地位にも拘らず一介の俳優に迄なって奮闘したに比して──心ある者誰か台湾民族の為に涙せざるものがあらうか　私は之を新民報に発表して（勿論義挙の分だけ）台湾五百万の同胞に訴へる積りでしたが、最近相当忙しい勤務で疲れて何も為したくないのです　若し時間があったら私に変って発表して下さい

　私の兄につき色々お知らせして下さいまして有難う御座いました実は母と姉から一昨日同じ様な手紙を受取ったので昨日私から反省を促すべく手紙を出しました　実に情けないです

　今、家で相談の相手になるのは肇嘉哥のみです　母と姉から今後家をどうするかと言ふ事を聞かれて居るが私の考へとしては独立して一家の小家族を建てたいです　簡単な内地式の建物を台湾風味に調和した型式か東京郊外の文化住宅形式のものでよいのです　民報も建築の設計図を募集して居るやうだが、肇嘉哥の方が私よりも建築に対する智識も深いから一千五、六百円で出来るやうな適当な用式の建築物はないでせうか　ご調査をお願ひ致します

　貧しいサラリマンで仲々金が出来ないのです　私の性格は兄さまもよく御存じの様に、人間性を離れた吝な生活はしたくないし、又出来ないのです　倹約しようと努めても百数十万の孟天成の如き人間離れ

をした単に生きた動物でしかない生活は私には出来ないのです　殊に満洲に於ては独身者の金使いは至って荒く其とのつき合をしなければならぬのですから……

　御紹介して下さった曽さんとはよくつき合ってゐます　立派な人です　大連では最も親しくして居ます　奥さんも女子大を出たよい人です　彼の家へ訪れて行くのが大連に於ける私の最も大きな慰さみです

　彼等もよく私を尋ねて来て下さいます　人を知りそして人を得ることは実に難かしい事ですね　彼等の如きを友に持って実に嬉しく思って居ます

　最近勤務が忙しくて一寸とも本が読めなくて困ってゐます

　尚私の婚姻に就いて色々御心配をして居られて居ますが、さう御心配しなくてもよいのです　私の如き大した条件も要求しないから其の中には見つかる事でせう　余り意に介しなくてもよいです　只満洲の如き早く家庭を持ったほうが交際がうるさくなくてよいから、適当な女さへあれば早く結婚したいとは思って居るが、其は全く生活の方便で、別に内在的に早く結婚したいでも何でもなくゆっくりでよいです

　御心配をかけてどうも済みません

　台湾は暑いですから何卒充分御大事になさいませ　知らず書いてゐる中に終ひ長くなりまして……　　　　　　　　　　　　さようなら

　　　　　　　　　六月三日　　　　　　　　　　　　　　弟より

　　別紙：慈善演芸会プログラム、新聞記事

【譯文】

　　台灣台中市新富町五之二十八　楊肇嘉殿　親展

　　大連市北大山通橋北寮 楊基振

　　來信已拜讀。感謝您的關照。看到《新民報》上肇嘉哥的震災報導，這次災害看來十分棘手，特別是重建方面最需要援助。根植於封建家長制度的大家族主義現在也在歷史進化的洪流當中，甚至衍生出不少悖逆時代的弊端，順應自然，趁著這次暴亂剛好是唯一的機會，我們應當提倡將沒有組織的大家長制度轉化成適合現代文化生活、有組織的小家族制。這不但要在我們生活根源的建築物的型式上做到小家族個體化

與建築物本身土角造的科學性改革——現在的土角造適合用在過去抵禦橫行的盜匪，但存在於現代生活中卻極度不合理——且應當提倡新生活運動的精神革命，朝革新創造台灣民族性而邁進。

透過這次震災，在《民報》上看到許多美談義舉，但大部分的人，特別是富裕階層的人性涵養卻讓人看了十分遺憾，我與肇嘉哥感想相同，他們都還稱不上是文化人。震災的消息一傳來，連在相隔遙遠的大連，大連市役所、滿洲日報社、滿鐵社員會率先發起募款。最讓我感激的是隨信附上的報導，在大連基督教青年會的主辦下，中華民國的年輕男女全都自發性地舉辦演劇或娛興節目，收集入場費給台灣災區當救濟資金。當天晚上我向主辦者毛遂自薦，以台灣代表的身分感謝大家的義舉。放眼望去場內坐無虛席，住在大連的台灣同胞有三百多名，但場內僅寥寥十人，其他全是中國人民。另一個也是新聞報導，英國領事夫婦自行扮演主角募款，真是人心之美。聞著胡藤花香、想著遙遠故鄉的一切時，看到公園入口有位令人憐愛的女學生手拿自己親手做的假花，籃子上寫著「台灣震災義捐金」。一聽之下一只十五錢，我給了五十錢買了一朵。她是專修高等女學校的學生，人心之美，讓我熱淚盈眶。與其說是感動的淚水，倒不如說是激動不已。日前募款時拜訪大連的台灣人成果不豐，上班族與大連駐外人員都拿出適額的善款，但也有人像孟天成這位在大連富甲一方(擁有一百二十萬資產)的台灣有錢人一樣，不甚樂意似地只拿一張五圓鈔票，或是如葉博愛分院長，這位身懷萬貫的醫界富豪般，一付事不關己、袖手旁觀的模樣。台灣人真是丟臉。剛剛提到英國領事的募款義演中還有一個瑞士人與年輕的美國人，大家國家不同、種族也不同，而且是住在遙遠大連的外國人，他們一聽到台灣震災，就算社會地位再高，也願意過來跑龍套，與他們相比，有心人誰會不為台灣民族掉淚呢！我本打算將此發表於《新民報》上(當然只有義舉的部分)，告訴台灣五百萬同胞，但最近疲於工作，凡事都提不起勁，若您有時間請代為發表。

謝謝您告訴我哥哥的近況。其實我前天也從母親與姊姊那邊收到相同內容，昨天我已寄信，敦促他反省，真是丟臉到家。

現在家中只有肇嘉哥可以商量。母親與姊姊問我今後該把家怎麼處理？我的想法是希望獨立出來，改建成一個小家庭。簡單的內地式建

築並融合台灣風味的型式，或是東京郊外的文化住宅型式皆可。《民報》似乎也在募集建築設計圖，但肇嘉哥比我更了解建築，不知有沒有一千五百或六百圓左右的合適建築？煩請代為調查。

貧窮的上班族賺不了多少錢。您也知道我的性格，既不想也無法過脫離社會的簡陋生活，再簡約也無法像家財百萬的孟天成一樣，只過著脫離人群、單純如動物似的生活。特別是在滿洲單身的人都花錢花得兇，卻又不得不跟他們交際。

我與您介紹的曾先生相當有來往。他是一個優秀的人。在大連我與他最熟，他太太也是出身女子大的優秀女子。去他家拜訪是我在大連最感快慰之事。他們也常常來找我，與人相知相熟實屬難事，能得此友實在十分高興。

最近忙於工作，連書都看不了，十分困擾。

另外，我的婚姻大事讓您擔心了，但您也無須過於掛念，我要求的條件不是太高，應該不久就會找到吧！請不要太過在意。只是在滿洲早點成家的話，生活會熱鬧許多，因此希望若有適當的女子能早點成家，但一切僅求生活方便，我心底倒是不想太早結婚，讓您擔心了，真是萬分抱歉。

台灣氣氛炎熱，還請好好保重身體，不知不覺信又寫長了……再會。

六月三日　　　　　　　　　　　　　　　　　弟敬上

隨信：慈善義演會節目表、新聞剪報

No. 5

台湾台中市新富町五ノ廿八　　楊肇嘉殿　　親展
南満洲大名橋啓明寮　　楊基振

お手紙拜見致しました　御無沙汰致して居ます　轉勤以来業務の多忙と気分の安定に慌しい日を送って居ます　新民報に依ると震災の傷跡未だ癒えざるをよそに台博はいとも賑やかに開かれたやうですね然し民家の生活とは遥かに遊離した見せものゝやうな感じがしてあまりピッタリしないのです　台湾民家の光栄であると言ふよりは繁華の絶頂にある大和民族の誇示です

　　私の縁談につき色々と御心慮下され厚くお礼申上ます　黄女士との縁談は大部良縁のやうに承りますが、固より私としても之以上の女性を得るは難しいと思って居ます　人を選ぶに先づ選ばれる自分です　何一つとりえのない自分です　一つ御努力をお願ひ致します　唯こちらの事ばかり言って、先方には何か難しい条件がないでせうか？　若しあったら一つお知らせ願ひます　又家の母には何一つ話して居ないのです　話が少し具体的に進んだら一つ肇嘉哥の方から母を台中に呼び寄せて相談して見てはくれませんでせうか！　若し話が順調に進んだら（九分通の見込がつけば）一度帰台して見たいと思って居ます　先方にしてもやはり一度位は会はないと大事な娘をやる事も出来ないと思ひます　最もよい方法としては彼女が家の人と満洲を一度旅行されるとよいのですがそんな事はとても出来ませんから……では一つ万事宜しくお願致します　同封写真をお送り致します　一枚は流線型アジアの車掌として勤務する処であり（大連時代）、一枚は大石橋の助役として朝早く出て行ったのをとったのです　当駅は大連駅よりも大きく、奉天・新京・四平街と並んで仕事が難かしく、そして大きな駅です　駅員だけで約二百五十人、若くてしかも仕事が余りよく分からないので人の上に立って統制するのが仲々難かしく、最近一生懸命に仕事を覚えるべく勉強して、大石橋へ転勤してから一貫位やせてしまひました　もう暫くしたら仕事に慣れて来ると自ら慰さめて居ます

　　当地は数日来又温くなって毎日曜には晴れた秋空を衝いてハイキングに行くのです

　　遥かに御健勝を祈って居ます

　　　　　　　　　　弟基振より　　　　　　　　　　　　十月二十四日

【譯文】

　　　台灣台中市新富町五之二十八　楊肇嘉殿　親展
　　　南滿洲大石橋啟明寮　楊基振

　　　來信已拜讀。好久不見，轉職以來，在繁忙的工作與穩定的心情下度過庸碌的每一日。根據《新民報》報導，地震災區尚未完成重建，

而台博卻熱熱鬧鬧地登場了。感覺起來是一場與民眾生活相差甚遠的鬧劇，一點也不契合。與其說是台灣民眾的光榮，倒不如說是在自誇大和民族的繁華絕頂。您為我婚姻大事操煩甚多，十分感謝。我明白與黃女士的婚事應該會是一場良緣，本以為要找到好對象不簡單，選人之前更重要的是自己要被看得上，而我又是如此一無是處，還請多多為我美言。忙著發表自己的意見，卻又不知對方是否有何擇偶條件？若有，還請知會一聲。另外，尚未與家母提及此事。若事情有具體的進展，可否請肇嘉哥請母親到台中商量看看。若是進行順利(有九成把握的話)，我打算回台見個面。我想對方家長若是沒有見過本人是不會把心愛的女兒嫁出去的。最好是她與她的家人可以來滿洲旅行，但這樣做很難吧。那麼，一切還請多多拜託了。隨信附上照片，這一張是我在當流線型「亞細亞號」的車掌時拍的照片(大連時代)，另一張是當大石橋助役時，一大早去拍的。該站比大連站還大，與奉天、新京、四平街相同規模，工作艱難，是一個大站。光是站員就有兩百五十人，我還年輕，對工作事務還不太熟悉，因此還無法站在上位管人，最近正努力記憶工作內容，轉職到大石橋後瘦了些。我一直自我安慰著，過不久應該就會習慣工作崗位的。

　　連日來又溫暖了些，每個星期天碰到秋日天晴時會去徒步旅行。

　　遙祝身體安康　　　　　　　　　　　　　　　　弟基振敬上

　　　　　　　　　　　　　　　　　　　　　　　　十月二十四日

No. 6

　　台湾台中市新富町五ノ廿八　　　楊肇嘉殿　　　親展

　　南満洲大名橋啓明寮　　　楊基振

　　新年お目出度う御座います　御一同様御健勝の事と御同慶に堪へません　昨日大連へ行きまして同郷村人と共にさゝやか乍ら曽人模兄の家で囲炉致しました　遥かに故山の噂に花を咲かして面白う御座いました

　　先日の手紙受取られた事でせう　来る十五日帰台の積りで万事準備も整ひました　今更予定を変更したくはありませんが只肇嘉哥に一つ

私の計画をお知らせ致して御判断を仰ぎたく存じます　此の事だけは誰にも話さないで秘密にして下さい　どうせ成功する見込は全然ありません　只私の性格としてやりたい事、思ひ立った事をやらないとおさまらないのです　実は満鉄に於ては入社後になれば研究論文と選考試験を受けて合格すれば外国留学が出来るのです　入社後暫く（ほんの二ヶ月後）は早速準備致しましたが其後私生活に於ける生活型態の変化に依って放棄致しまして漸く十一月此の方試験を再び受ける事を決心致しました　それで本年一月を以て資料の蒐集も終る予定で二月から論文執筆に着手しようと思って居ます　六ヶ月間かゝって七月には完成する予定です　私共の如き背後勢力なく引き立てゝくれるものもない者は結局相当かけ離れた実力を以て競争するより外に道がないのです　満鉄五万社員から年に選ばれる十二名——之のグッド・ラックにとてもありつけられないと思ひますが一つ試して見たいと思って居ます　研究論文は「鉄道賃率の経済的研究」です　私としては十分之一の自信さへないのです　ですから誰にも話さないで　問題は帰台の事にひっかゝるので御相談致したいのです　勿論僅々一ヶ月間の帰台は私の研究計画には何等支障をきたすものではなく、寧ろ、世の荒波に飛び込んでからの生々しい生活闘争を一ヶ月位故郷で静養し、更に冴えた頭を以て受験すれば効果は愈々大なるものです　いまの如く疲れ切った頭を以てしては却って覚束ないものかとも思ひます　只帰台が果して目的を達成する事が出来るかどうかです　若し目的を達成する事が出来なければ私の帰台は無意義であるばかりでなく、新たなる悩を誘発しやしないかと思ひます　私の婚姻が多くの皆さんに迷惑をかけて誠に申訳がありません　私の希望としてはやはり最初肇嘉哥にお願した様な条件の女が欲しいのです　家門とか家柄は大した問題ではありません　勿論其上に家柄が良ければ其に越した事がありません　単に電文に依ると外に二、三のよい処ありとだけで漠として如何なる内容のものであるかは存じません　それで若し此の二、三の良縁なるものが私の願望に妥当する女なら私は如何なる犠牲を払っても喜んで帰ります　若し成立しさうでないなら私としては此の際延期致します　勿論延期したら四月にも帰れません　今度の帰台を延期したら

結局試験発表後（十一月発表）になります　再三のお願誠に恐縮ですがあなたの主観的判断だけでよいから此の手紙に接したら早速電報で「カヘレ」若くは「カヘリヲエンキセ」で御一報をお願ひ致します私は既に帰台の万端の準備は出来て居ます　若し帰る事になれば九日には此の前にお願したやうな電報を一通お願ひ致します

　　昨日母から手紙が来て蔡謀燦に非常にいぢめられて居る由承って、金力なき悲哀に涙を抑へて忍ばねばならぬ辛さがしみじみ感ぜられます　生きる事は辛い事です

　　先日来あなたの民報に寄せた「処女選挙を顧みる」を読んで非常な感激を覚えました　革命青年を以て自ら任じて居た去りし日が思ひ出されて現在の境遇が情なくなります　台湾民族の将来──何よりも大きな問題です　そしてその民族的自由解放のリーダーとして奮闘する者こそ最も尊敬されるべき人です　亡びゆく母国中華の姿を眺めて孫文陵又淋しです　自己の主観的環境が如何に惨めなものであらうとも一民族としての客観的成果が偉大であれば自由に憧れる若人は決して光明を失ふものではありません　一九三六年──波瀾は更に大きく環を描いて拡がって行きます　くれぐれも御自愛と御健勝をお祈り致します

　　さようなら

楊より

【譯文】

　　　台灣台中市新富町五之二十八　楊肇嘉殿　親展
　　　南滿洲大石橋啟明寮　楊基振

　　新年恭喜。闔家平安，普天同慶。昨天到大連與同鄉們在曾人模兄家中圍爐度過，天花亂墜地講著故鄉的傳聞，十分有趣。

　　您已收到之前的信了吧。下個月十五日我打算回台，萬事也準備妥當。如今並無改變計畫的意思，但有件事想請肇嘉哥幫忙判斷，還務必保密，不可與他人提及。反正成事機率不大，只是我個性就是一旦想到什麼、想做什麼，不做就會惦記在心中。事實上，在滿鐵若入社後一

旦研究論文與考試通過便可以出國留學。我入社後曾經準備過一段時日（大約兩個月），但之後因私生活有所變化而一度放棄，直到十一月才又下定決心參加考試。今年一月我打算完成資料收集，二月開始著手寫論文，打算花六個月在七月完成。像我們這種背後沒有人撐腰的人，只能靠相當堅強的實力去競爭。滿鐵五萬名社員中每年選十二名——雖然不敢冀望有如此好運，但還是想為之一試。研究論文為〈鐵道費率的經濟學研究〉，我個人連十分之一的自信都沒有。僅僅一個月的歸台生活不但不會對我的研究計畫有所干擾，反而會讓投身怒濤、經歷活生生的生活鬥爭後的我可以在故鄉好好靜養一個月，帶著清楚的頭腦應試，更有成效。若是帶著現在這個累壞的腦袋，反而什麼也想不出來。只不過問題是回台是否真能達到目的？若是無法達到目的，不但回台一事意義全無，搞不好還會引來新的煩惱。婚姻大事麻煩到許多人，真是抱歉，我個人還是想找符合一開始拜託肇嘉哥那些條件的女子。出身或家財都不是問題，當然，若出身良好，自然再好不過。您電報上只提到另外還有兩三位姑娘，但詳細我不甚清楚。若是這兩三位當中有符合我期望的對象，我會開心地不惜犧牲一切返台。若是沒有好對象，個人則希望可以延期。當然，一旦延期，四月也回不去。若是錯過這次回台，下一次則要等到考試結束後(十一月發表)。很抱歉再三地麻煩您，這件事憑您主觀判斷即可，接到信之後只要馬上回電報給我，告訴我一句話是「回來」或是「延期」即可。我已經準備好回台，若要我回去，請您在九日以前打電報通知我一聲。

　　昨天接到母親的信，她被蔡謀燦欺負得兇，讓我忍不住想哭，深深感覺到沒錢的悲哀。活著真是辛苦的事。

　　拜讀過您前些日子在《民報》的投稿〈回顧第一次選舉〉，讓我感到十分感動。想到過去還曾經以革命青年自任，看看現在的我，還真是越想越沒用。台灣民族的未來是比什麼都還重要的問題。而身為民族自由解放的領袖，努力奮鬥者才是最值得尊敬的人。看到逐漸滅亡的母國中華，孫文陵又要寂寞了。自己個人環境就算再如何悽慘，若民族本身有偉大的客觀成果，憧憬自由的年輕人是絕對不會失去光明的。一九三六年——會更加波瀾萬丈。祈禱大家自愛與健康。

　　　　　再會

　　　　　　　　　　　　　　楊　　敬上

No. 7

台湾台中市新富町五丁目廿八　　　楊肇嘉殿　　親展

新京和泉町白山寮　　　楊基振

　拝啓、先般御来信に指示された林熊祥氏令嬢林氏莟嬢の件に関し、実は早速東京に居る現政友会代議士長野様に依頼して、調査して戴きました　昨日返事がありましてあの女は成績もよく、性格も淑やかでしっかりしてゐて、家庭の婦人としては理想的ださうです　実は或る宴会の席上で（一九三五年のこと）偶然長野氏と知合になり、その時是非とも姻談を一任してはくれぬかとの事でした　当時初対面であるし、其上日本娘だと来てみたので微笑みに紛らして逃げました　処が先方は真面目で三輪田高女校長とは水魚の交りださうで（長野氏は元盛岡高等農林教授、ずっと学界の人、政界に転向したのは最近のこと）是非とも三輪田出身の娘を世話したいとの事でした　爾来二年有余先日手紙を出したら、早速三輪田校長よりの調査の結果を話してくれました

　それで兄さんにお聞きしたい事がありますが此の縁談は一体何人から持ち出したのですか？若し十中七、八の望みもないとすれば却って物笑ひの種になるばかりだから今更交渉する必要はないと思ひます　御存知の通り此方は家柄は悪いし、学校は早稲田、財産は無いし何一つ誇れるものはないのです　然し若し大体成功する見込がつくとすれば一つ努力して見ようかとも思ってゐます　丁度林熊祥氏の令侄林景仁氏（現満洲国欧米兼文化科長）も新京に居り、私とも交際してゐますから誰かを中間に立て、交渉もして見たいとも思ってゐます

　又難しいお願ひですけれど見極めを御一報願へませんですか　そして大体成功する見込がつきましたら写真を一葉送って戴きたく存じます　若し難しいやうでしたらもう其儘打切って呉氏令嬢の方のみ交渉することにしては如何でせうか？

　曽さんから兄さんが自作の写真を送ったとの事で今度私が出連したら披露するさうです　一つ兄さんの御手並みを拝見するのを楽しみに

してゐます

　新京は数日来可成暖くなって来ました　春の訪れも一日々々近づい
てくる感じが致します

　御健康を祈ってゐます　　　　　　　さようなら

　　　　　二月八日　　　　　　　　　　　　　　　弟基振より

　肇嘉哥へ　侍史

【譯文】

　　台灣台中市新富町五之二十八　楊肇嘉殿 親展

　　新京和泉町白山寮 楊基振

　　敬啟　關於日前您來信提及林熊祥氏千金林苕小姐一事，我馬上請目前人在東京的現政友會代議士長幫忙調查。昨天他回信說該女成績優秀，性格賢淑，穩重，做為賢妻良母十分理想。我與長野氏偶然相識於某個宴會上(1935年時)，當時他一直想替我說媒，但因為第一次見面，加上心想介紹的對象一定是日本女性，便笑著敷衍過去。但他很認真，又與三輪田高女校長交情深厚(長野氏原本是盛岡高等農林教授，本是學界出身，最近轉進政壇)，因此十分關心三輪田出身的女學生。從那之後過了兩年，日前我寄信給他，他便馬上向三輪田校長打聽，告訴我結果。

　　此外有一事想請教肇嘉兄，請問是誰提出這椿婚事？若是沒有十足的把握，只怕會落人笑柄，眼下也毋須多交涉。如您所知，我的出身不好，就讀早稻田，又沒有家產，無一是處。但若是有機會成功，我倒是願意努力一試。剛好林熊祥的姪子林景仁氏(現滿洲國歐美兼文化科長)也在新京，有一點交情，我想可以請人在中間試著交涉看看。又是一個麻煩的請求，還請不吝賜教。若是有成功的機會，還希望寄給我一張照片。若事情不順利，是否就此打住、只找吳氏千金即可？

　　聽曾兄說，大哥有寄您自己照的照片給他，若下次有我在其中會給我過目，十分期待大哥的作品。

　　新京連日來已經逐漸回暖，感覺春天的腳步一天天接近。

　　祝身體健康　　　　　　　　　　　　　　　　　　　再會

　　　　　二月八日　　　　　　　　　　　　弟基振敬上

　　致　肇嘉哥

No. 8

　　台湾台中市新富町五ノ廿八　　　楊肇嘉殿

　　南満洲大名橋啓明寮　　　楊基振

　　肇嘉哥！肉親の兄以上に尽して下さった御心労只厚く感謝申上る
と言ふ以外に言葉はありません　殊には母の最も悩んで居た負債の解
決──之は私の婚姻以上に重大です　私の婚姻問題が解決しなかった
のであなたは済まないと云はれるがさう云はれば云はれるだけ私は辛
いのです　婚姻問題は実にデリケートである　数年かゝっても纏める
事の出来ない場合が幾らもある　其を僅かに二週間そこそこで解決し
て貰ひたいと言ふのが抑々無理なる注問である。何よりも悪い事は遠
い満洲に居る事です　私自身も充分に之を心配しました　然し如何程
断られても私は失望もしないしびっくりもしません　だから肇嘉哥も
決して力を落さずに一つ御努力をお願ひ致します　候補として彰化の
洪口西の娘が実に明朗だと聞いて居ます　之は傳纘も姉もよく知って
居る筈です　兄は確か東大か京大に居ます　何かの序いでがあったら
御取調の上こちらから申込んで見ては如何かと思ひます　次に曽人模
兄の妹です　娘としてはよいさうで殊に人模と僕の間に結ばれし友情
は厚いものです　只残念な事には私は未だ本人を見た事がないのです
　　今北港公学校に教鞭をとって居ますから若し美人でありさへすれば
申込めば必ず成功すると思ひます　十人並みの娘なら申込む必要はあ
りません　二、三人に断られたからとて条件を低下する必要もありま
せん　私としては来春必ず結婚する積りです　若し其迄に適当なもの
が定められなかったら目下私に直接申込んで来て居る女性の中から一
人択んで結婚する積りです　此の二、三人の女性は何れも私としては
気が進まない者ばかりです　二人は何れも女学校をトップで出たが顔
がまづいです　もう一人は顔は十人並みであるが性格が僕と合はない

です　私としては気が進まないから深入った交際はして居ません　皆東京に居ますが……少し東京留学の娘を物色しては如何ですか？やはり海外に出て居るだけ進歩的であるのです　教育はやはり高ければ高い程よいです　兎に角何かよいニュースを期待して居ます

　次に中国の御旅程表は人模兄に依頼して、台北のジャパン・ツーリストビューローに頼んだらしいです　人模兄から直接あなたへ送るさうです　私がペンで地図に線をひくよりも専門家の専門の知識を利用した方が効果的であると思ってさうしたのです　多分近い中に何かの便りがある筈です

　それから会社設立は丁度二、三日前瑞麟兄（天津在勤、中国商工調査係員）が来て色々相談した大変結構な企てださうで　充分望みもあるとの事です　唯やはり相当難くて今銀為替と原価計算を研究して居ます　定疑とか組織は大体あなたが満洲へ御旅行する迄に完成する積りです　取扱商品としては台湾からパインナップル缶詰・砂糖・お茶（委託販売制を可とす）・帽子類、大阪からは綿織物・人絹・化粧品類・日用雑貨（例へば陶器類、紙類）・海産等が有望です　尚満洲から豆粕と相互に売買して活用したほうがよいと思ひますが今尚研究中です　唯一番悩みの種となって居るのは各註在地に一人の内行を置き、彼地の巨商と連絡する事の出来る信用のある人物です　此の人的要素こそ最も重大なる問題で事の成敗はかゝって此の人の活躍如何にあると言っても過言ではありません　肇嘉哥の心中人は何人ありますか　一つお知らせして下さい　中国貿易は為替相場が至大の影響を有つのです　物価の変動が一割であっても為替の変動が一割五分になるのが普通であるさうです　此の研究も忽せにする事が出来ません　支店はどうしても大連・天津・上海・香港の四つは必要らしいです　それから最近戦争気分が又横溢して来ました　軍需輸送が又始まりました　相手はソヴエーットらしいです　鉄道部には未だ何等の確実な報告が入って居ません　不気味な沈黙である程に危険性があります　だから戦争の勃発も予想より早いかも分かりません　然し未だ何等の確認はありません

　尚精しい事は何れ又後でゆつくりお便りします　それから兄さんと

の会見の結果はどんなものでしたか　御一報をお願致します

（1）「春天快到

　　　　春風快来

　　　　春草青々真爽快

　　　　遊玩地　割別離」

（2）「春情風雨

　　　　眠夢叫醒

　　　　時常哀怨出郷関

　　　　提起紙　吐艶情」

　誰かの詩にある句です　前の詩が台湾に居る心境を唄って居ると
すれば後のは北国で故郷を望む心境です　三年振で接した故郷に於る
十八日の滞在──其の一日一日は意義深くそして楽しかったのです
楽しかったであるだけに渡満後もあの懐かしい追憶に耽って居ます
だが母と別れる時もそして肇嘉哥と別れる時も結局一条の涙さへなく
北国に旅立って来たのです　我等の生活に涙は要らない　そして過去
の我等の生活は余り涙を流し過ぎたのだ　総ての失敗も此の涙に起因
して居ると自ら励ませど胸には落莫の感深きものがあります

　此の寂しさは若し家庭的の慰みがあればな……と思ひもします　や
はりはやく母を満洲に迎へて三人きりの生活がしたいのです

　こちらは既に厳寒を過ぎて台湾の如き暖かさです　唯故郷の青い草
咲き乱れた花が、北国では落葉の木枯しに変って居るだけです

　同封拙稿を送ります　非常に見にくいですが何かの参考になれば望
外の喜びです　御覧の後は棄てないで再びお送り返して下さい　友へ
の永遠の記念の為に……

　それから先般一緒にとった写真が完成したら一枚御送下さい

　肇嘉嫂へも基椿さんへも宜しく

　さようなら

　　　　　　　　　　　二月十八日　　　　　　　　　基振より

【譯文】

　台灣台中市新富町五之二十八　楊肇嘉殿　親展

　南滿洲大石橋啟明寮 楊基振

　肇嘉哥！您比親哥哥還關心我，讓我除了說聲感謝之外，還是感
謝。特別是您解決了母親最煩惱的負債問題，這比我的婚姻大事還要重

大。讓您因無法解決我的婚事而來對我說抱歉，則是我的罪過。婚姻問題十分棘手。就算花了好幾年也無法找到好姻緣的大有人在。僅僅兩週內即想解決此事，實屬不可能。更糟的是我還在滿洲。對此自己也相當擔心，但就算再怎樣被拒絕，我也不會感到失望或驚訝。還請肇嘉哥不要放棄，請再為我努力。聽說候選人選的彰化洪口西的女兒實際上人很開朗。她哥哥好像是東大還是京大出身的？另外則是曾人模的妹妹，她聽起來是好女孩，而且我與人模間又有深厚的友情。可惜的是我還未見過本人，她現在在北港(公學校)執教，若是長得美，只要我前去說媒就一定會成功。但若是才色普通，則沒必要大費周張。雖然已經被兩三個人拒絕，但沒必要降低標準。個人是希望明年春天能結婚。若是找不到合適的對象，到時則打算從向我說媒的女性中選擇一位結婚。現在兩三位女性我都沒有興趣，其中兩位女學校成績雖然優異，但長相不美，另一位姿色平凡，但性格與我不合，個人沒有意願深入交往。大家都在東京，要不可否幫我找找留學東京的女孩？果然還是有出過國的想法會比較進步。教育程度越高越好。總之我再繼續期待好消息。

您來中國的旅行行程表已拜託人模兄，聽說他找好台北的日本旅客事務所。人模兄會直接告訴你。比起我用筆在地圖上畫線，倒不如利用專家的專門知識比較有效，近日內應有消息。

另外，剛好前兩天瑞麟兄(執勤天津，(中國)商工調查員)前來討論成立工作一事。十分有計畫。看來相當有希望。但難的是我現在還在研究銀的兌換與原價計算，內容與組織打算等您來滿洲旅行前會完成。經手商品以台灣產鳳梨罐頭、砂糖、茶(可委託販賣)、帽子類，大阪產的棉織物、人絹、化妝品類、日用品雜貨(如陶器類、紙類)、海產等較有希望。此外，還可自滿洲買豆渣回去相互買賣交易，但目前尚在研究中。唯一讓我煩惱的是，各地需要找一個可以信任的自家人，讓他去與當地巨商連絡。此人關係事情成敗，能不能成事全看這人夠不夠活躍，這麼說一點也不言過其實。不知肇嘉哥心中是否已有人選？還請指點一二。中國貿易中匯率波動有極大的影響力。物價變動只有一成，匯率卻變化到一成五的情形相當常見。這方面的研究不是一蹴可即，看來分店一定要在大連、天津、上海、香港四地開設。此外，最近又有開戰風聲，又要開始軍需運送。對方聽說是蘇聯。鐵道部這邊則沒有任何確切

的報告。不尋常的平靜十分危險，因此戰爭可能比預料中的要早爆發也說不定，不過目前一切都還不確定。

　　尚有詳情，日後再慢慢報告。您與我哥會面結果如何？還請告知。

　　(1)春天快到 春天快來 春草青青真爽快 遊玩地 割別離

　　(2)春情風雨 眠夢叫醒 時常哀怨出鄉關 提起紙 吐豔情

　　這是某篇詩裡出現的句子。前一篇是詠嘆身在台灣的心境，後篇則是身在北國遙望故鄉的心情。三年沒回故鄉，十八日回台，這一天意義深遠，十分開心。或許就是太開心了，渡滿後一直沉浸在懷念中。但與母親及肇嘉哥道別時，我沒流一滴淚來到北國。我們的生活中不需要眼淚。因為過去我們已然流過太多眼淚。我自勵著，所有的失敗都起因於眼淚，心中則有種深沉的落寞。

　　這般的落寞若能得到家庭生活的安慰也好，還是想早點將母親接來過三人生活。

　　這裡已過嚴冬，如台灣一般溫暖。但故鄉有青草地與遍地盛開的花朵，在北國只有落葉枯木。

　　隨信附上拙作，讓人十分見笑，但若能得您參考一二，則讓我喜出望外。閱覽過後請不要丟棄，請再寄還給我，這是我給朋友永遠的記念。另外，之前與您一同拍的照片若是沖洗出來，可否寄一枚予我？

　　請代我向肇嘉嫂與基椿問候

　　再會

　　　　　　二月十八日　　　　　　　　　　　　基振敬上

附件：游君への追慕と台湾インテリ層の検討

　　慌しく変動する世相と環境の闘争に敗れて、青葉の空に飛燕南に帰る頃、春に浮かれる南国の青年男女の群が新緑の蔭に青春を求め、咲きほころぶ花の中に恋を囁いてゐる時、前途を嘱目された若きインテリ游礼松君は、此の人の世の春に背いて自ら死を求め、曲折多き短い二十九の人生を閉ぢた。

　　彼は員林郡大村庄に生れ、彼の家は庄切っての財産家である。台中一中を卒業してから青雲の志を抱いて早二高文科へ入学し、昭和八年

夢多かりし学窓生活を終へて早稲田大学法学部を卒業した。万人に羨望されて居る最高学府に学び、物質的にも恵まれし彼が織られるべき青春を自ら断って、苦しい香と麗しい色断とで何故死を択ばねばならなかったか？新聞の報ずるところに依ると相思の中国の娘と添れず、上京して高等試験の準備をしようとしたが其さへも許されなかったといふ二つの理由の下に厭世自殺を遂げたとある。だが彼の死は果たして斯の如き皮相的な単純さを以て解釈されてよいか？恋愛の為に死ぬには余りに彼は理性的に冴えた頭脳の持主であり、高等試験に合格して世俗の空名を遂げ得ざるを以て死ぬには余りに彼は進歩的思想を持った人であった。

　最近吾々の周囲に生起する最も心を痛ましめるものは台湾インテリ層於ける自殺が情けなくも流行といふ言葉で呼ばれなければならぬほど多い事である。そして今又游君が自殺した之れは最も深痛な事件であり乍ら、これに対して台湾の批評家若くはヂャナリストは甚だ冷淡であるし、其の説く所はまた無力な常套的なものでしかない。自殺の直接の契機が立身出来ぬ嘆きにあらうと、失恋からの悲しみであらうと、さてはまた病気の故であらうが、倫理的破滅の苦悩であらうが、其は問題ではない。之れは只自殺への機縁であったに過ぎない。人は其等の機縁を通じて、生其のものゝ全面的意義へ心を振り向けたのである。彼は其を問い糺さうとしたのである。然し不幸にも解答は得られなかった。

　まことに生甲斐の無い生活に人は一日も耐え得べくもない。平凡にして無能な一生であらうとも其処には何か 夢（ヴィッヨン）がある。餓餓餓という肉体的苦痛さへ伴ふ最も不幸な生活であらうとも、生甲斐さへあれば人は生きて行く。それだのに生甲斐を失ったとは何であるか！之を単に立身出世をし得ざる絶望であるとか恋に敗れし悲嘆とか試験に落第したとか爾ういった一聯の外面批評で無難に片付けるのは皮相観である。何故ならば自殺をした実は出世出来ぬ事や失意そのものの為ではなくして、之れを機縁として覗き込んだ生の全般的無意味さの為であったからである。

　人は現実的活動の中へ飛び込む為には主観的な条件を以て充分と

しない。私生活の客観的成果は極めて僅少なものである。生——其れ
はまことに不安の生である。何となれば其は主観的に条件づけられる
と同時に客観的に制約される。凡そ生命あるものは一の存在的中心で
あるといふ規定を有する。其れは常に自己自身を限定し、みづから自
己の空間的時間的統一を形成し、其の周囲に対して抵抗の中心、反応
の中心をなしてゐる。此の存在的中心の周囲が環境と呼ばれ、環境は
遂に斯様な生命統一に作用し、影響を与へる。人間的生命も又斯の如
きものである。人間が周囲の社会と調和して生活して居る間は生の不
安や死への憧憬は起らない何故なら其の時彼が主体的に定立すべき存
在論的中心は社に於る彼の存在的中心に相応していはゞ自然的に定め
られてゐるからである。彼の生活は平衡と調和を有し、死の不安も顕
現しない。之に反して彼自身と周囲の社会との間に矛盾が感ぜられる
時、彼の自然的な中心は失はれ、生への不安が感ぜられ、死への憧憬
へと導かれる。生の不安が社会的に規定せられる由因であり、自殺が
社会的に規定せられる由因も茲に存する。不安の中にあって生への安
心が喚び求められるのは現実を廻避して、唯々内面在界に沈淪してゐ
たいが為ではなくして、正しく転変と闘争との現実を本当に生きんが
為である。

　此の意味に於て游君の死は幾多の問題を台湾インテリに提起した。
固より彼の自殺は由々しき私生活上の基礎的な苦悩が含まれて居るこ
とを僕は否定しようとは思はない。だが其れはほんの機縁に過ぎな
い。自殺は『意志自由』論者の思考するやうに、客観的条件から超越
した現象ではなく、歴史的、伝統的の、一定の社会的条件の所産であ
り、而して個人的といっても社会的に決定された社会的傾向として現
はれるもので、従ってある一定の社会、或る一定の必然的傾向を其の
自殺率に影響せしめる。最近台湾インテリの自殺も個別的な偶然的な
性格的弱点ではなく台湾社会が規定する客観的条件の所産である。彼
の死は被制服者の知る台湾人に生まれし□□的な民族固有の苦悩と輓
近のインテリの思想的困惑行動的行詰りと青年台湾の運命的闘争に対
する敗北を最悪なる方法で解決した台湾インテリの総合的苦悩の縮図
として理解されさるべきである。

　僕が游君と交際し始めたのは彼が学部三年の時、僕が学部二年の秋からであった。だから我等の交際は極めて短かいものであった。然し此の短かい交際にも拘らず、彼は僕が交った友達の中でも最も親しく感じてゐる者の一人である。尤も彼を知ったのはそれより三年前のある集会からであった。其後学園で図書館でそして諸々の集会でよく会った。

　然しさうした時にも僕等は単に日常的な挨拶や一寸した冗談以上に思想の交換や人生問題の討究をやった事はなかった。固より諸集会で僕は彼に対して一つの大きな性格的の魅力を感じてゐた。其れが度重ねるにつれて益々印象的な形をとって現はれた。然し学生時代ので交際は殆どグループ的結合の上に極限されて居た。だから彼に性格的魅力を感じながらも僕は敢て積極的の交際を求めなかった。当時僕は彼に如何なる印象を与へ、又彼が如何なる感情を僕に対して抱いて居たかを僕は全然知らない。其後も聞いて見なかった。

　学部へ進んでから僕はよく大環会館で昼食をとった。一つには喫茶店やレストランへ行くと知ってゐる友達が中、台、内の三つに誇って沢山あったので一々挨拶する煩瑣と、混雑から必要以上に待たされるのが嫌だったからである。或る日一時近くなって大環会館で昼食をしてゐると偶然にも游君も僕と向あって食事をして居た。早慶戦に勝った翌日なので、残る興奮をお互に語りつ、笑ひつ、食事を済まして、昼から彼は休講だし僕も出たくないので一緒に大環庭園を散歩する事にした。緑の芝生の上に横たはり、真青に晴れた秋の太陽の光波を全身に浴びて、僕等の話題は偶々中国問題にぶつかった。其の時民国に対する彼の認識が意外に深いのに僕は驚き且つ喜んだ。僕は一度遊びに来てくれるやう求め、彼もすぐ学校に近い戸塚に居るから僕に遊びに行くよう其の日は其の儘別れた。

　東京の秋の郊外は黄昏時に屡々霧が流れる。其の夜も淡い紫のヴェールの如く夕霧がたなびいた朧月の夜であった。彼は郊外のアパートに僕を訪れてくれた。僕は溢れる喜びで彼の来訪を迎へた。僕等の話題は台湾の啓蒙運動、民族問題、更に民国革命の方法論、三民主義の理論的検討に終始した。其夜初めて彼と思想的の交際をなし、而も僕

等の人生観、社会観に共通点あるを発見して僕は非常に嬉しかった。一人の真の友を得るのは実に困難である。今茲に性格的魅力以外に思想的共盟を彼に見出した時、僕は宇頂天にさへなった。其後僕も戸塚の宿に彼を訪れた。斯くして僕等の交際は繁くなった。彼はよく図書館へ出入りし、民法特に債権を研究して居た。僕ももう少しで資本論の研究が終るので日夜殆ど図書館で生活した。僕等の話題は次第に深刻な人生問題や民国革命の将来性や民族解放に対する台湾青年としての使命を論ずるやうになった。

軈て僕は郊外のアパートから彼の近くの下宿に引越した。僕等の交際は益々親密の度を加へた。そしてお互に私生活や家庭上の細かい事迄語るやうになった。僕は白い神秘の野原を歩くのが好きである。月の晩になると僕はよく彼を誘って戸山ヶ原の草原を彷徨ふた。そして杉や銀杏の濃い影を踏みしめながら、人生に対する正しい認識を試みた。

雨も降らぬに紅葉は散り、風も吹かぬに銀杏は散ってしまった。秋は次第に更けて、北国シベリア平原を伝って流れて来る大気の冷たさは何時しか強く身に沁みるやうになった。冬の落葉を踏みしめ、校内の冷たい敷石の路を歩みしがら僕等の図書館生活は平凡に繰返された。

彼は小さい時分から中国の民族革命へ少年的な憧れを有って居た。台中一中を出ると後はすぐ少年らしい正義心と純情さを以って、民国へ留学すべく父母に願った。当時は革命軍が破竹の勢いで北伐をしてゐた最中なので、各地の治安を心配した父母は可愛い子息を民国に留学させるに忍びず、東京へ上京させた。一ヶ年流浪した後、彼は早二高に入学したが二ヶ年間の学院生活は彼にとっては味けない極めて平凡な月日以上の何ものでもなかった。此の空虚な生活を彼は或るイデオロギーで堅めて自己の生活方針を一定せしめなかった為、彼の人生観は次第に懐疑主義の迷宮に踏迷ひ、此の疑問的砂漠の中で悩んだ。終ひに目的なき力の極度の欠乏の生活に破れ、ニヒリズムに転落して、刹那的の歓喜と陶酔を盃に満して暮した。

然し斯の如き生活が永く継続する筈はなかった。彼は早二高を卒業

すると同時に再び父母に民国留学を懇願し、そして上海の大学に入学すべく行った。然し彼が想像して居た民国の大学と現実に接した民国の大学との間には余りにも大きな懸隔があった。彼は頽廃的な絶望を抱いて揚子江に暮れる落日を後に再び上京し、そして法学部に進み、幾多の若き悩みを胸奥深く秘めて学業を継続した。然し其間揚子江の静流が唄ふ民族的叫びの歌を彼は決して忘れやしない。

斯くして月日は間断なく過ぎ去った。若き日の理想は動々もすると空中に描いた虹に等しい。やがて春は訪れて来た。そして彼は学園を去らねばならぬ時が来た。他の人が一生懸命に就職活動をやってゐる間も彼は落着いて図書館で勉強して居た。彼は卒業後民国の大学へ行ってもっと民国の問題を研究したいと僕に語った。勿論僕は大賛成で彼に北平を奨め、そして僕の交際して居た大学教授の二、三を紹介することを約したが、残念ながら家からの許しを得ることが出来ず、家庭にも複雑した事情があるので終ひに五月帰台した。

夏休み僕も帰台し、彼は清水の僕の家へ尋ねて来てくれた。ほんの暫しの別れに彼は学生時代の朗かさをすっかり失ひ、顔には哀愁の色が漂ふてゐるのを僕は直観した。微笑めど隠し切れない物憂げな表情、僕は彼の心に潜んでゐる物淋しさをすぐに読み取った。其れは単なる平面的な感情の交錯ではなく、立体的深みを含んで居た。僕等は暫しの別れに生起したお互の境遇の変化に其の夜も来る夜も語り明した。

夏が過ぎて又しも秋風が南の海を伝はって吹き出した。僕は彼と別れて再び上京した。上京後彼は屡々便りを寄せてくれた。彼の便りは常に孤独の寂寞と生活の無聊を訴へて居た。そして彼は生に対する再吟味に耽り、終ひに否定的な結論にさへ到達した。僕は常に彼を励まし、彼の思想的誤謬を指摘した。彼の便りの一つに次の如き一節があった。

「最近三度の食事と夜の睡眠が僕の生活の総てです。君は僕の身体が弱いから田舎で静かな生活をして暫らく養生するがよいと言はれるが、実際田舎は死に絶えたやうに静かです。語る相手とてなく僕は気が狂ひさうです。斯の如き生活が何時迄続き、そして今後如何なる

道を行くべきかを思ふと全く暗澹です。楊君！生きることは辛いです……。」僕は彼に上京を奨め、そして十月彼は上京し、民国行の希望を放棄して高等試験の準備にとりか〻る事にした。

　慌しい幾月かは夢のやうに過ぎて昭和九年の三月僕は学園を去らなければならない時が来た。そして卒業と同時に僕は遥か北の方へ就職する事になった。彼は僕の就職に敢て反対はしなかったが積極的に賛成もしてくれなかった。吾々の私生活には理性で解決する事の出来ない沢山の問題がある。

　四月三日幾多の若き日の思出と名残を残し明け暮れ十年近く住み慣れた東京と別れて僕は北国指して立った。僕を送りし幾多の友達の中に勿論游君も入って居た。「楊君！別れに臨んで僕は君に語るべき何物もないです。唯健在であれよ」熱き握手を交して汽車が動き出した時後再び振り返って見た時游君の眼は涙に曇って居た。其の夜東京駅頭は雨しめやかにして別離を惜むが如きであった事を今も覚へて居る。

　別後彼は東京で高文受験に専念し、不断の努力にも拘らず失敗して彼は帰郷した。侘しい生活は再び静寂な田舎に彼を訪れた。彼が僕に送りし最後の手紙には次の如き一節がある。「……僕は人生に対して非常に疲れを感じて居ます。つれつれなるま〻にゲーテの「若きヴェルテルの悩み」を読んで見ました。たまらない心境です。読みながら同時に自殺と墳墓を想像して見ました。『弾丸はもう籠めてる。十二時の時計が聞える。それではもう、ロッテよ、ロッテよ。さようなら。さようなら。』の最後の一節に、全身の血が一時に消え去るやうな興奮を覚えて、今にも発狂しさうな恐怖に襲はれたのです。僕は静かに手を胸にあて〻僕自身を考えて見ました。漠然たる空虚を、混沌たる迷路を低徊しつ〻ある僕であったのです。風のやうに感情の走るま〻に動揺し崩壊する僕の生活であったのです。楊君！青白きインテリはやはり弱いですね。何れの道を如何に行くべきか？僕はもう既に行き詰ったのです……。」

　氷結したスンガリーに春が甦ると、間もなく北満には夏の日が照る。勿論南満の春は瑣々永いが、それでも五月の中頃にはカラアカシ

ヤの花が咲き出す。長江十里石巌十里と称へられ、遊子の杖を曳いた遠い渤海の燦をたる文化の昔から、満洲の地に幾度かの青史は繰返された。昔ながらの江水を渉る清風は碧山の緑翠と共によく旅愁を沾ほす。此の自然の推移を利用して、緑滴る青葉の五月に僕は彼を南国から北国へ招き、一緒に生活したいと憶って居た。だが彼は忽焉として故人になった。僕は書斎に向って大連の夜景を見ながら静かに瞑想した。彼が逝きて既に二ヶ月の歳月が流れようとして居る。だが未だに悲しい夜である。未だにうつろな我が心である。

彼の短い二十九年の人生は其の境遇の齎す幾多の好悪因子の作用を受け、更に民族的、社会的、思想的諸要因の影響を孕み、数次に及ぶ起伏の波動を画きながらも大勢としての彼は極めて真面目な生活を以て終始した。彼は民族問題に興味を持ち、法律特に債権を専攻した。

彼の性格は表面朗らかに見えるが、何処となく淋しい感じを与える性格であった。だから彼の人生観も暗かった。彼は至って思慮深い人である。一つの仕事を思ひ立っても前後左右不必要な程熟慮を払って然る後着手する。

彼は極めて人情味の豊かな人で殊に友達に対しては至って友情が厚かった。彼の死が一度新聞に伝はるや、彼を知る人は何人も彼の死を惜しんだ。

彼は女性に対しても潔癖であった。或る時退屈な春休みを彼は昔日の友と暮すべく新潟へ訪れて行った。その宿主には女学校を卒業したばかりの可愛い娘が居た。彼の男性的な性格は忽ち彼女を魅了してしまひ、新学期が始まって彼が東京へ返った後も、彼女は彼を思慕して息まず、終ひにやるせない心を抱いて彼女は東京へ彼を慕って来た。彼は当時二十二才の今を盛りと誇る青春であったにも拘らず、彼女に家出の過誤を悟らしめ、彼女の家に打電し、其の夜は下宿のおばさんを起こして共に寝させた。之は彼の人生に起こりし床しいエピソードの一つである。

だがもう之以上彼に対する僕の個人的な思慕を述べるのを控へよう。寧ろ彼の死を通して見た一般的な台湾インテリ層の困惑への全面的な分析批判がより大きな問題であらねばならぬ。

　現代の台湾インテリ層は資本社会崩壊期的産物たる本来の知識階級の困惑が一層強化され、拡大される特徴の下に規定される。

　知識階級としての共通的な困惑は既に大森氏、向坂氏、戸坂氏、永田氏等幾多の先輩に依って究明されたから、茲に於ては専ら、台湾インテリ層の特殊的な部面を問題とする。

　知識階級が一定の教育を受けた知識層として理解される以上、台湾インテリの検討は台湾教育の解析を起点とせねばならぬ。

　我等は先づ公学校で六個年の教育を受ける。台湾が改隷されるや我等は直ちに帝国憲法の規定に従ひ、服従の義務と納税の義務を要求されたが兵役の義務は免除された。義務教育法案も、改隷してより四十星霜を経過せし今日に拘らず未だに適用されない。台湾総督の権力を以てして義務教育を強制する力がないとは思はれない。何となれば義務教育に幾層倍する重い幾多の負担を台湾人に強制して居る現在である。我等は最近新聞で各地方の有力者が公学校の増設や増級に関して当局に嘆願書を提出する記事を屢々見る。公学校の如き最低限度の教育さへ台湾人には充分に与へられない。

　公学校と小学校の呼称の相違は単に用語其自体の問題ではなくて其以上の意味が含まれる。今其を論ずるを控へよう。公学校に於ける六ヶ年の教育は殆ど日本語の習得に尽される。其れは教育をうける処と言ふよりは寧ろ日本語を学ぶ処と言った方がより事実に近いのである。算術の宿題を忘れてやらなかったよりは、一句の台湾語を使ふ事に依って叱られる事が遥かにきつい。しかも師生間の関係は内地の小学校の如く恩愛に依って結びつけられず、植民地独自の強力関係に依って規定されて居る。愛児にも等しき情愛を以て教へ子に臨むべきに、台湾に於ては不当虐待が如何に繁く新聞の三面記事を賑はせ、又祭祝日に教師がいかめしく金条をつけ、短剣を着帯する事実は一切を物語る。斯くして童心は著しく歪められ、圧迫されて、進取的精神が破壊される。明快なるべき童心、純真なるべき童心――だが公学校児童の何処に明朗性や洸淵性があるか？

　公学校から中等学校へ――之は台人にとって、一つの最も危かしい弁証法的飛躍であある。其の競争の激烈さは全国中等学校競争率を遥

かに超越して居る。だが学力や頭脳の単なる比較は無意義で、其処には多分に植民地統治上の政策的考慮が払はれて居る。公学校教育の統治的意義は言語上の同化に存する。だが中等学校に進むや我等は教へるものを其の儘受入れる以外に、多少の判断力と弁識力が芽生える。だから中等教育の授与は植民統治から見て極めて特殊の場合を除いては利用れる事は勘い。此の利用の度合いは学校が高級になればなる程減し時には邪魔にさへなる。台湾に於て中等教育を求むる失学児童が夥多であるに拘らず、轟々たる非難をあびて当局は相手にさへしない。然るに数十個の中等学校の経費を必要とする大学が設立されて居る。中等学校が増設されないのは経費の不足が問題ではない。

　何処の中等学校も華麗過ぎる程立派な建築を有しながら、内容は極めて貧弱である。内地の高等学校を志望しても滅多に合格しない。大抵は一、二年の再準備を必要とする。

　偏頗な教育に誤られた台湾中等学校出身者は、台湾に於ける高級学校の締出しに会って、資力のある者は上京して、余りよくない学校へしか入学が出来ない。

　台湾には高等学校があり、大学があると吹聴して廻る人がある。だがさうした高級な学校は台湾人のために設立されたのではなくて、内地人の定住的移民政策を確立する為である。次表の昭和八年度各校の在校生現在数を見るに四百九十万の台湾人と僅々二十之万内地人を対比して台湾人の占める比率が如何に低きかは一切を物語る。

	総数	台湾人	百分率
台北高校	五八六	一三〇	二二
台北医専	二九三	一六三	五五
台北高商	二二二	二一（昭和七年）	一〇
台南高工	二二一	七九	三五
帝大農専	一三〇	七〇	五四
台北帝大	一六五	二六	一六

　今高等専門学校の平均率をとれば台湾人の占める比率は三二％であり、大学に至ると十六％になる。即ち学校が高級になればなる程、台人修学の道は益々制限される。しかも此の制限は年度が重なるにつれ

て、厳しくなる。

　幾多の淘汰に打勝って高等専門学校へ入り、大学へ進んでも、だが茲に於ても行詰は打開されない。一体、経済学とか社会学とか政治学とかに属する文化科学を今日の大学の様に、教授がノートを取らせ、学生が其を暗誦し、試験をして研究する性質の科学であるか否かに就ては多大の疑問がある。今日の大学卒業生の中には雑多な知識を平面的に観念的にそして無機的にしか持って居ない者が頗る多い。さう云ふ人達は、不断に発生して来る我々の歴史生活の新しい出来事を、大学で詰め込まれた既成観念の何れかに当嵌めて、簡単に律して行かうとする。問題の遠近も軽重も考へず、小児の画く絵の如き平面観を持つ人が少くない。我々の歴史生活は一つの弁証法的展開である。其の実相を把握し其の意義を明確にするには、豊富なる経験と、多角的な観察と、正しき判断力とが必要だ。今日の大学教育、殊に文化科学に於る其れは、斯の如き歴史生活の種々相を把握する力を養ふものとしての態度ではない。唯或る種の知識を記憶する人間の規格統一を行はんとするに過ぎない。

　「大学の自由奪はる」と頻りに叫ばれて居る。此の自由の剥奪は台人学生にとって特に顕著である。小数の思想的同志を基本とした研究会に対する圧迫は論を俟たない。懇親を目的とする同郷会に対してすら、干渉する。往年の台湾青年会は二、三の左傾分子を包含して居る嫌疑の下に解散された。年に一度の送別会と歓迎会のみを以て存在内容として居る早大瀛士会の如きに対してすらも、会ある毎に執拗に添纏ふ。

　退屈な学校の講義が終って夏休みに入ると、我等は安慰を故郷に求める。我等は荷造りしながらも心に幾多の懐しき人の姿を画く。だがさうした懐しき人に会う前に船で先づ呼ばれて色々取調べられる。家へ到着しても真先に訪問して来るのは我等が期待に憧れる親友ではなくて、空虚な内容を偉さうに見せかける私服である。

　学生生活は無味乾燥である。台湾青年会解散前の台湾留学生は自由主義黄金時代の潮流に乗って、当時の文協、民衆党、農組派に附随して屢々講演体を組織して全島主都市の遊説を試み、或ひは啓蒙運動の

力弱い一端の役割を努めたが、台青解散を一転換期として、学生運動は沈滞し、殊に世界経済恐慌勃発後、日本資本主義内部の政治的中心勢力の変化に依り、「非常時」と言ふ名の下に自由主義が極度に圧迫され、人民の自由が極度に制限されて以来、脆弱な台湾学生運動は小数のマルキストの地下運動を除いては其の影をさへ潜めた。

だが台青解散前と雖も、啓蒙運動に於る台湾学生の演じた役割は之を民国学生の民国に於て演じた其に比して雲泥の差異がある。巴里会議頃から頻々として民国に起る排外運動——此新しい内部運動の核心は常に民国学生層であった。彼等は民国革命の展開過程に於て実に深刻なる影響を与へた。第一革命以前既に民国は学生運動の影響を受け、殊に日露戦争後、在日本留学生は悉く鬱勃たる覇気を燃やして革命運動に突入したのである。帝国主義の為にする宣伝は教育である。ソヴィエート主義の宣伝は「壊滅の教義」である。民国学生がオックスフォード、ハンデルベルヒ〔ハイデルベルク〕、コロンビヤ等に行くや彼等は搾取の科学を学ぶ。彼等がモスコウに行けば彼等は革命の科学とコンミニズム〔コミュニズム〕の原則と其応用とを学ぶ。然しソヴィエート宣伝は単に大学の講義を与ふるに満足せず、民国の労働者、農民に組織を行ふ途を教へ、更に国民党の諸委員会に迄影響を及ぼし、軍閥の帝国主義的道徳破壊に役立ち、新中華民国の事象を導く推進力となったのである。かくて民国学生は各々聯盟を組織し、十才台の少年をも加盟させ、啓蒙的、政治的のデモを勇敢に操返すに至った。しかも彼等の血は九・一八事変を一つのショックとして益々たぎる。之に比すると台湾の学生運動は問題にならぬ程か弱い。

学生々活は無味乾燥である。若し吾等が一度喫茶店、麻雀クラブ、カフエー、ダンスホールを覗くならば、如何に其処には多数の学生が退屈な人生を消麿すべく蜜集して居るかに驚くであらう。だが其れでも学生時代は一つの段階であり、人生闘争の準備時代として認められる。一旦学窓生活を終へて実社会へ飛び込む時、インテリの苦悩は最も深刻である。就職難が眼前に控へて居るからである。此の就職難は我等台人にとっては特に著しい。最も基本的な問題は吾等が生れ、生活し、親しむ台湾社会が我等を入れない事である。司法、行政二科目

高文にパスしても台湾の官吏には滅多に採用されない。在台内地人の経営する銀行、会社に至っては尚更さうである。台湾銀行の如き某大学に推せんを依頼した処特に「台湾人の推薦を断りす」と迄附言したさうである。今日台人の司法官、行政官は故郷なる台湾よりも内地、特に満洲国の方が多い。此の現象は台湾官吏たるレーベルが内地官吏たるより遥かに優秀でなければならぬのか、或いは台湾官吏としては成るだけ台湾人を採用しない当局の方針であるか、若くは我等台人が自発的に台人官吏としての志望を放棄したのか、に帰着する。内地から台湾への転出官吏が何れも一級以上昇進するから推して勿論第一の原因は否決され、結局第二か第三の原因に基く。此の気持こそ在外台人の凡ての心を救ったものである。台人が消極的に台湾官吏たるの志望を放棄するのは固より待遇問題と支配形態に基因する。

だが故郷は誰しも懐しいものである。自己の故郷を棄て、外地で働きたいのは普通でない。某君の「春の哀歌」に次の如き一節がある。「思ひ出は寂しいものよ、ヂート大地を視凝めてゐとると、脳裡に浮ぶは古里の春、苦い涙を流すは辛いものよ、虐待に堪えかねて千里の浪を遙々と、父母の地を旅立せし二一の春。古里よ、桃花香ふ春よ、私を育くんだお前を、春を私はどうして捨てゝ来ただらう。」台湾で就職する希望を断たれた台人は、内地、若くは外地で就職せんと試みる。だが資本主義世界に於る未曾有の経済恐慌は、生産の著しい縮小に関連して技術家、専門家等のインテリゲンチヤの間から大量の失業者を出して居る現状である。台人が斯うした客観情勢にあって、就職するのは内地人よりも一層制限され、遥かに困難である。

斯くして大部分の台湾インテリは、失職の儘台湾へ帰る。然らば台湾社会は彼等を如何に遇するか？元来漢民族は教育に対して非常に間違った観念を有って居る。即ち教育を「登官発財」の一方便だと考へる。だから多大の学資を費消して無職の儘で帰郷すると世人は之を遇するに極めて冷酷であり、非難と嘲笑は不断にさし向けられる。教育は固より健全なる社会生活の智識を涵養するのが目的であって、資本主義的社会に於ては職業と多少の因果関係があらうとも、決して必然的の連鎖ではない。だが台湾インテリは今や之を大衆に訴へる気力す

らない。

　台湾に於てはインテリを適当に指導する社会層がない。しかも組織と理論を職能とするインテリゲンチヤは、行動的には極めて薄弱である。其は机上の空論が規定した結果であり、温室育ちが導入した繊弱性であり、同時に衆人白眼視の中で独立する立場の困難である。蒼白きインテリ——其は同時に無力と同義語である。

　無職のインテリは只困惑する。だが厳しい就職難を突破したインテリも常に失業に脅えて居る。一応職に安んじて居る者も、ブルジョアジーの列に加わる等は思ひの外で、長年刻苦精励して勤めた後には、僅かに一両年の生活を支持する程の退職金が貰える位が関の上だ。前途は全く暗澹たるものであり、其の暗澹の深刻さは人種的桎梏に依って一層強化される。

　台湾のインテリ層は多く土地収租に寄生する中産階級以上の家庭に生れし者である。最近の土地下落と経済不況は台人社会経済の全面的倒壊を惹起こしたが、中産階級の没落は現代社会の矛盾の一所産である。封建制より資本性へ、そして其の資本制が崩壊しつゝある過程に於て、中産階級の没落は資本集積から生れる資本領域高位化の内在的必然性でもある。台湾インテリは今や単に一身の処置のみならず、没落し行く家庭に一層人生の幻滅を感じる。台湾インテリは只困惑する。「何れの道を如何に行くべきか？僕はもう既に行き詰ったのです……」之は単に游君独りの悩みではなく、台湾インテリ層の共通的な苦悩である。

　然らば台人経営の会社への就職はどうであるか。台湾社会は領台当時、其れの経済生活の脆弱な基礎、苦しい立ち遅れの故に、特殊なる発展を内包しつゝ、牧歌的な平和を歴史の運動の法則の中へ解消していった。此の特殊なる発展は官僚に依る強力的な経済統制・日本資本主義に依る経済的ヘゲモニーの確立・封建的郷紳の土地寄生と言ふ三つの基本線に沿ふて方向づけられた。民族的統一を地盤として、其の上に形成した近代国家が、凡ゆる機関を動員して行ふところの産業保護・哺育の諸政策は、資本主義開花の必要なる前提である。日本資本主義が世界市場の分割に立後れ、二十世紀の黎明に入りて漸く台湾を

獲得したが、日本々土への早期植民地的傾斜に於て、台湾の封建経済は急速に解体し始めた。だが封建的台湾の如き構造的社会の内部から台人に依っては歴史の展望と結び付いた進歩的要素の生れ出る筈はない。斯くして日本々土の商業資本・産業資本・金融資本は台湾官僚の強力的な庇護・統制の下に成長発展して、台人の土着資本をマヌファクツール的経営若くは小規模な商業金融業経営に圧縮した。三つの基本線の最後の一つたる台人に依って独占された土地支配も輓近の農産物の価格下落に依って、着々金融資本に制服されて行く。台人経営には大きな会社はなく、インテリの就職対象にはならない。

　台湾に内地に就職を見出し得ざる一部の人は民国に其の発展を求める。だが茲に於ては既に幾多の先輩が悪質の種を蒔き、我等は此の悪しき遺産を承け継いで各地で排斥される。それでなくしてさへ、民国社会の有つ複雑な社会生活の特異性は到底我等の活動対称とはなれない。

　今日の資本社会崩壊期にあっては一方は内面主義の方向へ、一方は破壊的熱狂へ、一方は頽廃的享楽へ、人は三方向へ散り敷く。希臘文化の末期、羅馬文化の末期に於ても爾うであった。今日の日本社会に於ても正しく此の規定は妥当する。然し台湾インテリ層は一小部分の内面主義の方向を行くが者を除いては大部分は頽廃的享楽の方向を行く。破壊的熱狂を行く人を台湾インテリ層に発見しない。

　頽廃的享楽の傾向は責任のない生活の弛緩から来る倦怠である。試みに酒楼・茶店・カフエー・ダンスホールを覗いて見るなら、其処に占めるパセンテーヂの大部分はインテリ層である。倦怠は人間にある社会生活への本能とも云ふべきものが最も旺盛に働き出すべき青年期に於て、適当に働く事を得ない環境に置かれてゐる為に起る退屈の心性である。生理的心理的に成人したものが責任のない、生活力の緊張を欠いた有閑的地位に置かれ、一方ではそれを不健康な精神的労作に向けると同時に、他方では一層不健康な心的又は肉体的享楽に向ける傾向を生ずる。神経は強度の刺戟を求める事に依ってそれ自らを鈍麻せしめ、刹那的な最も感覚的な享楽に依って、其の困惑を紛らして現実を逃避する。

　此の結果は我々の見る現代台湾のインテリ層の惨ましい姿である。斯くして生きる事実の期待に背いた衝動よりして、最後にインテリを襲ってきて居るもは懐疑主義の泥沼である。それから自殺である。游君の自殺は斯様な社会環境に於て演じた悲劇である。

　現代台湾インテリ層は、只々困惑する。人生に対して極度に疲れを感じ、将来に対して全く希望を持たない。台湾インテリ層は行く処がない。然らば台湾インテリ層は何等の行動にも出られないであらうか？蒼白きインテリは常に必ず弱い者であらうか？

　元来、資本主義は其の生成のプロセスに於て、必然的に知識階級を要求した。而して、資本主義は急速に自由に生産されない此の一群の社会層に対して、必要である限り社会上の地位に於て一定の特権を与へ、其の代り彼等もブルジョアの代弁者となり、利潤の拡大強化の為に一切を捧げた。経済的と政治的の目的の差異こそあれ、領台当時暫らくは総督府も台湾留学生を極力奨励し、援助保護を与え、帰台後は一定特権を与へて、彼等をよく利用した。資本主義の発展と科学の進歩は、知識の習得を容易にし、廉価にし、普遍化した。と同時に、資本主義のを熟するに従って、利潤率低下の経済法則が作用し、之等多数の知識階級の人々に、充分な給与と地位を与ふる事が出来なくなった。斯くしてブルジョアの代弁者としての彼等の社会的存在理由が消滅し、それかと言って、農民層の中に喰ひ込んでイドロキー的役割を演じ、プロレタリヤの隊伍に加はるには余りにも大きな幻想を追う浮動群になった。

　組織階級の弱さは、一部の人々が誤り信じて居る様に、決して彼等が組織を有ってゐるからではない。必ずしも無智が人の心を不動にし、勇敢にするものではない。反対に、生命をかける事の出来る確信ある知識の欠除が、彼等を動揺昏迷の渦中に投づるのだ。今日の知識階級は、あり余る知識を有するが故に、為すべき道に迷ってゐるのではない。寧ろ逆だ。彼等自身に対する確固たる認識の欠けて居る事、或は彼自身の今日迄の経済的能力と社会的地位の誇りを以て、彼等の心を蔽ふて居る事等々が彼等の態度を確立させないのである。同時に今日の儘では彼等の知識に発展性を見出し得なくなったと言ふこと

が、彼等から直進する力を奪ったのである。インテリゲンチヤは常に必ずしも、今日彼等自ら以て任じ、又他も認めて居る様に「蒼白い」意思の持主であったわけではなかった。マルチンルーテルにしてもルッソーにしても、又孫文、マルクス、エンゲルス、レーニンにしても皆知識階級出の人々であるが、彼等の何処にも弱さとか消極性といふ感じはない。又たブルジョア変革時代のインテリゲンチヤは決して消極的でも虚弱でもなかった。彼等は封建的勢力に反抗して、社会的発展を代表する社会的勢力の理論家を勤めた。歴史に見るもインテリゲンチヤは常に此の様な「蒼白き」存在を以て任じたわけではなく、寧ろ社会変革の積極的創造的役割を演じた。

　台湾インテリ層は只々困惑して居てはなたない。台湾民族の全面的な文化レーー甌ルは未だに低級であた。此の低級文化の下で生活する大衆に積極的指導と創造的建設を与えるのは台湾インテリ層の要請さるべき任務であり、歴史的使命でもあた。譬へさうすた事に依って、一時は無自覚の大衆——時にはインテリ層内の少数分子から馬鹿者扱にされ、非難嘲笑されても、其の責任を放棄してはならない。時は一切を明瞭に解決するであらう。此の使命を遂行すた上に困惑していた台湾インテリ層に対して真先に要求される事は一つの確固たるイデオロギーを把持する事である。

　　　真実の人生観、社会観
　　　客観情勢の徹底的究明
　　　現情勢び正しき認識
　　そして此の情勢を発展させる為の最も正しい方法論

　若し台湾のインテリゲンチヤが此の考究を観念の遊戯と一蹴して自身の精神的怠惰を「御時勢だ」に拠って、合理化しようとしたら、其れこそ大なる間違だ。吾々はかりそめにも、主観的利害にのみ汲々として、客観的批判を怠るやうな事があってはならない。主観的現実を生み出す客観的条件の無視、人生の、社会の、一切の苦み、喜びを、唯、御時勢だの、偶発的現象にのみ帰納し、其れを以て規定する事は、決定的な誤謬だ。勿論最も正しい方法論は、一通りの理論的体系に於て、知り尽せるものではない。真理は実践にある。正しい認識と

理論の把持は確固不動たるイデオロギーが根底をなす事に依って始めて行動的になり、積極的になる。イデオロギーを有つ事ははインテリから其の浮動性を失くし、一定の生活態度を方向づける。

　一定のイデオロギーは最も正しい方法論に依ってのみ目的が達成される。

　然らば台湾のインテリは如何なる方法を以て自己の歴史的使命に邁進すべきか？私は台湾民族を啓蒙し、文化を向上さす方向に向って、文化向上に立脚した個人の機能的全力発揮主義を提唱する。

　経済を修得した人は台湾経済の理論的研究、台人の経済生活の分析及び増導、又官僚や日本資本家から生産者の利権を擁護し一切の搾取機関及制度の解放排除更に進んで台湾産業の各部面を斡旋して統制し、組織化して台人経済生活の向上発展を図るべきである。最近米穀問題や甘薯問題が頻りに叫ばれるが、一般大衆は余り其の経済的性質を知らないが、経済学上は今日の如く無関心であってはならない。インテリは単に祖先の残した不動産に安閑としてはならず、もっと生産的な社会生活を建設するやうに家を指導する処がなければならぬ。

　法律を学んだ人は台湾に施行されて居る現行法の矛盾、欠陥を研究し、其の改善を図り、更に大衆に法的知識を注入し涵養するやう努めねばならぬ。台湾は警察万能の社会だと云はれる。法は社会生活の準則であり、吾人の社会生活を破壊するものは法として排除される。警察が大衆の生活を圧迫し、破壊する事は結局大衆が法律に盲目であるに乗ぜられるが故である。大衆は自己の当然主張さるべき権利を知らない。台湾には多数の台人弁護士が居る。大衆の権利が侵害された時、報酬を離れて、大衆の為に奮起した事を余り耳にしない。行政裁判所の設置請願の如きも在台内地人の弁護士に先手をうたれた形である。

　医学を学んだ人は単に開業して私的収入の増大にのみ専念してはならない。今日の一般台人の衛生思想は至って低級である。台人の体格と言ひ、寿命と言ひ、文明人としては僅めて恥づべき状態にある。医者はもっと生活と衛生、殊に採光通風等大衆を指導するところがなくてはならない。

　文学を修めた人は文学の大衆化運動を起し、殊に台湾独自の文学建設に向って進軍すべきである。最近新民報の文芸欄に幾多の新人が紹介されて居るが。然し大部分の作品は台湾大衆の生活から遊離して居る。もっと大衆の生活へ喰い込み、台湾文学の建設に向って進むべきである。

　哲学を修めた人は台湾民族に一つの統一した哲学観を持たせることである。フィロソフィレンする事は単なる個人的な痴人の夢ではない。民族的に一つの哲学観を有つ事は進化史的には極めて重大な事である。

　音楽・美術を修得した人は台湾独自の新生面を開拓すべきである。音楽とか美術とかは一部上流階級の私的享楽を対象としてはならない。又単なる模倣であってはならない。大衆の生活とユニアンスを有つ事は決定的に重要である。

　建築を学んだ人は台湾の建築を合理化する使命を有つ。今度の大震災に対し、彼等は重大な責任を感じなければならない。彼等が自己の責務を放棄した事に依って如何に多くの人命が奪はれ、莫大な損害がなされたかを知らねばならぬ。去りしものは最早如何ともし得ない。だが今後こそ大衆は彼等に多くを期待する。

　教育・映画・技術……等々要するに各人が自己の機能に応じて最大限度の知識を傾注し、全力を発揮すべきである。そして其の目標は常に台湾民族の啓蒙と文化建設に方向づけられねばならぬ。

　一口に機能的全力発揮主義と言ってもインテリ個々の力では至って微弱である。だから私は各部門の聯盟結成を提案する。即ち経済学士は台湾経済聯盟を、法学士は台湾法律聯盟を医者は医師聯盟を、劇研究家は演劇聯盟を、技術家は技術聯盟を、音楽家は音楽聯盟を……等々と各専門知識を有つ者の従断的結合に依って目的へ直進する。文芸に関する限り既に台湾文芸聯盟なるものが結成され、台湾文芸運動を起して将来の飛躍が期待されて居る。

　台湾インテリ層は唯々困惑して居てはならない。又其の困惑を紛らすべくひたすら現実逃避をしてはならない。台湾インテリ層は今危機に直面して居る。生きる事は理窟ではない。事実なのだ。そして事実なればこそ、立って闘はねばならない。インテリは決して弱いので

はない。弱さは、寧ろ、生命をかける事の出来る確信ある知識の欠除だ。だがどのインテリにも幸ひに進歩的な気持はある。確固たるイデオロゲンを以て其の気持を生かさねばならぬ。具体的に言へば個人の機能的全力発揮主義に依って台湾の社会的解放、文化的向上の為の自助的啓蒙的運動に邁進すべきである。□も本年十月から不完全ながら自治制が施かれようとしてゐる。その結果の如何はインテリの指導に多くを俟つ。台湾インテリ個々の人生の為、果た後から来る者も為、一切の生臭い感情を清算して、生活戦線の中に勇敢に進軍する事を望んでやまない。

【譯文】

追憶游君以及對台灣知識分子的檢討

被匆促變動的世事與環境鬥爭擊敗，綠蔭藍天中飛燕南歸之際，春心蕩漾的南國青年男女們在綠意樹蔭下追尋著青春，在綻放的花叢中低訴愛情之時，前途看好的知識青年游禮松君，背對著人生大好時光只尋求一死，結束了短暫曲折的二十九年人生。

他出身員林郡大村庄，家裡是庄裡的大財主。台中一中畢業後胸懷大志進入早二高文科，昭和八年結束夢幻似的學生生活，自早稻田法學部畢業。在人人欽羨的最高學府學習、物質上又不虞匱乏，他自斷編織好的青春、為何選擇一死？根據新聞報導，他是因為無法與思慕的中國女孩結合，加上想回東京準備高等考試卻不被允許，這兩個理由造成他厭世自殺。但他的死，真能如此表面單純地來解釋嗎？說為情尋死不太可能，因為他有理性清明的頭腦；說是為求高等考試合格好獲得世俗空名亦不該，因為他是具有先進想法且性格崇高的人。

最近在我們周遭發生最讓人心痛的事，莫過於台灣知識分子自殺之多，難堪到要稱之流行。這是最沉痛的事件，但對此台灣的評論家與新聞記者不但反應相當冷淡，批評的也僅是無奈且老生常談似的內容。大家都說自殺的直接原因是來自於無法出人頭地、失戀的傷心、又或是生病之故、倫理破滅的苦惱。但這些都不是問題關鍵，這只不過是讓人往

自殺路上走的機會。人透過這些機會，全心全意地思考著生這回事的意義，他想探出個究竟，但不幸的是得不到解答。

人一日都無法忍受沒有人生意義的生活。就算平凡無能地過一生，但其中還是有夢。儘管是生活不幸、伴隨饑腸轆轆的肉體苦痛，但只要有生活意義，人還是會活下去。然而，一旦失去人生意義時會怎樣！將之單純地歸結於無法出人頭地的絕望，或是戀愛失敗的悲嘆、考試落榜等，這些都是隨隨便便光看表面就得到的膚淺觀。會自殺不是因為無法出頭或失意，而是透過這些事件透視到生命的索然無味。

若說人是為了投身現實生活而活的，並沒有足夠主觀條件。私底下的客觀成就極少。活著，正是一種不安的活，其中有主觀性的條例限制，同時也被客觀地制約著。凡是生命，都具有其存在的中心，這條件常常會限制住自己，自我形成自己的統一的空間時間觀，並成為對其周圍抵抗、反應的中樞。這個存在中心的周圍稱之為環境，環境會對這樣的生命統一發揮作用與影響。人的生命正是如此。人在與周遭社會調和地生活時，不會出現活著的徬徨與死亡的憧憬，因為此時他主體定位的存在論中心與社會中他的存在中心相符，自然會安定於其中。他的生活若平衡且調和，就不會出現對死亡的憧憬。反之，當他自身與周圍社會之間出現矛盾時，他失去了自然的中心，便會感覺到活著的不安，被引導到憧憬死亡去。活著的徬徨是出於社會性的問題，而自殺自然也是社會性的問題。不安中尋求對人生的安心感，不是因為逃避現實、沉膩於自己的內在精神當中，而正是因為想要活在充滿轉變與鬥爭的現實〔努力著〕。

就這層意義上而言，游君之死正是向我們台灣知識分子們提及這些問題。我本就無意否定他的自殺基本具有一些個人苦惱。但這只是因素之一。自殺正如「意志自由」論者所思考的，不是超越客觀條件的現象，而是歷史上、傳統上、一定的社會條件下的產物。就算是個人因素，也當是反應社會所決定的某種社會傾向，因此一定的社會或一定的必然產生的傾向都會影響到自殺率。最近台灣知識分子的自殺不是個別偶然的現象、不是性格出現弱點，而是台灣所形成的客觀條件下的產物。他的死應該被理解為：〔因為他是〕生為知道是被征服者的台灣人，且帶有□□民族的固有苦惱與晚近知識分子思想上的困惑，〔自

殺〕是行動的停滯不前、與青年們為台灣的命運奮鬥失敗最糟糕的解決方式，〔呈現一種〕企圖解決台灣知識分子的全面苦惱的縮圖。

我與游君相識於他大學三年級、我二年級時的秋天。當時我與他的交情十分短暫，但是短歸短，他卻是我交往過的所有朋友中感覺最親近的人之一。我最早知道他，是那之前三年的某次聚會。之後在校園、圖書館都常常在聚會中碰面。

但那時，我們只是點頭之交、偶爾開開玩笑，沒有交換過想法或討論過人生問題。當時在聚會中就感覺到他個性上的一大魅力，之後更加明顯、有印象。但學生時代的交往多是團體行動，因此雖然感受到他性格上的魅力，我卻不敢進一步地交往。當時我給他什麼樣的印象，而他又對我抱有什麼樣的感覺，這些我全然不知，之後也沒有試圖問過。

進入大學後我常常去大環會館吃中飯，其一是常去咖啡店或餐廳的話，我認識的朋友不分中國、台灣、內地，多得不得了，想到要煩瑣地一一致意，且客滿時還要花時間等待，就讓我覺得討厭。某天下午近一點我在大環會館用餐時，偶爾與游君面對面吃飯。那是早大與慶應比賽勝利的隔天，我們彼此邊笑邊聊著昨日殘餘的興奮，用完餐，下午他沒課，我也不想出校門，因此在大環庭園散步。我們躺在綠色草地上，全身沐浴在秋高氣爽的陽光下，偶然聊起中國問題。當時，他對民國的認識之深，意外地讓我又驚又喜。我邀請他下次來我家，因他住在學校附近的戶塚，很近，因此那天約好後我們就告別。

東京秋天的郊外到黃昏時時常起霧。晚上則是霧濛濛、宛若蒙上淡紫色面紗的朦朧月夜。他來到我郊外的住所，我喜不自勝地歡迎他的來訪。我們的話題始終圍繞在台灣的啟蒙運動、民族問題、還有民國的革命方法論、對三民主義的檢討。那晚，我第一次與他有思想上的交流，發現我們的人生觀、社會觀有所交集，讓我十分欣喜。得一知交實屬困難。如今除了發現他個性上的魅力之外，又從他身上找到思想共通處，我開心無比。之後我也去他位在戶塚的家。從此我們的交際變頻繁，他常常出入圖書館研究民法，特別是債權問題。我則還剩少許資本論還未讀完，因此終日都在圖書館一起度過。我們的話題逐漸聊到深刻的人生課題、民國革命的未來性以及身為台灣青年對民族解放的使命。

自此我從郊外的公寓搬到他家附近。我們的交情日益親密，還會彼

此聊到私生活與家庭上的小事。我喜歡在神秘的白色草原上散步。晚上有月亮時，我常常會邀他到戶山之原的草原上漫步。然後踏著衫樹與銀杏的樹影，一邊試論著對人生的正確認識。

沒下雨紅葉卻散了，沒起風銀杏卻落了，秋意更濃，北方西伯利亞平原吹來的冷氣團不知何時強烈地潛入周遭。踏著秋天的落葉，走在校園內冰冷的石子路上，我們的圖書館生活平凡如常地交替持續著。

他從小就對中國的民族革命懷有年少的憧憬。台中一中畢業後他馬上帶著少年的正義感與單純，請求父母讓他去中國留學。當時革命軍勢如破竹，正是北伐最烈之時，擔心各地治安的父母不忍心讓心愛的兒子去中國留學，而讓他前往東京。經過一年漂泊後，他進入早二高留學。但兩年的高中生活讓他覺得無味，日子再平凡不過。如此空虛的生活讓他失了目標，沒有堅定信念固守生活方針，他的人生觀開始踏進懷疑主義的迷宮，在疑問的沙漠中煩惱著。最後自己的生活終於被沒有目標的生活打敗，落入虛無主義當中，鎮日沉醉於一杯接一杯剎那間的歡喜與陶醉裡。

這樣的生活並未一直持續。他自早二高畢業後再次請父母答應讓他去中國留學，終於進入上海的大學。但他想像中的中國與現實中所接觸到的中國相隔甚遠。他抱著頹然的絕望，背對著揚子江的落日再度回東京進入法學部，將許多年輕的煩惱深藏心中繼續學業。但這期間，揚子江靜靜的流水聲吟唱的民族的吼叫之歌，卻是他忘也忘不了的。

就這樣歲月不停止地過去了。年輕時的理想蠢蠢欲動，卻如同天空中一閃即逝的彩虹。不久春天到來，應該是他離開學校的日子了。其他人努力準備就職活動期間，他卻沉著地在圖書館用功。他告訴我，畢業後想去中國的大學、更深入研究中國的問題。我當然舉雙手贊成，建議他到北平，約定好要介紹他兩三個與我有往來的大學教授，但可惜的是，最後因為家人反對(家庭因素複雜)，他只得於五月返台。

暑假時我也返台，他來清水找我。才一段時日沒見，我直覺發現他完全失去學生時期的爽朗、愁容滿面。他有著笑容所無法隱藏的憂鬱表情，我馬上就察覺到他心中的孤寂。這不是單純片面式的情緒交雜，而是帶有立體感的深刻。我們聊起這短暫分開時彼此境遇的變化，從當晚聊到隔天晚上。

　　夏天過後，秋風自南方海上吹來。我與他告別再度回到東京。在東京期間偶爾會接到他的來信。信中他常常傾訴著孤獨的寂寞與生活的無聊。他沉膩於對生命的玩味，甚至還因此有了消極、否定的結論。我時常鼓勵他，指責他思想上的誤謬。他信中有一處是這樣寫的：「最近，一日三餐與晚上睡覺是我生活的全部。你說我的身體不好，應該暫時在鄉下過寧靜的生活養生，但老實說，鄉下卻是安靜地近乎死寂。沒有談天的對象讓我近乎發狂。這樣的生活要持續到何時，一想到今後不知該往哪裡去便覺得人生慘淡。楊兄！活著好辛苦……。」我鼓勵他來東京，後來到十月時，他放棄去中國的想法，來到東京著手準備高等考試。

　　慌亂的數個月作夢般過了，昭和九年三月是我不得不離開校園的日子。畢業的同時，我已決定前往北方(滿鐵)就職。他對於我要去滿鐵工作一事沒有明顯的反對，但也沒有正面的贊成。我們的人生中有許多無法用理性解決的事情。

　　四月三日，我告別生活慣了近十年、殘留著許多年輕回憶與心情的東京，前往北國。前來送我的朋友中當然也有游君。「楊兄！在這道別的時刻我沒有什麼要跟你說的，只求你健康無恙。」我們熱切地握著手，火車出發時我再度回頭時，游君眼中汎著淚光。如今我都還記得，那夜東京車站下著大雨，彷彿是在嘆息別離般。

　　東京一別後，他在東京專心準備高文考試，雖努力不懈卻依然落榜，他最後返鄉了。無聊寂靜的鄉下生活再度找上了他，他寄給我的最後一封信中這樣寫道：「……我對人生感到非常疲憊。無聊中讀著歌德的《少年維特的煩惱》，那是讓人無法忍受的心境，閱讀的過程中我試想著自殺與墳墓，讀到最後一節『子彈已上膛。十二點的鐘聲響起。時候到了。綠蒂啊綠蒂，永別、永別吧』時，全身的血液像凍結似地，那種激動我還記得，現在仍然被那快要發狂般的恐懼感所襲。我靜靜地將手覆在胸口想著自己，那是一個在漠然空虛、混沌迷途中徘徊的我。狂風般地奔馳的情感中我的生活正逐漸動搖與瓦解。楊兄！青澀的知識分子究竟還是懦弱的。該往何處去呢？我已然走到盡頭了……。」

　　冰凍的松花江中，春天慢慢甦醒，沒多久北滿已是夏日陽光普照。南滿的春天很漫長，但五月中胡藤才開花。人稱長江十里石巖十里，遊

子足跡遍佈，從過去擁有燦爛文化的渤海到滿洲地方，青史瀝瀝。涉足江水的柔風與山林的翠綠能撫慰旅愁。我本打算利用大自然的變化，邀他在綠草茵茵的五月從南國來到北國一起生活，但他卻突然絕世。我面對著書房望著大連的寂靜夜景靜靜地瞑想。他過世已過兩個月，但仍是叫人傷心，我心依然憂鬱。

在他短短二十九年的人生中，境遇受到無數好惡因素的左右，更有民族、社會、家庭等思想上因素的影響，雖然有過數次波濤起伏，他仍自始至終都過著認真的生活態度，他對民族問題抱有興趣，專攻法律——特別是債權問題。

他性格表面看似開朗，但總是帶點陰鬱。因此他的人生觀也灰暗。他是個思慮甚深的人，就算想到有件事想做，他也會深思熟慮地思前想後才著手。

他是個極富人情味的人，特別是對朋友感情至深。報上傳出他的死訊後，認識他的人無不替他惋惜。

他對女性有潔癖。有一次為了度過無聊的寒假，他前往新潟拜訪朋友。投宿的房東有一位剛從女學校畢業的可愛千金。她對游君的男性魅力深深吸引，新學期開始他返回東京後，女孩對他思慕無比，終於抱著抑鬱的心前來東京找他。當時他二十二歲，正是年輕氣盛之時，但他仍然讓女孩明白自己離家出走的過錯，打電報到她家，當晚還把寄宿處的阿姨叫起來，讓她跟阿姨同睡。這是他人生中發生的一段插曲。

我應該停止贅述著個人對他的思慕之情。透過他的死來全面地批判台灣一般知識分子的困惑是更要緊的問題。

知識分子的困惑是資本社會崩壞期所帶來的產物，在困惑的強化與擴大中，現代的台灣知識分子深受其影響。

知識分子的困惑在大森氏、向坂氏、戶坂氏、永田氏等許多前輩的研究下已然明瞭，因此我將專門討論台灣知識層這一特別面向。

大家要知道，所謂的知識分子是指受過一定教育的知識分子，因此對於台灣知識分子的檢討必需先從台灣教育的解析為起點才行。

我們先在公學校接受六年教育，台灣自改隸以來直接依循帝國憲法，被要求盡到服從與納稅的義務，但卻免除了當兵的義務。義務教育法案也是自改隸以後，經過四十寒暑卻仍然沒有通過。我不以為台灣總

督府沒有大到足以強制要求義務教育的權力，因為他們都可以強制在台灣人身上施行比義務教育還要沉重好幾倍的負擔。我們在最近新聞中屢屢可以看到各地方有力人士向當局提出增設公學校與提高層級的請願書。就連公學校這種最低限度的教育，他們也不充分提供給台灣人。

公學校與小學校之間的差異不只是單純用語上的不同，其中頗具深意，關於這點我這裡先不談。在公學校的六年教育幾乎可以學到所有的日語，這與其說是接受教育，說是在學日語還比較貼近事實。忘記寫數學作業還好，但只要講一句台灣話就會被斥責。師生關係也不似內地小學校一般相親相愛，而是取決於殖民地中獨特的強弱關係。應當如同對待自己心愛子女般地關愛執教，但在台灣，不當虐待的新聞頻繁地出現在報紙的社會版上，此外假日老師們嚴格地佩戴著金條，配戴短劍（著文官服），這事實證明了一切。如此幼小的心靈受到扭曲、壓迫，進取的精神也受到破壞。應當明朗快樂的童年、應當純真的童年——而公學校的兒童哪裡又帶有一點開朗與活潑呢？

從公學校進入中等學校，這對台人而言是最危險的辯證法似地跳躍。其競爭之激烈遠遠超過全國中等學校的競爭率。光用量的比較來看學力或頭腦是沒有意義的，其中還要考慮到殖民地統治的政策考量。公學校教育的統治意義在於言語上的同化。但進入中等學校後，我們除了原封不動地吸收所學外，多少也萌生了判斷力與辨別力。因此中等教育除了某些特殊功能外，實際上可以讓殖民統治利用的地方很少。這種利用價值之低下在學校層級越高便越明顯，有時還會造成（統治上的）麻煩。在台灣有許多無法進入中等教育的兒童，但當局卻對炮聲隆隆的指責聲不為所動，然後還設立了需要數十個中等學校經費才能設立的大學，因此中等學校無法增設，與經費不足無關。

各地的中學校都有華麗過頭的雄偉建築，但內容卻極端貧乏。想進入內地的高等學校卻考不上的人很多，大概都需要再花一兩年準備。

被不完全的偏頗教育誤了人生的台灣中等學校出身者，不是在台灣吃了高等學校的閉門羹，有財力者只能前往東京，進入不好的學校唸書。

有人主張台灣已經有高等學校與大學，但這些高級學校並不是為台灣人而設，而是確保內地人定居台灣的移民政策。從下面昭和八年度各

校在學生人數的表格就可以看出，四百九十萬的台灣人(與僅僅二十萬的內地人相比)所占的比例之低下狀況。

	總數	台灣人	百分率
台北高校	五八六	一三	二二
台北醫專	二九三	一六三	五五
台北高商	二二二	二十（昭和七年）	一
台南高工	二二一	七九	三五
帝大農專	一三	七	五四
台北帝大	一六五	二六	十六

如今高等專門學校的平均看來，台灣人所占比例為32％，大學則是16％。意即學校層級越高，台灣人求學之路便越受限制。而這樣的限制一年比一年還嚴苛。

儘管從許多淘汰中勝出，進入高等專門學校、大學，但困境仍舊沒有被打開。像目前大學這樣，經濟學、社會學或政治學等等的文化科學是否只是讓教授們記成筆記、讓學生們背誦、考試的研究性科學而已，這點仍是相當大的疑問。今天大學畢業生中有許多人只是把繁多的知識平板化地、觀念性地、死板地吸收著。這種人簡單地想把不斷發生於我們歷史生活中的新事物，鑲嵌進大學中所學到的既成觀念中。不少人不考慮問題輕重遠近，如小孩子畫畫般保持著平板的觀念。我們的歷史生活是如辯證思考般地展開。把握實際面貌、明確其中的意義，這需要豐富的經驗與多角性的觀察以及正確的判斷能力。今天大學教育，特別是文化科學上卻沒有養成把握如此歷史生活種種面向能力的態度，僅僅只是想打造出統一具備某種知識規格的人。

「大學自由被剝奪」這句話頻頻被呼喊。這種自由的剝奪在台灣人學生身上特別明顯。別說是壓迫少數有思想的同好們所組成的研究會，就連以懇親為目的的同鄉會也被干涉。往年台灣青年會即被懷疑內有兩三位左傾分子而被解散。甚至像早大瀛士會這種每年的實際活動只有一年一次的送別會與歡迎會，每次集會時也被執著地干擾。

無聊的學校課程結束、暑假到來，我們回到故鄉尋求安慰。一邊打包行李，一邊在心中勾勒著思念之人的身影，但在見到這些思念親人之前，我們在船上會被叫去調查東調查西的，就算回到家，前來找我們的

不是我們期待已久的親友，而是虛有其表、自以為是的便衣警察。

學生生活枯燥無味。台灣青年會解散前，台灣留學生踏上自由主義黃金時代的潮流，追隨當時的文協、民眾黨、農組派，屢屢組成演講成員試圖在全島各都市遊說，或是努力加強部分啟蒙運動較弱的一環，但台青一解散，學生運動便停滯，特別是世界經濟恐慌爆發後，日本資本主義內部的政治中心勢力發生變化，在「非常時期」的名義下，自由主義遭到極度的壓迫、人民的自由受到極端限制。從此，除了少數馬克思主義分子的地下運動外，薄弱的台灣學生運動連個影子都不見了。

然而，儘管是台灣青年解散前，啟蒙運動中台灣學生所扮演的角色比之民國學生們在民國所扮演的角色相比，仍有天壤之別。從巴黎會議開始，民國即陸續發起排外運動——這一新興的內部運動核心常常都是民國的學生階級。他們在民國革命過程中受到深刻的影響。第一次革命以前，民國已然受到學生運動的影響，特別是日俄戰爭之後，留日學生燃起熊熊霸氣加入革命運動。帝國主義宣傳的手法是靠教育。蘇維埃主義宣傳的則是「破壞的教義」。中國學生們前往牛津、海德堡、哥倫比亞等地，學到的是壓榨的科學。若是去莫斯科，學到的則是革命的科學與共產主義原則及應用。但蘇維埃的宣傳並不單單滿足於在大學講授，他們還教中國的勞工、農民如何組織，更對國民黨諸委員會造成影響，對軍閥的帝國主義產生道德破壞，成為引導新中華民國面貌發展的推進力。中國學生們組織著各個聯盟，連十多歲的少年也讓他參加，驅使他們勇敢地參加啟蒙的、政治的遊行。而且他們受到九一八事件的激發，更加熱血蓬勃，相較下台灣的學生運動脆弱得無法相比。

學生生活枯燥無味。若是一窺茶店、麻將館、咖啡廳、舞廳，會驚訝地發現那裡聚集了多少揮霍著無聊人生的學生。但這是學生時代的一個階段，被認為是人生鬥爭的準備階段。一旦結束學校生活進入社會，知識分子的苦惱最是深刻。因為眼前面臨的是就職困難的問題。就業困難對於我們台人特別嚴重。最基本的問題在於我們出生於斯、生活於斯、親近於斯的台灣社會容不下我們。就算考過司法、行政兩科高等文官考試，卻很少當得成台灣官員。在台內地人經營的銀行、公司更是如此。例如台灣銀行，某大學推薦時還附帶說「拒絕推薦台灣人」。今日台人司法官、行政官多在內地而非故鄉台灣，特別是在滿洲國特別

多。這樣的現象表示，要成為台灣官吏的水準一定要比當內地官員來得更加優秀？又或是當局的方針就是不讓台灣人當台灣官？又或是我們台灣人自願放棄當台灣官吏？從內地轉任到台灣的官員都具有一級以上的升遷，因此第一個原因不成問題。到頭來原因變成第二與第三個。這種心情才能拯救一切在外台灣人的心理。台灣人消極地放棄當台灣官的希望，根本上是因為待遇與支配型態的問題。

但故鄉是人人都懷念的。拋棄自己的故鄉想去外地工作並不平常。某人的「春天哀歌」中如此寫道：「回憶是寂寞的，凝望大地，腦中浮現的是故里的春天。苦泣是痛苦的，強忍虐待飄泊千里，離開父母之地遠行已過數春。故里啊，桃花滿香的春天啊，我怎麼拋下養我育我的您與春天而來呢？」在台灣就職的希望破滅，使台人嘗試到內地或外地找工作。但資本主義社會未曾發生過的經濟恐慌下，因生產急速縮水，連帶地在技術者、專家等知識分子中產生大量的失業者。台人在如此客觀情勢下，就職比內地人更多了一層限制，顯得愈加困難。

這樣一來，台灣的知識分子都在找不到工作的情況下回台，但他們回來後是碰到怎樣的一個台灣社會呢？原本，漢民族對教育一直抱有十分不一樣的觀念，便是把教育當成方便「登官發財」的門路。若耗費大筆學費卻無一官半職地返鄉，世人便會投以冷酷的眼光，不斷地責難嘲笑他。教育固然是以涵養健全社會生活的知識為目的，但在資本主義社會中，職業與教育雖多少有些因果關係，卻絕不是必然的連鎖現象。但台灣知識分子如今卻連向大眾解釋的氣力也沒有。

在台灣沒有適合知識分子發展的社會層，且以組織能力與理論為長才的知識分子在行動上極端薄弱。這是受到紙上談兵的影響，溫室下的生活造成其纖弱，且在眾人白眼中難以保持立場，蒼白的知識分子同時也是無力的同義語。

無工作的知識分子只是困惑，但突破就職困難的知識分子卻常受失業的威脅。就算是勉強安於工作者也無法加入市民階級的行列，長年刻苦砥礪工作後，也僅能得到勉強支持一兩年生活的退休金。前途暗淡，而這種陰暗的深刻，因受到人種的桎梏而更加強化。

台灣知識分子多出生於靠土地收租過活的中產階級以上的家庭。最近地價跌落加上經濟不振，造成台人社會經濟的全面性崩潰，但中產階

級的沒落是現代社會的矛盾產物。從封建性到資本性，爾後在其資本制崩潰的過程中，中產階級之所以沒落，與衍生於資本聚集的資本領域高位化有必然的關係。台灣知識分子如今不只無法找到容身之地，看到逐漸沒落的家庭，更會對人生產生幻滅感。台灣知識分子只能困惑，「該往何處去呢？我已然走到盡頭了……。」這不僅是游君一個人的煩惱，也是台灣知識分子共通的苦惱。

然而，若是到台人經營的公司就職又是如何？台灣社會從日本占領台灣開始，其經濟生活因基礎脆弱、落後，在特殊的發展的包覆下，其牧歌式的和平在歷史運動的法則中消逝。此一特殊的發展就是沿著：官僚的強力經濟統制、確立依附日本資本主義的經濟霸權，以及讓封建鄉紳們寄生土地這三條基本線展開。以民族統一為地盤而形成的近代國家，動員所有機關所進行的產業保護與哺育等諸政策，都是資本主義開花的必要前提。日本資本主義趕不及參與世界市場的瓜分，直到二十世紀初才終於得到台灣，在依附日本本土的殖民地發展傾向下，台灣的封建制度雖開始急速解體，但封建如台灣的社會構造下，卻無法因此產生符合台灣人歷史期望的進步要素。如此一來日本本土的商業資本、產業資本、金融資本在台灣官僚的強力庇護、統制下成長發展，台人在地資本則似製造業經營地，壓縮為小規模的商業金融業經營。這三條基本線的最後一條，被台人獨占的土地支配在晚近農產價格下跌中，逐漸向金融資本靠攏。台人經營中沒有大公司，知識分子自然也沒有就職處。

在台灣或在內地都無法找到工作的部分台人便到中國謀求發展。但在此地以眼前許多前輩們種下惡因，我們也被這些惡因拖累，在各地被排斥。不只如此，中國社會有著複雜社會生活的特異性，到底不是適合我們活動的據點。

身處今日資本社會崩壞期，一是朝內面主義發展，或是瘋狂地破壞，又或是頹廢地享樂，人往這三方面四散。在希臘文化末期、羅馬文化末期皆是如此。現今社會也無不正是受此規定著。但台灣知識階層除了一小部分往內面主義發展，大部分還是朝頹廢的享樂方向前進，瘋狂破壞的人在台灣知識界還看不到。

頹廢的享樂傾向是不負責任的生活下產生的倦怠。試觀酒樓、茶店、咖啡廳、舞廳，其中占了絕大多數的都是知識分子。倦怠雖是人類

對於社會生活的本能反應，但在應當最具向上工作的旺盛心的青年期，〔這種倦怠〕則是因為身處沒有適合自己工作的環境中所造成的煩悶心性。生理與心理都成熟的成年人被閒置於不負責任、欠缺生活緊張的地位，一方面則將精力放在不健康的精神耗費上，另一方面又傾於更不健康的心靈與肉體享樂。神經靠尋求強度刺激來麻醉自己，藉由那剎那間的感官享樂來驅走困惑、逃避現實。

這樣的結果是我們所看到現代台灣知識層的慘狀。如此活著的現實背離了期待，這樣的衝動下，最後向知識分子們襲來的則是懷疑主義的泥沼，接下來就是自殺，游君的自殺正是如此社會環境下所上演的悲劇。

現代台灣知識階層只能困惑。對人生感到極度的疲憊，對將來完全沒有希望。台灣知識分子毫無去處可去。然而，台灣知識分子真的無法行動嗎？蒼白的知識分子一定就是弱者嗎？

本來，資本主義在其生成的過程中，必然需要知識階層。因此，資本主義對於這些沒有生產能力的社會階層，要在必要限度的社會地位下給予一定的特權，另一方面他們則成為市民階級的代言人，奉獻一切只求擴大強化利潤。因為經濟與政治目的的差異，日本治台初期總督府曾暫時獎勵台灣留學生，給予援助保護，回台後施予一定特權，善用他們。資本主義的發展與科學的進步下，知識的習得變得容易、廉價與普遍。但同時，由於資本主義發展成熟，利潤下降的經濟法則發揮作用，給予多數知識分子每個人充分的所得與地位變得越來越不可能。如此一來，身為市民階級代言人的他們失去了在社會上生存的理由，轉而在農民階層中扮演思考式的角色，或是加入無產階級隊伍，成為追逐巨大幻想的浮動群體。

組織階層的懦弱並非如部分人們所誤信地那樣，不是因為他們趨附於組織。無知未必會讓人心沉寂，也未必會讓人心勇敢。相反地，欠缺相信賭上生命就可以成功的覺悟，才讓他們陷入動搖迷惑的漩渦。今日知識分子因為有了充足的知識，不該會迷失應走的道路。但事實相反。他們欠缺對自身的確切認知，又或是因為他們自己仍以過去的經濟能力與社會地位自豪，蒙蔽了他們的心，讓他們無法確立自己的態度。同時，時至今日漸漸找不出他們的知識所能帶來的發展性，〔徹底〕奪去

他們前進的力量。知識分子並非一定要是三心二意的人物。無論是馬丁路德或是盧梭，又或是孫文、馬克思、恩格斯、列寧等，他們都是知識階級出身，卻感受不到他們有一絲懦弱或消極。另外，在市民階級變動的時代中，知識分子絕非消極且虛弱的。他們反抗封建勢力，努力做個代表社會發展的社會勢力理論家。翻開歷史，知識分子並非以如此〔消極懦弱〕形態自任，而是扮演社會變革中積極創造的角色。

台灣知識分子不該只是困惑。台灣民族的全體文化層面仍然低下。給予如此低下文化中生活的大眾積極的指導與創造是台灣知識分子應當背負的任務，也是歷史使命。就算是一時被沒有自覺心的大眾——有時還會被知識階層中少數人當傻瓜似地責罵與嘲笑，也不能放棄責任。時間會明白地解決一切。對於這些因執行使命而感到困惑的台灣知識階層們，首先應該要求他們的就是握緊一個確切不移的信念。

真實的人生觀、社會觀

徹底明白客觀情勢

對於目前情勢的正確認識

以及讓現況獲得進一步發展的最正確方法論

若台灣知識分子將這些探討當成觀念的遊戲，將自身精神的怠惰當成「時不我予」而企圖將之合理化，這則是大大的錯誤。我們絕不能囿於主觀利害判斷而疏於客觀判斷。無視衍生出主觀現實的客觀條件，將人生、社會的一切悲喜都當成是時運不濟的偶發現象，並以此自囿，這將是決定性的誤謬。當然，最正確的方法論，在一般的理論體系中是找不到解答的。真理在於實踐。正確的認識與理論的把握是正確堅固的信念之根基，以此展開行動，積極向前。擁有信念會讓知識分子們失去浮動性，進而對一定的生活態度產生方向目標。

堅定的信念只有依照最正確的方法論才能達成目的。

然而，台灣知識分子該以何種方法來向自己的歷史使命邁進呢？我提倡啟蒙台灣民族朝文化向上的方向去，全力發揮以文化向上立足的個人機能主義。

學習經濟的人應該研究台灣經濟理論，分析並增進台人的經濟生活，反對官僚與日本資本家、擁護生產者的利權，解放排除一切的榨取機構與制度，更進一步地斡旋、統籌並組織台灣產業各個層面，謀求台

人經濟生活之向上發展。最近大家頻頻高呼米穀問題或甘薯問題，但一般大眾仍對其經濟性質不甚了解，像現在這樣不抱關心的事態是經濟學上最不應該的。知識分子們不該單單居安於祖先遺留下的家產，一定要努力指導建設具生產力的社會生活才行。

學習法律的人則要研究現行台灣法律的矛盾與缺陷以求改善，更努力灌輸、培養大眾法律知識。台灣被稱為是警察萬能的社會。法是社會生活的準則，破壞吾人社會生活者會被法律排除。警察會這樣壓迫、破壞大眾的生活，是因為大家對法律無知、所以才讓警察騎到頭上來的緣故。大家不知道自己具有理當表達自己主張的權利。台灣有許多台人律師，卻很少聽到有人在大眾權利被侵害時會為大家不求報酬地勇於站出來。另外如行政法庭的設置請願活動，也是被在台內地人律師先擋掉的。

學醫的人不單只是專心於開業增加自我收入。現今一般台人的衛生思想仍舊低下。不論是台人的體格、壽命，仍是恥於稱為文明人的狀態。醫生要在生活衛生、特別是採光與通風上指導大眾才行。

學文學的人應該興起文學的大眾化運動，特別是朝台灣各別的文學建設進軍。最近《新民報》的文藝欄上介紹了許多新人，但大部分的作品仍背離台灣大眾的生活。應該更深入大眾生活，朝台灣文學建設邁進。

學哲學的人則要讓台灣民族擁有一個統一的哲學觀。搞哲學不是單純個人的癡人之夢，具備一個民族性的哲學觀在進化史上是極為重大的事。

學音樂、美術的人應該開拓台灣獨自的新興面。音樂或美術不是部分上流階級的私人享樂對象。也不是單單的模仿。重要的是與大眾生活有所銜接。

學建築的人則具有合理化台灣建築的使命。對於這次大地震，他們一定感受到重大的責任感。他們一定要知道要是放棄了自己的責任，會奪去多少人命、造成莫大的損害。過去的已然無法追回，但今後大眾會對他們多所期待。

教育、電影、技術……等等，總之每個人都要盡自己能力傾注最大限度的知識、全力發揮。其目標必定是與台灣民族的啟蒙與文化建設方

向一致。

　　一句話來說是機能性全力發揮的主義，但知識分子個別的力量卻是相當微弱。因此我提議各部門組成聯盟。換言之，經濟學士組成台灣經濟聯盟、法學士組成台灣法律聯盟、醫生組成醫師聯盟、劇場研究者組成演劇聯盟、技術家組成技術聯盟、音樂家組成音樂聯盟等，具備各個專門知識者，合縱連橫地朝目的邁進。文藝方面已有台灣文藝聯盟，期待它興起台灣文藝運動，未來蓬勃發展。

　　台灣知識階級不是只能困惑。更不能為了掃除困惑而逃避現實。台灣知識分子如今面臨危機，活著不是藉口，而是事實。正因為是事實，所以應該站出來奮鬥。知識分子絕不是懦弱的。懦弱，倒不如說是欠缺相信賭上生命就可以成功的覺悟。但可貴的是每一個知識分子都具有前進的思維。一定要秉著堅定不移的信念讓這種思維生生不息。具體而言，應該要全力發揮個人的機能，為台灣社會的解放、文化的向上，邁向自主式的啟蒙運動。今年十月開始不完全的自治制度開始實施了。其結果如何有待知識分子們的指導。衷心祈望台灣知識分子不單是為了個人人生，還能為日後的子孫們洗卻一切世俗情感，勇敢地在生活戰線中進軍。

No. 9

　　大連市須磨町四二　　大阪商舩会社々宅曽人模兄転交　　　楊肇嘉殿
　　親展（大至急）
　　大名橋　　楊基振　11.5.20

　　昨日はゆっくり語る事も出来ず然し大変愉快に一日を過ごしました　御出発に際しお送り出来ず実に残念です　勤める身の悲しさです　何卒ご了承の程をお願致します

　　肇嘉哥に会って私余り嬉しいもので色々な失敗をして居ます　昨日は印をそのまゝ大石橋へもって来ました　汽車に乗ってから気がついたのです　十八列車で専務車掌に頼んで大連駅助役宛に保管方を依頼したから誰か使ひをやって取らせて下さい　それから浪華洋行で買った品物は全部燈人の別荘（星ヶ浦）に忘れて来ました　私の風呂敷は

其儘曽様に預けて下さい

　尚曽様に北平での女友方秀卿の住所をお知らせして置きました　あの女だったらお嫁に迎へてもよいが先方は仲々応答しさうもないのです　父母は相当私に好意を持って居るが、秀卿との交情も当初は悉る良かったが月嬌が私の恋人だと知られてからお互いの感情は可成離れ、何よりも満洲国に居る事が決定的に条件を悪化せしめて居るのです　まあ交渉して見るだけやって見てもよいでせう　彼女と結婚出来れば私の前途を中国に結びつける事にもなるのです　私の期待は何よりも此の点にあります　まあ之はほんの試しの積りでやって下さい　台湾の娘さんもなるだけ留学生の方は捜しては如何ですか　海外に出てゐるだけやはり進歩的ですからね

　北平移転の一件も慎重に考慮を願ひます　一切の客観状勢から推して私はあなたの台湾滞在が決して良結果でない事と思ひます　出来ればやはり北平へ移転されるやうお奨め致します　何よりも収入を計って支出を制する予算生活に入るやう特に切望致します　現代の如き世界にあっては人的存在の価値評価は経済的力量が其の基礎要件であるのです

　最後に餞別もせず、よき案内も出来なかったのを深くお詫び申上げます　尚帰台後は肇嘉嫂・湘玲様・基森さん・基煒さん・基焜さん・湘薫さんに宜しくお願ひ致します　台湾から帰満後私は肇嘉哥を歓迎するに興奮して割合に期待ある生活をして来ました　今満洲からお送りししかも春の花も去りし後の生活は一人の淋しさを思はせます　何れ又お便り致します　荘さんにも宜しく

　さようなら

楊基振　11.5.20

　肇嘉哥へ

【譯文】

　轉自大連市須磨町四二 大阪商船公司社宅曽人模兄　楊肇嘉親展（急件）

　大石橋 楊基振 11.5.20

　　昨日匆匆忙忙但卻是十分愉快的一天，無法送您出發，十分可惜，真是公事纏身的悲哀，還請您務必諒解。

　　與肇嘉哥見面我很開心，但中間卻有許多敗筆。昨天直接把印章從大石橋帶了過來，坐上車才發現，拜託十八列車的專務車掌拿回大連站助手那邊保管，還請您去請誰把它領回來。之後在浪華洋行買的貨，原都忘在燧人的別墅(星浦)，我的被子請放在曾兄處即可。

　　另外，我已告訴曾兄我北平的女性友人方秀卿的地址，如果是她應該也可以娶回家，但對方遲遲不回應。她父母對我相當有好感，當初與秀卿的交情也十分要好，但她知道月嬌是我的戀人後，兩人感情便疏離，而且我現在人在滿洲國，這條件讓事情更是惡化。不過您尚可代我交涉吧。若能與她結褵，我的未來就緊繫在中國這塊土地上，這正是我的期待。還請為我一試。台灣女孩且具留學經驗者搜尋得如何？喝過洋墨水的想法比較先進。

　　請您慎重考慮遷移到北平，從一切客觀條件看來，我認為你待在台灣決不是良策。可以的話，希望您可以遷到北平。特別是希望您以後可以量入為出，身在現代這個時代，人存在的價值評斷都是靠經濟能力做為其基本條件。

　　最後沒向您好好道別，也沒好好帶您觀覽周遭，我感到十分抱歉。歸台後還請代為向肇嘉嫂、湘玲、基森、基煒、基焜、湘薰等人問好。自台灣回到滿洲後，我每天都興奮期待歡迎肇嘉哥的到來。如今送您離開滿洲後，春天花謝般，生活又變得一個人孤孤單單。我再寫信給您。也請代為向莊先生問好。

再會

基振敬上 11.5.20

　　致肇嘉哥

No.10 (原文為中文)

台灣台中市新富町五之二八　楊肇嘉殿

南滿洲大石橋啟明寮　楊基振

「天下雖兵滿　春光白色濃」—J.P—

肇嘉哥：

你的來信我已接到了。知道你安抵故鄉，而且路中風波極為靜隱〔穩〕，這也可慶祝的。說起來，可算是奇妙偶然的，真想不到在這曠野能迎你的來臨，我因為事務纏身，不能十分招待，反倒來信道謝，真不敢當的。

你南歸了，雖是不足十天的滯滿，在這段時間的相聚歡笑，一旦消逝難留；此地，唉！惟獨愁無聊啊！……你去後我始驚覺，不料晚春的風起得這樣靜靜悄悄，夏又到人間來了。你所愛的牡丹花也隨著春風飄落，如今胡藤從綠葉已花開了呢。

這回你來滿最使我喜歡春，就是你想念故都北平之情也和我相似。聽見你說的話，看見你照的像〔相〕片真使我難堪，憶起在故都一共差不多一年的生活，好似一場的美夢一樣。在故鄉生長，在東京學業——各占我經過來的人生的一半。但，那兒都不使我留戀。只是故都給我很深刻的印象。那時候兒，我自以為是革命青年，血潮是何等的湧流啊！精神是何等的活潑啊！如今來滿，看見被日本帝國主義所壓迫之下的同胞，我的精神上是極痛苦的。昨天有一個鄉友過大石橋來訪我，他說：社會是馬馬糊糊的，頂好是快樂地過它一世，如果能多攢一點兒錢，再不必問什麼革命與主義……。

他是最高學府畢業的鄉友，不過在滿的所謂實行王道主義的青年，無論台灣人、滿洲人抱著這樣思想的人極為多。他們也依著這麼思想而行動著。

也許這鄉友說的是真理，可我覺得我原是和他們是不同的人類，他們所需要的是登官發財，我所需要的卻是別的……。在這樣的環境裡，雖然我渡滿日淺友多，然而我都覺得孤寂，無一有可以談懷解消的。

　　最近我對於我的生活覺得乾燥得很，我從前深信我的生命正是在我的工作上。但是，這樣的工作那能值得我的生命呢？我真有點兒迷惑！到米〔美〕留學一件已變為泡影，尤其就是近來很懶的看書。呸！

　　好好的家庭又被我哥哥弄破，一波消解一波又起來，這也很使我灰心、悲傷……我再不想說下去……。

　　肇嘉哥你自回鄉以後精神很痛快嗎？最少他能得到家族的慰安。大家都康健快樂吧。移轉北平的一件，大概是很難能實現吧。客觀的情形或者不許你離開台灣。如果你能搬到北平去，我也打算轉到北平去。痴想！那有這樣的日子呢！

　　華北的空氣又惡化起來了。未知何時會破裂……。

　　基椿君近來如何？我寫信去，一信都沒回。暑暇也快到了。已上專門學校應該的自負一點才對。尤其像我們生為漢民族的不幸的人。

　　遠思及你、家鄉，我的心兒好似也南飛去，相會在一朝。請時常惠信，因為我很高興你的來信。請對肇嘉嫂請安。並祝

　　夏安！

　　　　　　　　　六月四日　　　　　　　　　　　弟基振上

No. 11

　　　台湾台中市新富町五ノ廿八　　　楊肇嘉殿　　親展
　　　南満洲大石橋啓明寮　　　楊基振

　　只今御手紙に接しました　色々家の事迄心配して下され有難う御座います　お便りに接して初めて分かりました　泣くに涙さへ出ないのです　只何故運命はかくも我に可酷でありませうか！人を恨み世を呪ひたくなります　何よりも母が気の毒です　兄は常に自分で勝手なことをして最後に可弱い母になすりつけ、其の度毎に自殺で驚かして破壊から破壊への道を繰返してゐます　最も借金に苦しんでゐる時でさへ母と私は出来るだけの倹約をしてゐるのに兄はダンスホールで戯れてゐるのです　肇嘉哥は私以上に知って居られるが故に私は今更喋々致しません

　　其の対策と致しましては肇嘉哥の名義にせよ母の名義にせよ決して

台湾で借金して神戸の負債に充てないやうにして下さい　必ず個人債務として今後の生活を永く脅かし苦しくするのです　蓬莱はちゃんと楊基忻と云ふ会計を置いてゐるから損得や負債の整理は法庭で解決する外に方法はありません　譬へ其に依って兄が法庭に引張り出されても已む得ません

　第二に甚だ恐れ入りますが之は是非肇嘉哥にお願ひして早く手続して戴きたいのですが、私は兄と分家したいのです　之れは実は破産の宣告があった場合には会社の規定に依れは辞職させられるのです　何も兄の困難を見て逃げる訳ではないが今会社を辞めさせられたら一寸行末に困るのです　兄と分家して独立して一家を創立すると同時に是非母を私の戸籍に入れたいのです　台湾の親族法は之が出来るか否か分りませんが若し出来ない場合には私はやはり母と分戸するに忍びません　台湾の大家族制に反対する私の従来の主張からして早晩兄とは分戸せねばならぬのです　兄と同一戸籍内にあり、又兄が戸主なるが故に兄にとっても私にとっても色々不利益の事が沢山あります　兄弟の情は実質に求められるべきで法に求むべきではないのです　譬へ兄と分戸しても私の兄に対する思慕の情、兄弟の理は毫も減ぜられません　此の手続は実は先般帰台の時にする積りでしたが多忙に紛れて終ひ出来ませんでした

　第三に今少し残っている田地――之は殆ど糊口にも足りないものですが――は之を母の名義なり、私の名義に変更して戴きたいのです之は私が此の前帰台の際母によく言ひきかし、母舅に手続する事を依頼して置して其の儘帰満致しましたが多分又手続が済んでいないと思ひます　之は兄が今の波瀾が終了すれば兄の生活費に充てたいのです

　私は双手を空しうして独りで更生を計る積りです　御存知の通り祖先が残し、母の可弱い腕で必死で守って来た大庄の土地は私の分迄もひっくるめて此前既に他人の手に帰してしまひました　私は余り悲しくもありませんでしたが母の傷心の姿は永遠に私の脳裏に深く宿ってゐます

　以上の三つの対策は尚母ともよく打合せて下さい　私は別に直接家に手紙をやりません　近所の口がうるさいですから……母に相談する

時も手続をする時も全部秘密でやって下さるやう御願ひ致します

　今日は丁度二十二日で御手紙に依れば期間が切れた日です　神戸に於ける兄、故郷に於ける母を遥かに偶んでうたゝ感慨無量です　語るべき多きの事がありながら、語らず黙したき私の心境を何卒お察し下され御許し下さるやうお願ひ致します　狂おしい頭を抑へて私はやはり生きて行かねばならぬのです　北平へ御移転の件到抵実現の見込が御座いませんと思ひましたのに、斯くも肇嘉嫂が簡単に御同意されたのは寧ろ意外です　肇嘉哥……何時も繰返すやうにあなたは僅かしか残りませんがどうか今後は其を死守して更に大きい事業の為に奮闘して下さい　私も一切を空しうして肇嘉哥と力強きスクラムを組み、虐げられし民族の為に一命を捧げたいのです

　何か波をがある毎に御心労を煩します　もう既に感謝の言葉が御座いません　感激です　一番心配なのは独りしかない母であり私の最も思慕する母である故何とか慰めて心を傷ませないやうくれぐれもお願ひ致します　母に万一の事がある場合私も生きる辛さに堪へません　それは同時に私自身を葬る時です

　皆々様にも宜しく　　　　　　　　さようなら

　　　　　　　　　　　　　　　　　　　　　　　弟より

　　　　　　　　　　　　　　　　　　　　　　　六月廿二日

　先日の手紙受取られたでせう　どう解決しましたか　家からも兄からも手紙が来ませんのでさっぱり分りません　何れにしても実に傷心です

　昨日奉天へ遊びに行きましたが何等か台湾の新聞に今度あなたの中国御旅行中当局のになむやうな言動があったさうですが新民報には見当らぬしどうなったかと案じてゐます　一つお知らせ下さい　別に問題を起すやうな事はないと思ふけれど……

　次に先日兄と分戸する手続をお願ひしたんですがどうなりますか？実は母から満洲へ来て一緒に生活がしたいと云ふのです　度重ねる兄に失望し生活の慰安を満洲に求めるのが母の心境らしいのです　私の生活も精神的に非常に恵まれてゐないので母を迎へらるれば之に越す

喜びは御座いません　然し戸籍上に於ける私は次男で兄が戸主である関係上、養育の義務は兄になり、私は母を養育する義務がないのが会社の規定です　従って社宅の配給を受けません　社宅の配給がなければ大石橋は御存じの通り貸家のある処ではありませんからどうしても母を迎へる事が出来ないのです　そこで若し私が分戸して一家を創設し、母が私と同一戸籍内にあれば私が戸主である為母を養育する義務が生じ社宅をくれるのです　若し此の場合兄が戸主でも私が結婚して居ならやはり社宅の配給を受けますが結婚の問題はとても早急に解決出来さうにもありません　私が母を慕ひ母も遥か子を思ってゐるのにこんな不自然な生活はありません　その上兄の今度の事件は可成母に大きな打撃を与へたのです　それを静養させる為にも私としては母を満洲に迎へたいのです　何れにしても分戸か結婚かしなければ社宅の配給は受けられません　結婚が近い中に解決出来ないとすれば分戸するのが早いし、結局早晩やはり分戸せねばならぬのです　一つ早く御調査の上若し出来るでしたら早速手続をお願ひ致します　尚祖母さんは鹿寮に娘（私の姑仔）が居るし、若くは二嫂（朝宗の奥さん）がゐますので安心して世話してくれます　社宅には姉さんもゐますから心配になる事は余りありません

　次に北平御移転に関しては実現出来ますか？一つお知らせしなければなりませんが日本は多分九月（恐らく十日前後）に平綏（北平綏遠間）鉄道を占領する計画です　之に伴ひ山西・河北・綏遠・山東等華北五省の独立国を建てる筈です　肇嘉哥の北平移転計画の時期が来春になるとすればこうした客観的情勢の変化も充分考慮しなければなりません　独立後の北平は勿論今日の北平とは全然変ってゐる事を予想せねばなりません　何れ精しい事は後で又お便り致します　勿論今度の芝居は成功するかどうか分りません　然し華北の増兵、満洲国軍の強化、其他幾多の手段を既に講じられてゐます

　書きたい事は沢山ありますが私は非常に疲れてゐます　一つ母に会って戴いて説明し連絡をとって戴けませんか？何かにつけお願ひ申して誠に申訳ありません

　皆々様にも宜しく

【譯文】

台灣台中市新富町五之二十八　楊肇嘉殿　親展

南滿洲大石橋啟明寮 楊基振

剛收到信。謝謝您關心家中許多狀況，我接到信才知道，真是欲哭無淚。真不知命運為什麼對我如此殘酷。特別是母親〔的狀況〕讓人覺得不忍。我哥常做些自私的事，最後把責任丟到弱不禁風的母親身上，每次都是用自殺嚇人，一次又一次地壞事。連最受負債所苦的時候，母親與我都儘可能地省吃儉用，但他卻在舞廳作樂。肇嘉哥應該比我還清楚這些，不再贅言。

關於對策，請不要從台灣借錢拿去還神戶的負債，不論是用您的名義或母親的名義都不可。一定要讓他自己背自己的債務，生活永遠受其所苦。蓬萊有楊基忻的帳目，收益或負債的整理只能在法庭上解決。若依判決，最後可能不得已要把哥哥送上法庭。

第二點提出來感到相當抱歉，但還請肇嘉哥儘早幫忙完成手續，我想和哥哥分家。事實上，我一旦破產，依公司規定是非辭職不可。我不是對哥哥見死不救，只是現在若被公司解雇，接下來無路可退。與哥哥分家獨立之後，我想讓母親入我戶籍。我不清楚台灣戶籍法是否可以這樣做，但若無法，我還是無法忍心與母親分開。一直以來我很反對台灣的大家庭制，與哥哥分家是早晚的事。與哥哥同在一個戶籍裡，又因哥哥是戶長，不論是對哥哥也好，或是對我也好，有很多不合利益的事。兄弟之情理當看實情，而不是看法律。就算與哥哥分家，我對哥哥的思慕與兄弟情誼依舊絲毫不減。這手續在我之前回台灣時就想處理了，但因事忙而未果。

第三，目前有一些剩下的地產——雖然幾乎不夠糊口——是母親的名義登記，我想改登記到我的名義下。之前回台時我常常與母親提到這事，並請舅舅幫忙辦手續後我就回到滿洲了，現在想想手續應該還沒辦好。我希望在哥哥這件風波結束後，充當哥哥的生活費。我打算兩袖清風自立更生。您也知道，祖先留下來給我們、靠母親用孱弱的雙臂拼命保護好的大庄土地，之前連我的份都一起歸到他人名下去了。我悲傷到

極點，但母親傷心的模樣卻在腦中纏繞不去。

以上三點還請您與我母親商量。我不再多寫信回家了，以防人多口雜……與母親商量時請務必秘密進行，一切拜託。

今天剛好是二十二日，依您信上所寫應該已經到期了。遙想在神戶的哥哥與在故鄉的母親，感慨無量。還有許多事我該講，但我選擇沉默以對，這心情還請您務必諒解。壓抑著狂亂的思緒，我還是非得活下去不行。本以為您要移居到北平一事不太可能實現，但肇嘉嫂輕易就答應了，讓人甚感意外。肇嘉哥，我老是說一樣的話，但您是僅存的支柱，今後請務必好好保重、為更大的事業奮鬥。我也犧牲一切，與肇嘉哥同心協力、好為受煎熬的民族奉獻性命。

每次家中一起波瀾都要麻煩您，我對您的感謝無以言喻。十分感動。我最擔心的還是我唯一的母親，她是我最思慕的母親，還請您盡力安慰她、不要再讓她傷心。母親如果有什麼萬一，我會生不如死，到那時也是我的死期。

還請向大家問好 　　　　　　再會

弟敬上
六月二十二日

前些日子的信您已經收到了吧。不知解決得如何？家裡與哥哥那裡都沒有寫信來，我這邊完全不清楚狀況。不論結果如何都讓人傷心。

昨天到奉天玩，聽說台灣的新聞上有報導當局對於您到中國旅行的言論，但我在《新民報》上沒看到，不禁在想到底怎麼了。還請告知我一聲，希望一切沒什麼問題才好。

之前拜託您處理我與我哥分家一事，不知結果怎樣？其實，母親有說到想來滿洲與我一同生活。她似乎對一再累犯的哥哥感到失望，想來滿洲尋求生活上的倚靠。我的生活與精神上都正空虛著，因此若能接母親來滿洲自是無限歡喜。但戶籍上我是次男，哥哥仍是戶長，因此公司規定養育的義務在哥哥身上，我則沒有義務養育母親，所以無法得到員工宿舍的配給。您也知道，在大石橋沒有可以租屋的地方，若沒有宿舍配給，我是無論如何都沒辦法把母親接過來同住。但我若分家自立，並把母親納入我的戶籍，我身為戶長便可以得到宿舍配給。看來結婚一

事無法儘早解決。我與母親明明彼此思念著，〔不能同住〕這實在是太不合常理。此外，哥哥這次的事件對母親造成相當大的打擊。為了讓母親獲得靜養，我個人想也把母親接來滿洲。若是沒有分家或結婚，怎樣都無法獲得員工宿舍的配給。結婚一事無法儘早解決，那選擇分家會比較快，而且分家是遲早的事。請您調查後若發現可行，還請馬上幫我辦手續。另外，我祖母在鹿寮有個女兒(我姑姑)，又或是二嫂(朝宗的妻子)，有她們在的話，可以安心託她們照顧。社員宿舍中有我姊姊，因此不需要太擔心。

另外您移居北平一事成功了嗎？我有一事務必相告，日本最近可能在九月(可能是十日前後)有占領平綏(北平綏遠間)鐵路的計畫。接下來應該是在山西、河北、綏遠、山東等華北五省獨立建國。肇嘉哥若打算於明年春天移居北平，還請務必考慮一下如此客觀情勢的變化。預料獨立後北平與現在的北平將會完全不同。若有詳情我再寫信向您報告。當然，這次的行動會不會成功還在未定之天，但他們已經講到要在華北增兵、強化滿洲國軍隊以及其他諸多手段。

還有許多事想報告，但我已經非常疲憊了。可否請您與母親見面商量一下，代為替我連絡呢？麻煩您甚多實在抱歉。

請代為向大家問候。

No. 12

　　台湾台中市新富町五ノ廿八　　　楊肇嘉殿　　親展
　　大石橋　　楊基振

　其後如何お暮しですか　嘸かし恙なく忙殺されて居る事と思ひます
故山は目下残暑に喘いでゐると新民報は報じてゐます　暑中休暇になりまして子供たちは休みになり基椿さんも東京から帰って来るので賑やかな家庭生活が又始りますね　昨日奉天医大の陳君も私の寮で一泊し今日故郷へ帰りました　遥かに学生時代が憶ひ出されます　武七会の人々も今は大部分一人前になりましたね　「華年易老」とか云ふ
　実に月日の流れは早いものです　月霞さんも妊娠中ださうですね
　御多忙中を恐れ入りますが私の家の方はどう片づきましたかね　家

からも兄からも二ヶ月前から一つの便りだにないのです　唯先日母が
舅々に事よせて満洲へ来たい事のみ書いた便り一枚です　あなたから
心配するなと慰めては戴きましたがやはり心配です　御余暇あらば御
一報を御願致します

　先般母からあなたに較交する手紙をお願して置きましたが多分受取
られた事でせう　華北の其後の発展は仲々予想に難かしいのです　九
月に平綏鉄道を占領する事があるとも、北平、天津を占領することは
（北平―綏遠）
ないと思ひます　結局北支五省は独立することは困難で寧ろ培養地帯
としての意義を果させるのではないかと考へられます　北平御移転の
御意向は其後如何なされたですか　台湾で苦しんで居られるよりは大
陸へ自由な生活をせられた方が意義深いやうです　総べては逃避の時
代です　御時勢で已も得ません　献堂先生に対する苛酷な処置も畢竟
は時勢が然らしめたのです　又武官総督が実現しさうですね　台湾に
於ては我等は生きる道がないのです

　鄭瑞麟兄は天津から大連に転勤致しました　元の地方部商工課に戻
りました　多分二十日頃には着連するでせう　尤も家族は既に二週間
前に大連へ戻り、星ヶ浦に家を借りて住んでゐます

　ぢっとして大自然を凝視してゐると深刻な自分の運命を歎ずるが、
嫌故に最近は出来るだけ外へ出てゐます　毎日テニスか海水浴かへ行
ってゐます　大部焼けました

　清水街は可成もんでゐますね　何故斯く迄虐られなければならぬの
でせうか？

　当地も昼間は九〇度近く、可成り熱いです　然し朝、夕は実に涼し
く、此の涼しさは南国人の到底想像すべからざる爽快さを与へてくれ
ます

　御健勝をお祈りしてゐます

　さようなら

　　　　　　　　　　　　　　　　　楊基振　11.7.14　より

　　肇嘉哥へ

【譯文】

台灣台中市新富町五之二十八　楊肇嘉殿 親展
大石橋　楊基振

　　近來可好？想您應該一切無恙，依舊十分繁忙。看《新民報》上寫道，故鄉現在正值夏末。暑假期間孩子們都放假了，基椿也從東京回來，熱鬧的家庭生活又開始了吧。昨天奉天醫大的陳君在我家住了一晚，今天回到故鄉。我想起過去學生時代的日子。武七會的各位現在都各有一片天了吧。所謂「年華易老」，歲月如梭，聽說月霞也懷孕了。

　　繁忙中叨擾還請見諒，我們家的事解決得怎樣？家裡方面或我哥方面從兩個月前開始就沒消沒息。只有前陣子收到唯一的一封信，是母親告訴舅舅想來滿洲一事，還安慰我叫我不要擔心，但我仍舊掛念。若您有空，還請來信告知一聲。

　　之前母親請您轉交的信，您已經收到了吧。華北往後的發展難以預料。九月雖有占領平綏鐵路(北平至綏遠)一事，但還不至於占領北平與天津。可想而知，想要讓華北五省獨立並非易事，倒不如當成緩衝地帶還比較可行。不知您移居北平的打算考慮得如何？比起在台灣痛苦度日，來中國大陸過自由的生活還比較有意義。現在一切都只能逃避，時勢所逼，不得不然。對獻堂先生如此苛刻的處置，也是時勢所趨。另外，台灣好像又要實行武官總督了。在台灣是沒有我們的生存之路了。

　　鄭瑞麟兄從天津調職至大連，回到原本地方部商工課工作。大概二十日左右就會到了。他家人已於兩週前回到大連，在星浦租屋而居。

　　老盯著大自然會讓我更深刻地嘆息自己的命運，故最近都儘量往外跑。每天不是打網球去就是到海水浴場，曬黑許多。

　　清水街最近很亂吧。為什麼要相互折磨至這地步呢？

　　這裡白天近九十度，相當熱。但早晚都很涼快，這種涼意給南國人帶來無法想像的爽快。

　　祝您身體健康

再會
楊基振　11.7.4

致肇嘉哥

No. 13

　台中市新富町五ノ廿八　　楊肇嘉殿　　親展

　清水社口一七八　　楊基振

　御手紙拝見致しました　懇々切々唯感激あるのみです　実は其後母からも姉からも兄からも何等の便りなく不安に思ってゐた所です　総ての解決法は肇嘉哥のおっしゃる通りに致しませう　唯私の文中で誤解を招いた点は私の分戸に対する主張が如何にも兄の失敗を見て逃避するが如く解せられましたがさう云ふ意味ではなく兄弟共に倒れたくないからです　幾ら兄が失敗しても私さへ健全な道を歩んでゐたなら何かにつけて兄の助けになります　兄は自己の欲望を満足する為に全く非道い事をやりました　それは確かに憎い事ではあるが私とても兄弟の情を僅かに数千円で売る薄情者ではありません　唯兄の失敗が累を私に迄及ぼして食ふ道を奪はれると悲劇は深化するのを恐れたからです　それは会社の規定でもあるのです　既に解決せる今日今更無理には主張致しませんがやはり結婚すれば実現したいと思ってゐます肇嘉哥は東洋の旧道徳と云はれるが大家族制が現代資本制にあっては既にその存在理由が去勢され剰へ幾多の弊害を流してゐることを認められて居られるし主張しても居られます　我等は旧来の陋習を破るに勇敢でなければなりません

　結婚の問題に就き一方ならぬ御心配をかけ厚くお礼申上げます方嬢で繽君と煥三君を煩はされたが多分駄目でせう　若しさうするでしたら寧ろ私が直接申込んだ方がよかったのです　とうふのは彼女の父とは殆ど友達の如くつきあったし殊に彼女の母（日本人）はよく可愛がってくれました　文通だけは時々してゐます　何よりも問題は彼女にあるのです　前にもお話しした通り当時は月嬌を連れて彼女の家に客寓してゐたので始めは親戚だと偽ったが後で恋人同士だと云ふことがばれて彼女の私に対する態度が全然変ったのです　それに彼女は相当イデオロギーに生きた女性ですから（私としては此の点を最も取えあると思ってゐる）満洲に勤務してゐてはとても来るまい　母とし

ては反対だし凡習伝統等相当相違してゐる故更に一考を要すべきも、若し先方で承諾（そんな事はないと思ふが）すればその時の方針で進むとしてやはり目標は台湾女性に置くべきだと思ひます　家柄とか背景よりも人物本位で物色方、切望致します　結婚したら確固たる生活方針を樹てゝ行きたいと思ってゐます　今日の如く動揺繁く悩み多き生活にあっては何等の仕事も出来ないのです　傳續君が二三人招介してゐます　一つ調査して見ては如何ですか　私自身今意中の女性は一人もないのです　結婚を申込まれてゐるのは二三人ありますが（何れも女直接から）私としては全然気乗りが致しません　一生連れ添ふ女性、やはり満足であって始めて結婚すべきと考へます

　今度全くとんだ御難でしたね　然し何事も時勢だと考へて自ら慰められるやう……職業的愛国者は何処でもうようよしてゐます　首相迄が殺される時代です　台湾に居て何か乗るべき風雲があればそれに乗り、恵むべき機会がなければ悠々迫らざる干渉されざる生活が出来るのです　無論幾多の考へられるべき事があります　然し最も根本的な問題は台湾は台湾人の為には決して統治されてゐない事です　其処に生きる台人はだから目覚めたる人にとっては地獄です　ブルジョア的自由主義潮流に乗った時代それでも我々は民族的解放と云ふ一つの目標を目指して生活に多少の意義があったのです　だが今日に於ては何事も許されないのです　華北は恐らく平綏線の占領のみ〈に〉止まると思はれます　華北の独立問題は先般も当地で一緒に研究した通り等分は実現されないでせう　緩衝地帯、培養地帯とするでせう

　近い中に鉄道全部の職制改革があります　満鉄総局の区別が撤廃されて経営組織共に一元化されます　全満の鉄道を五局に分け相当広範囲の異動があります　若し奥地へやられる事になれば鉄道部をやめて経調へ移り天津か北平へ転勤して貰はうと思ってゐます　尤も之は未だ先の問題ですが若しさうなって肇嘉哥も北平へ越されば生活は相当意義づけられお仕事の上何かの役に立つ事でせう

　先日周生様が遊びに来ました　思想もすっかり日本化されて羨しい位です　鄭さんは去る一七日大連地方部商工課へ転勤して帰連しました　曽さんは相変らず写真に熱中してゐます　星賢君からは何等便り

はありません　市川様は東京へ転勤になりました　何れ又お便り致します　酷暑の候皆々様何卒御大事に　　　　さようなら

楊基振　11.7.23　より

【譯文】

台灣台中市新富町五之二十八　楊肇嘉殿　親展

清水社一七八　楊基振

　　來信已拜讀。您的好意讓我感激萬分。事實上，之後一直沒收到母親、姊姊或哥哥的來信，讓我十分不安。解決方式就照肇嘉哥所指示地做吧。但我文中有一點招您誤會，您認為我主張分家是因為不想背負哥哥的失敗，我絕非如此，只是不想讓兄弟兩人都一起葬送前途。就算哥哥再失敗，還有我這方面穩固，這樣才可以隨時再幫助哥哥。哥哥他為了滿足自己的慾望，也做過許多過分的事。這些的確讓人憎恨，但我豈會是為了數千元就會賣掉兄弟情誼的薄情者。我只是不希望因為哥哥的失敗拖累到我，讓我連糊口的生計都被奪走，加深悲觀罷了。這也全是公司的規定。既然已經解決了就不好再多說些什麼，我想要是能結婚就一切好辦了。肇嘉哥認為這是東洋傳統道德，但大家庭制在現代資本制裡的存在理由已然消逝，只殘留無數弊端，這點是被公認的，且如此主張也沒錯。我們一定要勇敢打破舊習。

　　關於結婚問題讓您操心良多，讓我感到十分感謝。方小姐一事我曾拜託纘君與煥三君，但大概是不行了吧。若是如此，那倒不如我直接去說媒得好。我與她父親交情像朋友，她母親(日本人)也對我十分疼愛。偶爾我們會通通信。但一切問題都在方小姐她身上。之前我也與您提到過，當時我帶月卿到她家做客，一開始我們假裝是親戚，但之後被發現是戀人後，她對我態度丕變。而且她是一個意識型態很重的女性。(這在我看來也是她的優點)我在滿洲工作時，她完全不肯來看我。我母親也不贊成，因為所有傳統習慣都十分不同，因此需要進一步的考慮，若是對方真的答應(雖然我覺得不太可能)，一想到之後的方針問題，現在還是應該要把目標放在台灣女性身上。比起家世背景，本人的性格才是物色重點，這點還請多多勞心。若能結婚，我想我也能樹立起確切的生

活方針。像現在這樣動輒心意不定、橫生煩惱，一點也沒辦法做出一點事業。傳纘君也介紹兩三位給我，可否請您調查看看怎樣呢？我個人是毫無興趣。我認為同過一生的女性，還是要能先讓我覺得滿意、才能想到要結婚。

這次看來事情相當麻煩吧，但也只能自我安慰一切隨緣……。激進愛國分子四處都有，這是個連首相都會被殺的時代。在台灣有什麼風潮就跟，如果沒有獲利的機會，至少來可以過個不受干涉、不受脅迫的悠閒生活。當然，還有許多應該考慮的事。但最根本的問題在於台灣絕不是為了台灣人而被統治著的。因此生長於台灣的台灣人，(特別是)對於那些覺醒的人而言簡直像地獄。在過去市民階級的自由主義時代中，我們朝著民族解放的目標前進，這在我們生活中多少還有點意義。然而，眼下卻是什麼都不被准許的(年代)。一般認為華北大概只會被占領到平綏線為止。華北獨立問題應該如之前當地一般的研究一樣無法實現。大概是當成緩衝地帶與培訓地帶吧。

近日鐵道全部都有人事震動。滿鐵總局的區別將裁撤，要與經營組織合而為一。全滿的鐵路分為五局，異動影響範圍甚廣。若可以到內陸工作，我希望可以辭去鐵道部，轉調天津或北平。現在說這些事都還早，但若肇嘉哥您也來北平，若您做些有意義的工作，我應該也可以盡一份心力吧。

之前周生來玩。他的思想已經日本化到讓我羨慕的程度。鄭兄則於上月十七日調往大連地方部商工課，回到大連。曾兄還是一樣熱中攝影。星賢君則沒有消息。市川先生調職到東京。有事再寫信給您。炎炎夏日，還請多多保重。

再會

楊基振　11.7.23

No. 14

台湾台中市新富町五丁目廿八　　楊肇嘉殿

大石橋　　楊基振

御手紙有難う御座いました　お淋しい気持——私はよくその気持

が分ります　いくら御時勢とは言へ生に対する苦悶は漢民族に生れし者の最も痛感する処です　時には実に絶へられない気持が致します　精神を殺して時代に生きる事の出来る人は恵まれてゐます　漢文の廃止、武官総督の再登場、一切は逆行してゐます　私生活の不遇に加へて民族的運命の発展は益々と悲観的コースを行くばかりです　最近新民報を見るのも実に嫌です　新民報が未だ東京に於て週刊で発行された時、それが如何に澆渫として同胞の輿論を代表し、啓蒙的、解放的意義を育ててゐたことでせう　それに比して今日の民報は如何でせう？　実に感慨無量です　成程形式的には週刊が日刊（夕刊さえ伴って）になり、小型が大型になったが質的には堕落して台日と何等変る処はないのです　これも時代の潮流に逆らへない圧迫される者の弱みと言へばやはり一応理窟はつくのです　屈原は水に投じて彼の精神的苦悩を解決致しました　勿論斯うした退敗的、逃避的気分に堕しては不可ませんが如何なる勢力にも最少限度の自由を死守する覚悟がなければ我等台人の前途は暗然たるものです

　幸ひに夏休みで子供様が一家欒団よく私生活を慰むる事でせう　私財の整理に就きましても慎重に考慮されなければなりません　インフレの発展的前途も一寸見通しが難しいのです　と云ふのは日本民族の優秀なる全体主義的団結は常に純経済的素因よりも政治的素因によって時勢が動く事が多いのです　祖先伝来の土地を他人に渡すのも、民族の自由解放の為と思へば誇りを感ずるのです　若しそれが巷間、賭、酒、女の為なら極めて恥づべきです　此の点を以て自ら慰むべきです　人間の価値評価は彼が如何に偉大な人物であらうとも生前から絶讃される事は殆どないのです　歴史は一切の真なるもの正義なるものを解決致します

　最近思想的苦悶を紛らす為に中国の歴史主として武断的側面史の英雄物語り、又地方叙情的な宮中情怨史を日一つは暑さしのぎに読んでゐますが昔の義婦烈女、人間としての義理実に涙を流す処が多いのです　世界文明の絶頂に立ち、最高なる文化を以て天下を靡いてゐるのに中国の現実は余りにも悲惨です

　肇嘉哥も少し中国の社会経済を研究され今後は中国民家をリードす

るサイドに立たれては如何ですか　あなたのやうな方は台湾社会には惜しいのです　最近出た書籍を二、三御紹介致します

一、支那経済の地理的背景　　馬場鍬太郎著　　￥２.５０

　　発行所　上海虹橋路百号東亜同文書院支那研究部

　　振替口座　下関二四二二

◎中国の資源は地理学的見地から解説したもの　是非一読をお奨め致します

一、支那社会研究　　橘樸著　　￥４.５０

　　発行所　東京市京橋区京橋三ノ四日本評論社

　　振替口座　東京一六

◎之は中国社会を前資本主義的段階との見解の下に中国社会、資本家、労働者等階級構成明したるもの　之は方法論的にも見解にも相等大きな誤解を犯してゐるが相等参考になる

一、支那民俗の展望　　後藤朝太郎著　　￥３.００

　　発行所　東京市神田区神保町一ノ三富山房

　　振替　東京五○一

◎暑さしのぎに読む程度のもの

一、支那情怨史　　澤田順次郎著　　￥２.３０

　　発行所　東京市神田区神保町一ノ三○南光社

　　振替　　東京五七五七

◎之は退屈しのぎに面白いばかりでなく宮内の秘密、美人薄命、宮女、皇后等中国史研究の側面史としても相等意義あり　一読をお奨め致します

　私はもう鉄道の研究に興味がなく今後は中国問題とソヴィエーットの研究に専心しようと思ってゐます　留学も当分思ひとゞまり、もう少し落着いて前述の二問題を研究しようと思ってゐます

　兄の破たんは実に残念でした　私はもうすっかり愛想をつかしてゐます　同時に精神的にも相当大きな打撃を受けました　之以上語る事はありません　幸ひ母が元気との事喜んでゐます

　それから北平の方秀卿嬢のこと、二、三日前傳續から手紙が来て私の意向をもう一度確めてから手紙を出すとの事で幸ひ未だ出してゐま

せん　私としてはやはり台湾産の娘と結婚したいのです　中国娘はや
はり色々な点に於て適当ではありません　傳績にも煥三にも未だ手紙
を出してゐませんから……一つそのお積りでやはり台湾産のを物色し
て下さい　若し私が中国政府に入りそこで活動するとすれば確かに中
国娘がよいが当分現地位を去ることはないのです　去ってから後中国
政府に入るのは至難です　其他、伝統、生活様式、風習、言語等相等
違ってゐます　母も歓迎しないし、姉も喜ばないのです　此の点何卒
御了承下さい

　肇嘉哥も出来れば北平へ移動するやうお奨め致します　九月末か十
月に満鉄に大なる職制改革があります　事情の如何に依っては北平事
務所へ転向しようと思ってゐます　さうしたら多少お手伝いも出来る
ことでせう

　現下の世界は益々唯物史観的発展をしてゐます　世界は今や二大陣
営に分れて闘争してゐます　欧洲における人民戦線とファショとの闘
争——如何に展開するか実に見ものです　静かに我等は此の流れを見
ませう

　故山は未だ可成熱いでせう　北国の昼間は九十度近くありますが夜
は実に何とも言へない涼味です　此の夏の夜の心地よさは到底南国人
の想像することの出来ない爽やかさです　殊に月光がさして夜風にな
びかせつゝ物憶ひをする瞬間は一切の苦悶を解脱し、仙境の如き心地
が致します

　最近はテニスよりも殆どの休日は海水浴に行きます　海辺のビーチ
パラソルやテントやバンガローの中に横たわり、オゾンを吸ひ海水を
戯れる時は童心に蘇ります　と同時に人生哲学を深刻に探求して行き
ます

　肇嘉嫂も益々御元気でせう　どうぞ皆様にも宜しくお伝へ下さい
何れ又お便り致します

　さようなら

　　　　　　　　　　　　八月九日　　　　　　　　　　基振より

　　肇嘉哥へ！

【譯文】

台灣台中市新富町五之二十八　楊肇嘉殿　親展

大石橋　楊基振

　　謝謝來信。您寂寞的心情，我相當可以體會。就算嘴巴上說隨緣，但對生命的苦悶是生為漢民族者最感痛苦的事。有時心情上常常會(痛苦地)無法忍受。喪失精神而可以在世上存活的人實在是幸運的人。漢文廢止、武官總督再度上場，一切都走回頭路。個人生活失意，加上民族命運發展也越來越悲觀。最近連看《新民報》都覺得討厭。《新民報》當初在東京還是以週刊形式發行時，當時是多麼活躍地為同胞輿論喉舌，培養著啟蒙、解放的意義。和當初相比，現在的《民報》又是如何？真是讓人感慨無量。原來形式上從週刊變成日報(連晚報都有)，從小型紙本變大型，但質卻下滑，變得與《台日》(《台灣日日新報》)沒有兩樣。說這是無法違抗時代潮流之受迫者的無力，聽起來都是藉口罷了。屈原靠投井解決他精神上的苦惱。我們台人雖不能跌入如此退敗逃避的心情，但面對再強大的勢力也應該死守著最少限度的自由，若無這種覺悟，我們台人的前途是一片暗澹。

　　幸好暑假有孩子們一家團圓，足以堪慰吧。關於私人財物的整理，你也一定要慎重考慮才行。各項建設的發展，前景不甚看好。因為日本民族優秀的全體主義團結下，比起單純的經濟因素，有許多更會被政治因素左右。想想祖先傳給我們的土地雖被他人拿走，若因此可以成就民族自由解放，將會是十分自豪的事。但若這些只是被拿去吃喝嫖賭，則是可恥到極點的事。若能這樣看待，那我們大概還足以自我安慰吧。一個人的評價，不論他是怎樣偉大的人物，幾乎少有生前就被人誇讚的情形。歷史會還來一切真正的正義。

　　最近心思煩悶，讀了許多中國歷史消暑，其中有許多武斷的片面史的英雄故事，還有鄉間流傳的宮中情怨史，我常會為了以前的貞婦烈女她們做人的節操義理淚流滿面。身為世界文明最高點，我們應當以最優秀的文化風靡世界，但中國的現況卻是如此悲慘。

　　肇嘉哥要不要也研究一點中國的社會經濟、今後在中國群眾中占有

一席之地呢？像您這樣的人才待在台灣實在可惜。最近出的幾本書介紹給你。

一、《支那經濟的地理背景》　馬場鍬太郎著　日幣2.50

發行處：上海虹橋路百號　東亞同文書院支那研究部

匯款處：下關二四二二

◎從地理學的角度解說中國資源，十分值得一讀。

一、《支那社會研究》　橘樸著　日幣4.50

發行處：東京市京橋區京橋三之四　日本評論社

匯款處：東京一六

◎此書將中國社會設定為前資本主義階段，說明中國社會、資本家、勞動者等階級的構成關係。不論是方法論或是見解上都犯了相當大的錯誤，但還是值得參考。

一、《支那民俗的展望》　後藤朝太郎著　日幣3.00

發行處：東京市神田區神保町一之三　富山房

匯款處：東京五〇一

◎消暑用

一、《支那情怨史》　澤田順次郎著　日幣2.30

發行處：東京市神田區神保町一之三〇　南光社

匯款處：東京五七五七

◎這本有點無聊不夠有趣，但講到宮廷秘密、美人薄命、宮女、皇后等中國史研究的片斷史方面相當具有意義，推薦一讀。

我已經對鐵道研究沒有興趣，今後想專心研究中國問題與蘇俄上。我還是想留學，但在那之前想先靜下心來把這兩個問題研究一下。

哥哥的差錯實在是很惋惜。我已經盡我最大的同情。同時在精神上我也受到相當大的打擊。對此我已無話可說。所幸母親身體安康是最可喜的事。接下來北平的方秀卿一事，兩三天前傳纘寫信來想再次確認我的心意，還好我還沒把信寄出。我個人還是想和台灣女孩結婚。中國女孩從各方面來看還是不大適合。還好我還沒寫信給傳纘與煥三。請你還是幫我物色台灣女孩。若我打算進入中國政府活動，當然中國女孩會比較好，但現在實無法離開這崗位。離開後要想進入中國政府也是難關重重。此外，傳統、生活習慣、風俗、語言等都不通。母親不歡迎、姊姊

也不喜歡，這點還請您體諒。

　　肇嘉哥，我仍舊建議您可以的話，還是遷居到北平來。九月底到十月滿鐵會有一個人事大震動。照狀況發展，我打算調職到北平事務所。如此一來多少可以幫您一點忙。

　　目前社會越來越朝唯物史觀的方向發展。世界現在分成兩大陣營鬥爭。歐洲的人民戰線與法西斯主義的鬥爭會如何展開，正是值得關心的。我們就靜看事情如何發展吧。

　　故鄉現在還很熱吧。北國的白天近九十度，但晚上卻涼得很。這番夏夜的清涼到底還是南國人所無法想像的涼爽。特別是月光照耀下，晚風徐徐中沉思的瞬間，一切苦悶都解脫了，會有種宛如置身仙境的心情。

　　最近不常玩網球，幾乎整個假期都去海水浴場。躺在海邊的沙灘洋傘、帳篷或度假小屋中，呼吸新鮮空氣、在海中嬉戲時，又回到孩提般的心境。同時，更深刻地探索人生哲學。

　　肇嘉嫂最近也好吧。還請代我向大家問候。日後再寫信連絡。

　　再會

　　　　　　　　　　　　八月九日　　　　　　　基振敬上

致肇嘉哥

No. 15

　　台湾台中市新富町五丁目廿八　　楊肇嘉殿　　親展
　　南満洲大石橋啓明寮　　楊基振

　　酷暑の頃皆々様にはお変わりはありませんか？お伺ひ致します　子供たちももう学校が始まりますね　当地は立秋の数日後涼しい秋風が吹きましたが又しも暑さが蒸し返って昼間は一寸暑いです　当方は元気で平凡な日を繰返しています　先日新民報で一家御揃ひで新高山にお登りになった事が出てゐましたね　愉快でしたでせう　憂々しい俗世の見苦しい人間の姿を離れて大自然に接し浩然の気を養ふ又意義ありと言ふふんいきです

　　華北の形成は二・一之事件に依る軍中央部の大移動の依って政策的

にも多少変更したやうです　今の処全く予想もつきません

　　次に一寸お尋ね申し度い事が御座いますが例の嫁捜しの件非常にご迷惑をかけてゐます　それで早急は困難で御座いませうが　大体の見通しは如何なるものですか　台湾娘ぢゃやはり満洲へ来るのは居ないでせうか？　或る事情の為甚だ勝手乍ら此の手紙を受取られたら大体の見通しだけ早速御返事をお願出来ませんか　御返事は私の希望する如き娘が果たして満洲へ来る可能性があるかどうか、適当な娘はあるかどうかの見通しを一つ早速お知らせ願ひます　勿論適確に予想は出来ませんでせうからほんの見通しだけで結構です

　　先日奉天医大の陳君から長たらしい手紙を受取って台中であなたに拝眉し御立場を大部精しく私に報告してゐました　近い中に帰満する筈ですから、何かの土産話があると思ってゐます

　　基椿さんも間もなく上京ですね　今度こそはしっかりやるでせうか！　多く期待してゐるのだが……

　　先は暑中見舞旁々お願ひ迄に

　　さようなら

楊基振　11.8.25　より

　　肇嘉哥へ

【譯文】

　　台灣台中市新富町五之二十八　楊肇嘉殿　親展

　　南滿洲大石橋啟明寮　楊基振

　　夏日炎炎，一切都還安好嗎？寫信問候您。孩子們開學了吧。我們這邊在立秋之後吹了幾天涼風，但現在暑氣又回來、白天還挺熱的。我在這邊過著健康又平凡的生活。前幾天《新民報》上刊登您一家攀登新高山的照片，玩得愉快吧。感覺起來離開煩雜俗世、痛苦的人群、接近大自然以養浩然之氣，相當有意義吧。

　　華北的形勢依二一事件軍中央部的大變動，在政策上似乎出現多少變更。目前完全無法預測。

　　接下來還有一事相求，關於幫我找妻子一事，給您添了很多麻煩。

雖然暫時難有著落，但事情進展如何了呢？還是沒有台灣女孩想來滿洲嗎？因為某些個人因素，待您收到這封信時，可以儘快回覆我大概發展。請您儘快回覆我是否有如我所希望的女孩願意來滿洲？或是有沒有合適的女孩？當然，若是無法預期詳情，也請告知我大概的狀況。

　　前陣子收到奉天醫大陳君寄來的長信，他告訴我之前在台中與您會晤的詳情。他近日內會回滿洲，也許會聊點他台灣行的事。

　　基椿不久也要回東京了吧，這次他該會好好努力了吧！我對他期待頗深。

　　炎炎夏日，請多保重。

　　再會

　　　　　　　　　　　　　　　　　　　　楊基振 11.8.25 敬上

致肇嘉哥

No. 16

　　台湾台中市新富町五ノ廿八　　　楊肇嘉殿
　　新京市和泉町白山寮　　　楊基振　11.10.14

　　拝啓、其後御無沙汰して居ます　廿四日に着任致しました　相変らず元気に勤務して居ます　新京の発展は目覚ましいもので一年来ない中に建設は着々と延び完成されて行きます　大石橋に於ける一ヶ年間は私の人生を通じて最も苦しい生活として今も思ひ出の中に涙を新たにするのです　牧歌的な田舎住ひ、心に語る友を持たない生活、僅かに積る鬱奮を大連で晴らす以外寂寥を慰めるに由がなかったのですその反動として新京に於ける生活は余りに楽過ぎて困る位です　今貨物到着扱所に居て四〇名の係員を統制し、毎日の仕事は書類に捺印する事と対外交渉即ち来訪者と雑談を交す位のものです　勤務は毎日朝八時から午後四時で十一時頃から二時間迄大抵ヤマトホテルで中食をとります　仕事がなくて退屈で困ってゐるので此のホテルに於ける三時間が一日として最も愉快です　時には寮に帰って昼寝をやりますもう時間にも何にも全然拘束されることなく勤務は実に明朗且つ感激的です　まあ他の会社では主任の位置に相当します　こんな機会に勉

強すればよいのですがどう云ふ訳か新京へ来て一寸とも落ち着きません　折角大石橋で貯へたお金も新京へ来て大部赤字になりさうです　今月は暴れるだけ暴れて来月から締めて行かうと思ってゐますがどうも堕性が着いて緊張が出来なくて困ってゐます　胃も又少し悪くなって来ました

　永らくお便に接しませんね　如何お暮らしですか？　来春の御計画は如何ですか？　基椿君は上京後おとなしく勉強してゐますか！噂々に聞くと島に於ける生活は非常に苦痛になって来たさうですね

　新京の秋は今月一杯位のものです　来月から愈々北国の寒さがやって来るらしいです　同郷の友多く東京に於ける生活と似た処があります

　どうぞ皆さまに宜しく

　さようなら

基振より

　肇嘉哥へ

【譯文】

　台灣台中市新富町五之二十八　楊肇嘉殿　親展
　新京市和泉町白山寮　楊基振　11.10.14

　敬啓　別來無恙。我將於二十四日赴任。一樣充滿精神地工作著。新京發展之迅速，才一年沒來，建設已經陸續接近完成。在大石橋的一年期間是我人生最苦的時候，現在回想起來仍會淚流。居住在牧歌似的鄉間，過著沒有半個知心好友的生活，除了到大連紓發積壓已久的鬱悶外，再也沒有聊以慰藉之事。大概也是因為如此，我現在在新京的生活實在是有點輕鬆過頭了。我現在在貨物抵達交易所工作，管理四十位人員，每天的工作是簽簽文件，或對外交涉、和來訪者聊天而已。工作時間從早上八點到下午四點，中午十一點開始有兩小時在大和飯店用餐。因為工作上沒什麼事，無聊透頂，所以在飯店的三小時是我一天最愉快的時間。有時也會回宿舍睡午覺。時間上完全沒有限制，工作內容又明確，讓我十分感動。這工作在其他會社算來，應該等於主任的位置。趁

此機會可以好好學習實在是好事一椿，但不知何故，自來到新京之後，我一刻也不得安寧。在大石橋存的錢來新京後大部分都快花光了，本想著這個月過了下個月就要節制點，但礙於墮性卻怎麼樣也警惕不起來，苦惱得很。胃好像又有點出狀況了。

　　久未接到您的來信，一切都還好嗎？明年春天的計畫如何？基椿君到東京後有乖乖唸書了嗎？聽說島內生活變得很痛苦了。

　　新京的秋天到這個月底左右，下個月開始聽說北國寒冬會越來越接近了。同鄉的朋友們大部分都過著在東京時一樣的生活。

　　請代我問候大家

　　再會

　　　　　　　　　　　　　　　　　　　　　　　　　基振敬上

　　致肇嘉哥

No. 17

　　台湾台中市新富町五丁目廿八　　　楊肇嘉殿　親展

　　昭和十一年十一月七日　　　新京市和泉町白山寮　　　楊基振

　　御手紙有難う御座いました　久しぶりだったゞけに嬉しさも大きかったのです　色々御心配御迷惑をかけ厚く感謝申上げます　そして兄さまの御苦心を思って熱涙自ら禁じざるを得ないのがあります　基椿様が真人間に立返って人間生活の戦線に男々しく進まれつゝある快ニュースを聞いて兄さまのがんであったゞけに私も非常な喜びを感じました　それにしても台湾社会の全面的転換の姿はやはり一条の大きな淋しさです　唯御時勢だと諦らめるには余りにも大きなものを失いつゝあるやうな感じが致します　最近新民報を見るのも一つの苦痛です　何故故郷のニュースが斯くも冷やかで迎えられねばならぬのか？！

　　私の生活で大分御心配をかけ誠に済みません　それは一時的現象で終ることでせう　新京へ来てから確かに落着きません　然し緊重すべく心の中で戦ってゐる事は事実です　単に物質的損失であるばかりでなく可成の精神的肉体的疲労を伴ふからです　不可ないのは仕事が閑過ぎるからです　然し此の閑を利用してこれから露西亜語を勉強した

いと考えてゐます　若くは何かまとまった研究に入らうかとも思って
ゐます

　お嫁の方はやはり早い方が良いと思ってゐます　もう独身のふらふ
らした生活は出来るだけ来春で打切って落着いた家庭生活に入りたい
と思ってゐます　だからとて自分の気に合はないお嫁はやはり迎へた
くないのです　ゆっくり期待してゐますから然るべくお願ひ致します

　昨日から新京は可成寒くなりました　北国の風は大地を枯らし、満
洲の曠野は万目蕭条たるものです　落葉を踏みながらヒューマニズム
の事を考へます　忙しく過ぎ行く今日と去りて帰らぬ過去を思ひ浮
べます　最近「暗い日曜日」というレコードが出ましたね　何故かあ
んな陰気な曲、深刻な律音が堪らなく好きになるのです　流浪の民の
センチからであるかも知れません

　フトンの中にもぐって南京や北京から放送して来る京曲が一番懐し
くそして感傷的です　国は滅び民は落ちぶれても芸術の生命は永遠で
すね　何れ又お便りをさしあげます

　何卒御身を御大事になさいませ

　　　　　　　十一月七日　　　　　　　　さようなら

　　　　　　　　　　　　　　　　　　　　　　基振より

　肇嘉哥へ

【譯文】

　台灣台中市新富町五之二十八　楊肇嘉殿　親展
　昭和十一年十一月七日　新京市和泉町白山寮　楊基振

　謝謝您的來信，久未連絡，收到您的來信讓我感到格外開心。謝謝
您為我關心甚多。想到哥哥的苦心，讓我禁不住泛起熱淚。聽到基椿決
心振作重回社會戰線，像個男子漢地向前邁進，想到這是哥哥的心願，
便讓我感到非常高興。儘管如此，〔想到要期待〕台灣社會的面目一新
還是會讓人覺得失望。感覺上，自暴自棄地認為一切都是時不我予才真
的是漸漸在迷失。最近連看《新民報》都成一大痛苦。曾幾何時，我對
故鄉的消息也冷淡得無以復加了呢？！

　　讓您操心我的生活實在對不起。這都是一時的而已，一切都結束了。來到新京後的確無法靜下心。但心中天人交戰卻是事實。不只單純物質方面的損失，還伴隨相當多精神上的疲勞。一切都是因為工作太閒了，我正在考慮利用這閒暇來學學俄文，或是再找些具體的東西來研究研究。

　　我還是想早點結婚。這種沒有定性的單身生活希望明年春天以前可以畫下句點，想要早點進入家庭生活。話雖如此，我還是不想娶與自己個性不合的女性。我會慢慢期待下去，還請多多關照。

　　昨天開始新京就變得很冷了。北國的風讓大地枯黃，滿洲荒野盡是蕭條的景象。踏著落葉，想著人道主義的事。想到匆匆度過、再也回不去的過去。最近有一張「灰暗星期日」的唱片，不知為何，那種陰沉、深刻的音律讓我無法自拔地喜歡上了。或許是出自於我流浪性格的神經吧。

　　躺在被窩中聽著從南京或北京廣播放送出來的京曲，讓我既懷念又感傷。國家就算毀滅、人民就算落入萬劫不復之地，藝術的生命卻是永恆。寫信給您報平安。

　　請好好保重

　　　　　　　　　　　　　　十一月七日　再會　基振敬上

致肇嘉哥

No. 18

　　台湾台中市新富町五ノ廿八　　楊肇嘉殿　　親展
　　新京市和泉町白山寮　　楊基振

　　先日の御ハガキ有難う御座いました　ずっと前新民報に出たのでいゝ絵だと思って感心し、家へ帰ったら是非見せて貰ほうと思ってゐました　湘冷〔玲〕さんが入ってゐませんですね　もう正月には廿年になりますね　愈々結婚適齢期に入った訳ですね　満洲で働いてゐる同胞は割合に粒のよい分子が多いが独身者がないのです　皆家庭持です　やはり人物本位で極めた方がね……州会議員の選挙も終りましたね　台人はやはり乱戦でしたね　次点が全部台人で其の点未だ例の島

根性が明確に表はれてゐます

　新京の同胞も段々と増えて若きインテリは皆相当な地位にゐます
九月に私が転勤してから各主要機関には皆ゐますので仕事の聯絡上実
に具合がよいのです　愈々十二月廿五日を期して同郷会の結成大会を
挙げる予定です　理事官、高等官等歴々たる肩書を以って活躍してゐ
ます　新京も第三次五ヶ年計画が済めば（今は第一次五年計画）世界
一の綺麗な都になります

　次に私の婚姻問題ですが少し此方の状況をお知らせして御参考に供
したいと思ひます　先般私から見通しを知らせて戴きたいと言ふお便
を差上げて大部御迷惑をかけて済みませんでした(以下、原稿不明)
にお嫁に行き蘭洲君から大部奨められてゐます　総べてを犠牲にして
も結婚だけは自分の理想的女と結婚したいと思ってゐるのに、どうし
てこうチグハグばかりでせうね　実際幻滅を感じますね

　適当な女性は見付かりさうですか　家庭とか背景は要りませんから
立派な娘（例の条件をのこして）でさへあればよいのです　例へば黄
早々の如き良い女性と思ひます　一つあらましだけ知らせて戴けませ
んか　御願申上げます　台湾の方の結論からして蔡様の娘の結論を決
定しようと思ってゐます　先方では第一候補が私で第二候補があるア
メリカ留学の中国銀行に勤務の中国人ださうです　尤もその人から申
込んだゞけで蔡様も娘も台湾で育ち、出来るだけ台湾人と結婚したい
意向ださうです

　例の綏東問題が先般からお知らせ申した通り九月以降行動を開始致
しました　どう展開して行くかゞ見ものです　殊に防共協定等愈々唯
物史観に於ける左右両翼二大勢力の対峙時期に入りましたね　肇嘉哥
の御予定を御一報願へませんか

　向寒の折柄何卒御自愛なされ、皆さんに宜しくお伝へ下さいませ
　さようなら

肇嘉哥へ　　　　　　　　　　十一月卅日　　　　　　　弟より

【譯文】

台灣台中市新富町五之二十八　楊肇嘉殿 親展

新京市和泉町白山寮　楊基振

　　謝謝您之前寄來的明信片。之前《新民報》也有登出來，畫得很好，讓我十分敬佩，回到家後請一定要讓我拜見。湘玲不在裡面，過了年就二十歲了，也快進入適婚期了吧。在滿洲工作的同鄉大多是資質佳的好人，但沒有單身的。大家都有家庭。所以還是要以人品為基準尋找吧……州會議員的選舉已經結束了，台人還是散亂成一團吧。台人一直以來的島根性表現得更明顯了。

　　新京的同胞們逐漸增加，年輕的知識分子都具有相當的地位。九月我調職以來，各主要機關都有人，工作連絡上狀況很好。十二月二十五日預定舉行同鄉會成立大會。坐擁理事官、高等官等高等職務的大有人在。新京也在第三次的五年計畫完成後(目前是第一次五年計畫)，會成為世界第一的美麗都市。

　　關於我的婚事，想跟你報告一下以供參考。之前我請您寫信告訴我進行狀況一事，多添您許多麻煩，十分抱歉。(以下原稿無法辨認)……蘭洲兄如此推薦我。明明不惜犧牲一切都想找個理想的女孩結婚，但事情為何老是如此棘手。真是讓人對現實感到幻滅。

　　是否有看到合適的女性？我不需要家世背景，只要看起來體面就可以了(當然其條件如我之前所提過的)。例如黃早早那樣的好女性。如果有消息可否通知我？一切拜託。我想根據台灣方面的結論來決定蔡氏千金一事。聽說對方第一候補是我，第二候補則是留學美國、在中國銀行工作的中國人，一開始是對方先有意思，不過蔡氏與其千金都是在台灣土生土長，聽說盡可能還是想和台灣人結婚。

　　之前綏東的問題正如之前我報告過的一樣，九月以後要開始行動。會如何展開值得注目。特別是接下來要進入防共協定等，依唯物史觀所分歧出的左右兩大勢力的對峙時期。不知肇嘉哥可否告知我接下來您的打算呢？

　　天氣嚴寒，還請多多保重身體，請代我向大家問好　再會

　　致肇嘉哥　　　　　　　　　　十一月三十日　　　弟敬上

No. 19

台湾台中市新富町五ノ廿八　　楊肇嘉殿　　親展

昭和十一年十二月七日　　新京市和泉町白山寮　　楊基振

　拝啓、先日の手紙受取られた事でせう　今日新民報で選挙に関し何か種々取調を受けたさうで幸に事なきを得て安心致しました　実に生きにくい時代になりました　十二月号改造の魯迅を悼む中に彼の作「夜に誌す」如き実に暗い気持です　兄さまの歩んで来たのが荊の道であるだけに「荒しに抗して……」の言葉で自らを励まれん事を切望致します

　魯迅を失って私は又しも心の友を一人無くしてしまひました　昨夜も私の係の懇親会を開催し、酒の中に酔ひつぶれながらも私は彼の言葉を憶ひ出しました　漢民族のあの馬々糊々と云ふ不真面目な生活態度が今日の史的結果を齎したのですと　綏遠問題も冀察問題もそして今日中国問題の一切が茲に胚胎して居るのです　一九三六年も過ぎて行かうとしてゐます　故里も寒い風が吹くことでせう　此処北の国は落葉さへないもの淋しさです

　私の婚姻問題で非常に兄さまを悩ませてゐるので一昨日もう一度法平氏の家を訪れました　初めから好きではない縁談ではあったが、公人としてのお兄さまを余り悩ませたくなく、出来れば独力で解決したいと思って好きでない気持を自ら偽っては見たものゝどうしても愛する気持になれませんでした　そして今日断はってしまひました　或る友達が私を馬鹿だと笑ひました　法平氏の地位と財力をもっとかってやるべきだと　然しお兄さまは私の気持を理解して下さるでせうね私共には私共としての生き方があるのです　漢民族のあの馬々糊々を私は非常に憎んでゐます　私はもっと真面目に生きたいのです　結局婚姻問題はやはりお兄さまを悩ませる以外に道はないのです　私としては実に心苦しいのです　だけれどそれ以外に道はありません　やはり島の娘をもらひたいからです

　降り出した雪は止みさうにもありません　旅の宿、窓越に遠い白い

雪、私の心の翼は小さく折り畳まれてゐます　侘しい心の旅空です
　　遥かに御健康を祈ってゐます
　　　さようなら
　　　　　　　　　　十二月七日　　　　　　　　　　　　　基振より
肇嘉哥へ

【譯文】

台灣台中市新富町五之二十八　楊肇嘉殿　親展
昭和十一年十二月七日　新京市和泉町白山寮　楊基振

　　敬啟　之前的信應該已經寄達吧。今天《新民報》上寫到關於選舉已經展開各種調查，所幸沒有大礙，讓我安心許多。這真是一個活得很痛苦的年代。讀著十二月號《改造》中悼念魯迅的文章時，真如他作品〈誌夜〉一般，心情十分灰暗。哥哥您一路走來都是滿路荊棘，希望「對抗暴風雨」這句話可以讓您自勵。

　　魯迅過世後，感覺我又少了一位心靈盟友。昨晚我辦了一場聚會，雖然喝得醉醺醺，但我仍想起他講的一句話。漢民族那馬馬虎虎、不認真的生活態度是造成今天歷史結果的一切。不論是綏遠問題、冀察問題又或是今天中國問題的一切，全都是源生於此。一九三六年也快過了。故鄉應該也吹起冷冽的寒風了吧。現在北國這兒可是連片落葉都沒有似地寂寥。

　　我的婚事讓哥哥操煩許多，因此我前天又再度造訪法平氏。一開始就是我不喜歡的說媒，但實在不想再打擾擔任公職的哥哥您，心想還是靠自己解決為妙，故收起不喜歡的心情前往一探究竟，但到底還是無法讓我動心。今天我已經拒絕對方。有位朋友笑我是傻瓜。以法平氏的地位與財力，都是不該拒絕的婚事吧。但哥哥您了解我的心情吧。我們都有我們共同的生活方式。我非常痛恨漢民族的馬馬虎虎。我想要活得認真點。到頭來，婚姻大事還是只能請哥哥您多費心了。我個人其實相當痛苦，但除此之外別無他法。還是希望娶島內出身的女孩。

　　雪下個不停，不知幾時才會停。旅居地窗外的白雪，我的心意正小小地堆疊於其中。寂寞的心之旅。

遙祝身體安康

再會

　　　　　　　　　　十二月七日　　　　　　　　　　　　　　　基振敬上

致肇嘉哥

No. 20

台湾台中市新富町五ノ廿八　　　楊肇嘉殿　　　親展

昭和十二年二月二日　　　新京市和泉町白山寮　　　楊基振

　拝啓久振りに御手紙に接し非常に喜びました　御紹介下された彭様
とよく新京で皆さんの噂をしてゐます　彭さんは私の好きなタイプで
す　大同病院で始めて知り合ったのですが之から交際したいと思って
ゐます　彭さんの話しに依ると愈々兄さんは清水で家を建て故郷に落
ち着く事になったさうですね　まあ之が一番無難な方法でありませう
が異見を以てすれば些か惜しいやうな気もします　兄さんの御活動な
さるのは寧ろ今後からです　故郷に於ては恐らく再びと活動する客観
的状勢が来ないと想像されます　又我等に続く第二世、第三世も相等
困難ではないかと思はれます　世は暫しはミリタリズムの時世です
恐らく議会を解散すれば総選挙が行はれるかどうか疑問であるし、行
はれたとしても重大なる制限の下に行はれるであらう　そして満洲国
の協和会に類似若くは同様なる一党専制（軍部を基礎的勢力とせる）
になる事でせう　だから植民地統治に於ても多大の圧迫が加へられる
であらう　其処へ行くと北平に居られたら譬へ政治的圏内に入る事が
難かしくても経済的に活動することも出来チャンスも多いやうです
まあ然し既に決心せし以上喋々と論ずる事は却って兄さまを悩ませる
事になりますから此の問題には深く立ち入る事を避けませう

　　次に呉准水氏令嬢の件は本人こそ見れませんが写真に依れば大体私
の好きなタイプです　呉氏の方から見合に帰ってくれとの事ですが実
は目下ある三十年記念出版せねばならぬ（四月迄に）著述の編纂をし
てゐる関係上で帰郷出来ません　ですから先方さへ承諾すれば既に兄
さん、母、姉、姉夫が見て推薦したのですから私の考へとしては見合

なしに婚約し五月初若くは四月末に帰郷して結婚式を挙げたいと思っ
てゐます　唯実母ではない点に於て母が些か物足りなく思ってゐるら
しいです

　尚、更に欲を言へば別記御紹介の林熊祥氏令嬢（三女）確か林氏
とか言はれる方が呉氏令嬢よりも私としては乗気です　勿論家柄が問
題であるよりも東京で教育され殊に三輪田高女出身だとすれば、又容
貌、体格、性格が茂源君婦人と似てゐるとすれば私は最も理想的な女
だと思ひます　私共の如く永く東京で生活し、殊に満鉄の如き周囲が
全部日本人で囲まれてゐる環境で生活せねばならない人はやはり内地
に永く居た女の方が凡有点に於て好ましいのです　然し先方はとても
応じてくれないでせう　若し応じて下さるとすれば写真を一枚送って
下さい　性格とか家庭とか等は新京で聞けば知ってゐる人がゐます
勿論呉氏令嬢との婚談を断らずに……若し茂源君婦人の如きタイプで
あれば私としては満足です

　新京も寒いと云ふけれど大した事もなく冬は過ぎ去らうとしてゐ
ます　去る十二月廿五日同郷会を結成（大学、専門学校出身の有志だ
け）し、友達も多くなり、一月以来著述の総指導を命ぜられてから少
し忙しくなったので生活は割合に潤ひが出来ました　二月一杯で全部
の校正を終へる予定です

　兄さんの家財政整も接角今日迄延ばしたならもう少し延ばして見た
らよいやうな感じがします　どうもインフレに依る地価昂騰が必然的
であるやうに思はれます　まあ然し有意義に使った金です　此の点兄
さまも以て自ら慰みとすべきであります

　時節柄何卒充分御身を御大事になさいませ　皆々様にも宜しく

　　　　　　　　二月二日　　　　　　　　　　　　　　　基振より

　肇嘉哥へ　待史

【譯文】

　　台灣台中市新富町五之二十八　楊肇嘉殿　親展
　　昭和十二年二月二日　新京市和泉町白山寮　楊基振

敬啟　久違您的來信，十分高興。我常常與您介紹的彭先生一起在新京聊大家的趣事。彭先生是我喜歡的類型。在大同病院初次認識，之後希望可以好好相處。聽彭先生說，哥哥您已打算在清水蓋房子，在故鄉落地生根。這的確是最保險的方法，但你若問我有什麼異議，我覺得這有些可惜。哥哥您接下來想好好有番作為。在故鄉恐怕難以想像有什麼可以活動的客觀情勢存在。況且，我認為不要說是我們，就連接下來的第二代、第三代都相當困難。這世界暫時還是軍國主義的天下。就連解散議會後會不會舉行總選舉恐怕都還是個問題，就算真的舉行，一定也是在重重限制下進行。而且，與滿洲協和會類似，應該也是同樣的一黨專制(以軍部為基礎勢力)吧。因此在殖民地統治下，應該會遭到龐大的壓迫吧。來到這裡待在北平，就算難以打入政治圈，但經濟活動的機會很多。不過既然您已打定主意，那我多說無益，只是多添哥哥的煩惱罷了，這話題我就不再深究。

其次，吳淮水的千金一事，我沒看到本人，但看過照片，很合我的意。吳氏請我回去相親，但我目前有一個三十週年紀念出版的編輯工作，(到四月)走不開，不能回鄉。因此對方若允許，且哥哥、母親、姊姊、姊夫都見過表示合意，那我打算不用相親、直接訂婚，希望可以五月初或四月底回鄉舉行婚禮。但對方母親過世這點，母親似乎有些不滿意。

另外，您之前曾介紹林熊祥千金(三女)林氏，比起吳氏千金更讓我有興趣。當然不是因為出身問題，而是她在東京受教育，特別又是三輪田高女出身，且長相、體格、性情都與茂源君太太類似的話，那是我最理想的女性典型。我們兩人都在東京長期生活過，特別是要在滿鐵這種周圍都是日本人的環境中生活，我想還是在內地生活過的女性比較適合。但對方應該沒有意願了吧。若有回應，還請寄枚照片給我。性格或家庭狀況等，我在新京可以找人打聽。當然吳氏千金的婚事還是先別拒絕……如果是像茂源君太太這樣的人，我就很滿意了。

新京雖冷，但冬天已平平順順地快過去了。去年十二月二十五日同鄉會結成(只有大學、專門學校出身的有志人士)，朋友多了起來，加上自一月以來被指示擔任著述總指揮，日子忙碌了起來，生活也新鮮了許多。二月底以前預定完成全部校正。

　　哥哥的家財整頓既然已經延到現在，那麼再多延遲一點也未嘗不可。我認為建設完成後必然會造成地價暴漲。這錢花得很有意義。這點哥哥您應該感到安慰才是。

　　天冷風寒，還請好好保重身體。請代為向大家問安。

　　　　　　　　二月二日　　　　　　　　　　　　　　　　基振敬上

致肇嘉哥

No. 21

　　台湾台中市新富町五ノ二八　　　楊肇嘉先生　　親展

　　大連市南山寮　　　張星賢

　　謹啓　御無沙汰ばかりで失礼致して居ります　其後御一族様にはお変わりは御座いませんか　私は遠征の疲労もすっかりとれて又どうやら元の元気が回復してきましたが寒さの為本練習は控へてゐます　併し一週に二、三回は体操を行ってゐますからシーズン来たら多分元気になると思ひますからどうぞ御安心下さい

　　大連は二、三日前から急に暖かくなりました　この調子でしたら三月から本練習に入れると思ひます　けれどやはりこっちにゐると競技には損ですね　月雲さんが本調子を出して益々元気な様ですから多分先生に護られてベルリンへ行かれる事と思ひます

　　基振さんが一昨日満洲へ帰って来たとの事です　台湾の土産話でも聴きたかったのですが何にも知らなかったんで惜しい事をしました近頃台湾の友達が二、三人出来たので大分賑やかになりました　大阪商船の曽人模様等はとても感じのいゝ人で時々宿舎へ話をしに行きます

　　台湾は春になって暖かくなりましたでせう

　　どうぞ御体を御大事に　五月には東京で御声援出来ますようお祈りしてゐます　草々頓首

　　　　二月十三日　　　　　　　　　　　　　　　　　　　星賢拝

　　楊肇嘉先生へ

【譯文】

　　台灣台中市新富町五之二十八　楊肇嘉殿 親展

　　大連市南山寮 張星賢

　　敬啟 久未連絡，十分抱歉。您與您家人近來還好嗎？我長途遠征的疲勞已經完全消除，精神似乎也恢復了，但因為天寒，還沒有正式開始練習。但一週有做兩、三次體操，等到換季過後，應該就會精神許多，還請不要替我擔心。

　　大連兩、三天前突然暖和了起來，照這情況看來，三月就可以進入正式練習了。但待在這裡果然還是不利於比賽。月雲十分認真，看起來越來越有元氣，也許會在老師的保護下前往柏林。

　　基振前天回到滿洲，我很想聽他講一些台灣的趣事，但他什麼都不知道，有點惋惜。最近交了兩、三位台灣朋友，熱鬧許多。大阪商船的曾人模先生等，感覺相當親切，我有時會去宿舍找他聊天。

　　台灣應該回春、氣候變溫暖了吧。

　　還請保重玉體，五月希望能到東京為我加油。匆匆叩首。

　　二月十三日

星賢拜

　　致楊肇嘉先生

No. 22

　　台湾台中市新富町五ノ二八　　　楊肇嘉先生

　　大連市薩摩町南山寮　　　張星賢

　　御手紙ありがたく拝見致しました　相変らず御元気で御活躍なされて居られるさうで大慶に存じます　小生も例の調子で元気で消光して居ります　満洲の冬はかなり寒いのですが今年は例年に無い暖かさで随分助かりました　正月休みは北平、天津を旅行して来ました　夏に行くといゝ様ですが夏はそう云ふ時間がないから思ひ切って遊んで来ました　師範大学の柯政和先生の家に三泊して色々肇嘉先生の噂さも

致しました　あっさりしてとても感じのいゝ人ですね

　大連の博愛医院の例の女は目下肺病で倒れてゐます　ですからもうその件はお話になりません　何と云っても先生のお考への通り健康が第一です　健康なくてはなんにもなりませんからね　柯様は目下候補者が内地人、台湾人と多数居る様で近い中に両親が目を付けた女を見に帰台する事になってゐます　台中まで行かれるかどうかは存じませんが若しお会いになりましたらどうぞよろしくお願いいたします

　基振様とは正月前新京で会ひました　相変らず元気で働いて居りますが別に特権的な趣味を持ってゐない様ですから早く結婚なさるといゝかも知れませんね

　鄭様も曽様もきわめて元気です　家庭円満で実に二人ともおとなしいね　小生は目下一週に二度英会話の勉強をしてゐるので曽様にも誘って見たら一週に一度やって見ようと云ふ事になって昨日から初める事になりました　家へ遊びに行くと何時も米粉を御馳走してくれるし実に小生にとっていゝ先輩です　呉明捷君は遂に芽を出しましたね　人格も共にともなってこれから活躍してくれたらもう申し分がないと思ひます　兵君はこの休み台湾へ帰りましたかしら？　月雲さんはこの頃先生の所へ遊びにいかれますか？

　時節柄御健勝の程祈って居ります

草々頓首

　　　　　二月三日　　　　　　　　　　　　　　星賢拝

肇嘉先生

【譯文】

　　台灣台中市新富町五之二十八　楊肇嘉殿　親展
　　大連市薩摩町南山寮　張星賢

　　感謝您的來信，我已拜讀。見您元氣依舊，十分活躍，萬分慶幸。敝人一如往常，精神地過著每一天。滿洲的冬天相當寒冷，但今年比往年暖了些，相當萬幸。年假期間去北平、天津旅行。本來夏天去會更好，但時間不夠，所以不管三七二十一就去玩了。在師範大學的柯政和

老師家住了三晚，聽他聊到許多有關肇嘉老師的事。他是個爽朗、感覺親切的好人。

　　那位大連博愛醫院的女人現在因肺病在病榻中。因此那件事也沒得商量。但一切還是如老師所願，健康第一。沒有健康便什麼都成不了事。柯先生現在的候補人選有內地人、台灣人等多人，近日內雙親會回台與中意的女子見面。雖不知他們是否會到台中，但若有機會見面，還請多多指教。

　　與基振過年前在新京見了面，他還是一樣精神抖擻地工作著，但似乎對權力沒有什麼興趣，所以早點結婚也許對他比較好。

　　鄭先生與曾先生也十分健朗，家庭和樂，他們兩人都很成熟。敝人現在一週上兩次英文會話課，還邀了曾先生，他說一週一次可以試試，昨天一起上了第一次。每次去他家玩，他都會請吃米粉，對敝人而言，實在是一個好前輩。吳明捷君也長大成人了。接下來他若能如他性格般一樣活躍，就無可挑剔了。兵君這次放假會回台灣嗎？月雲小姐會到老師家遊玩嗎？

　　天冷風寒，請多保重。

　　匆匆叩首

　　　　　　　　　　　二月三日　　　　　　　　　　　　星賢拜

　　肇嘉老師

No. 23

　　府下西巢鴨町池袋四○八　　　楊肇嘉殿
　　早稲田大学附属第一早稲田高等学院

　　拝啓　貴下御保証の楊基振殿今回本学院修了に付ては来る四月十八日（土曜）午後一時本学院に於て第九回修了証書授与式挙行致候間御来臨被成下度此段御案内申上候
　　　　昭和六年四月一日
　　　　　　早稲田大学附属
　　　　　　　第一早稲田高等学院長　野々村戒三
　　　　　　　　　　殿

追て御来臨之節此状御持参被下度候

台北市杭州南路一段131巷10号　　楊肇嘉先生　啓

台湾省早稲田大学同学会　緘

　地址：台北市館前路七五号之一　　（台湾省合作金庫内）

【譯文】

府下西巢鴨町池袋408　楊肇嘉殿

早稻田大學附屬第一早稻田高等學院

敬啟　閣下監護的楊基振先生於本學院完成修業。四月十八日(星期六)下午一點於本學院舉行第九回結業證書授與式，歡迎前來觀禮，附上案內說明。

昭和六年四月一日

早稻田大學附屬

第一早稻田高等學院院長　野野村戒三

　　　　　　　　殿

誠摯歡迎閣下大駕光臨

台北市杭州南路一段131巷10號　楊肇嘉先生啟

台灣省早稻田大學同學會 緘

　地址：台北市館前路七五號之一(台灣省合作金庫內)

楊基振自傳

自 伝

一、生い立ち

　　私は清水と学校を卒業した後、台中師範に入り、そこで二年間の教育を受けました。師範教育は、将来人の子の師となるもので、台湾教育では最も厳格で卒業まで絶対に外住を許さず、日本人と台湾人のスパルタ式共同宿舎生活です。日本人と台湾人との間には断えず紛争が起こり、日本人はその民族的優越感で、常に台湾人をいじめるのです。然しけんかの原因がどうであろうと、しかられ罪されるのは必ず台湾人で、最後に又台湾人台湾人をして日本人にあやまらせるのです。

　　こうした差別が私の自尊心と理性を非常に傷つけました。そこで三年にあがって最早この教育を受けるに耐えられず、私は冬休み中毎晩泣きました。当時楊家は既に没落して、とても私を日本に留学する学資はないのですが、未亡人であた母は人生の一切の愛をこの独り息子の私にそそいでいたので、結局三年生上校と同時に退学を申請したが、当時大岩榮吾校長は、私を非常に可愛がって許可されず、級主任の佐瀬先生が私の沈んだ憐れな姿に同情し、逃学をすすめて、私は東京に留学し、中学三年に進学して、二年の終学を終えて、四年で一高を受けたが合格せず、早稲第一高等学院に入りました。学院に入るや課外活動としてすぐ社会科学研究会に入会し、そこで早速マルキシズムを研究致しました。高等学院の三年の時、当時の台湾の共産党支部はモスコーからの指令で、日本共産党の台湾支部として活動し、その支部長は陳来旺で台中師範は私の一期先輩で梧棲出身で、私とは師範在学中から非常に親交の仲で、当時彼はやはり師範教育を放棄して成城高等学校で勉強中ですが、私に入党を極力すすめたが、当時私は東大支那哲学科出身の水田文雄等、実際運動の指揮をしてくれていた（例えば労働争議とか築地小劇場の劇運動等々）し、それにマルクス全集の33冊のそう書や無産大学そう書12冊を読み終えたばかりで、

私は学識上未熟だとして、共産党に入党することを拒否し、専ら研究と実践運動に重点を置いた。陳来旺は程なく検挙され、終いに厳しい拷問を受けて、身体をこわし、終いに獄中で死んだ。非常に頭がよい上に非常に勇敢であったが、私は非常に悲しんだばかりでなく、政治闘争に於いて若き生命を棄てたのは、一切を失うことになり、若し彼が僅かに21才の若年で死せず、今日まで生きていたら、どんなに大きな力を台湾革命の為に貢献したかと惜しく思ったのです。この打撃で私は生涯を通じて一切の運動は成功すたまで絶対に公開せず、地下運動の道を歩んできたのです。

そこで私は一生涯を台湾開放に尽くすことを決心し、次の諸措置をとりました。

1、大学は政治経済学部に入ること。

2、台湾の解放は日本帝国主義を打倒して、初めて其の植民地的解放が可能である。

3、日本帝国主義の打倒は、台湾人のみの力では不可能で、中国の力を借りる以外に方法がない。

4、中国の力を借りるには中国革命に参加し、将来中国で活躍するよう努力する。

(1)そこで私は、マルキシズムを研究する傍、三民主義の研究に没頭した。

(2)先づ中国大地に旅行し、実情を調査研究すること。

(3)早く北京語を修得し、改めて中国人留学生と交際する。

5、高等学院三年の夏休みを利用し、私は北京の台湾留学生梁清福に先導されて、福州、上海、杭州、蘇州、南京、上海、北京を視察し、約三ヶ月の大陸遊歴をやった。

6、大学の一年と二年の一学期と二学期は、北京で過ごし、初めは師範大学の女学生柏秀に北京語を正式に国音字母から習い、翌年更に燕京大学の女学生馬文に北京語を教えて貰った。

7、其の間、北京大学、北平大学、師範大学等の諸大学へ行って有名な教授や好きな課目の聴講をきいて、熱心に中国の社会、政治、経済を研究した。

8、大学の一、二年の三学期に東京に帰って勉学して学年試験を受け、大学三年は卒業論文を書く為、ずっと早稲田大学で勉強した。

9、卒業の就職試験で私は受けた殆どの所で採用されたが、日本の大陸政策遂行の実体に飛び込み大陸の建設に献身する積りで、私は日本帝国主義の最前線たる満鉄に入社した。

二、女性関係（洪月嬌（最初の恋人）詹淑英（最初の妻）張碧蓮（再婚の妻））

1、洪月嬌（最初の恋人）

1、1930年私が高等学院三年のある日、私は台湾淡水生れの洪月嬌と知合った。彼女は女学校５年で間もなく卒業するのであった。当時彼女は独りで日本人住宅の六畳間一室を借りて通学していた。知合になってからすぐ親しくなり、或る日私は友達と一緒に彼女の下宿を訪れた。本だてには、カチュウシヤ、カラマゾフの兄弟、静かなるドン、戦争と平和、ファウスト、若きウェルテルの悩み等の小説が並んであった。当時の女学生は大抵、金色夜叉や菊池寛の小説を読むのに彼女はイデオロギィのある外国の小説を読んでいるので、私は彼女の特異的進歩的一面を発見して興味を覚えた。当時、日本は自由主義の最絶頂にあった。同じ台湾人が異国の空の下で特に親しみを感じて、私共の友情は急速に発展して恋愛になった。私も彼女も初恋であった。私共はお互いに成るべく多くの時間を作って語り合い、一緒に日本の各名勝を遊び回った。富士五湖を廻り、川口湖で黄昏の富士山が倒てんして湖中に映る美しい姿を見て、その夜は付近の旅館にとまり、陶酔の一夜を明かし、更に北海道の旅行で、阿寒湖近くの旅館で楽しい一夜を過ごした事が、永遠に忘れられない二人の思出であった。

女学校を卒業した後の進路で私の意見をきいた。彼女は女子大に進む積もりでしたが、私は大学を卒業したら、中国大陸で活躍し、何とかして弱い中国を助け、日本帝国を倒して台湾の植民統治を解放したいので、出来れば彼女が私の此の一生涯の事業を手伝って貰いたい

ので彼女に北京の留学をすすめ、彼女も素直に私の意見をきいた。彼女は女学校卒業後、すぐ北京語の勉強に熱中し、そして、1931年の6月私と一緒に北京へ行った。私共は北京の中国大学の院長方宗鰲教授の家に宿を借り、お互いに北京語の逸教に没頭した。方宗鰲の奥さんは日本人で方政英と中国名に名を変へ、各大学で日本語を教えていた。彼等には方秀卿という月嬌よりも二つ年下の可愛い娘があった。月嬌は此の娘と一緒に住み、私は別館の三つの部屋を貰って楽しく暮らした。月嬌も私と同じく此の美しくて情緒ある故郷を愛した。月嬌の学校も私の親友、燕京大学の哲学教授許地山の世話で9月に開校する燕京大学に入学することが出来た。当時、月嬌は華僑の留学生として常に北京大学や精華大学、燕京大学の数人の男子学生にいんぎんにもてなされ、彼女の明朗な性格の中に毎日談笑の中に明け暮れた。私は方秀卿小姐と彼女は私に北京語を、私は彼女に日本語を教えて面白く過ぎて、殆ど一日中熱心に勉強し、そして雑談した。私は月嬌がそうした男性大学生との交際に、寧ろ彼女の男をあしらう外交手腕に、彼女の北京語が早く上達し、九月から始まる大学生活に早く受入れられるように希願した。唯、月嬌が同宿している方秀卿と同じ女性なのにうちとけず、余りお互いに親密でないのに一まつの不安と焦慮を感じていた。8月末のある日、月嬌は私の部屋に入り、突然彼女は燕京大学に入ることを断念し、北京からすぐ帰郷すると言い出した。私は余り突然だし、こんな一生涯の方向を決定するに私と事前に相談何等相談しないのを深く悲しみ、一応考へ直すことを懇願したが、彼女は涙を浮かべて断呼として拒絶した。私が北京で余り彼女をいたはず、方秀卿に余り多くの時間を□したのに耐えられず激しい嫉妬である。八月の末頃、私は彼女を塘沽迄送って月嬌は塘沽港から門司経由で帰郷した。私は其のまゝ北京に残った。そして、此の離別が私共の愛情に大きな破端を起し、お互いの運命を変えてしまった。1931年9月18日満洲事変が起った。私は北平大学で左傾教授陳啓修の日本帝国主義の大陸政策の全貌を聴講した。当時、北京では各大学の学生がけっ起して毎日デモを続けていた。月嬌は結局私との北京行に一年を空費して1932年に東京女子医専に入学した。北京で愛情に破端した後

の私共はやはり普通の友達として交際を続けた。

1934年私は早稲田大学を卒業して、4月に満鉄へ就職した。

1936年私が大石橋の助役をやっている時に、永らく御無沙汰していた月嬌から突然手紙が来て、彼女の台湾の家が経済で失敗したので、学費が送れない為、彼女は学校をやめて台湾へ帰ると言って来た。私はすぐ返事と為替百円を送って、後卒業する迄幾何の歳月もないから、私は卒業する迄毎月百円し送りするから、是非卒業する迄頑張れと鼓舞した。そして此の金は私としては多余の金であって、私の生活には影響はなく、そしてそれは友達としての援助で、他意なく、もう結婚適齢期だから早く理想的な青年を見つけて結婚し、その幸せを私は望んでいると私の希望をつけ加えた。

月嬌も素直に私の好意を受け、女子医専を卒業し、そして永ら消息をたった。そうしたら、1934年の10月、彼女から卒業後病院のインターンに忙殺し、もう何もかも済んだので、新京へ私を訪ねて来たいとの手紙でした。当時、私は既に大石橋助役から新京の貨物助役に転勤していたのです。

此の手紙を受取って、私は深い悩みにおちこんだのです。彼女の訪問を受入れることは、お互いにこんな年で、しかも一人の女性が、一人の男を訪れることは、六年間の友情ばかりでなく、結婚のプロポーズであり、若し私が受け入れたら、彼女との結婚を承諾した事になるのです。私は考えたあげく、やはり六年間の情絲が断たず、結局歓迎するとの返事を出したのです。然るに待てども月嬌から新京え来る音沙汰がなかったのです。私はたまりかねて12月24日に月嬌の姉を訪問しました。月嬌の姉はやはり医専を出て、姉婿は満州中央銀行に勤務し、姉は医者にならず、新京で彼女の名義でダンスホールを経営して居ました。私がその姉を訪問したら、月嬌が今日間もなく着く事を知りました。暫くしたら月嬌が姉婿とタクシィに乗って入って来ました。月嬌はどう言う積もりか知らないが、新京の玄関に居る私に知らせずに姉に真先に知らせたのは、私は先づ失望致しました。東京で一別して以来彼女との再会するのは六年ぶりです。彼女は東京の最先端の華麗な服を着て、以前よりも生長して女としての魅力がより以上

にあると感じました。四人でスキヤキを食べて、すぐダンスホールえ行きました。クリスマスで新京各ホールは全部超満員でした。彼の姉婿はホールの常連に妹として紹介し、月嬌は彼女と躍る男性のプロポーズに抜けられず、私は独り淋しくホールの片隅で、彼女が外の男と躍り続ける姿をヂット見ていました。私は私共の再会がもっと情熱的ある事を期待したのです。夜中の二時頃に私は漸くワルツ一曲を躍って、明日の勤務が早いとの理由で先に帰る、と言って帰りました。月嬌は私を戸口迄送って「今夜恐らく徹夜しようから、明朝余り早く来るな」と言って別れました。此の一言に私は非常な憤怒と侮辱を受けたような感じがして、私は冷たい新京の夜道を独りで満鉄の独身寮へ帰ったのです。

　三日間私は心をおさえてたづねて行かなかったのです。四日目に漸く彼女から電話がかゝり、何故彼女に構ってくれないのか詰問されました。私は皮肉を言って遠路疲れているだろうからお邪魔しなかったと言いました。それからお互いに気まずく暫くは冷戦が続きました。丁度此の冷戦中に台湾から東京留学中の私の先輩から「ヨイ女アリ、結婚にかえらんか」の電報を受取ました。私は先ず履歴と写真を送れと返電致しました。間もなく履歴と写真が着きましたが、私が写真を見てビックリしたのは、その顔は私の最も好きな態型でした。私はすぐに母に「母病いきとく、すぐ帰れ」の電報を打たせました。

　当時、満鉄はソ連との関係で緊張し、現場の幹部は全部本社人事課の許可なしには請暇するのは不可能だったのです。私は電光石火の如く、すぐ母の電報をつけて二週間帰台の請暇をしたが、すぐ許可の返電を受けました。総ての手続きが完了した後、私は一切の書類を持って月嬌を訪れました。其の日家には誰も居なく、月嬌独りで林語堂著の小説「北京好日」を読んで居ました。私は彼女に「私は結婚の為近く台湾へ帰る」と言いました。「あなたはそんな事がやれるのか」と彼女は相らず、高圧的な態度で私を見つめました。そして「結婚の相手は誰か」と私にきゝました。勿論月嬌は私がじょう談を言っていると馬鹿にしていたのです。それで私は女の履歴と写真と満鉄本社人事課の請暇許可書類を見せたら、私が本気であることに気づき、青く

なり急に態度が変って、懇願するように私に抱きつき、帰らないで欲しいと懇願致しました。斯うした彼女の憐れな姿を見て、私は既に人事課から請暇許可が出た以上帰らない訳に行かない。然し、私は永く母に会っていないから、独り淋しく暮らしている母に会いに帰ると言い、結婚に帰るのではないと慰めました。月嬌は泣いて、それなら自分も一緒に帰ると言い出し、私はたった二週間の別れだ、私が信用出来ないのか、私共の永い６年間の交際で、何時私はあなたをだました事が一回でもあったか、となだめて諒解させた。私が台湾へ帰る夜、丁度張星賢夫妻がたずねて来られて、その夜、ヤマトホテルで四人で夕食をとり、それから四人でダンスホールへ躍りに行き、夜行の時間迄一緒にダンスした。

最後に月嬌は私と"ポエマタンゴ"の曲で私とタンゴを跳って、私を新京駅のホーム迄見送ってくれた。斯うして張夫妻は奉天へ、私は台湾へ同じ夜行急行に乗って新京を離れた。

車中で張さんの奥さん新合さんに「楊さんこんな緊急に台湾へ帰るのは、何かよい話でもあるか」ときかれた。私は実は「詹淑英と見合の話があるので、冷やかし半分に帰るが、実際永い間母に会っていないので、母が恋しくて会うのが目的です。淑英は彰化高女の出身で新合さんも彰化高女の出身だから、此の女を知らないか」ときいた。そうしたら、張さんは今あなたと別れた美人はあなたの恋人でしょうと軽く笑った。それなのに新合さんは非常にビックリしたような顔付で次の事を言った。「詹淑英は彰化一の美人と言われ、皆オッピィと呼んで人形のように可愛いので、このあだなは彰化高女で知らない人はなく、自分が四年の時に淑英は入学したばかりなので、余りくわしい事は知らないが、それにしてもあなたが冴やかし半分に見合するのは絶対にいけません。台湾の田舎の女は見合にすべての運命を託し、若し失敗した時は痛く傷つけられて、生きている心地がしないのです。増してやあなたの二人の先輩が紹介した女を、あなたは結婚する意志もないのに、一人の可憐な少女を傷つけるのは止めた方がよい」と言われました。私は、其の時に痛くビックリして私の軽挙妄動を強く後悔し、洪月嬌とは永遠に夫婦になれない予感におそわれて、限り

ない淋しさを感じました。そして、だれか人の見えない所で思い切って泣きたいと思いました。

2、詹淑英（最初の妻）

　　　私が詹淑英と結婚すたまでの経過は別稿に記載しているので省略するが、結論だけ言うと

　　1、台湾では私の請暇はたった二週間だけなので、私が結婚に帰ると合点して一切の準備が進められていた。

　　2、私は詹淑英を一目見て本当に一目ぼれで其の態度と言い、その話振りと言い、私は高い品位と温和な性格と乙女の純ぼくさを感じて、一輪の美しい花が傍にあるのを感じた。私は断る理由がなく周囲の人の結婚準備を阻止する事ができなかった。

　　3、挙式の前、私の親友陳傳續さんが礼服を着る私を手伝って私が泣いて居るのを見て（私共三人は私が月嬌との恋愛中、東京でも北京でも常に三人で一緒に遊び、一緒に語り合った仲であった）私の肩を軽くたゝき「友よ、めでたい日に泣くな。私はあなたの苦しい心境をを察するが、あなたは詹淑英と結婚したほうが貴方を一番幸福にすることが出来ると思う。あの純情な可愛い瞳を見よ！涙をふいて。すぐ式が挙げられるから」とハンカチで私の涙を拭いた。

　　4、私は２月11日の日本紀元節の日に清水の神社で三三九度の結婚式を挙げて、満鉄へは更に半ヶ月の請暇を請求し、日本を廻って、新婚旅行し、東京で堂兄楊肇嘉の意見で更に披露宴を帝国ホテルで開催し、上京中の林献堂や在京の先輩李延禧、楊子培、呂阿鏞、劉明哲、許丙等20数人を招待し、神戸でも家兄楊緒勲の意見で中国の料理屋平和楼で蔡謀□、蔡金、黄万居、徐燦生等、二テーブル24人の郷友を招待して披露宴をはった。

　　5、私は淑英をつれて朝鮮鉄道経由で新京に到着したのは３月初めで、同僚の世話で既に清和胡同に新築したばかりの綺麗な洋館を私の住宅として私共の新婚生活がはじまった。

　　6、間もなく洪月嬌からの手紙を受けとり、私の帰台中彼女が毎日満鉄図書館へ行って台湾の新聞を見て、私が２月11日に結婚したのを既に知り、手紙には私共６年間の交情の間一回も嘘をついた事がな

いのに一番大事な時に私が一番大きな嘘をついたと皮肉し、然し、この事はもう過ぎ去って、もうどうにもする事も出来ないが、新夫人に会いたい事と今迄通り、私と友達の関係を続けたいとの事だった。

7、私はこの手紙を淑英に渡し、彼女は私と月嬌の恋愛を早くから、姑の娘蔡月鳩から知り、私を信じて私と結婚したと言い、ニッコリ笑って自分で料理して御馳走するこら招待の返事を出せと言うのです。

8、その日の態度は二人の女とも非常に立派で、私共は和気と談笑の中で楽しい晩餐と尽きない語りに夜はふけて、月嬌は夜遅くなって私が送って帰った。

9、それから月嬌は毎日のように私の家に出入し、三人でニッケやロシヤ人経営のアトリヤで喫茶し、大和ホテルや中銀倶楽部で食事する等、何故か、いつも私共と一緒に居たがった。其の間、私は別に淑英が嫌な顔一つせず、私は寧ろ百花爛満の台湾から万目しよう冬の北国寒冷の土地へ来て、淑英は心の温かい月嬌を得て、よかったなと思った。

10、それは満月の美しい夜でした満鉄会館でシェクスピアの"真夏の夜の夢"を演ずるので私は例の如く、月嬌を呼んで三人で見に行った。終了後私共馬車一台に乗って淑英は私の隣に、月嬌は私の前にひざをつき合わせて乗った。美しい月の下を私共三人は新京の冷たい道の上を馬車で走った。私と月嬌は道すがら、此の映画を批評してしゃべり合った。淑英は静かにだまって私共の意見を聞いてゐるだけであった。月嬌を先に送って家に帰った後、何故か淑英は激しく泣き続けた。私がいくらきいても、何でもない、只遠く家を離れて、故郷の父母を思い出した望郷の涙と言うだけであった。私は勿論すぐ淑英の泣く理由が分かった。永く心にためた苦しみに耐えられず、爆発して泣き出したのだ。私は無心だったが、この可愛い妻をこんなに迄苦しめたのかと自分を反省した。かつて北京で、私が方秀卿と熱心に北京語を勉強している時も、月嬌は燕京大学への入学を拒否し、急に帰台すると言い出して、私共の人生航路を変えてしまったのも、当時月嬌の心境は、現在の淑英と同じだったのかもしれない。

11、そして翌日私はすぐ月嬌に手紙を出した。簡単に妻を持つ男は独身の女と友達にある事は出来ない。私は貴女と会ふことが出来ないから、もう私共は今後再び会わないで欲しいとの内容でした。私と月嬌は、あのセクスピーアの"真夏の夜の夢"を見た美しい月夜に別れた後は、終いに再会する事がなかった。

12、5月1日で私は天津に転勤し、私共は新京を離れた。

13、淑英との八年間の結婚生活は、私の一生涯で一番輝かしい歳月で、私は華北交通で副参事に昇格して、権力を行使できる地位に置かれた。特に宇佐美総裁の信頼は厚く、私は祖国中国の建設に常に職や生命を賭して献身した。

14、例えば華北八鉄道の運賃統制をやるにしても、此の工事は国民党が三十年かゝっても出来なかったことを、私は二年間で完成し、当時経調其他経済界から統一は地方経済に余り急激なる影響を与え、少なくとも臨海地帯と奥地地帯の二元性にすべき等々の論議等百出したが、私は落後国家の運賃が経済に占める重要性に鑑みて、是非中国の封建的割拠経済を現代化して、現代国家の基礎を築く為に、敢然と統一運賃制定を取り、僅かに二年の短期日で、これを完成した。

15、塘沽港の築港にしても、海を埋めて港を作るので到底華北交通だけの力で此の莫大な建設資金は日本政府の補助なしに出来ない仕事で、当時日本の経済は満洲国建設当時とは違い、可成疲弊していたので、帝国議会の通過がなければ、実現出来なかったが、私は建築案を持って、東京へ行って日本政府の補助金獲得に成功する等、当時社内で経理局長等の強い反対を推し切って成功し、今天津港として経済に寄与すること莫大である。

16、増積制度を造るにしても、車輌定規を超える積載は、絶対に考えられないことで、私共が車掌の時代、貨車積載にしても索引定数でも一分でも超過した車掌は罰せられるので二割の増積何て絶対に考えられなかった。然るに私は僅々三個月の試験を経て全然事故なく、当時の緊迫した状況では、已むを得ないので実施したいが、工作局長と工務局長に激しい反対に会い、私は職を賭して争い、終いに成功した。これで華北交通は勿論、満鉄、華中、日鉄、朝鮮鉄道、台湾

鉄道迄拡大して採用され、戦時中の困難期に民生の緩和に貢献した。

　　　17、啓新の問題にしても、私は中国の民族資本を擁護する為に身命を賭して、日本軍国主義よ勇敢にた〻かって勝ち得たのである。

　　　18、詹淑英は終いに別稿の如く、1946年終戦後半年余で私の替りに国民党に殺され、唐山で死んだ。

　　　19、当時国民党は私の財産を奪おうと私を漢奸に仕立てたので、北京に居ても身の危険を感じたので、1946年の5月私は長女と母を北京に残し、次女と長男をつれて帰台した。

3、張碧蓮（再婚の妻）

　　　20、当時国民党は私の財産を奪おうと私を漢奸に仕立てたので、北京に居ても身の危険を感じたので、1946年の5月私は長女と母を北京に残し、次女と長男をつれて帰台した。

　　　21、帰台した当時の台湾は既に陳儀の天下で、台湾は全く黒天地暗で、今迄私が住んでいた台湾と全く違って居た。6月に母と長女が帰ってきた。

　　　22、台湾は、国民党の絶対権力下に、人民の不満が爆発し、1947年に2・28事変が爆発した。私の友達の殆どが此の事変で殺され、台湾人は3万人も殺されたと推定される。台湾四百年史上最大の惨劇が祖国の同胞たた国民賊党に依って演ぜられた。

　　　23、張碧蓮の父、当時弁護士で事件と何の係りもない者が死刑囚で、高雄の軍事監獄に臨禁された。碧蓮は父を救う為に私の助力を求め、私は彼女の父、そしてすべての同じ悲しみにある台湾囚人を救ほうとして、懸命の努力で奔走した。南京から最高検察長鄭烈が派遣されて、私と張碧蓮が選ばれて鄭烈と会った。当時北京語の出来た台湾人は極めて少ないからである。私は約二時間に亘って、二二八事件の実際の状況と私の意見を述べた。此の為かどうかを私は知らない。鄭烈が台湾を去ってから間もなく、二二八事件に関すた軍事裁判を撤回し、司法裁判に移した。碧蓮の父張旭昇は台南高等法院に案を移された。台湾高等法院の孫院長と陳啓川は、非常に昵懇な間柄なので、私は親友陳啓川の取計いで猛烈に救出策に奔走した。程主席検察官とも懇意になり、張旭昇は不起訴で12月24日に釈放された。5月31

日、張碧蓮と会って、二人で苦難の道を歩いた６ヶ月余の歳月と精力を尽くしたのであた。ところが、此の間に私と張碧蓮は深い恋におちて、二人でどうすることも出来なかった。私は既に三人の子供の父であり、張碧蓮は長女であり、弁護士は台湾でも可成尊敬された社会的地位であり、碧蓮は年齢も私とは相当離れていた上に再婚っを台湾で風習上好まない等、幾多の困難があった。中年の恋は実に激しいもので、私は非常に苦しみ、結局は張家の親族会議で無事パスして、私と碧蓮は1948年２月14日に結婚した。

24、洪月嬌は新京から上海へ行き日本人病院で小児科の医者として忙殺し、1949年10月１日の中国人民政府の建国に参加すた為に北京へ移住し、ある年の台湾同郷会で詹淑英の弟詹元龍（当時、既に詹尚仁と改名）に会い、初めて淑英の死を知り、私の数々の不幸を知った。そして、彼女は北京を脱して台湾へ帰り、私の不幸な運命を慰めようとしたが、当時中国と台湾は同じく一匹の蟻さへ脱出できないあらゆる網がはってあった。

25、私は張碧蓮と1958年に日本を訪問した際、初めて洪月嬌が未だに結婚せず、未だ私をしたっていた事を知り、非常に心痛めた。私は既に再婚し、それに台湾から大陸へは一歩も出られず、月嬌に会うこともできなかった。

26、月嬌は、北京で天主教経営の病院で、貧しい子供のために小児科医として懸命に働きつゝ、中国の社会主義建国を見つめていたが、一切は自分が追いかけていた夢とは違った走り方で、終いに1966年に開始した文化大革命の史上最大の動乱であった。そして、多数の台湾人と同じく、彼女も国民党のスパイとして逮捕され、そして十年の労働改造の判決を受けて、吉林の奥地に送られ、重労働を強いられた。月嬌は、その間に体力が衰え、食料と栄養不足に肝炎になり、1966年終いに労働営で一命を落とした。

27、1984年、私は漸く碧蓮と大陸訪問の夢を実現して、唐山へ淑英の遺体を求めようと思ったが、此の都市は大地震ですっかり変わりはて、昔住んだ家も見分けがつかなくなり、昔の花園も後ろの樹林もなくなって、四階建の高層建築になって、誰も淑英の遺体がどこへ

どう処理したかを知る者は一人もなかった。私は、彼女の一束の髪も、一片の骨も得ることが出来なかった。

　28、私は吉林の田舎の労働営へ月嬌の痛いを捜そうと思って、碧蓮と苦心して行ったが、彼女が何に□名したか私も知らず、僅かに台湾人なら同時同営の受難者王嬤に託した筈と言って、教えられた住所へ王嬤をたづねて行った。碧蓮と千山万嶺を苦心して、辿りついたが、新聞紙で作った封筒一つ渡されたのみであった。その封筒には、一束の毛髪や僅少の遺灰もなく、只一片の紙切れが入っていた。そして、次の文句が書かれてあった。

　　（中国語詩）
　　絶筆を見知らぬ友に託して

　　私は洪月嬌　美しい顔は只稔りぬ愛情のため
　　　私は洪月嬌　美しい顔は只忘れ得ぬ人を愛するため
　　若い日の約束を果たしたい
　　私は　祖国と社会主義の理想国家を建設するため
　　　越えた来た道は遥けく　たいまつの熱さにも　耐えて

　　楊基振は　私の心の人
　　バカな私は　それとも知らず　一生を待ち続け
　　　どの位　あなたを恋慕い　あなたを待つのか
　　新京の別れは　　一生の別かれとなるのか

　　夢は帰らず　夢はまとまらず
　　　鴛鴦の夢は　さらに遠く
　　今は只　尽きない　愛情と　恨みだけ
　　　風は吹き　雨は降り注ぐ夜
　　月嬌は　一人むなしく　あの世へ

三、政治関係

1、

　　私が1946年5月に帰った台湾は、私が今迄住んで来た台湾とはすっかり変わっていた。それは陳儀が植民地統治に対する絶対権力で台湾を統治していることは日本人が統治していたのと変わりがないが、その権力はより野蛮、無智、暗黒、不正で統治されていた、台湾人大衆はいつも不満と不安の中に生活していた。街頭、街屋、民衆はお互いに阿山の悪口を言い合っていた。私は、自分の運命を苦しんだばかりでなく、過去一生懸命祖国の夢を追ったことを初めて反省した。私と同じ年代の人、或いは其れ以前の台湾人は、林献堂にしても、蒋渭水にしても、殆どが日本人が不平等に台湾を統治した不満が祖国への思慕となり、そして、祖国の人民がどんな生活をしていたかを研究し、思考しなかった。数千年来、中国民族は、一君万民の動乱の中に苦しい生活をして来た。台湾人は、こんな苦しい生活から逃れる為に、祖国を棄てゝ台湾へ移民したのである。今日、日本帝国主義は敗戦して、台湾は祖国へ帰ったが、祖国は決して暖かい心で、台湾人を遇しなかった。このまゝでは、すまないと思った。

　　そして1947年2月28日、陳儀が台湾へ来てから、僅かに一年四個月で台湾人の不平不満が爆発して、此の事変となった。然るに国民党は、陳儀の悪政を反省せず、蒋介石は軍隊を派遣して、台湾の菁英を殺し、一般民衆を3万人も盲目的に虐殺した。台湾四百年来最大の惨事である。私の親友の大部分、例えば、王添灯、林茂生、陳炘、宋斐如、林桂端等沢山の人が無残に暗殺されました。

　　二二八事変後、台湾人は国民党のテロ政治におびえて、激しい怒りを心に抱いたまゝ、すっかり沈黙してしまいました。

　　やがて蒋介石も陳誠も大陸から逐われて台湾に定着し、共産党に対する激しいにくしみから、少しでも彼の統治に不満のある者、或いは意見ある者は、全部、共産党の一派として処刑、若しくは長期の監獄にぶちこまれた。それは全く狂人にも近い程に馬場町の刑場は、毎日の多数の処刑に人心はおびえた。

　やがて蒋介石は、離反し、彼に背く国民党員を再教育すた積もり
で、陽明山に革命実践研究院を設置し、本当の忠貞の高級官吏を育成
しようとして、私は何故か択ばれて第一期生として陳誠に呼ばれた。
武官は中将以上、文官は簡任官以上でなければならず、私は陳誠と面
会して、すべて合格したが国民党に加入しろと言われて、私は入学を
拒否し、勿論私は蒋介石の忠貞な高級部下になる自信もなかった。
　こんな状態で、一体台湾はどうすればよいのか。台湾人はどうな
るのか？心ある人は凡て苦しんだ。ある日、計らずも新生報の社長羅
克典（外省人、東大出身）が私を訪れ、近く台湾省の主席が、アメリ
カ側の意嚮で、呉国楨に変わるが台湾人は全然知らず、副主席格の台
湾人を一、二人推せんしてくれと言うのです。そして、呉国楨が主席
になったら、台湾で民主政治をやるとつけ加えました。トルマン大統
領が、台湾を相手せず、そして白皮書を発表して、相当辛らつに国民
党を批判して間もないので、私は半信半疑でしたが、羅克典は国民党
の開明派であり、人間も誠実だったので、私は楊肇嘉と呉三連を推せ
んしました。当時の台湾社会では、台湾人が副主席になることさは、
夢さえ考へられないことです。そして、私は何よりも民主政治に大き
な魅力を感じました。中共は既に福建に兵力を集中し、何時台湾が攻
撃されるか分からないし、それより何よりも台湾の財政が非常に悪化
している時でした。そうしたら、程なくして陳誠は被免されて、本当
に呉国楨が台湾省主席に任免されました、然るに発表された人事は蒋
渭川が民政庁長で、名前さえきいた事のない彭徳が建設庁長、更に画
家の陳清汾が政府委員で、楊肇嘉は単なる政府委員で、呉三連が台北
市長でした。私は、此の人事に不満を持ち、すぐ清水へ帰って楊肇嘉
に辞退することをすゝめ、楊肇嘉も同意したので、私は羅克典を通じ
て、呉国楨に表明致しました。此の人事を発表して省議会は、すぐに
前記三人の人事に反対する声明して、省議会の開会を中止（罷会）致
しました。勿論陳誠が僅かに残る台湾の地盤をとられて、呉国楨を潰
すべく、盛んに策動し、台湾人の一派、特に省議会秘書長連震東が先
登に立って暗躍したのです。呉国楨は、私に電話をかけ、羅克典を自
分の代理として、清水へ楊肇嘉を迎えて欲しいと言うので、私は翌日

羅克典を伴って清水へ楊肇嘉を迎えに行き、一泊して三人ですぐ台北
へ来ました。三人ですぐ呉国楨宅へ直行し、呉国楨宅は訪客で一杯で
したが、すぐ私共を大客間に案内し、先に自分の話を聞いてくれと約
１時間に亘って、省政府改組の内容を説明してくれた。その内容は要
約すると、（１）呉国楨が主席になったのは、アメリカ側の希望で（２）
アメリカ側が呉国楨を推した理由は、彼が上海市長の時、非常に潔白
でしたことと、比較的民主的だった二つの点が買われた為だと（３）若
し呉国楨を台湾主席にしたら、アメリカ側は台湾に次の援助をする、
と約９項目をあげたが、昔の日記を見ればくわしく書いてあるが、今
覚えていることは、第一に経済援助団を派遣して、台湾の危険な財政
を立て直す、第二に農復会を造って、台湾の農村、水利、品種改良を
行ふ、第三に軍事顧問団を派遣して軍事指導と援助をやる、第四に一
番大切な事は第七艦隊を派遣して、台湾海峡を封査し、中共からの攻
撃をそ止すると言うのです。此の事は、内政干渉になるから文書では
なく、米国大使から直接蒋介石に口頭で通告し、文書にしないので、
此の事を知っているのは、数人の要人と君たち三人だけだと。（４）皆
私の人事に反対しているが、民政庁長を蒋渭川にやったのは二二八事
件で一番活躍したのは、王添灯と蒋渭川で、王は既に殺され、蒋は逃
げるところを後ろから打たれて、娘は即死したが、彼はうまく逃げられ
た。即ち、国民党に一番反対した台湾人で、私の政府は台湾人の味
方になるが故に、彼を一番重要なポストの民政庁長としてすべての台
湾人を味方としたいのです。彭徳を建設庁長としたのは台湾人が選挙
した省議員で一番年少者で彼で（33歳）中国政府は全部老齢を以て
非難されたので、思い切って若い者をばってきしたのです。陳清汾は
名門出身なので、彼を政府委員にして、菁英が228事変に殺されたの
で私は既成勢力との妥協をしたいのです。然し皆此の人事に反対する
なら、私は極めて短時日の中に必ず調整します。（５）話にきくと老先
生は日本統治時代に、私財を投じて台湾人民の為に政治運動をしたそ
うで、今日省議会は表面上私の人事に反対して開会を中止（罷会）し
たが、今日老先生が私の政府を援助し力になってくれるなら、私は□
□る困難を排して主席をやるが、若し先生が私を見棄てるなら、私は

主席を辞退してすぐアメリカへ行きます。そうすれば、米国の援助は来なくなり、福建に集中している中共は台湾に侵入して、台湾は中共に占領されるでしょう。あれだけ過去台湾を愛した老先生は、此の情勢をよくご存知な筈です。呉国楨は雄弁は一流で、楊肇嘉は感激して省政府に飛び込み、省議会の件は私が解決するとつけ加えました。ミイラ取りがミイラになって、私はすそをひっぱって、けんせいしたが楊肇嘉は気づかず、私共は二時間大笑いして辞去いたしました。私は楊肇嘉を私の家にかえして休養させ、私は其のまま植物園の前にある省議員の宿舎へ直行致しまして、楊天賦、李崇禮、李友三、楊陶等、私の平素懇意にしている省議員に至急召集令を発し、一時間の中に25人の省議員を集めることが出来ました。そこで、私は省政府の改組につき、今、呉国楨が話した事を、皆の前で伝え、今台湾人は陳誠のような軍事的テロ政府に継続して支配されるのか、それ共、呉国楨の民主政治を受け入れるのか、分岐点に立っている。若し呉国楨に賛成するなら、君達は既に大多数であるから、明日すぐ省議会を復会して貰いたいと希望した。全員は復会に一致して賛成して、呉国楨を支持することを決議した。私が、すべての工作を終わった時に、連震東が、呉国楨をつぶすと悪口を言いながら入って来た。当時の台湾人は私の如き日本官吏の方か、半山よりずっと台湾人には信用されたので、連震東の策動は問題ではなかった。

　省議会は約束通り、翌日すぐ復会した、人事問題も程なくして楊肇嘉が民政庁長になり、陳尚文が建設庁長になったが、呉国楨の民主政治は国民党、特に蒋経国、陳誠の反対にぶつかり、そこへ楊肇嘉は全然行政経験なく一切に私は失望した。

　已むなく、私は1957年の第三回県市長選挙に台中県長に立候補し、国民党の林鶴年と競選したが、開票時に全県の電燈を真暗に失電し、7割あった筈の票を盗んで、結局私は、逆に林に五千票敗けて落選された。選挙の前に、私は李万居と相談して、台中市酔月楼に全省の国民党外の県市長と省議員の候補者を招集し、私は国民党のインチキを防止する為に、候補者が各投票箱に監視人を置くことを提案したが、大会は彰化県長の党外候補者石錫勲と、高雄市長の党外候補者と

私の三人を代表として、私が起案して省政府に申請した。

当時の台湾の県市長は先ず国民党が外省人の主任秘書を派遣し、実質上の県市長を指導権は警務処にあって、県市長は其の権限がなかった。斯うしたニセ自治地方政権を改革して、先ず台湾人の地方自治政権を確立しようと思ったが、落選させられて其の最小限度の政権も得られなかった。

1950年6月25日朝鮮戦争が勃発して、米国第七艦隊は派遣されて台湾峡は封査され、中共の台湾侵入は防止された。そして、戦争前呉国楨が主役になった時に米国が援助すると言った各条項は全部実現、アメリカの経済援助のためにE.C.Aが設置され、農復会、米国軍事顧問団、更に米国協防司令部が設置されて台湾は安定した。最早、呉国楨の力を藉りる必要がなくなった。国民党の頑固派と蒋経国の特務が結託して、比較的台湾人に近づき民主路線を歩む、呉国楨との間に激烈な闘争が展開されて、呉国楨は車の事故に依る暗殺が企てられたのを知って、すぐ主席を辞し、宋美齢の援助で漸く台湾を脱出することが出来て、アメリカへ逃げた。

2、

私が台中県長の選挙に落選した後、或る日雷震と斉世英が私を慰問に来た。丁度、省政府から、私が選挙前に出した候補人の監視人申請の回答正式文書が漸く選挙後に到着し、「法律の根拠なく、許可し得ず」との返信だったので、私は此の文書を二人に提示し、国民党一方の監視人で投票で、投票の公正が期せない以上、選挙は「労民傷財」で無意味だと言ったら、二人は選挙の不十分を十分に知っていたので個人に依る監票人の申請は恐らく見込みなく、やはり政党に依る申請なら、国民党も認めざるを得ないだろうと、私に反対党の組織を□ようとした。有力な反対党の組織に依って、国民党を牽制する事は誰も考えている事ですが、二二八事変以後、誰もこんな敏感な問題に触れる者は居なかった。

彼等二人はつとにこれを考えていたが、当時雷震は『自由中国』で斉世英は『時與潮』の各経営の雑誌でこれを主張したが、問題は二人の外省人を作っても根がなく、台湾人の参加なしには有力な反対党

を組織する事は事実上不可能であった。私が台中県長の競選中、斉世英は殆ど私について廻り、雷震は『自由中国』を通して私を応援した。斉世英は台中県の民衆が私を支持する様子を見て、私に民衆の力を信じたのであろう。私は約一週間各方面の問題を考慮して、次の条件を出して、若し彼等が承諾したら、私は参加して組織しようと返答した。(1)反対党の綱領は憲法の範囲内で行動し、法律を超えざること、(2)党中央委員と県市の各分会の委員の台湾人関係は、当初其の人選は私が決定し、党成立後選挙に依って改選すること、(3)反対党は大反対党を目指し将来国民党の進歩分子、青年党、民社党をも反対党に加入さすべく工作し、この事は雷、齊で工作すること。国民党に対抗しえる程の反対党でないと私は作る意思がない。私は、私の生涯をかけて台湾人を総動員し、将来は台湾人が台湾を統治者を私はもくろんだ。此の点は私が考えていただけで、勿論予め私は、これを表示しなかった。雷、斉はこゝ迄考えて居なかったらしく。但に国民党の絶対権力を制御する程度に考えていた。(4)反対党の組織は、県市等の地方分会の組織が完成し、正式に反対党が完成し、正式に反対党が出来る迄、絶対に私の名前を出さないこと、私はすべて秘密で黙々と仕事を進める(5)反対党の機関紙は李万居の『公論報』をもりたて、『公論報』が過去台湾人の為に尽くした労に酬いたい。当時、『公論報』は国民党の圧迫を受けて破産状態にあり、私は台湾人の為に尽くした半山の李万居を助けたかった。私は成舍我(新聞学院々長)を迎えて、全面的な改組を計ろうとした。(6)こんななま温かい態度で、台湾の政治改革をし、それでも国民党が尚私共に危害を与えるようなら、私は台湾の政治改革は絶望で、私は直ちに解散し、以後政治界から隠退する、と大体6ヶ条の項目を条件としたが、雷、斉は全部承知して、共に反対党の組織にかゝった。ところが党名から争い始めた。私は台湾民主党とつけたかったが、彼等は中国民主党でなければならないと言うのであった。若し台湾の二字が入れば、台湾独立と云いがゝりをつけられ駄目になるとの事であった。その後、先ず台中県の組織に、それから嘉義、台南、高雄、新竹等の組織にかゝった、各地毎に国民党、特に特務関係の風当たりが段々と強く、未だ十分地方組織

が出来ないのに、李万居は『公論報』の改組を急ぎ、早く台湾人関係だけの全島結党大会を台北で開催したいとして、すぐその準備にとりかゝった。その日の主席は李万居がなると内定しているが、開会三日前に李から電話がかゝり、自分は糖尿病が悪化し、当日とてもこれを主催する体力がないから、私にやってくれと云うのです。私が誘って作った党です。今更断ることも出来ず、私としては本当に嫌だったけれども、当時中央委員は、呉三連は彼を中央委員会に入れるとすぐ夫婦でアメリカに逃げて居らず、高玉樹は余り事情を知らず、私は結局引受けたのです。そうしたら開会の前日の午後４時頃に保安局の政防処長谷正文中将が、私の家へ、私を訪問し「今日あなたとの個人のつき合いで来た。情報に依ると明日台湾人の反対党結成大会が台北で開かれ、あなたが主席で開催されるとの事、あなたの愛国心はあなたとの多年の交際上私はよく知っているが、総統はあなたを非常に誤会している。あしたの開で主席になることは勿論、出来れば出席せざること、これは私個人の意見です」と言って帰られた。あの時丁度Ａ2の風邪が流行し香港、台湾に入ってきて、多数の人がかゝった病気にかゝった。病気にかゝったことのない私迄が、その風邪にかゝり、40度近い熱を出したのを口実に、早速李万居に電話をかけ、私も明日は主席ばかりでなく出席できないから、楊金虎（高雄市長）にやらせ、君からお願いしてくれと頼んだ。それよりも、私が主席になることは関係者の二、三人しか知らない筈なのに、なぜ保密局や総統迄知っているのか、私はどうしても解することができず、特に国民党の特務工作に恐怖を感じた。楊金虎はその日、主席になり、其後高雄市長になってから断えず訴訟関係が続き、終いに監獄迄入れられた。

　台北で、台湾人が地方の委員との大会後、間もなく雷震は逮捕され、赤い帽子をかぶせられ、そして、十年刑に処せられた。□では、蒋総統と直通電話があり、共産党との協商会議では秘書長として現の憲法を作った。雷震、私の知た限り、最も国民党を愛し、最も共産党を嫌った彼が赤い帽子をかぶせられたのは何と皮肉な事でしょう。一番最初の地方組織は勿論台中県（台中県台中市、彰化県彰化市一括）を台中市に集って開会したが、彼と斉が私と同列車で台中市に来られ

たが、あの時、汽車のボーイからチャイナポストの新聞を貰い、その記事に「国民党は絶対に、反対党の成立を許さない」の記事を見て、私は雷と斉に見せ、私共の反対党の成立は困難だろうと言った。そうしたら、雷震氏は即座に「私はもう六十歳以上の人だ。私は此の憲法を守る為に譬え殺されても構わない」と私を激励した。私はすぐ（私は嫌だ。あんな野蛮無知の人から拷問にかけられるのも、彼等に依って殺されたもの嫌だ、それは犬死でしかない）と言った。そして私は、私の親友、誉て僅かに21才の若年で獄中で死んだ、第一代台湾共産党支部長陳来旺を思い浮かべた。

雷震の逮捕されたと私はすぐ中央委員会を招集して解散を声明した。私は私が君等を招いて台湾の為によい反対党を作ろうと思ったが、国民党がこんな野蛮では私共は抵抗する何物もない。もし継続して進めば、次々に逮捕されただけであた、あの時の李万居は『公論報』の為にも是非頑張ろうと主張し、高玉樹も名を売た為に、極力継続を主張したが、私は私の手で作ったのだから、一度解散して、貴君等が作るなら勝手に作りなさい。私は決して反対しないが、私はもう参加しないとつけ加えた。彼等は新聞に発表して絶対に屈しないと。が、其の後消息がなく消えてしまった。

1960年に雷震が逮捕されてから、私は政治界がすっかり嫌になり、私は1964年から若い妻を連れて登山（一万□以上の高山）を開始し、10年間台湾の人の居ない中央山脈を歩いた。「日日帰家無□処、不如迷入山中人」の心境で碧蓮は百岳の女王となり、私は心臓病で医者から登山を禁ぜられて五十岳を完成した。

3、

1976年に私は鉄路局を退職して、すぐ渡米を申請したが、出国を禁止され、1958年渡日してより18年経ったのに出国の禁令は解かれない。あらゆる手、あらゆる方法を尽くしたが、全部駄目だった。最後に長女の瑪利が夫Danrisが軍事代表としてドイツに駐在した時、ケネディが彼女の家に泊まった事があるので、彼に頼んで父を出してくれと頼んだが、ケネディはすく蒋経国に手紙を出したが、すぐ出国の許可が出た。そして私は1977年10月1日San Franciscoに着いた。

　アメリカの自由な大地で、殊更に台湾の事が忘れられず、1978年には台湾で高雄事件が発生した。美麗島の雑誌に依って、折角台湾民衆の政治意識が醒めつつあったのに、その菁英が又全部逮捕されてしまった。世界人権日に美麗島が人権のデモをやって、身に守鉄もない叛乱罪になって、皆十年以上の刑に処せられるとは、世界どこの六法全書をさがしても、その罪が成立する筈がないのです。

　私は異国の空で、台湾人の悲しい運命に泣きました。

　1969年1月1日に中共とアメリカが建交致しました。私は台湾を愛し、又台湾に帰らねばならんので、1983年碧蓮は米国の国籍をとると、私共夫婦は1984年に中国人民政府を訪問致しました。中国は私が青春時代、全部で15年間住んだ土地です。国民党にいじめられたので、それだけに私は中共に望みをかけたのです。それが文化大革命ですっかり興味を失ったが、少なくとも実情を見たい欲念を未だ喪失していません。

　私は1984年の10月12日に碧蓮と北京の土地を踏みました。特に同郷会の沢山の人と先妻詹淑英の弟詹元龍が徹夜で（飛行機が四時間もおくれて到着した上に、彼の宿舎が飛行場から遠く離れているので帰るバスがない為）迎えてくれました。

　私はすぐ周恩来の太太鄧穎超（全国政協主席。当時彼女は台湾問題の召集人、即ち台湾問題の最高権威だったのです）に会ほうと思ったが、彼女が病床中ときいて、先に東北各地を視察して、11月3日再度北京を訪問し、そして11月4日北京を離れ西安に行くので、11月3日中南海の彼女の家で、僅かに彼女と其の秘書、そして台湾の中共全国同郷会会長林麗韞と私共夫婦の5人だけで腹を割って自由に話すことが出来ました。初めは人民大会堂の台湾庁で会うことを鄧さんはきめたが、そこには何時も新聞記者があり、雑多な人がいるので、私はそれを断りました。

　鄧さんは既に80才の高齢でしたが、頭が非常に明晢で雄弁で、約一時間にわたって台湾問題に関すた中共の見解と台湾人民に対する無限の愛を語り、更に文化大革命中に台湾人に対してやった間違いを謝りました。彼女の話は非常に長いが、中共の台湾問題解決の政策を

要約すたと次の通りです。（1）中共は国民党と交渉すた（2）和平方法で台湾を統一する（3）一国二つの制度で台湾には現行の資本主義制度を存続し、共産主義を強制しない（4）中共は軍隊も派遣しない（5）将来、必要あらば中共中央政府から財政援助もすた等であった。私は静かに彼女の演説をきいた後、私は今日来たのは、私個人できたのであって誰をも代表しない。今のお話に対して、私は私個人の意見を発表してよいかときゝました。彼女は、私の意見をどうぞ自由に発表してくれと言うので、私は台湾問題に関する案を出したのです。今の御意見は、実際的には実現できない案であって、第一国民党と統一を交渉すたことは台湾人の到底承認できない事であた。台湾今日の最も重大なた矛盾は台湾人と国民党との対立であり、国民党は過去日本人と台湾人が50年間築いた財産を接収した上に、紙幣を乱発して、台幣をして４万元対１元で新台幣を発行して、台湾人の財産迄接収し、そして接収した財産は全部国民党営、官営して、その経営能力と不当なる経営に依り毎年赤字を出して損失し、その損失を税金で補い、台湾人は又此の負担をしなければならない状態であた。人事に至っては、日本人の統治形態をそのまま継承して、日本人の替りに全部外省人が入り、全く殖民統治で、其上法統で国民党が中国正統政府と主張し、中共は偽組織だとして、此の見解に逆らうすべての人を銃殺若くは長期監禁すた等非道な政治をしてきた。その野蛮と醜悪に台湾人は耐えられず、二二八事件で不満が爆発するや、台湾の菁英を含めて約３万人び台湾人を虐殺して、台湾四百年史上最大の惨劇を演じた。こんな統治形態で、今日中共が統一すた相手方を国民党と談ずることは、台湾人はどうして耐えられますか！

　　第二に、国民党と合作して和平統一すたと言うが、国民党がこれに応じますか、国民党は今日絶対権力で台湾のすべての機関を掌握し、台湾の総収入を費消している。こんな甘い汁を吸って、国民党が中共と談合することはあり得ないと思う。

　　第三に、中共は領土が欲しいのですか、それ共1,470万人の台湾人の人心が欲しいのですか。若し台湾人心が欲しいとすれば、譬え国共が合作して、現在のような統治形態をとれば、台湾人は必ず継続し

て反抗し、中国に於ては台湾人の協力が得られないばかりでなく、中国も台湾も平和な日がないでしょう。

私の提案の第一案は、中共が台湾人と共力して、嘗て国内で国民党を潰した如く、国民党を倒し、台湾時の希望する独立を助成してくれれば、台湾人は中共の徳に感激して、将来二国は円満に合作するであろう。台湾人は今日約60万人アメリカに移民し定着している。その大部分は、学士、碩士、博士でアメリカの各分野で仕事をしている。台湾の各産業は発達し、毎年夥しい外貨を蓄積し、若し斯うした人材と財力を投じて、中共が援助したら、中共の開発が促進されるであろう。若し、中共の開発が促進して、仮に一人一年100米ドルの生産が向上すれば、10億の人口で年14億ドルになり、世界人口の四分の一が向上したことになり、其の一千億の購買力で、中共は各国から重視され、世界政治に大きな発言権をもつであろう。そして、資本主義と社会主義を調整すれば、世界の平和がより安く確保されるであろう。

私の提案に対し、鄧穎超は台湾との統一は中共中央で多年月に亘り研究した結果で、絶対に変更出来ない国策で、独立は絶対に承認出来ない。

そこで、私は然らば、第二案を提出しよう。

第二案は統一案で、中共が台湾人と共力して国民党を潰し、台湾人に高度自治区として"台人治台"で台湾人が自分で主人になって、台湾人を管理することであって、これは台湾人が四百年来、皆外来民族に統治され、そして、台湾人が闘争した歴史を中共の力を借りて消滅したい。今日国民党は、若し中共が国民党と談ぱんせず、台湾人と談合する発表しただけで、国民党はしおれ、更に中国と台湾人が合作してアメリカに援助を求めれば、三者で合作すれば、国民党は寄生の根拠を喪失してほどびるであろう。

台湾と中共の関係は台湾の内政問題には中共は干渉せず、全部台湾人に任せる度量なしには、円満たり得ない。

そこで鄧穎超は第二案なら、中共中央は恐らく採用するであろう。然し、台湾人と談合すると言うが台湾人の誰と談合するかときい

たので、若し中共の方ではっきりした方針が確立したら、私個人は長老者の立場で、現在の台湾政治運動者を説得して、共力な党を作り、交渉の対象としよう。

　その日、鄧穎超は非常に喜んで私と熱い握手を交わし、碧蓮と抱擁して喜んだ。

　私は帰米後、二、三の同志と此の事を相談したが、誰も賛成しないので、私は活動をやめて、先ず中共中央の態度を見ようと、旧金山の総領事を通じて、折渉したが、仲々進渉しない。

四、おわりに

　台湾の革命に対しては、貴兄の意見の如く、台湾の民衆の力で国民党を倒して独立国を作れば一番よい案である。私は今日迄約六十年間に近い政治闘争で次の結論を得ている。

　1、国民党は潰れる迄決して台湾統治の権力を棄てない

　2、台湾が民衆の力で国民党の武力を打倒する事は至難である。今日中産階級が約半分を占め、生活豊かな処で革命は非常に難しい。戦後の日本でさへ、社会党が一回政権をとっただけで、後は自民党の天下である。台湾は台湾人が７割以上の軍隊を占め、その協力なしには革命は成功しない。然し、その軍隊が特務、特工で厳重に監視されて仲々動けない。

　3、民進党が成立しても、蒋経国は台湾の軍事統制を恐れて、台湾人と妥協して牽制する必要があるので、政治技術に依り、多少台湾統治の厳度を緩和しただけで、決して台湾政権を台湾人に解放することはあり得ない。彼はどこ迄も蒋独たる現行の権力を手放そうとしている。

　4、私は、若し中共が"台人治台"で台湾人が今日国民党が掌握している権力を握ることができれば、寧ろ中共と妥協して、先に国民党を潰すべきだと思う。

　5、私は、国民党と中共との政治闘争は張春男のような意見である。

　以上ながく貴兄と会って話した事がないので、だらだらと長たゞ

しく思ひのまゝでのなぐりかきで読みにくい上に誤字も沢山あると思うと思います

　要件は私の親友門脇君が私の自伝を小説化して書きたいが、私は愛情40％、政治60％の小説体にしたのです、政治では、このストーリーに関連した、中国革命、特に文化大革命、二二八事件と私が台湾で遭遇した、幾つかの政治案件で国民党が如何に野蛮惨虐な絶対権力で台湾人を統治したかを、私は書き残したいのです。

　貴兄は、非常に忙しいので、此の小説に共力できるかどうか分かりませんが出来ればお願い致します。それで御参考迄に、次の書類を添付致します。

　一、満鉄の吉田会長に出した手紙（終戦当時と詹淑英の死）
　二、門脇に出した手紙　　（洪月嬌の死と其の他）
　三、1975年に書いた洪月嬌に対する私の思慕（懐会之歌の詩簡）

【譯文】

一、生平

　自清水小學校畢業後，我進入台中師範，在那裡受了兩年教育。師範教育是培養未來為人師表的機構，在台灣教育界中最為嚴格，畢業前嚴禁外宿，日本人與台灣人都過著斯巴達式的共同住宿生活。(那段期間)日本人與台灣人之間紛爭不斷，日本人憑著民族優越感，常常欺負台灣人。然而，不管紛爭的原因為何，錯的、被罵的一定是台灣人，最後總要台灣人去向日本人道歉。

　這樣的差別待遇讓我的自尊心與理性思維大受傷害。待到第三年終於忍不下去，寒假時我每天晚上都在哭。當時楊家已然沒落，無法供學費讓我去日本留學，但早年守寡的母親把她這輩子的愛都投注在我這獨子身上，讓我在三年級剛開學時申請休學，那時大岩榮吾校長疼愛我不肯答應，年級主任佐瀨老師同情我鬱鬱寡歡的可憐模樣，便建議逃學。我前往東京留學唸中學三年級，唸了兩年後四年級時考一高沒考上，改

進早稻田第一高等學院。進入學院後，我在課外活動中參加社會科學研究會，很早就研究起馬克思主義。三年級時，當時的台灣共產黨支部受令於莫斯科，以日本共產黨台灣支部的名義活動，該支部長為陳來旺，是我在台中師範時期第一期的學長，他出身梧棲，與我在就學期間交情深厚，那時他也放棄師範教育，(前往東京)就讀成城高等學校。他極力邀我入黨，但我當時聽命於東大中國哲學部出身的水田文雄等人的指揮(如勞動爭議、築地小劇場的戲劇運動等等)，且當時才剛讀完馬克思全集33冊叢書、無產大學叢書12冊，自認學識尚未成熟，因此婉拒入共產黨，專心將重點擺在研究與實踐運動上。之後沒多久陳來旺就被檢舉，接受嚴厲的拷問，健康受損，最後死於獄中。他腦袋之好，又相當勇敢，讓我不僅悲痛萬分，也深深感到惋惜，他為政治鬥爭放棄年輕生命，失去一切，若他不是21歲便英年早逝，真不知能夠為台灣革命貢獻多大的力量！這次打擊影響我的一生，讓我從此決定步上地下運動之路，一切運動未成功前絕對不會公開。

當時我決心花一輩子來盡力解救台灣，並採取以下種種措施。

1.大學要讀政治經濟學部。

2.解放台灣要先打日本帝國主義，才有可能達成殖民地的解放。

3.打倒日本帝國主義，無法單靠台灣人的力量，除了借助中國之力，別無它法。

4.要想借助中國之力就要參加中國革命，為將來活躍於中國做努力。

(1)當時研究馬克思主義之餘，也沉迷於研究三民主義。

(2)旅行中國大陸，調查研究當地實際民情。

(3)早一步學習北京話，開始與中國留學生打交道。

5.利用高等學院第三年的暑假，在留學北京的台灣留學生梁清福帶領下，前往福州、上海、杭州、蘇州、南京、上海、北京視察，花了三個月遊歷大陸。

6.大學第一、二年的一、二學期都在北京渡過，剛開始與師範大學的女大學生柏秀從國音字母正式學北京話，隔年則請燕京大學的女學生馬文教我北京話。

7.其間，前往北京大學、北平大學、師範大學等各大學旁聽一些名

教授或是個人喜歡的課程，熱心研究中國的社會、政治、經濟。

8.大學第一、二年的第三個學期回東京唸書，參加學期考試，三年級時為了寫畢業論文，一直待在早稻田大學唸書。

9.畢業前的就職考試幾乎有考必中，但我打算投入日本大陸建設的實際活動、獻身大陸建設，決定進入日本帝國主義的最前線滿鐵工作。

二、女性關係【洪月嬌(初戀)，詹淑英(元配)，張碧蓮(續弦)】

㈠洪月嬌(初戀)

1930年就讀高等學院三年級時的某日，認識了出生台灣淡水的洪月嬌。她當時就讀女子學校五年級，不久就要畢業。當時她獨居在外通學，住在日本住宅中一個六疊大小的房間。我們認識後馬上就變得熟稔。有一天我與朋友一同到她家造訪，她的書櫃裡有《復活》、《卡拉馬助夫的兄弟》、《靜靜的頓河》、《戰爭與和平》、《浮士德》、《少年維特的煩惱》等小說。當時的女學生讀得多是《金色夜叉》或菊池寬的作品，而她的書卻多是帶有意識型態的外國小說，讓我發現她優於別人的一面，對她深感興趣。當時日本自由主義發展到最顛峰，同處異國的天空下讓同樣出身台灣的我們感覺格外親近，我們的友誼快速發展成愛情。我與她都是初戀，兩人會儘量為對方空出時間聊天談心，一起遊歷日本各名勝。環遊富士五湖，在川口湖看黃昏時的富士山倒映在湖中的美麗模樣，晚上借宿在附近的旅館，度過陶醉的一夜，還有去北海道旅行，在阿寒湖附近的旅館度過快樂的一晚，這些都是兩人永遠無法忘懷的回憶。

她曾就女學校畢業後的前程問過我的意見，她原本打算進入女子大學，但我畢業後打算去中國發展，希望做點什麼幫助積弱不振的中國，打倒日本帝國，將台灣從殖民統治中解放出來，我希望她能從旁助我成就一番事業，因此建議她前往北京留學，她很坦率地接受我的意見。從女學校畢業後，她很快地熱中於學習中文，並於1931年與我一同前往北京。我們一起借宿於北京中國大學的院長方宗鰲家，相互沉迷於北京話的學習。方宗鰲的太太是日本人，改名為方政英，在各大學教日文。他們有一個比月嬌小兩歲的可愛女兒方秀卿。月嬌與她同住一間房，我

則住在有三間房的別館，生活愉快。月嬌與我都深愛著這塊美麗且熱情的故鄉。經過我的好友——燕京大學的哲學教授許地山的幫忙下，月嬌進入九月開校的燕京大學就讀。當時月嬌身為華僑留學生，常常被北京大學或清華大學、燕京大學等男同學們殷勤地對待，她個性開朗，每天都在談笑聲中度過。我與方秀卿交換語言，她教我北京話，我教她日語，因為十分有趣，幾乎一整天都沉迷於學習與交談。看到月嬌與男大學生們的熱絡往來，我希望是她為了早點學好北京話以適應9月開始的大學生活所使出的社交手腕。不過月嬌與同住的方秀卿雖同為女生，但感情不太親密，讓我有些不安與焦慮。8月底的某日，月嬌來我房間，說她打算放棄進入燕京大學，打算離開北京回鄉。我感到十分突然，而且這種事關未來的大事沒找我商量就私自決定，讓我深感難過，我懇求她重新好好考慮，但她哭著嚴厲拒絕。她受不了我在北京沒常理她，反而花太多時間與方秀卿在一起，讓她深深嫉妒。8月末，我送她到塘沽，月嬌從塘沽港出發，經由門司回國。我則留在北京。此一別離，不但為我們的愛情劃下巨大裂痕，也改變了彼此的命運。1931年9月18日滿洲事變爆發。我在北平大學旁聽左派教授陳啟修的日本帝國主義的大陸政策全貌。當時，北京每天都有各大學學生所發起的示威運動。月嬌白費了一年時間隨我去北京，而改在1932年考進東京女子醫專。北京分手後，我們回復到普通朋友的關係。

　　1934年我畢業於早稻田大學，4月進入滿鐵就職。

　　1936年我在大石橋擔任助手時，突然收到好久沒連絡的月嬌的來信，她說她因為家中經商失敗，沒錢供她唸書，所以她打算休學回台灣。我馬上回信，並附上一百元支票，告訴她離畢業沒剩多少時日，我願意在畢業前每個月送一百元給她，鼓勵她一定要撐到畢業。(我在中國)生活無虞，這些錢對我而言是多餘的，因此希望以朋友的立場給她一些幫助，別無它意，她也到適婚年齡，希望她早點找到理想的好青年結婚，我告訴她希望她能幸福。

　　月嬌也接受我的好意，畢業女子醫專後，好一陣子沒連絡。1934年10月，突然接到她的來信，她說畢業後忙著在醫院實習，目前剛告一段落，希望可以來新京造訪我。當時我已經從大石橋助手一職轉到新京擔任貨物助手。收到這封信後我好生煩惱。若是接受她的來訪，彼此

都不是孩子了，一個女子造訪一個男子，不是單單為了六年的友情，而是考慮到進一步的婚姻大事，若我接受，等於是答應要與她結婚。我想了許久，最後還是無法斬斷六年情絲，回信歡迎她的造訪。然而等了許久，一直未聞月嬌來訪新京的消息，我等不及，於12月24日前往月嬌的姊姊家拜訪。月嬌的姊姊也是出身醫專，姊夫則任職於滿洲中央銀行，她姊姊沒當醫生，而是在新京以她個人的名義經營舞廳。我造訪她姊，知道她今天不久前才剛到。過沒多久，月嬌與她姊夫一同坐計程車回來。我不明白月嬌作何打算，她沒告知身在新京的我，而是先通知她姊姊，讓我好生失望。東京一別之後與她再度相見，中間相隔六年。她穿著東京最時髦的華服，感覺比以前更多了一些女性魅力。四人一同吃壽喜燒後前往舞廳。聖誕夜，新京各舞廳都客滿，她姊夫把她介紹給舞廳的幾位熟客，她無法拒絕男性們要求共舞的好意，我則一個人孤伶伶地在舞廳一角，一直看著她與別的男人共舞的身影。我一直期待著兩人的再度相會能有些熱情的火花。直到半夜兩點，我終於跳完最後一曲，藉口明天很早上班，先行離開。月嬌送我到門口說：「今晚恐怕要通宵了，明天早上你別太早來」，說完就走了。這句話讓我感到十分憤怒與受辱，我獨自走在寒冷的新京街道，回到滿鐵的單身宿舍。

之後三天，我壓抑著心情沒去找她。第四天，她終於來電，質問我為何沒去找她。我諷刺地說體諒她路遙疲憊，不敢多加打擾。兩人心情都有疙瘩，就這樣冷戰許久。剛好這期間，過去東京留學中的學長從台灣打電報給我：「有好女孩，回來結婚如何？」我回電請他先把個人簡歷與照片寄過來。不久後收到履歷與照片，我一看照片驚為天人，這長相正是我最喜歡的典型。我馬上請母親打電報，要她以生病為由，讓我返鄉。

當時滿鐵與蘇聯關係緊張，身在前線的幹部若沒有本社人事課的許可，是不可能請假的。我火速提出母親發的電報請假兩週，馬上獲得許可。等到全部的手續辦好後，我帶著所有的資料造訪月嬌。那天她家沒有其他人在，只有她一個人在家，正在讀林語堂的《北京好日》。我告訴她我要回台灣結婚，她依然不改高姿態地說：「這種事你哪做得出來？」還問我：「結婚對象是誰？」月嬌當然以為我是在開玩笑，所以不當一回事。因此我給她看了女孩的簡歷與照片，還有滿鐵本社人事課

的請假許可資料，她發現我是正經的，馬上臉色大變一改態度，懇求似地抱著我要我不要回去。看到她楚楚可憐的模樣，我說我已經得到請假許可，不回家不行。還安慰她我許久沒見到母親，想回去見見一個人孤單生活的她，不是要回去結婚。月嬌哭著說，若是這樣她也要一起回去。我告訴她，只不過分開兩週難不成信不過我嗎？我們之間六年的情誼，我幾時騙過妳了，請她諒解。我回台灣前的那晚，剛好張星賢夫妻前來造訪，那晚四人在大和飯店共享晚餐，之後前往舞廳，一起跳到我夜晚要出發前夕。

最後月嬌與我共跳一曲「Poema Tahgo」，送我到新京車站月台。之後張夫妻前往奉天，我則前往台灣，一同搭乘夜間急行車離開新京。

車上，張星賢的太太新合女士問我，「楊先生急著回台灣，是有什麼好消息嗎？」我告訴她實話，「要與詹淑英相親，所以勉為其難回去一趟，其實我也好久沒見到母親了，這次目的是想見見思念的母親。淑英出身彰化高女，與新合女士同校，不知您是否聽過？」張星賢在一旁輕笑著說，剛剛送你的那位是你的戀人吧。新合女士一臉煞有其事的表情開口道：「詹淑英是人稱彰化的第一美女，大家都叫她美女，長得像洋娃娃一般可愛，在彰化高女無人不知，她入學時我四年級，因此知道得詳情不多，不過你這樣半玩笑地態度是不能與她相親的，台灣的鄉下女孩把相親看做自己未來的一切，一旦失敗便傷心欲絕，甚至會想尋死。你沒打算結婚還去相親，這種傷害可憐少女的事還是及早打住比較好。」當時我聽到十分錯愕與心痛，強烈地後悔自己的輕舉妄動。我有種永遠無法與洪月嬌結為夫婦的預感，感覺無限寂寞，當場很想在人後好好大哭一場。

㈡詹淑英(元配)

我與詹淑英結婚的經過在別稿有所記載，故在此省略，僅述結論。

1.我只請假回台兩週，因此沒等我回去，大家就準備起婚事來。

2.我一見到詹淑英便一見鍾情，不論是她的態度，或是說話的模樣，都讓我感受到她的高貴、溫和的性格，以及如少女般的純情。宛如身旁有朵美麗的鮮花。我沒有拒絕的理由，無法阻止身旁的人準備婚事。

3.婚禮前，我的好友來幫我穿禮服，他看到我哭了(與月嬌談戀愛

時，我們三個是在東京與北京常一起聊天玩耍的好朋友），便輕拍我的肩膀，「朋友啊，這樣喜氣的日子裡不該哭的，我了解你的傷心，但我覺得與詹淑英結婚才會讓你比較幸福。你瞧那雙純情可愛的眼眸！快把眼淚擦了，馬上就要舉行典禮了。」他給我手帕讓我擦去淚水。

4.我於2月11日的日本紀元節當天，在清水神社舉行三三九度的結婚儀式，又向滿鐵多請了半個月的假，環遊日本新婚旅行，在東京聽從堂哥楊肇嘉的意見，在帝國大飯店舉辦婚宴，請來人正在東京的林獻堂，及住在東京的學長李延禧、楊子培、呂阿鏞、劉明哲、許丙等二十餘人，在神戶也聽從家兄楊緒勳的意見，在中國料理餐廳「平和樓」邀請蔡謀□、蔡金、黃萬居、徐燦生等，席開兩桌招待24位同鄉。

5.我帶淑英經朝鮮鐵道抵達新京已是三月初，在同事的幫忙下，找到清和胡同裡剛蓋好的新洋房當做新家，展開我倆的新婚生活。

6.沒多久收到洪月嬌的來信，在我回台灣的期間，她每天都到滿鐵圖書館看台灣的新聞，知道我已於2月11日結婚，信中挖苦地寫道在我倆六年的交情中我一次都沒騙過她，但卻在最重要的時刻對她撒了漫天大謊，但這些事都已成過去，無法再追究。她希望見見我的新夫人，並與我繼續朋友關係。

7.我把信給淑英看，她很早就從姑姑的女兒蔡月鳩處得知我與月嬌相戀的事，她說她信任我所以決定和我結婚，還笑著說要親自下廚，要我回信請她一同用餐。

8.那天兩位都十分大方，我們在和氣的談笑聲中共進晚餐，一直聊天到深夜，因為聊晚了，所以我送月嬌回家。

9.之後月嬌每天都出入我家，三人常到「nikke」或俄國人經營的小店喝茶，或是到大和飯店、中銀俱樂部用餐，她不知為何，總想和我們在一起。其間，我看淑英都沒流露不滿的神色，還以為淑英從百花盛開的台灣，初來乍到這漫漫嚴冬的北國寒天之地而能得到一位窩心的好友月嬌而感到欣慰。

10.這天是個滿月的美麗夜晚，滿鐵會館上演莎士比亞的「仲夏夜之夢」，我照例約了月嬌，三人一同前往。結束後我們共乘一台馬車，淑英坐我身旁，月嬌與我促膝相對而坐。美麗的月色下我們三人乘著馬車在新京冰冷的街道上奔馳。我與月嬌一路上都討論批評著這部電影。

淑英只是靜靜地聽著我們倆的意見。送完月嬌回家後，不知何故，淑英不斷傷心地哭著。不論我怎麼問她，她都說沒事，只是想起離家鄉遙遠，想起故鄉的父母忍不住落淚。但我馬上就明白她為何哭泣。她是因為再也無法忍受的積壓已久的苦悶而爆發似地痛哭。原本無心，但讓這麼可愛的妻子如此痛苦，我開始反省自己。過去在北京，我熱中於與方秀卿學北京話時，月嬌跑來告訴我拒絕就讀燕京大學，要馬上回台灣，從此改變我倆的人生之路，當時月嬌的心境或許與現在的淑英相同吧。

11.隔天，我馬上寫信給月嬌。信中寫道已婚男子無法如此單純地與單身女子當朋友，我無法再與她見面，希望我們以後不要再相見了。我與月嬌自從莎士比亞的「仲夏夜之夢」那天美麗月夜一別後，最後再也沒有再會。

12.5月1日我調職天津，我們一同離開新京。

13.與淑英在一起的八年婚姻生活，是我一生最光輝的歲月，我昇任華北交通的副參事，得以握有實權。特別是得到宇佐美總裁的深厚信賴，我不時賭上職權與生命，獻身祖國中國的建設。

14.例如華北八鐵道的運費統制，這工作在國民黨執政三十年都無法做到，但我兩年間就完成，當時議論紛紛，說貿然與其他經濟體統一，會對地方經濟帶來激烈的影響，最好把臨海地帶與內陸地帶分開處理云云。但我鑑於落後國家的運費之於經濟的重要性，務求現代化中國封建式的割據式經濟，為建築現代國家的基礎，因此大膽採取統一運費制度，僅僅花了兩年便完成。

15.塘沽港的築港也是，因為要填海造港，故單有華北交通的力量不夠，如此莫大的建設資金，若沒日本政府的補助決計無法完成，當時日本經濟與建設滿洲國當時已然不同，已見疲態，或帝國議會不通過，終究無法實現。我堅持要帶建築案到東京向日本政府申請補助金，力抗公司內經理局長等的反對聲浪而成功。為現在的天津港經濟帶來莫大幫助。

16.另外還有制定增積制度。當時超過車輛規定的重量乘載是不被容許的，我們在當車掌的時候，只要貨車超載，就算只有一點點也要罰到車掌頭上，因為超出百分之二十的超載是無法想像的。但我們花了三個月試驗(超載)，都沒有發生過事故，加上當時時局緊迫，不得不出此

下策。但工作局長與工務局長都激烈反對，我賭上官位力爭，終於獲得成功。如此一來不但是華北交通，連滿鐵、華中、日鐵、朝鮮鐵道、台灣鐵道都相繼採用，為緩和戰爭期間的民生問題做出貢獻。

17.關於啟新的問題也是，我賭上身家性命保全中國的民族資本，勇敢戰勝日本軍國主義。

18.淑英如別稿詳述，1946年終戰後不到半年，代替我被國民黨謀殺，客死唐山。

19.當時國民黨企圖奪我財產，把我當成漢奸，儘管身在北京也感到性命危機，1946年5月我將長女與母親留在北京，帶著次女與長男回台。

(三)張碧蓮(續弦)

20.歸台後台灣當時是陳儀的天下，一片烏天暗地，與我從小認識的台灣完全不同。6月母親與長女一同回台。

21.台灣在國民黨的極權下引爆人民的不滿，1947年爆發二二八事件，我的友人幾乎都在這事件中身亡，據推算台灣有三萬多人被殺。是祖國同胞國民黨一手執導的台灣四百年史上最大慘劇。

22.張碧蓮的父親當時是律師，明明與事件一點關係也沒有，卻被當成死刑犯，臨時關在高雄軍事監獄。碧蓮為救父親前來求我協助，我努力奔走，企圖解救她父親以及所有同樣悲慘的台灣囚犯。從南京派來的最高檢察官鄭烈找我與張碧蓮見面。當時會講北京話的極少。我花了兩個小時講述二二八事件的始末及個人意見，不知是不是因為這樣，鄭烈離開台灣沒多久，關於二二八事件的軍事審判便遭到撤回，改移至一般法庭。碧蓮的父親張旭昇被移案至台南高等法院。台灣高等法院的孫院長與陳啟川交情十分深厚，我請出好友陳啟川努力奔走。程主席檢察官人也很誠懇，張旭昇最後不被起訴，於12月24日獲得釋放。自5月31日我與張碧蓮相會後，兩人花了六個月的歲月與精力走過苦難，其間我與碧蓮墜入情網，無法自拔。我是三個孩子的父親，碧蓮是長女，且律師在台灣具有相當受到敬重的地位，我與碧蓮年齡上的差距，加上再婚在台灣不大被接受，因此困難重重。雖說是中年之戀，但過程驚心動魄，我深受其苦，最後，張家親友會議總算通過，我與碧蓮於1948年2月14日結為連理。

23.洪月嬌從新京前往上海，在日人開設的醫院中擔任小兒科醫生，十分忙碌，1949年10月1日為參加中國人民政府的建國而移居北京。某年在台灣同鄉會碰到詹淑英的弟弟詹元龍(當時已改名詹尚仁)，初次得知詹淑英的死訊，以及我種種不幸的遭遇。她原本想要離開北京回到台灣，趕來安慰我，但當時中國與台灣已經斷絕來往，連一隻螞蟻也無法越雷池一步。

24.我與張碧蓮於1958年訪問日本時，才知道月嬌尚未結婚，還在等我，讓我感到十分痛心。我已然再婚，而且也無法從台灣到中國去，無法與月嬌見面。

25.月嬌在北京的天主教醫院擔任小兒科醫生，努力為貧困的小朋友工作，眼睜睜看著中國在社會主義建國下，卻與曾經追尋的夢想越走越遠，最後終於引發1966年開始的史上最大動亂──文化大革命。月嬌與當時許多台灣人一樣，當成國民黨間諜被逮捕，被判十年勞改，送往吉林山區，強迫做粗重的勞動。月嬌在期間體力漸衰，因食物與營養不良釀成肝炎，於1966年在勞改營一命嗚呼。

26.1984年我終於與碧蓮實現訪問中國大陸的夢想，希望到唐山尋找淑英的遺骨。但這都市在大地震過後景物全非，連以前住過的家都難以分辨，過去的花園後方的樹林也不見了，變成四層樓高的建築物，沒有人知道淑英的遺體到底在哪裡，是怎麼埋葬的。我連她一束髮、一片骨都找不到。

27.我想到吉林的鄉下勞動營尋找月嬌的遺體，與碧蓮煞費苦心尋找，但我連她有沒有改名都不知道，只知道當時台灣人都把遺言託給同營被判勞改的王媽，之後尋問王媽的住所一路找去。與碧蓮翻遍千山萬水，最後找到的只有一封用報紙折成的信封。信封裡沒有半根頭髮或骨灰，只有一張紙片，上面寫著：

絕筆託負素不相識的陌生人
我　洪月嬌　紅顏只為了一段解不開的情
我　洪月嬌　紅顏只愛了一個忘不了的人
履行昔日的諾言
我　走了為祖國建立社會主義的理想國家

我　過看暗淡辛苦遙遠的道路
忍受著火炬的煎熬
楊基振　愛人啊
我痴痴等你一輩子
我多麼盼望你向我飛奔來
真想不到 新京一別竟成永訣
回歸夢　夢難圓
鴛鴦夢　夢難成
只有數不盡的愛與恨
風蕭蕭雨濛濛之夜 月嬌絕筆

三、政治關係

(一)

　　我自1946年5月回台，這裡與我過去以來居住的台灣完全兩樣。陳儀的極權統治與過去日本人的統治手法並無二致，但是權力中帶有更多野蠻、無知、黑暗與不法。台灣大眾總是在不滿與不安中過日子。街頭巷尾大家都相互說著阿山們的壞話。我不只苦惱自己的命運，也首次反省自己過去不顧一切追逐的祖國夢。與我同年代的人，或是更早之前的台灣人，不論是林獻堂或是蔣渭水，幾乎都不滿日人對台灣人的不平等統治而對祖國產生思慕之情，卻沒有想過祖國的人民到底是怎麼過活的。數千年來，中國民族自天子在上萬民在下的動亂中一路苦過來。台灣人為了逃避這樣的痛苦而移民台灣。而今天日本帝國主義戰敗後，台灣終於回歸祖國，但祖國則一點也不抱著溫暖的胸懷對待台灣人。這樣下去於事無補。

　　之後，1947年2月28日，陳儀來台後僅僅一年四個月下台灣人的不平不滿爆發，釀成事變。但國民黨卻沒有反省陳儀的惡政，蔣介石還派遣軍隊，殺光台灣菁英，加上一般民眾，盲目地殘害了三萬人之多。這是台灣四百年來最大的慘劇，我的好友如王添灯、林茂生、陳炘、宋斐如、林桂端等許多人都被殘忍暗殺。

　　二二八事變後，台灣人恐懼國民黨的恐怖政治，滿腔怒火壓抑心

中，完全沉默。

不久蔣介石與陳誠都被逼出中國大陸來台灣定居，基於對共產黨的深惡痛絕，只要稍稍對他的統治有所不滿或發表意見者，都被當成共產黨分子處死，或是長期遭到監禁。幾近瘋狂的馬場町刑場每天動不動就行刑，人心惶惶。

後來蔣介石為了再教育背叛他的國民黨員，在陽明山設置革命實踐研究院，企圖養成真正忠貞的高級官員，我不知為何被選為第一期生，被陳誠找去。武官一定要是中將以上，文官則一定要是簡任官以上，我與陳誠見面，他說我全都及格，要我加入國民黨，但被我婉拒，因為我沒有自信能成為蔣介石忠貞的高級部下。

這樣的時局下，有心人都苦於不知台灣該如何是好，也不知道未來會變得如何。某日，《新生報》的社長羅克典(外省人，東大出身)造訪我，說最近台灣省主席的人選，美國希望由吳國楨擔任，但不知台灣人有哪些人才？希望我推舉一兩位可以勝任副主席的台灣人。一旦吳國楨擔任主席，可以為台灣的民主政治向前邁進。當時杜魯門總統才剛發布白皮書，根本不把台灣當一回事，這說法讓我半信半疑，但羅克典是國民黨的開明派，為人又相當誠實，因此我推舉楊肇嘉與吳三連。當時台灣的社會風氣，台灣人要能當上副主席簡直是連作夢都想不到的事。而且最重要的是我感受到民主政治的魅力。中共把兵力集中福建，隨時有可能攻擊台灣，而且當時台灣財政惡化嚴重。沒多久，陳誠被罷免，吳國楨真的當上台灣省主席，但人事發表由蔣渭川擔任民政廳長、名字連聽都沒聽過的彭德擔任建設廳長，畫家陳清汾擔任政府委員，楊肇嘉只是小小政委，吳三連則是台北市長。我對該人事十分不滿，馬上回清水要楊肇嘉辭退，楊也同意了。我透過羅克典向吳國楨表明，省議會已然聲明反對前三人的人事，要求罷會。陳誠在台灣僅有的地盤被拿走了，自然會積極打倒吳國楨，暗自策動台灣人一派，特別是讓省議會秘書長連震東打頭陣，從幕後居中操縱。吳國楨致電給我，要請羅克典暫代自己前往清水親自迎接楊肇嘉，住過一晚後三人馬上前來台北。三人馬上到吳國楨家，當時吳宅已有一堆訪客，但他馬上把我們邀至大會客室，請我們先聽他解釋，他花了一小時說明省政府的改組內容。該內容要約如下：(1)吳國楨之所以擔任主席是出於美國方面的期望。(2)美國推舉

吳國楨的理由是他在擔任上海市長期間十分清廉，且較為民主。(3)若是吳國楨擔任台灣主席，美國會對台灣進行以下九點援助。這些都記載於以前的日記當中，如今所記得的是第一，會派遣經濟援助團來台，修復台灣的財政危機。第二，成立農復會，進行台灣農村、水利、品種改良。第三，派遣軍事顧問團給與軍事援助。第四，最重要的是派遣第七艦隊，封鎖台灣海峽，阻止中共的攻擊。這事因為涉及干涉內政，所以沒有寫成文書，而是由美國大使直接向蔣介石口頭通報，也因為沒有白紙黑字，所以知道的只有數位要人與你們三位。(4)大家都反對我的人事案，但為什麼讓蔣渭川擔任民政廳長，因為二二八事件中最活躍的就是王添灯與蔣渭川，王已被殺，而蔣要逃跑時從背後遭到攻擊，他的女兒當場斃命，但他卻成功逃跑了。我們新政府是台灣人的夥伴，讓過去最反對國民黨的台灣人擔任最重要的民政廳長一職，想讓他成為全台灣人的得力夥伴。而讓彭德擔任建設廳長，是因為他是台灣人選的省議員中年紀最輕(33歲)的，中國政府大部分(的官員)都是垂垂老者而被批評，所以想乾脆讓年輕人出頭。陳清汾出身名門，讓他當政府委員，是因為菁英階級多在二二八事件中身亡，因此我想藉此與他們妥協。然而，這樣的人事案既然大家都反對，那我一定會在極短的時日中進行調整。(5)據說「老先生」曾於日據時期投入個人財力為台灣人民進行民主運動，今日省議會表面上是因為反對我的人事案而罷會，但若能借「老先生」助我政府一臂之力，我一定會排除萬難擔任主席，但若老先生不滿我，我則會辭去主席之位前往美國，如此一來，不但美國的援助不會到來，集中福建的中共侵入台灣，台灣就會被中共占領了。過去如此深愛著台灣的老先生們應該很明白這下場吧。吳國楨雄辯滔滔，讓楊肇嘉十分感動，決定上任省政府一職，省議會一事則要我來解決。本來是想上前理論，最後反倒被說服，我一直偷拉楊的衣角示意，結果楊一點也沒發現，笑談兩小時後告辭。我把楊肇嘉帶到我家休養，自己則前往植物園前的省議員宿舍，緊急找來楊天賦、李崇禮、李友三、楊陶等這些平素與我交好的省議員，一小時內找來25位省議員。我在大家面前講起今天與吳國楨談到省政府改組的消息，台灣人是要繼續被陳誠這樣的軍事恐怖政府統治，還是要接受吳國楨的民主政治，現在正是一個分歧點。若是贊成吳國楨，目前你們已經占了大多數，希望明天可以馬

上去要求恢復議會。當場全員一致要求復會。當我的說服快到尾聲時，連震東剛好走進來，一面說著要推翻吳國楨。當時與半山相比，台灣人更相信我這種日本官吏出身的人，因此連震東的策動沒有發揮作用。

省議會依約隔日復會，不久人事問題也改成由楊肇嘉擔任民政廳長，陳尚文擔任建設廳長，吳國楨的民主政治特別受到蔣經國、陳誠的反對，加上楊肇嘉一點行政經驗都沒有，一切都讓我感到失望。

不得已，我於1957年第三回縣市長選舉中參選台中縣長，與國民黨的林鶴年一同競選，但開票時全縣電燈突然熄滅，原本應得七成的票被盜走，最後我反而以五千票之差敗給林。選舉前我曾與李萬居商量，要在台中市醉月樓找來全省非國民黨的縣市長與省議員參選人，為防止國民黨使手段，提議各候選人派人監視各投票箱，大會決定由我、彰化縣長黨外候選人石錫勳與高雄市長黨外候選人三人代表，由我起草向省政府申請。

當時台灣縣市長由國民黨先調派外省人擔任主任秘書，而實際上的縣市長指導權則在警務處，縣市長本身沒有權限。要想改革這樣的偽自治地方政權，我認為必需要先確立台灣人的地方自治權，但卻落選了，連最小限度的政權都無法得到。

1950年6月25日韓戰爆發，美國派第七艦隊封鎖台灣海峽，防止中共入侵台灣，而之前吳國楨所提到美國援助的各項條件全部實現，美國為實施經濟援助，不但設立ECA、農復會、美國軍事顧問團，更在台灣設立美軍協防司令部，安定台灣。之後，越來越不需要借助吳國楨之力，國民黨的頑固派與蔣經國的特務連手，與吳國楨較為親台的民主路線展開激烈鬥爭，吳國楨知道對方企圖用車禍暗殺他，馬上辭去主席職務，在宋美齡的幫助下逃出台灣，前往美國。

(二)

台中縣長選舉落選後，有一天，雷震與齊世英前來慰問我。我於選舉前曾提出候選人監票申請，但直到選舉後才收到省政府的回信，道：「於法無據，無法許可。」我將這封信給他們看，認為只有國民黨一方監票，將無法期待選票的公正性，選舉會落得「勞民傷財」，意義全無。他們兩人十分清楚選舉本身的漏洞，認為要以個人名義申請觀票人恐怕沒有希望，還是以黨的名義申請，國民黨才會不得不重視吧，他們

向我提到要組反對黨一事。任誰都想得到要組有力的反對黨好牽制國民黨，但自二二八事變之後，沒有人敢觸碰這敏感的問題。

他們兩人當時一直有這樣的想法。當時雷震在《自由中國》、齊世英則在《時與潮》等個別經營的雜誌提出該主張，但問題是，他們兩個都是外省人，沒有靠山，事實是若沒有台灣人參加，要組織一個有力的反對黨根本是不可能的事。我在競選台中縣長時，齊世英一直提到我，雷震則在《自由中國》聲援我。齊世英應當是看到台中縣民支持我的模樣，相信可以靠我號召民眾的力量吧。我花了一星期考慮各方面的問題，提出了以下的條件，若他們能信守我就答應參加。1.反對黨的綱領要依憲法規定，不得逾越。2.黨中央委員與縣市各分會的委員裡台灣人的人事，其人選最初要由我決定，黨成立後再依選舉改選。3.反對黨要以一個大在野黨為目標，將來還要讓國民黨中的進步分子、青年黨、民社黨加入，這事希望由雷、齊等人來着手。我無意組織一個無力抵抗國民黨的反對黨。當然，我也會花畢生之力動員台灣人，讓台灣人終有一日可以當台灣自己的統治者。(關於這一點)我只是心裡盤算，沒有事前跟他們說。雷與齊似乎沒想到這麼遠，只想到要怎麼制約國民黨的一黨專政。4.組成反對黨期間，沒到縣市等地方分會完成組織、正式等到反對黨成立之前，絕對不能說出我的名字，我要一切都在秘密中進行。5.反對黨的機關報想以李萬居的《公論報》為中心，想藉以感謝《公論報》過去為台灣人盡心盡力的辛勞。當時《公論報》受國民黨壓迫，幾近破產狀態，因此想助為台灣人鞠躬盡瘁的半山李萬居一臂之力。我打算找來成舍我(新聞學院院長)，全面計畫改組。6.以這樣的熱誠改革台灣政治，如果國民黨還是想危害我們，只會讓我對台灣政治改革感到絕望，那麼要直接解散反對黨，以後直接從政治界隱退。我提出以上六點，告知雷、齊兩人，決定一起組成反對黨。但之後從黨名就開始爭執，我打算取名為台灣民主黨，但他們則說非得叫中國民主黨不可。若加入台灣兩字，會被認為要求台灣獨立，最後還是無法成事。之後，先在組成台中縣組織，之後再陸續在嘉義、台南、高雄、新竹等地組成分會。各地因為國民黨的緣故，特別是特務機關的嚴密防堵越來越強，明明地方組織的成立還不成氣候，但李萬居急於改組《公論報》，想早點找台灣人在台北開全島結黨大會，馬上就開始準備。當天主席原定由李

萬居擔任，但開會三天前李萬居打電話來，說自己糖尿病惡化，當天可能沒體力主持，請我暫代。組黨提議是我提出的，自然無法拒絕，說實話我一點也不想擔任，但當時中央委員中的吳三連在加入中央委員會後就夫婦兩人一起逃到美國去，高玉樹又不清楚內部事由，結果我只好答應。就這樣，開會前一天的下午四點，保安局的政防處長谷正文中將前來我家找我，他道：「今天是以個人名義來找你的。依情報顯示，明天台灣人要在台北召開反對黨結成大會，將由你擔任主席。憑多年交情，我很明白你愛國的心意，但總統對你誤會甚深，明天召開的會你還是儘可能別出席的好，這是我個人的意見。」說完他就回去了。當時剛好A2感冒流行港台，大部分的人都罹患感冒。我馬上打電話給李萬居，謊稱連一直沒感過冒的我都倒下，發高燒近四十度，因此明天我不但無法當主席，連出席都無法，拜託他去改找楊金虎(高雄市長)。當時我當主席的事明明只有兩三個相關人士知道，為什麼會連保密局與總統都知道，讓我怎樣都無法理解，格外對國民黨的特務感到恐懼。楊金虎那天當主席，之後當高雄市長後便不斷訴訟纏身，最後終於被關進監獄。

　　台灣人在台北召開地方委員大會後，沒多久雷震就被逮捕，扣上紅帽子。之後被處刑十年。□和蔣總統直接通了電話，陳言「當和共產黨進行協商會議時，雷震身為秘書長制訂了現在的憲法。據我所知，雷震最愛國民黨，最痛恨共產黨，竟為他扣上紅帽子，這不是很諷刺嗎？」一開始，第一次地方組織要在台中市召開地方組織時(包括台中縣市與彰化縣市)，他跟齊與我同車來到台中市，當時從火車裡的報童拿到China Post，新聞刊登著「國民黨絕對不容許成立反對黨」一記事，我拿給雷與齊看，說道我們要成立反對黨恐怕困難重重。當時，雷震當場說：「我已經是過六十歲的人了，為了保護這憲法，就算被殺也無所謂。」我馬上回答：「我不要。不論是被那些野蠻無知的人拷問，還是要被他們判刑處死，我都不要，這樣根本是白死。」這讓我想起過去年僅二十一歲就死於獄中的好友，第一代台灣共產黨支部長陳來旺。

　　雷震被捕後，我馬上召集中央委員會聲明解散。我說，把你們找來本意是為台灣著想、要組織反對黨，但國民黨這樣野蠻，不是我們可以抵抗的。若繼續進攻，只是一個一個被捕而已。當時李萬居主張為了《公論報》，怎樣都要努力，高玉樹為圖名聲也極力主張繼續，我表示

這是我一手造成的，現在我要解散，之後你們想再重組隨便你們，我不反對，但也不會參加了。他們說要發新聞表示絕不屈服，但之後也無消無息。

1960年雷震被捕後，我厭惡起台灣政界，從1964年開始帶著年輕的妻子登山(一萬□以上的高山)，十年間走遍台灣無人高山。「日日歸家無□處，不如迷入山中人」的心境下，碧蓮成為百岳女王，而我則因心臟病被醫生禁止登山，只完成五十岳。

(三)

1976年我從鐵路局退休，馬上申請赴美，但被禁止出國，自1958年赴日後已過十八年，但出國禁令還是沒有解開。使盡所有手段與辦法都不行。最後是靠長女瑪莉的先生Davis當軍事代表駐留德國時，甘迺迪〔參議員〕曾下榻她家，她拜託甘迺迪務必讓我離開台灣，甘迺迪馬上給蔣經國寫了一封信，許可一下子就下來了。而我於1977年10月1日抵達舊金山。

美國是片自由大地，讓我更無法遺忘台灣。1978年台灣發生高雄事件。據《美麗島》雜誌報導，明明台灣民眾的政治意識不斷甦醒，但菁英們還是全部都被逮捕。世界人權會當天，《美麗島》雜誌舉行人權示威，明明手無寸鐵，還是依叛亂罪，全被判了十年以上的徒刑，這種罪狀翻遍全世界的六法全書都無法成立。

我在異國的天空下，哭泣台灣人的悲慘命運。

1969年1月1日(譯者按：楊筆誤，應是1979年)，中共與美國建交。我愛台灣，卻又回不了台灣，1983年碧蓮拿到美國國籍後，我們夫婦倆一同造訪中國人民政府。中國是我青春時代住了十五年的土地，因為被國民黨欺負，所以我把希望放在中共身上。雖然文化大革命讓我很失望，但想去看一下實地情況的慾望還未喪失。

我於1984年10月12日與碧蓮一同踏上北京的土地。同鄉會的許多人與前妻詹淑英的弟弟詹元龍通宵來迎接。(飛機遲了四小時才到，他的宿舍又離機場很遠，沒有回去的巴士。)

本想馬上與周恩來的太太鄧穎超(全國政協主席。她是當時的台灣問題召集人，也是處理台灣問題的最高權威)見面，但她當時臥病在床，於是先到東北各地視察，11月3日再度訪問北京，由於11月4日就

要離開北京前往西安，於是11月3日在中南海她家，由她與她的秘書、以及台灣的中共全國同鄉會會長林麗韞與我夫婦倆，單獨五人開誠佈公地自由閒談。一開始鄧女士本想約在人民大會堂的台灣廳見面，但那裡不時有記者出沒，人多口雜，因此被我拒絕。

　　鄧女士已經高齡八十歲，但頭腦十分清楚且明辯，她花了大概一小時講述中共對台灣問題的見解，且對台灣人民的無限關愛，更對文化大革命時期台灣人所遭遇的錯誤對待表示道歉。她講了很多，中共解決台灣問題的政策簡單講如下。(1)中共要與國民黨交涉(2)以和平方式統一台灣(3)一國兩制，讓台灣現行資本主義繼續，不強制施行共產主義(4)中共不派軍隊(5)將來如有必要，中共中央政府會給予財政援助。我靜靜聽她演說完，我說我今天是以個人名義前來，不是代表誰。對於她的解釋，我問她是否容許我發表一點淺見。她說直說無妨，於是我道出以下個人對台灣問題的看法。(鄧女士)剛剛所說的意見都是實際上無法實現的方案，第一，與國民黨交涉統一的事，台灣人是絕對無法承認的。目前台灣最大的矛盾，就是台灣人與國民黨的對立，國民黨接收了過去日本人與台灣人經營五十年的財產，濫發新台幣，以舊台幣四萬元對一元的匯率發行新台幣，連台灣人的財產都接收，接收的財產全歸國民黨黨營或官營，因為經營能力與不當經營之下，每年赤字造成損失，有損失又用稅金彌補，早成台灣人非得承受這負擔不可。人事方面也是，他們繼承了日本人的統治型態，只是將日本人全部換成外省人，完全就是殖民統治，此外，在法統上國民黨主張自己是中國正統政府，中共則是偽組織，一旦違逆該見解，不是採取槍殺就是用長期監禁等非人道的政治態度。台灣人無法忍受這種野蠻與醜惡，二二八事件中爆發不滿，包括台灣菁英約三萬人台灣人被殺，上演了台灣四百年史上的最大慘劇。這樣的統治型態，中共卻說今天要把國民黨當談判統一的對手，台灣人是怎麼樣都無法忍受的。

　　第二，與國民黨談和平統一，國民黨會答應嗎？國民黨現在握有最高權利，掌握台灣所有的機關，消費台灣總收入。有這樣的甜頭吃，我認為國民黨是不可能和中共談合的。

　　第三，中共要的是領土，還是台灣1,470萬人的人心？如果是要人心，就算是國共合作、並採取現在的統治方式，台灣人一定會繼續反

抗，不只中國得不到台灣人的合作，中國與台灣兩地都不會有和平的日子。

我的第一個提案，若是中共與台灣人合作，如同過去在國內擊潰國民黨般，打倒國民黨，並協助台灣人所希望的獨立，那台灣人會感激中共之德，將來兩國必可圓滿合作。台灣人今日約有60萬人移民美國定居，其中大部分都是以學士、碩士、博士身分在美國各領域工作。台灣各產業發達，每年累積可觀的外匯，若投以這樣的人才與財力協助中共，應當可以促進中共的開發吧。若中共開發得以發展，假設一人一年生產毛額達到一百美金，十億人口就是15億美金，這樣是世界人口中四分之一獲得成長，而這一千億的購買力，會使中共受到各國的重視、在世界政壇上獲得有力的發言權。進而再調整資本主義與社會主義，如此一來，世界和平會更容易被維護吧。

對於我的提案，鄧穎超指出，與台灣的統一是中共多年來研究的結果，是絕對無法更動的國策，絕對無法同意獨立。

於是，我提出第二個提案。

第二個提案是統一案。中共與台灣人合力擊潰國民黨，讓台灣人自成高度自治區，「台人治台」，讓台灣人當自己的主人、管理台灣人，希望如此一來，能借中共之力結束台灣人四百年來皆由外族統治的台人鬥爭史。今天若中共不與國民黨談和，只要發表聲明與台灣人談和，國民黨便會逐漸凋零，中國若與台灣人合作並更進一步向美國尋求協助，三者合作之下，國民黨便會喪失寄生的價值而崩解。

若是中共干涉台灣內政問題，沒有交給台灣人自己處理的度量，那台灣與中共的關係是無法圓滿的。

鄧穎超表示如果是第二個提案，中共中央可能會採用，但說到與台灣人談和，又應該與誰談和好呢？我表示若中共可以確立明確的立場，我個人願意站在耆老的立場說服台灣政治運動者，組織合作黨團，成為與中共的交涉對象。

那天，鄧穎超很高興地與我熱切地握手，與碧蓮擁抱。

回美國後，我曾與兩三位同志商量此事，但沒有人贊成，於是我停止行動，並透過舊金山總領事交涉，打算先觀望中共中央的態度，但遲遲沒有下文。

結 語

對於台灣革命，正如您所言，以台灣民眾之力打倒國民黨自行獨立應是最好的方案。直到今日，看過這近六十年間的政治鬥爭，我得到以下結論。

1.國民黨在瓦解之前絕對不會放棄統治台灣的權力。

2.台灣要靠民眾的力量推翻國民黨的武力極端困難。今天中產階級占了一大半，要在生活優渥的環境中引發革命是非常難的。就連日本戰後，社會黨也只拿過一次政權，之後都是自民黨的天下。台灣的軍隊當中，台灣人占了七成，沒有他們的幫助便無法革命成功。但軍隊受到特務與特工的監控，很難動員。

3.民進黨儘管成立，讓蔣經國恐於台灣軍事統制，認為有必要與台灣人妥協達成牽制，因此使用政治技巧多多少少地緩和了台灣的戒嚴程度，但僅僅如此是絕不可能將台灣政權還給台灣人。他頂多只想放開蔣介石獨裁下的那一部分權力。

4.若是中共可以「台人治台」，讓台灣人掌握目前國民黨所掌握的權力，那我認為應該與中共妥協，先擊敗國民黨。

5.我支持張春男的意見，讓國民黨與中共政治鬥爭。

以上都是我以前沒跟您提過的事，叨叨綴述、行文冗長不成系統，不只難以閱讀，錯字應該也很多吧。

我想請好友門脇君幫忙小說化我的小說，小說中愛情占四成、政治占六成。我希望政治方面可以留下與這故事相關的中國革命、特別是文化大革命、二二八事件、以及我在台灣遭遇的幾個政治案件中國民黨是如何地用野蠻慘虐的極權統治著台灣人。

您十分忙碌，不知是否可以參與這部小說，可以的話，希望您務必加入。以下附上幾個文件給您參考。

1.寫給滿鐵吉田會長的信(戰爭結束後當時與詹淑英過世前後)

2.寫給門脇的信(洪月嬌之死與其他)

3.1975年我所寫下對洪月嬌的思慕(懷念之歌的詩簡)

楊基振的詩與文

一、詩

憧憬喲　希望喲

儞使我底滿溢著哀愁的心田歡暢

憧憬喲　希望喲

儞使我的閃耀著淚珠的瞳兒開放

啊

假如沒有儞

我將立刻消亡

當飾著美麗底樹木之綠影底剎那

當溶著琥珀般的炎夏的晚上

我的心輒被深深的悲愁所揃傷

但、幽靜而入了夢境的月影

淡青的Veil般的森奔

對我凝眸一瞥時

儞就在我的心頭歌唱

憧憬喲　希望喲

儞給我以生命之力

儞使我的思想發揚

沒有儞

我決難生存在世上

假如要到墳墓裏去

我也要和儞同往…………

我願和儞一塊兒存亡

原載《フオルモサ》創刊號，台灣藝術研究會，1933年7月

二、論台灣經濟建設與就業問題

一、關於經濟建設與就業的一般理論

經濟建設之目標，為提高人民生活水準與維持社會安全兩項。要達成此目標，其先決條件，為有工作能力者皆有工作機會去從事生產，因為人人能從事生產，然後國民總所得乃能達到最大限度，人民享受乃能獲得最高可能。然自從我國大陸全都被赤化後，台灣成為我國最後的基地，避難民不斷增加，這些人民的生活日在動盪；以致影響到社會的安定，政府各階層和事業團體，大都抱著「有飯大家吃」的社會救濟觀念，收容龐大數目的撤退或避難人員。因此，人事費之支出，占總預算中極大部分。

其所招來之結果；

（一）因人太多，人事費負擔過重，一切事業之建設大都為人事費所耗費，無法推行。因事業停頓和縮小，而形成更大量的失業。

（二）因人太多，不得不添設不必要的機構，以資容納安插，遂致層疊屋。不但增加開支，且使辦事效力低落，影響整個國家社會之前進，並被外人目為低能。

（三）因人太多，有能之士，在複雜的機構牽制之下，也漸變為無能化，引起許多方面的腐敗。

關於失業與經濟建設問題之研究，成就最大者，當推英國凱因斯爵士（J. M. Keynes）。凱氏為英國財部顧問。其就業學說對於政府決定政策之影響殊大，而其對戰後經濟建設問題之解決，亦不失為一權威之理論。

根據凱氏之理論，經濟活動乃為層層相因，茲試簡述為左，以作為衡論本省經建與就業問題之參考。

（一）就業數量之大小，決定於生產活動之盛衰，生產活動之盛衰，決定於人民對於貨物需要之大小。貨物需要之大小，則視國民所

得之多少而定。國民所得增加，則國民對於貨物之需要亦增加，貨物需要增加，則貨物生產之活動亦增加。舊工廠擴充，新工廠與新事業成立，於是工人之就業機會增加，就業數量也隨之大增。

（二）然而國民所得又何由而來？夫一人（消費者）之消費，即為另數人（商人──工廠主──工人）之所得。而一人（購買股票或機器者）之投資，亦可構成另數人（工人──商人──其他廠主──其他工廠之工人）之所得。故國民總所得即可準此分為二大來源。一為消費，二為投資。（一人之投資，即為另一人之儲蓄，故就社會全體觀之，總投資等於總儲蓄）。國民所得，來自此兩大源泉，亦流向此二大支流，川流不息，構成經濟之擴展。

（三）吾人雖知國民所得之來源與去路，然而尚不知國民所得之大小由何而定。在數年或十數年之短時期內，一國人民之財富以及生活消費習慣無大變更。就該國整個社會而言，消費占國民總所得之百分比，約為一定數。如某國平均每人每年之所得增加一百元，則該國平均每人皆願以七十元購買消費品而消費之，餘三十元即為儲蓄。（就整個社會而言，則總投資等於總儲蓄）。如此則消費與所得之比例關係，百分之七十。此種關係，數年或十數年，大致不變。

（四）如消費與所得之關係不變。則吾人即可確定投資與所得之關係。於是凱氏遂巧妙運用其「擴張倍數」（multiplier）理論，而構成其就業理論之一大關鍵。假如人民皆以其所得百分七十作為消費之用，則投資（或儲蓄）與所得之比例關係，即為百分之三十。換言之，即就整個社會而言，有三十元之投資，即可輾轉相因生出一百元之國民所得。（蓋一人之投資，為另數人之所得，而另數人之所得用作消費與投資，又為另數十人之所得也。）此無異一元之投資，即可生出三‧三元之國民所得。而此「三‧三」即為因投資而國民所得擴張之倍數，稱為擴張倍數。是以國民所得之大小，決定於投資之實際數量與投資擴張倍數。而投資擴張倍數，又決定於消費與所得之比例。如消費與所得之比例關係不變，則投資擴張倍數一定，如是則欲增加國民所得以增加就業數量，即祇有增加投資。

二、台灣經濟建設上的特質

　　凱氏所研究之重要對象，為英、美等富有之國家。在此等國家中，人民生活已相當豐裕，故所得雖增加，而用於消費者卻仍甚小。換言之，亦即儲蓄之比例頗大。儲蓄之比例既大，則投資擴張倍數即小。但在比較貧窮如台灣之現狀，人民之消費比例極高，一般農民之所得，凡百分之九十用於消費，所餘百分之十，始為儲蓄（或投資）。故擴張倍數為十（100/10＝10）。

　　至於英、美與台灣投資擴張倍數之不同，可簡單說明如次；台灣人民之消費比例大，故當人民之所得增加時，大部分用以購買消費物品，於是消費品之需要增加，物價上漲，生產消費品之舊工廠必擴張，而新工廠必出現。消費品之生產與投資增加，則工資與原料機器之價格及需要亦必增加。原料與機器之需要及價格增加，則生產原料之農人與生產機器之工人等之所得亦必增加。然因彼等之消費比例亦甚大，故消費品之需要又大增。如是層層相因，工業農業之投資與就業必擴展極速。

　　然在英、美等國則反之。在此等國家，人民生活已甚富裕，所得增加，僅一小部分用於消費，大部分為儲蓄與投資。用於消費者少，則生產消費品之工業，擴充有限。因其擴充而增加之工人、農人、商人等之消費比例亦甚低下。則消費品工業之再擴充，仍更有限。同時，在另一方面，則因儲蓄與投資之數亦甚多，而消費品工業又因需要之不大，利潤之微薄，其所需要之機器有限。機器工業亦不能擴充。結果投資之出路閉塞，於是工商業蕭條，失業發生。故英、美等富有國家之經濟問題，為消費不足，儲蓄過多，其結果為大量失業。而台灣之經濟問題，則為儲蓄太少，資本不夠，生產薄弱，人民所得太低，消費比例過高，其結果為工業落後，人民貧窮，此為台灣與英、美之不同所在。

三、各事業體的人員困散狀態

　　如上所述，今日台灣之經濟建設，應在增加國家或省民的投資著眼，以凱因斯的擴大倍數，轉而增加省民所得，來解決失業問題，同時促進經濟建設，以改善人民的經濟與生活，保持社會的安全，然而因為共產黨的反亂，政府乃採如次的政策。

因政府治理區域之縮少，使原有龐大數目之公務員集一起，包藏於極小範圍之政府內部，遂致各機關不得不負擔過重之人事費，因而影響事業的計劃，致趨於縮小，甚至停頓，各機關之擁有龐大人員，不但一方在消費，他方面亦使各員待遇低薄，無力積蓄（儲蓄）。如此，政府各機關不但新規事業的計劃無法推進，就是原有事業的維持亦感困難，這是造出新的失業者的因素，因而失業問題益感深刻化。

關於各機關或公營事業經營閒散的實態，另文論之。茲只引鐵路局之冗員過剩情形為一例，略加以說明如次。

日管時代之鐵路，交通總局長（即現交通處長）以下設有鐵道部長（即現鐵路局長），包括今日經營之公路局在內。其總人員，民國25年度（民國26年七七事變發生後，包括多數鐵路被徵人員在內）為10,693人。然現在鐵路局之管理，在日管時代交通總局長一人之事務，現在即用交通處長以下總人員153人辦理之。公路局在日管時代，只在鐵道部長之下，設汽車課一課，如今交通處、鐵路局、公路局等之總人員名額，每因首長更迭而有所增加，現在已達20,815人之多。較之日治時代增加將至倍數。而此增加數字中，尤以高級職員為著。（日管時代與現在高級職員之比例簡任2人對59人，薦任2人對521人，委任388人對4,051人）。

就我國今日公務員訓練與辦事能力，較之日管時代，無可否認的是確有遜色，兼之公文煩瑣複雜，駢枝機構之林立，連絡之不緊密等諸條件，現在我人試假定現有之公務員辦事能率較日管時代普遍低下三成，假定公路局之行走公里比日治時代延長，（竹東新店鐵路之延長），因而業務量增加一成，即實際必要人員當為14,970人（10,593×（1＋0.4）＝14,970人）。其差額為5,745人（20,815人－14,970人＝5,745人）。此5,745人即為不必要之冗員，而此種不必要冗員以高級職員居多。假如一人每月薪水包括福利設施等之享受為400元時，則路局每月可節省人事費2,298,000元。以此購買目前最困難之枕木，則可購得枕木11萬根。一年間實可得交換枕木130萬根。山場伐木加工製造130萬根枕木所必要之工人，加上為交換130萬根枕木所必需動員之工人，兼之交換後因鐵路運輸之強化增大，其直接間接獲得就業之人員，細密計算起來，可能超越兩萬人。即就鐵路不必要之人員5,745人作無謂之消

耗。如適用凱因斯之「建設就業法則」，以整個社會關係之見地，因而不得就業之人員當為三倍以上。

以上不過僅就鐵路局引例略述，事實上今天在台灣各級政府及各事業團體之人員放漫狀態均大同小異。再舉幾個實例來說；

以比較博得好評之台灣水利事業來說，在日管時代，僅以耕地科三十餘名的官吏指導監督，即能順利發展。然而今日的水利局擁有39科，再加各地工程所，人員打破一千名，大部分預算皆為人事費所耗費，以致各種事業資金無法支付。

台航公司的總人員，共有1,257人。回憶往昔，日管時代台灣的產業極其繁榮，在各碼頭倉庫內儲藏的米、茶葉、砂糖、煤、水果等，是頗為可觀，那時每日都有一萬噸級的輪船開進，日本郵船、大阪商船等會社，在台各支社僅有數十職員，一切均能順利迅速完成工作，實令人感慨無已。如果台航公司能在其所用人員減至最小限度，使其剩餘利益改用在購具新輪，使其業務發展，則直接間接所用之就業人員，豈僅台航公司總人員1,257人而已？遺憾之至，台航公司為維持多數人員的生活，不只未能添購新輪，甚且把所有的輪船一隻隻賣掉，這就造成了更多的失業者。

合作事業，在日管時代，合作社歸財務局，農會歸殖產局，只用三至四名官吏指導監督，然而今日，合作社與農會合併，在中央受財政等部，在省受財政廳、農林廳、社會處等指揮監督，而作為直接主管之合作事業管理處則設有四科，其人員擁有一百數十人之多。

糖業在台灣是最重要的產業，其營業成功與否，不但左右政府財政，並直接影響台灣人民的生活。在日管時代砂糖消費稅年達一億元，供日本國庫，光復後台灣糖業，在台糖總公司總轄下設五總廠，擁有36糖廠，就業人員達二萬六千人之多，比日管時代增加一萬人，然而生產卻減至四分之一，如果把總廠制度廢止，總公司可以在各糖廠確立直接管理，例如甘蔗栽培區域的合理調整，材料的購買，貨車的配置等，由總公司統籌辦理，各糖廠只限於製糖為專門業務，以少數人員獲得最大的利益，對於台灣的經濟建設定有很大的貢獻。

工礦公司，農林公司，其屬下的各分公司，樟腦局，林產管理局之各林場等，不論省營、公營諸事業，在日管時代均有相當的收益，以

其利益的一部分再投資，擴大再生產，以擴大倍數，增大國民所得，台灣始獲得繁榮。然而光復後，各事業雇用人員過多，加之物資的濫費，經營不得其法，使百業頹廢，甚至瀕於破產，如此更形成失業人員之增多。

筆者多年在滿鐵服務，觀其經營之合理，企業之經濟性，組織之科學化等，與今日在台各種事業相比較，實有天地之別。僅僅以大連到長春七百公里的鐵道公司，經過艱難的奮鬥，後來發展到一萬二千公里的鐵路，其統轄下「滿洲」石炭公司等擁有79大公司，並有30億的資本金，像這樣的經營事業，撇開政治性不談，其經營方法實可貢很多的參考。

以上在各業狀態言之，其使用人員過剩，決不能解決失業問題，且使事業萎縮，以致再投資不可能，是以失業問題益趨深刻化。其他各種事業，也因人員過剩，使待遇普遍低薄，以致個人無貯蓄能力，購買力也得減少，更談不到投資，如此普遍的不景氣，實為今日本省失業問題日趨嚴重化之結癥。

四、台灣經濟建設上的幾個因數

台灣過去受日人五十一年長期之統治，其產業與經濟之基本方策，係按台灣省自然人文條件，加以充分之研究與調查，配合日本本土需要，因而把台灣建設為農業區，故不惜費耗大量資金與人力建築嘉南大圳等水利事業，使台灣能夠種植大量的稻米、甘蔗、樟腦、茶葉、水果、木材等等；其次對荒地之開發與水利興修、農事、交通等設施及其改良，莫不次第興辦。因之其生產數年年躍進。同時再配合農產製造業的推展，乃呈現百業俱皆勃興的現象。至如以加強電力設施，以製糖業為主眼，附帶製茶，製腦，製材，製鹽及打米，製罐頭等業之推進發達，均皆井井有序。再如台灣因無良質之煤與鐵類之生產，致其他重工業難以發展。然當其發動太平洋戰爭以後，仍努力推展農業必需之化學肥料及以豐富的鹽為原料之曹達工業，使台灣產業體系上偏重農業與農產加工業的偏廢現象能稍獲改良，化學工業亦趨發展。

日人掌握台灣全部工業施設90.7%以上。光復後政府整個接收。惟以戰時破壞、原料缺乏、技術低弱、經營不良、資金不足、品質低劣、

外銷阻塞等各種原因互相錯綜，各種產業遂亦隨之萎縮。然坦白言之，今日台灣各產業萎縮之最大原因，雖原因多端，而不少單位是由於經營的主腦者之無能與道德的頹廢所致。

日管時代，砂糖、茶葉、米、樟腦、水果、罐頭、鹽、金、煤、草帽子等生產達最高點時，其一年間輸出超過二億美金。假如我們今日能作進一步之努力，如能獲得其半數，則台灣的經濟大可安定。然而，今天政府著重於救濟失業和在通貨之數量運用上下功夫，以企安定台灣經濟，實際上要安定經濟，不從「生產」面來充實實力，即是不可能的。按現在的生產與日管時代最盛時的生產數量相比，除了米（但是米的輸出量也大為減少）到達日管時代的最高數量以外，砂糖減少百分之七五，茶葉減少百分之七○，罐頭減少百分之九○，香蕉減少百分之九○，木材減少百分之六六，煤減少百分之六三，草帽減少百分之九三等，掙外匯的主要物資的生產一落千仞，台灣經濟的繁榮實難於期望。

當此反攻的前夕，各項準備工作，實以經濟建設居於首要，吾等對於下列四大因素必須加以考慮：

（一）台灣工業設備約九成由政府主持把握，其經營之良否，可左右台灣整個產業經濟之消長，因過去政府所任命之經營主腦者，雖賢能之士頗有人在，但不少是無能且缺乏道德，遂演成今日台灣工業經營慘敗之現象。是以必須從速將腐敗之單位人事加以革新，對於官僚作風應徹底予以糾正，起用經過現代科學訓練之人材，以期經營貫澈。

（二）台灣之產業分國營及國省兩營、省營數類，國營事業必須一一受中央指示。體制與經營上遭遇各種困難，不能統一籌劃。回憶日管時代，在緊密之行政組織之下，以台灣地理上之理由，一切統由總督府節制把握；況且台灣在今日已成為最後之基地，今日台灣產業即為國家產業，故為謀推行財政經濟一元的政策，或全由國營或省營，須加改隸；並將其全部移交於負責之機關管理，簡化管理機構，以期完成綜合、一貫、計劃經營之目的。

（三）強化生產及增產的施策，尤其獲得外匯的物資生產，政府應盡量予以援助與保護，以期其發展。貿易方面，應簡化進出口手續，確立信用制度保障輸出利潤，以開拓海外市場。

（四）目前各公營事業，其使用人員之異常過剩，物資的濫費與材

料上作不適當的購買等，均致影響各事業體衰頹，與失業者益形增多。
各事業必須經營合理化，使各事業盡量發展，於是全面的繁營自可期
待，其就業人員自能增多，亦可謂失業對策中最賢明的施策。

原載《旁觀雜誌》第五期，1951年3月16日

三、新詩：遙祭

故鄉又是三月桃花四年葉，

鳥兒在淡紅色的樹梢頭，啾啼著，

溫存的歌調與柔曲深深刺入我的心靈，啊！我們已逝的美！

我凝視著掛在牆上的一幅半身像！微微在笑，

悄寂的思念著女兒的母親，

我總想如能夠越過千里的迢迢，

而在向妳作一次掃墓獻花的慰藉呢！

然而；夢想呵！妳永恆的安息在北國。

于是，我懷著淒苦而寂寞的心，

徘徊在無人的三月草原之上，

遙祭，遙祭著，在妳逝去了五年後的今日。

     ×   ×   ×

可憐又可愛的英──我祇能這樣稱呼妳，桃花還沒開的時候，

妳溫柔的投到了我的懷抱之中，

妳給了我愛的樂趣，作了許多希望的種子，

我們八年間的結合，

凝結了夢一般的回憶，詩一般的人間故事，

想不到，東風驚破了我的殘夢，

把妳一棵美麗的靈魂帶走，

如今，我默默的站在妳的靈前，

往事勢如潮湧件件兜上心頭，

誰能猜透我這灰色的心呢？

泣聲含淚珠吞下，無言對長空嘆息！

     ×   ×   ×

自從妳歸依於我八年的戰亂中，
妳雖不曾享受過安樂與承平，
可是我們倆十分親密，
如今妳走了，空留遺愛在人間，
我記得當那燕語鶯歌牡丹盛開的時節，
我們倆時常並肩徘徊於倩麗的公園蜜語，
我記得當那烈炎炎蓮花含笑的時節，
我同了妳常到海濱納涼，
我記得當那黃菊丹楓桂香梧影的時節，
我們倆對娟娟的秋月共賞清幽的沉醉，
我記得當那蘆花遍飛枯荻呈黃的時節，
我同了妳常到舞廳舞踏人生的歡歌。

　　　　×　　　×　　　×

無奈天不允許我們同臥在這美的自然中，
只允許我們一生中留著一段可愛的紀念，
回憶只使我感到無限淒涼與悵惘，
我們數年間的同玩同息的生活，
現在已成了鏡中的影，水中的月，
往事如一般的飄渺，影一般的空洞，
如今我默默的站在妳的靈前，
鮮花與美酒，
還有我這被熱烈的火燒碎的心，
和兩行熱淚獻在妳的靈頭，
祭妳──祭妳這浮夢的生涯，
祭妳──祭妳這幽怨的靈魂。

　　　　×　　　×　　　×

去年，前年，再前年……，十三年前，
春初又深秋……，夏去冬又來，
妳際隨著我忙也不忙南馳北駛，
從台灣到東京，長春、天津、北平到處飄流，
熱血和義氣更鞭打我─這年青人的心，

爬進唐山硝烟血泊的惡劣漩渦裡，

我忍受了一切的苦難，

期待著明天的希望而苦幹，

不料停戰那年將暮的時候，

我在旅途故都中因過勞而得重病，

繼而被人陷害的墜跌在人生的道傍，

病弱的妳——怎能受這樣深刻的刺戟與悲傷。

　　　　　　×　　　×　　　×

八年的亂世是一個多麼悠長的時日，

先輩、同僚、後輩………在這亂世中，

不少人飛黃騰達過著縱情享樂的日子，

但是異鄉羈旅的我悵望於北國只在工作之上忙著，

實在有辜負妳美麗的華年，

早知道妳的人生是這樣倉促的，

那麼我應該將一切的甘露盡傾于妳的青春，

而今，妳匆匆的走了，永遠的走了，

我是怎樣有著深刻的留戀與憐惜，

我是怎樣有著洗不淨的悲哀與苦痛，

可是，英！我相信妳是了解我的，

祇是能了解我這八年來的一切的。

　　　　　　×　　　×　　　×

日本投降………台灣又光復到祖國懷抱裡了，

勝利曾帶給我們光耀的希望，

但是呵！祇是像彩色的寬虹瞬間的炫艷已消滅，

祖國大地兒女又在哭泣了，

哭泣於已經勝利了的今天——有理講不通，

哭泣於已經光復了的今天——有家歸不得，

祖國又因共黨的戰亂重淪於萬劫的境遇，

光復後更是黑闇籠罩著秀麗的山河，

環境的昏黑使妳幻滅，悲痛，絕望……

於是妳的病一天比一天嚴重下去，

就在勝利七閱多月後的三月二十七日，
像花枝受了風拳馴致犧牲妳年青的生命。
　　　　×　　　×　　　×
過去的昨天，萬金家信，
曾帶來過妳家園受了烈火的洗禮剩了廢墟，
曾帶來過妳外祖母棄世長逝的噩耗，
也曾告訴過妳諸姊妹業經遠嫁，
而八年苦難的亂世已成了史詩，
浪跡天涯的遊子遙望南天渴待著能賦歸，
去到那舊日與妳遊憩之故園，
要不是那可咀咒的內戰燎原在祖國的天野，
該早就將妳那創痛的心身靜養於老家裡，
讓質樸的鄉野滌去妳許多塵慮，
讓妳在父母懷抱裡領受著悲愛的撐摩，
然而，妳竟摧殘於這黎明的暴風雨。
　　　　×　　　×　　　×
燦爛與秀麗織成妳溫和的靈魂，
畫成妳錦繡的風姿，
人人都說妳是一朵美麗地白牡丹，
可是妳性格的美更使我對妳的愛戀加深，
我知道我們是沒有再見了，
可是妳呀！豔緻而溫柔，沉默而多情，
於我是怎樣有著深刻的記憶，
忘掉也無從忘妳，
妳三十年的傖促的人生，
「紅顏薄命」──像夜裡的落花就在異地唐山凋謝，
數年來南歸的雁聲，
許在妳心弦上留下一絲懷鄉之念呢！
　　　　×　　　×　　　×
我望著故鄉天空裡的白雲，
苦痛著悲傷的心，流著酸辛之淚，

說是遙祭麼；此外我卻沒有向妳呈獻什麼！
只告訴妳，遺留下的兒女長的太可愛了，
我望著孩子柔柔的黑髮與天真的眼睛，
愈感到了沉重與窒息，
今天，我不再向妳說些什麼！
淒苦的低訴──祇有增加我自己的淒苦，
我卻有願望。
願妳安息，安息著，
願妳逝去了的鑿魂，
永恒的安息在天堂裡。

（四〇・三・二七・於台北知然蘆）

四、論提高行政效率(一)

一、前言

一、二年來，一般人對國際局勢的苦悶，尤其是經濟的壓迫，日漸加重，大陸上痛苦的呼聲，激盪著無數兒女的心弦。大家熱望著政府有一番新作為，大局艱危至此，若干舊現狀之不足以振奮人心，舊作風不足以救急，已為事實所證明，為官民所體認。如果說以往在大陸之所以失敗，是由於我們若干措施之得不到人民底〔的〕支持，政府被若干無能貪污之輩所污損，那麼，除已面目暴露被繩之以法以及叛國投匪者外，對於現時在台之公務人員也應嚴予考核，淘汰無能，剃清貪污。「民間」今天所希望的政府，是有新作風，新辦法，能夠進步民主，除舊革新的政府。今日的世紀是民主與極權生死搏鬥的世紀，誰獲得人民的支持，誰就有前途，我們要想戰勝共產匪黨，必須在事實上給共產黨極權主義以打擊。台灣是最後的基地，我們台灣省人，以及來台灣省的內地同胞，大家有一條共同的命運，就是能夠鞏固基地，進而反攻大陸，大家都有出路，都有前途，反之只有「被淘汰」的一條路了。所以目前的要求是一個有力的政府來推進有效的政策與貫徹始終的政策。

我們政府過去和現時都有一個缺點，是機關多、人多、牽制多，辦事缺乏科學性，另外是各機關的本位主義——這是說，只顧自己的事，未顧整個大體。我們必須痛下決心，裁併不必要機關，減少制衡組織與作用，讓公務員專心負責，以科學為根底，增加辦事效率，嚴懲舞弊，保證職位，並防止背後有本位主義，要是這樣，行政效率纔能表現出來。

過去外國人對我國政府有兩種攻擊，一個是「貪污」，一個是「無能」。關於「貪污」，政府早就自省，在立法上，司法行政上，都有嚴厲的法令與取締，最近面目多為改變，「貪污」的風氣頓減了。但是對於「無能」，政府始終未能有什麼有效的措置，使行政效率提高，辦事能力增加。我們希望政府的新作風是一個有力的政府執行高度有效的政策，迅以挽救危局，重赴光明。形勢比人強，水向低處流，今日我們所

面臨的考驗極為明顯而嚴肅。我們不進步即難有光復大陸之期，不發奮自強即「被淘汰」，苟延現狀是不可能的。

欲反攻大陸和不「被淘汰」，我們必須奮勉。我們怎樣奮勉呢？我們必須使我們現有的人力和物力能發揮更高的效用，就是加緊為動員而努力。全面動員約可概括為四大項，即政治動員、軍事動員、經濟動員、文化動員。實際上，處於如目前嚴重的憂患之下，政治、經濟、文化的動員，都是為軍事動員而服務。必須政治、經濟、文化這三項動員得充分，軍事力量始易苴壯。經濟動員首先應是著眼於生產有計畫的增加，使生產力發揮於最高點。文化動員首先應是著眼於激發民眾的高度啟蒙。政治動員首先應是著眼於行政效率儘量提高。行政效率儘量提高，則政府的一切措施始能迅速推行，人民也始能不感到官廳辦事迂緩的不便與痛苦。茲就對於「提高行政效率問題」提供一些意見，作為在政者的參考。

二、鳥瞰美國高度的工作效率

美國福特汽車公司副總經理布立治（Ernest Robert Breech）曾以「美國的秘密武器」為題名，申論美國所以富強之道——這「秘密武器」就是指美國高度的工作管理效率而言，茲試簡述於左，以作為衡論「提高行政效率」問題之參考。

（一）美國有一種秘密武器，比原子彈還要厲害。過去納粹主義便是被這秘密武器壓倒的。當此危機的暗雲正在籠罩美國時，這種秘密武器也正在發揮其最大效率。共黨政治局沒有認清這一事實，表示他們對於美國根本誤解。

（二）這一秘密武器的名稱是「高度的管理效率」。所謂管理並非只是總經理或董事的別名，管理的最重要意義，第一、是代表一種精神——不斷地想把事情做得更好一點的一種熱情、責任感與才智。第二、它代表著人——共同超持舉世無匹的美國生產機器的億萬美國人民。換言之，美國的秘密武器是基於人的放縱不羈的機智，從事競爭的雄心，他們總想在工作上勝過旁人，提供更多、更好的東西和服務，它是技能與知識的結合。

（三）管理局的工作有多種方式的描述。最簡單的便是美國家庭主

婦每天所做的事──設法把蛋、鹹肉、烤麵包、橘汁和咖啡一起送到桌上來。工業中的管理可以說是，以可能最有效的方式，把見解、人員、金錢、機器和製造法配合起來的藝術。試以你所坐的椅子為例，其製造是以一種稱為製造工程的管理技術為開端。在一群管理人員中將包括工程師、財務人員、成本會計師、生產專家和採購人員在內。工程師須決定你的椅子應該在那裡造，這必須取決於原料的供應，低廉的交通線，和市場的接近、當地的雇用工人情況，或這些因素的綜合。第二步工作是匯集木材、金屬、織物、人員和見解。這便牽涉到管理上所謂的「材料處理」問題。也許還可以稱之為「工業的補給法」。你也許還可以得到一項計畫書，其目的是將人員、機器和材料作適當的安排，以便以最低的代價，為你製造出最好的椅子。換言之，所謂管理，必須在合宜的時間，迅速匯集椅子的一切材料，其數量勿超過需要，不要將資金固結於不必要的材料方面，在這一切工作中，也不要有任何浪費的行動。

（四）目前的問題不是椅子或汽車，而是火箭砲、飛彈和飛機引擎等等。要記得我們的「秘密武器」威力在戰時是和平時一樣強大的。不過，戰時的規模要大一點。我們常看見報上說，國防部指定一兩家大公司製造坦克，從事這項工作的，不只是這一兩家大公司的員工，還有供應材料的三千三百家公司的管理員工，這些人天天都在流著汗，想法把工作做得好一點。製造工程和材料處理只是非常複雜的整個美國管理方法的兩方面而已。因為管理者是億萬的人，個人運用其特殊的智慧和訓練，俾有助於生產技術的改進。現代管理是精神與物質並重的。它不以現狀為滿足，同時還要利用一切機會。不斷存在的問題是：「我們怎樣使它更發揮工作效率？」

（五）管理工作的最後考驗可以歸納如下；生產力、數量、低廉的成本。我們的秘密武器怎樣發揮效能呢？我們可以拿一件事來做例子。陸軍軍需署1921年曾向德國購買著名的「容汗」式信管，足繼續17年，每件值美金25元至36元。只有極熟練的錶匠才能造這種信管，每人一天最多只能造100件。1938年，軍需署預料戰爭對於這種信管的需要一定很大，因此便和本狄克斯飛機公司訂約，大量生產「容汗」式信管。第一批的訂貨是20萬件，每件六元零二分。該公司把這信管拆開研究，並將其設計加以365處修改，其生產率竟激增到每天八千件，

其生產力便遠超出許多熟練的老錶匠了。這種信管的價格最後降到三元九角七分。這一成就，只是數千數萬種成就中的一種而已。但已足以表明美國高度的管理工作效率。

（六）這高度的管理工作效率使美國1939年生產的物資與服務，共值911億美元。在二次世界大戰的最高點時，這一生產總值竟高達2,150億元。1948年為2,590億元，1949年為2,556億元。

（七）管理方法並不是一項抽象的東西。它可以代表美國工業中整個年輕的一代。過去十年間，從大學出來，或從藝徒出身的美國青年，已將管理方法不斷加以革新，全國各地都有這種現代管理人員在辛勤努力，國家對於更多的這種人員，還有廣大和迫切的需要。管理方面每天都在尋覓能負更大責任的人。各地的公司都在尋覓從工頭以至總經理的人才。大多數的公司都辦有訓練管理人員的學校，它們常送有希望的青年回到大學裡去接受專門訓練，並鼓勵本公司的男女員工一面工作一面求進步。它們並為工頭、監工、會計員、工程師以及事務人員推行在工作上接受訓練的計畫。這些人才不僅可以使我們的經濟繼續進步，還可以幫助其他國家提高她們的生活水準。二次大戰期間我們在生產上造成的奇蹟人人都已看見。可是等等看吧，當此世界的危機，美國的秘密武器——高度的工作管理效率——將更發揮其空前未有的效能，更多的奇蹟還在前面呢！

三、我國現時之行政效率

以上我們看布立治氏所發表的美國高度的工作管理效率與我國各階層之工作效率相比較，我國今日有些機關行政效能之迂緩，辦事手續之繁瑣，誠令人驚奇。省府准許日本電影片子經審查合格，可在台開映，公告出來以後，業者提出申請，經省府審查費了四個月，再提呈中央審查，費了六個月，一共經過十個單位，費了十個多月的日子，上映許可纔下來，其時間之久、手續之麻煩，真使業者損失不少。

在報章上，我們看到財政負責人聲稱，外匯頭寸充足，可以盡量供應，但實際上，商人八月對外訂購冬帽，過了年帽子才由日本運到。第一，時機已過，賣不出去；第二，不堪負擔利息，商家因而倒閉。

買一批土地，到縣府登記，往返年餘，尚不能完成手續，不乏其例。

　　筆者前在交通處服務，適值通貨膨脹，物價波動達於高潮。鐵路局的工程須呈請交通處核辦，公文往返需時月餘，在這一個月的物價波動由五成至一倍之多。不得不修改預算，又得月餘，俟預算批准後，物價更形暴漲，因此工事不易進展。

　　法院押人，經半年多，尚未判決等等。

　　以上只是千萬個事實之幾個例子而已，的確今日我政府之行政效率，公務員之辦公效率是低劣可嘆。世人指摘政府為「無能」，大部分是指其「效率低調」而言。

　　我們分析今日行政效率低調的因素為；

　　（一）各機關人員過剩，因人設事，疊床架屋之機關滋生，始機關分散，因而效率降低。

　　（二）各機關對外、對內之章程、內規不備，未能據法治事，而依人亂事，因而行政效率降低。

　　（三）各機關未能徹底實施分層負責，長官多為敷衍塞責，幕僚未盡輔佐職責之故，因而行政效率降低。

　　（四）各機關推行業務缺乏科學性，因而行政效率降低。

　　（五）各機關員工未能徹底大公無私之精神，遇事注重個人利益，因而行政效率降低。

　　對上面所列舉的因素，我們如何改革，才能提高行政效率，茲分為（一）簡化機構，適配定員（二）廢止人治，強化法治（三）分層負責（四）科學管理（五）大公無私之精神之五項加以概述之。（待續）

原載《旁觀雜誌》第十三期　　1952年9月1日

五、論提高行政效率（二）

四、提高行政效率之條件

（一）簡化機構，適配定員

各機關辦事人員過剩即因人設事，疊床架屋之機構滋生，使機構分散因而辦事效率降低，影響行政效率，故須廢除中間機構。各分散機構須以業務為中心，因事用人，建立健全而符合科學化的簡易機構，按業務量之多少，配置最切實的辦事人員，以資提高行政效率。以下列具體事實說明；

1.台灣在日管時代砂糖、米、茶、樟腦、水果、罐頭、鹽、金、煤、草帽等生產達最高時，其一年間輸出曾超過二億美元。（台灣對外貿易之最高紀錄為1929年，輸出二億一千八百萬美元，輸入為一億六千萬美元，出超五千八百萬美元。）僅看對日貿易在1930年至1934年間，一年平均輸出為八千萬美元，輸入為四千八百萬美元。出超為三千二百萬美元，占百分之四十。同時候我全國對日輸出為四千六百萬美元，輸入為五千九百萬美元。以此觀之，可知貿易在台灣經濟上所占之地位是很重要的。目前台灣工商業蕭條，其原因固然很多，但政府缺乏及沒有整個貿易計畫所致。試看政府現行有關貿易政府機構；

(1)行政部門有生產管理委員會之貿易小組及建設廳之貿易科。

(2)關於進出口物資附表則有財政廳第五科審定委員會。

(3)進口手續簽證由台銀受理、交初審委員會查核後，再由產業金融小組決定，其中重要物資之許可則須得到經濟部之證明。並須移至建設廳之器材小組及生管會之西藥小組核辦。

此種複雜事權不統一情形，減低貿易行政效率，困苦貿易業者，蕭條台灣商工業。

2.台灣的產業係以糖業為中心。糖業之盛衰，可以決定全省經濟之榮枯。今日之糖業已面臨減產之厄，預料今年的產量必致低落至35萬噸左右。（日管時代最高紀錄為140萬噸。）而糖業公司對內部機構之

如何革新，使臻合理化，始終毫無自動研究對策。上次由省參議會等提倡改革機構，廢止分公司，改設總廠制，但各總廠仍然按日管時代管理方法，支配管轄各糖廠。對所屬之原料（甘蔗）貨車均未能做到合理的調整。管理區域之不均，致有原料未能在較近之糖廠壓製，而須運往較遠之糖廠，所謂一統的經營亦未做到。現在各糖廠採購、會計、人事等，皆為半獨立。如能廢除總廠，使各糖廠專事製糖工作，由總公司直接管理糖廠，對於材料、會計、人事、販賣等一切統由總公司辦理，工作效率當能提高，成本費亦可減少。

3.交通事業必須以迅速為運輸上的重要使命之一。茲以「車站」上有關運轉事項須由省主席裁決之文書，按照現行機構與日管時代加以比較，經過情形如下；

現行：站——運務段——鐵路局轉課——鐵路局運務處——鐵路局秘書處——鐵路局長——交通處路政科——交通處秘書處——交通處長——省政府秘書處——省主席

日管時代：站——鐵道部運轉課——鐵道部長——總督

以上的比較，可以知道現在的機構是何等的複雜，辦公效率的增進是何等困難，可以想像得到。

關於機構與人員的問題，茲以鐵路局為中心加以分析，由此可見在過多的人員之下，機構無從簡化，在複雜的機構之下，辦事效率無從提高。

日管時代之鐵路，交通局總長（即現交通處長）以下設有鐵道部長（即現鐵路局長），包括今日經營之公路局在內，其總人員，民國29年度（民國26年七七事變發生以後，已包括若干鐵路被徵人員在內。）為12,994人。然現在鐵路局之管理，於日管時代交通總長一人之事務，而現在即用交通處長以下173人，分四科三室辦理之。交通處、鐵路局、公路局之總人員名額每因首長更迭而有所增加，現在實已達23,197人之多。較之日治時代已增加將至倍數。而此增加之數字中，尤以高級職員為著。

現在鐵路機構之員額與日管時代鐵路機構員額比較表

時期	類別 官級別	簡任	薦任	委任	其他	計
現在（民國39年度）	交通處	17人	39人	61人	173人	
	鐵路局	102人	522人	5,595人	13,628人	19,947人
	公路局	23人	207人	886人	1,961人	3,077人
	計	142人	868人	6,542人	15,645人	23,197人
日管時代	鐵道部	3人	37人	55人	12,408人	12,994人
差額		139人	831人	5,989人	3,137人	10,203人

　　不止人員增加一倍以上，尤其高級人員之增加幾及三十倍，而且機構也增加到令人難以置信。以鐵路管理局來說，過去日治時代在局長（稱部長）設九課二所二工場，現在的鐵路局則設六處、二室、二辦事處、五委員會、二所、一局、另一小學。處室以下設課組，計共有三十九課十組。課組以下更有所、段、分所、廠院之類。

　　人員機構增加，如果效能提高上說得過去，但事實上以民國29年日治時代和民國38年之成績作比。

旅客運送數量	4,070,592 人	69,759,966 人
貨物輸送數量	8,528,526 噸	5,862,259 噸
收入	37,949,256 元	50,596,250 元
支出	20,439,159 元	52,600,570 元
損益	17,510,097 元	2,004,320 元

　　從右表看，現在鐵路局當客運比較日治增加外，貨運則少得很多，最值得注目的是支出竟比收入更多，日人在三千七百餘萬元收入中，可以有一千七百餘萬元之剩餘，而我鐵路局卻虧了二百餘萬元、其效率如何，不問可知。

　　台灣今日的交通，不必說車船的連絡，就是說公路與鐵路，省營鐵路與公營鐵路間之聯運，尚未能盡人滿意，且其運價政策可謂分離破裂，不足為社會經濟之指導力量。吾人期望台灣的交通機構能夠統一的經營，一貫的營運，廢除現行的複雜機構，精練從事工作人員，把鐵

路、公路、港務等諸分散機構綜合經營，以一萬八千人依照下列組織表之機構，配置營運。

省主席

交通總局長┬總務局──事務科、人事科、文書科、公益科、產業科、調查統計科

├主計處──審核科、帳務科、出納科、檢查科、總務室

├材料局──採購科、料務科、儲備科、總務室

├鐵路局──運務科、工務科、機務科、小運送料、總務室

├公路局──業務科、司機科、監理科、建設科、總務室

├海務局──海運科、港務科、造船科、氣象科、總務室

└警務局──第一科、第二科、第三科

（筆者主張人事不必獨立設立人事室，統計不必獨立設立統計室，出納科不必屬於總務處。）

　　機構之簡化、辦事效率之增進及產業之繁榮，此三者之間實有密切之關係。筆者曾由滿鐵派到華北工作，當時華北鐵路分為北寧、津浦、平漢、平綏、膠濟、隴海、正太、道清等分線經營。運價率也各線不同，分為八地帶，國民政府鐵道部為謀國內連絡運輸，費時二十餘年，尚未告成功。筆者曾督率部下日人二十多人，對華北鐵路企圖綜合經營，銳意加以研究，僅以半年之時間，統一運價，創立華北交通公司，並將六個鐵路局計八千公里長的鐵路，以現代科學的管理方法，分區來經營，乃奠定華北產業開發的基礎。最可惜的就是勝利後接收人員不理解這分區制綜合經營的科學化管理方法，還原了昔日的分線制，筆者至今仍猶惋惜不已。以上我們以台灣交通為中心來概觀機構、人員與辦公效率的關係，更以日管時代與現在的交通狀況來比較，由分析所得的結論，可以明瞭複雜的機構，過剩的人員，不一定對業務有所貢獻。是故，要提高行政效率必須簡化機構，適配人員。

　　（二）改正人治，強化法治

　　今日使我國官廳或各機關之日常行政效率低劣最大之原因，就是我們沒有充分整備的法令、條例、規章、辦事細則，因此辦事人員不能一切都根據有關法令、規章來處理事務。如果我們要提高行政效率，必須強化法治治事，極力廢止或縮小依靠人的要素。是辦事人員只要依據規

章加以運用，便可處理事務。然如今須事事向長官簽擬請示。長官或依時更迭其方針，同一事項亦隨之變更，致辦事人員無所遵循，不能於法規範圍內處理事務。例如鐵路應以運價政策協助社會政策，因之對於特種運輸，乃有運費減價之舉措。假使擬定運費減價規定，比方關於災害救濟之寄贈品物減五成收費，博覽會、品評會之出品減二成收費等等，承購人員即可依此準繩而處理事務。反之，若不擬定運費減價規定，必須一一請示局長，則局長彼時個人之心情或有變化，勢難劃一標準。如有規章，只須依章辦理，非特增進工作效率，且可防止不正當行為之發生。按人係暫時性之存在，規章較為永久性者。若規章完備，則長官雖有變動，而工作方針依然照舊，於是辦事人員得以熟悉規章，敏捷從事，辦事效率自隨之增進。

今日的公務員成了機器，萬事都得請示長官，不管長官指示的辦法對不對，都很少有發言權，唯命是遵，反面也藉長官的批示逃避自己的責任。但實際上長官萬事集於一身，不能萬事都考慮周到，所謂「朝令暮改」，「變更方針」，「補充辦法」等等都由此而起。很多的長官都為「批示」忙碌，無暇顧到大方針、大政策。又有很多的長官因而委任秘書代為「批示」，但秘書又不是主管，對事難免生疏不熟，所批示的辦法不一定就是最妥當的辦法。是故法令、規章，以致辦事細則必須由專家研究訂備。一切的事務必須由主辦人員根據法令、章程、細則主動處理，不必長官先來「批示」。主辦人員對於自己主管事項必須運用法規，並且研究盡善盡美的辦法處理。股長、科長對於主辦人員的處理辦法加以檢討，如未盡妥善，叫主辦人修改。處長更加以檢討主管科長所擬的辦法與處內各科是否有無牴觸？是否是處內最妥善的辦法？處長決裁後送文書科，在文書科研究所用的文字辭句是否恰當？與一般法令是否有牴觸？與全體機關的關係如何等等，經過文書科監閱後送到長官，長官考究各處科的方針、政策是否合於全體機構內最妥善的辦法，然後一切的文書都集中由文書科收發。如此辦事方能敏捷周到，行政效率方能提高。

關於法規的訂定與事務的處理必須注意下列三點：

1.法規的綜合一貫性

一切法規規定前須由各科處的主管人員（專家）充分加以調查、研

究，訂定後公佈實施，必須徹底執行。以後如發現不完備之規章，必須修正其條文，或加以補充，再行公佈，以收精益求精之效。絕不要單獨另訂法規，獨立公佈。現在很多法規，定擬之初並未充分研究及調查，除本規章外而擬定多數之例外規章或者單獨規章，紛歧複雜，遂使有關關係人員很難理會，無法精通，使辦公效率低落。比方米穀統制法除了本法令以外，尚公佈很多單獨條例，要知道米穀統制法的某條文，必須把所有的單行條令加以研究，因單行條令包含很多的例外規定。貨票統一辦法也是如此，差不多不少法令、規章都是如此。法規必得有綜合一貫性，纔能使人容易把握，行政效率方能提高。

一切的法規、章程必印製成冊，分配給各有關係單位辦事人員，使其攜帶，以供隨時閱讀參考。如遇有修改條文，有關辦事人員立即修改整理。現在各機關均甚缺少成冊規章類，縱有亦不整理，使辦事效率低落。

2.簡化公文格式

現行公文分為令、訓令、指令、佈告、派令、呈、咨、公函、批等九種。更以上行、平行、下行而用語互異，遂使公文上不必要之名詞增加，陳腐濫調於茲而起。筆者以為公文必須簡化，分為單行（無須復文者）與雙行（須復文者）兩種格式。關於此事，因太過專門化，當以另文專論之。茲將具體舉一、二為例，來討論如何簡化公文。

例之一、○江蘇省政府訓令各縣縣長（為令飭防止活動鄉鎮長由）

江蘇省政府訓令

案准中國國民黨江蘇省執行委員會第一五二三號公函內開：

「案據松江縣執行委員會呈稱：『案查本屆第三次委員會提議案一件：「本縣每逢鄉鎮長調動，恆見土劣之流乘機活動，應請預擬防制辦法，以免貽誤黨治案。當經討論，僉謂鄉鎮長辦理地方自治，實為以黨治國之基本工作，故鄉鎮長人選除遵奉總理遺教，以曾經訓練合格之員充任外，當以本黨忠實同志具有鄉鎮長資格者，儘先任用。如遇缺乏此項相當人才，而必借用非黨員者，必先徵求當地黨部之同意，藉防土劣乘機攫取，為害民治。當經決議：『一、嗣後每逢鄉鎮長更調，繼任人選，除曾經訓練合格之員充任外，應以本黨黨員具有相當資格者，儘先任用。二、如萬不得以而非黨員者，必先徵求當地黨部之同意。三、

以上兩項辦法，呈請縣黨部轉咨縣政府施行』等語；紀錄在卷。合行錄案備文呈請，仰祈鈞會鑑核施行」等情。經本會提交第九次委員會議，決議呈省建議在卷。准議前由，理合備文轉呈，是否可行？仰祈鑑核示遵』等情；據此，查推行地方自治，為訓政時主要工作，本黨同志自應竭力以赴之。該會建議各節，第一項不無可取，第二項於事實上恐有窒礙之處，應訂正為『如萬不得已而欲借用非黨員者，應由主管機關慎加選擇；同政黨部如認為所選人員有土劣行為而證據確鑿時，得函請政府更換，或呈請上級機關辦理』；較為妥善。據呈前情，相應函達，即希查照核辦」

等由；准此，除函復並分令外，合行令仰遵照辦理為要！

此令。

我們分析上面江蘇省政府訓令：

(1)自「案准」起，致「仰祈鑑核示遵」止，都是說明該訓令的由來。省府如認為必要對該訓令的由來無說明給各縣長知道的必要。

(2)「除函復並分令外」——可送副本給中國國民黨江蘇省執行委員會，令附簡單復函。

(3)「合行令仰遵照辦理為要」——訓令就是要令縣政府遵照的，這一句也沒有必要。

以上面的分析來簡化此訓令，即如左；

○ 江蘇省政府訓令各縣縣長　副本送中國國民黨江蘇省執行委員會

（為令飭防止土劣之流活動鄉鎮長由）

江蘇省政府訓令

嗣後每鄉鎮長更調時，為防制土劣之流乘機活動起見，其繼任之人選，案左列辦法辦理之。

(1)除曾經訓練合格之員充任外，應以本黨黨員具有相當資格者，儘先任用。

(2)如萬不得已而欲借用非黨員者，應由主管機關慎加選擇，同級黨部如認為所選人員有土劣行為而證據確鑿時，得函請政府更換，或呈請上級機關辦理。

此令

例之二、○鐵路管理局運務處傳知　運貨業字第071號民國40年9月14日

事由：傳知保警物品可憑規定請求表予全價記帳由。

受文者：各段、站、稽查。

一、案查本省保安警察總隊，因擔任本省海岸沿線勤務，調動頻繁，前准台灣省警備總司令（38）總動字0084號電，請援照警備部隊調動，逕請發車成例，由該總隊之各大隊填具部隊輸送請求表，備文逕向車站申請撥運，運費記省府帳，以利戎機一節，業經38年3月31日，以運配軍字1377號通知，通飭遵照有案。

二、惟保警物品經由本路運輸者，其託運手續及收費，應如何辦理，過去尚無明文規定，前為辦理順利計，曾由大局擬定「台灣省保安警察保警物品輸送請求表」乙種，層請省府核示。

三、咨奉台灣省政府四十未世府緯路字8591號代電節開：「二、保警總隊利用該項請求表託運之軍需品，其運價仍准照成立，記本府帳」等因。

四、合行抄發「台灣省保安警察保警物品輸送請求表」格式一紙，傳知遵照，嗣後保警總隊如有填用此表，至站託運保管警物品，應准照運，運費全價記省政府帳，按月由主計處結算。

五、副本抄送花蓮港辦事處、主計處。

以上面的公文，如加以簡化，則以如左之程式即足：

○台灣鐵路局運務處訓令　運貨業字第71號民國40年9月14日

事由：關於保警物品輸送特約由

受文者：各段、站、稽查　副本送花蓮港辦事處、主計處、保安警察總隊，關於台灣省政府保安警察總隊物品輸送特約如左，自民國40年9月14日起施行之。

關於民國38年3月31日運配字1377號通知以40年9月13日廢止之。

一、特約者　台灣省保安警察總隊

二、託運人及收貨人　保安警察隊

三、起運站及到達站　各站

四、託運別　整車、零擔

五、託運方法　由該總隊之各大隊填具「台灣省保安警察保管物品

輸送請求表（格式別表）」，向車站申請撥送

六、運價支付方法　記省政付帳（按月由主計處結算）

如果把現行公文程式以照上述二例簡化，不但受文者容易了解，上峰也容易判斷，行政效率當可提高。

復因現行公文複雜異常，且往往各機關承辦者與擬稿者非同一人員，則辦事人無法充分表現其意向，擬稿人不悉事實之詳情，文稿遂易欠合實際。公文必須簡化，承辦人與擬稿人必須同一人，如此辦事效率方能提高。

以上我們研討要提高行政效率，第一必須以恰當的機關配置適當的人員，第二各機關必須極力整備法規，辦事細則等類，使辦公人員主動在法規、章則上來運用處理事務，極力減少依靠主管的批示，並且法規、章則必須具有綜合一貫性，公文必須簡化，附箋等阻害效率的一切作為必須糾正，然後辦公效率方可增高。

（三）分層負責

各機關長官於蒞任之際，大多揭示分層負責之方針，但實際上，能將職權委諸下層，並信任各層主管的長官實尚不多。吾人曾看過因購買痰盂，而其長官親自與商人論價，按長官必須決定大方針，督率並運用政策綱要始可，至各項業務之執行，自各有其主管部門。各主管部門之下，自有專門人員。其專門人員對於所管之專門事項，自可竭其精力專以致之。蓋近代之科學是分業之科學，若欲以一人求精於百種學識才能，是絕不可能的。故欲使其事事精美，必有賴於各部門人員，各以全力以赴，始濟事功。目前我國公務人員，工作呈現板滯狀態，無論何事均須請示長官，而長官對於實際情形又往往不能精悉究竟，遂形成敷衍塞責，腐敗無能之現象。至如上述我國諸法令、規章、方針等常有朝令夕改之事實，推其原因，當為長官授予指示，思慮未週，而承辦人員漫然遵其方針，未能克盡於幕僚職責之故。於是一俟事過境遷，發覺種種缺陷，遂不得不加以糾正。

憶民國28年，筆者在滿鐵擔任運價主任時，適值天津一帶遭遇未曾有之大水災，當時決定由東北向華北輸送六百噸之救濟寄贈品。彼時之滿鐵總裁松岡洋右（二次大戰開始之日本外務大臣）慰問災民已向天津首途。臨走時吩咐總務局長對這些救濟寄贈品應以免費輸送，總務局

長乃向筆者通知其意旨。然考彼時滿鐵運價減價內規僅可依減五成收費，完全免費于章則不符，實不可能，余乃以是拒絕，並主張總務局如能負擔五成運費，運輸局按減價內規減五成，等於免費。但總務局長說總務局無此預算，復電天津向總裁請示。總裁言詞異常嚴峻，並即時命令免費輸送。然余當時以規章所定，仍據理拒絕，後來終由關東軍付五成運價，始得輸送。事後松岡總裁返任時，余親自到前謝罪云：「違抗總裁命令，誠屬抱歉，然以格於總裁前頒定之滿鐵規定，未敢疏忽職責，蓋本人代替總裁執行工作，而不願破壞規定也。」總裁笑謂：「余當時不知是項規定，幸君執理不渝，甚屬確當。」余不但未遭申斥，反獲賞識，此事至今猶未忘記。故欲使事務推展得當，收高度效率，必須分層負責，而分層負責之制度，又非高談空論所可辦到，乃首須由長官躬自勵行，以身作則，始可期待。

關於分層負責，必須注意下列幾點基本條件；

1.確立各主管之權限

要實現分層負責，必須規定各層主權之權限為前提，即在某種權限內責成各該主管負責辦理，超過其範圍必須聽候上級指示。責權分明始能分層負責，始能達到預效。例如在鐵路，貨物留置費以站長權限處理，五百元以下之損害賠償由貨物課長決定，一萬元以下之工事以工務處長權限處理，課長以下之人事任免、移動以鐵路局長權限處理，旅客列車運轉之中止以交通處長之權限處理等，各承管人對於所管事項，規定業務權限。各承管人對自職責權限範圍內，均須絕對負責，並不得超越權限範圍。上級勤於督導考核，下級忠於職守切實負責，如是則分層負責之效果，自可達成。

2.廢止秘書政治

今日我國之政治可謂秘書政治，本來秘書係長官私人之輔助人，但因長官委任秘書批示一切公文，使秘書之地位形成在各主管之上。以鐵路局舉例言之，各主管處長裁決後之文件、現皆須經由秘書室轉呈鐵路局長，而實際上秘書不主管其事務，豈可盡悉究竟，乃不過以其個人的常識及經驗處理之。況一般秘書均係長官私人關係者，於是各主管徒知迎合秘書，而秘書政治之缺點遂乃發生。果使各主管為真正主管，則長官必須尊重各主管之旨趣，而長官僅居於高度政策與指導監督之地位督

導之。不過要廢止秘書政治，必須確立業務權限為先決條件。蓋各主管依照業務權限內所規定之事項，可以負責處理，其須經呈核者，僅屬一般另具重要性之文件而已。

按過去滿鐵擁有三十萬社員之龐大機構，每日須呈由總裁親自裁奪之文書不過數十件而已。且此數十件中多半經會議討論通過，總裁事先知悉者甚多。如此總裁乃可得充分的空暇時間，另作計畫事業，決擬高度政策及經常視察外部，藉以洞悉整個工作。然目前我國政治仍不能脫離秘書政治，而秘書政治又不能使長官得以多獲空暇時間，籌措大計。秘書政治實乃無能已極，且更能破壞分層負責之理想，玩弄權謀策術。

3.改變互相牽制之政治作風

一國之政治，為使辦得良好，非各機關對其有關事務同心協力，通力合作不可。然而中國之政治作風，與其說各機關之協調合作，毋寧說多精細用心於互相間之牽制，如此分層負責之制度則無法確立。譬如日管時代車長對列車上負一切責任，凡對車內之查票、運轉上之列車後部防備、旅客之上下、車內之清掃、行李包裹之整理等，與列車服務生、隨車行李員之指揮監督，均整然有序，井然有條。然而現行台灣鐵路，因車長一人不正行為容或難免，由查票員從事查票，為牽制車長，更以乘車憲兵，鐵路警察作各種之干涉，更有客貨稽查、運務段長、運務股長，間有清潔委員會亦隨車執務，雜亂紛紛，一種事務即各種人形成牽制，結果互相推責任，事故反而較之日管時代增多，車內之清潔仍未潔淨，不正事故益較增多。

今日我國之政治互相牽制之政治作風，不單以機關與機關間為然，各種委員會亦多為互相牽制而設。例如民營工廠之放款，由建設廳查定其必要之工廠與放款必要額，財政廳按其財政運用之全般見地，作對建設廳要求之金額，可能給予若干決定，此乃通常之政治作風。對放款之必要與否，對某廠應作若干之放款，建設廳應有一番精細之明瞭。財政廳按財政運用之見地，對建設廳要求額作勻衡之考慮，或如何在財政所許之範圍內予以縮減，財政廳應有最精細之了解。財政廳對個個工廠之放款額，自無干涉之必要。財政廳、建設廳都對本身之事務各負其責，協調去作，各盡職責，則萬事自可順利進展。若或建設廳之要求額過大，而財政廳難於應命，復各自相互固持己見時，可訴謂省主席之指示

處理之，此可分為分層負責之謂。換言之，分層負責者，乃各自對自己負責範圍之事項盡最大之努力，對其事務負一切責任，此即責任政治。然而現在生產事業管理委員會下有產業金融小組來決定放款，而參加如此小組多係局外者。此等局外者與有關業者妥為協議，而在小組會議為某業者主張之，其他局外委員未能明察情形即行決議。小組之各委員未必為其事務之實際負責人，而主管官廳如遇到抗議，則迴避自己之責任，說金融小組所決定，此不過一例耳。今日之各種委員會，不少類此而產生。因互相牽制之政治作風，將分層負責之理念破壞，而各主管對責任範圍內事務之遂行因而妨害，如此作風非排除不可。

以上為期分層負責成果，各分層內之權限應先為明確規定，賦予各分層之權限（責任），對內部勿為長官之秘書所歪曲，對外部勿為相互牽制之機構之力量所破壞，如此如能達成分層負責之目的，若斯上層機關或主管對各分層之責任能有十分之指揮監督，方能養成良好之責任政治作風，方能提高行政效率。

以上我們研討要提高行政效率，第一必須簡化機構，配置適當的人員，第二必須廢止人治，強化政治，第三必須徹底施行分層負責制度，以堅固責任政治，以防長官敷衍塞責，幕僚不盡輔佐之責。（待續）

原載《旁觀雜誌》第十四期　　1952年10月5日

六、論提高行政效率（三）

（四）科學管理

今日中國的政府，不能把握一切人力、物力利用於最大限度，因而構成行政效率低調之主要因素。大自一國之繁榮，小至一事業之成功，多繫於科學管理（經營）之方法如何。茲就科學管理概述如下：

1.計劃性

勿論官廳或事業體，盲無計劃，慢然從事，而獲成果的很少。樹立一定的計劃——經過專家充分研究、調查、立案出來的計劃——而對其計劃應總動員一切人力、物力。如蘇俄落後的國家，在第一次、第二次五年計劃完遂的成功，即為貫澈此種理念之象徵。一經科學的慎重研究出來的計劃，主管雖然變動，計劃不得變更，亦不能擱淺。今日各機關多缺乏如斯科學的計劃性，不少係盲目如貼膏藥式的做法（頭痛醫頭，腳痛醫腳）。例如台灣鐵路有延長一千公里的線路，沿線有各種不同的建築物，對此等一切的修理改良工程殆屬漫然無序。各所管段長如若強硬，則強硬段長所屬之工程，即能施行，甚欠綜合的計劃性。就站舍觀之，有過於富麗堂皇的站舍，然亦有破壞不堪的站舍。

茲試舉滿鐵對施行工事的辦法概述之。在滿鐵第二年度一年的修理改良工程，第一段：在六個月以前，由現場處所全部呈報工務處。第二段：工務處將所呈報的全體工程由專門家審核之後，與主計處協商預算，在其預算範圍內，就其緩急選擇取捨，求得大體之預備案。第三段：再就現地實際情形調查研究，作成草案。第四段：然後工務處招集現地各單位之責任者與局內關係各處會商，就工務處作成之草案從事審議討論，就此結束，經局長裁決後即成定案。此一定案，無論工務處長如何更動，或現場工務段長如何更動，除了非常事態以外，不能因人變而變更。工務處對一年間施行的工程，在年度開始前三個月決定之，由材料處妥為準備必要的材料，由主計處妥為準備必要的資金。如斯於一年間如因何而未施行完竣之工程時，則優先計入來年度的工程中，必至完成為止。

詳密的整然的計劃乃賦予人的努力目標，且能助長事業的成功。我

們今日往往不但無計劃，且在一個工程施行中幾度變更設計，乃是所常見。如此不但太空費，且妨礙事業之推展。每念及依意想而作事，不但危險不分，也減少行政效率的一因素。

2.養成專家

二十世紀乃分業的時代，各種業務因分業而始得為科學的管理，故養成專門家實為必要。蓋事務非由專門辦理不能收得成效。於今尚未見有如我國若干機關之敢大膽任用門外漢之國。方由交通大學剛畢業的，因與鐵路局長有姻戚關係就被任為主要站長，方由軍隊退伍的，因有某某司令官的推薦，即為鐵路局的運務段長而指揮監督各站長，方由外國留學歸來即任旅客科長。凡此種種實為一切政治無能之所由來。既無能力編定統一的規定，故只能發朝令夕改的命令，對每日所發生事件，隨時以代電處理之，處理得當固宜，處理不當只加訂改即可。台胞於光復後，其所以對政府的法令多生疑慮者，原因多胚胎於此。

茲就筆者入鐵路而工作後如何逐級提升之經過作一例，筆者於大學專攻政治經濟，畢業後投考滿鐵，幸而於四十人取一人的考試中被錄用派旅於鐵道部，在瀋陽站以站務員之資格實習站務九個月，（旅客三個月，運轉三個月，貨物三個月）機務和工務等三個月，計一整年。於實習站務中，剪票、包裹的整理與運搬亦必學習。至於運轉，則號誌機挺的辦理，及至道岔的清掃，均曾習作，貨物的寫票、計費，裝車亦均一一親身為之。機務中之乘機車，填煤以至試行開車樣樣經歷，第一線業務，在各主務者的指導，實習一年，然後又在大連鐵路學院復受一整年之鐵路專門教育，方始至車班所執行業務，作完六個月車長工作，再作運轉副站長一整年，貨物副站長一整年。貨物主任一整年，如此對現場大體上一切的經驗，加以鐵路學院的一整年，實經過五年有半。如斯始為鐵路局貨物科的科員，經過二年，再入滿鐵工作七年半，方得為本社（總機關）運輸局局員，參加規章之制定，業務之立案計劃。如此自畢業起至第十年，方為副參事，被任為運轉局主任，負責一部分之主管。在此期間內，滿鐵圖書館、各服務處所，均有豐富的業務資料，在滿鐵十四年，不斷精心研究，增進自己的業務能力。公餘兼任鐵路學院教授，將講義加以整理，著有《交通經濟概論》、《鐵路運價論》。以上乃筆者本人所經歷的過程，及今猶能憶及大學畢業後十一、二年之

三十五、六歲之學士，在車站剪票之情。如此由下部的工作做起，將一切的事務均有親歷，方能體得真實的專門知識及經歷，以資指導他人。

光復後不久，即由內地調派多數各省人來台服務於台鐵，有某高級職員竟因鑑於「左側通行乃日本式殊有未合，現公路既已改為右側通行，鐵路也必須改為右側通行。」如此對鐵路毫無智識的人竟居於高位，欲使鐵路的營運臻於完全，實無此理。

專才乃對於業務則熟練，對於一切均週到。我國公務員的履歷，不少係涉於各種不同業務的淺鮮經驗，多方面之淺鮮經驗，實等於門外漢，故要實施科學管理，必須養成專家，而將一切的立案計劃由專家為之。

3.充分之調查研究

業務的計劃立案必須由專家施行周密的調查與研究，而後始能精緻。調查必需經過研究，研究必需調查做為根據。我國各機關於實行業務上，每多欠調查研究。公務人員多用第六感執行職務。政府每不重視使用調查研究。研究資料亦幾乎全無。各機關幾乎全部設有統計室，但統計乃屬於為觀察事之結果的消極方面，調查研究則為實務業務之基礎，屬於積極方面。與調查機關無連繫的統計，實在沒有多大價值。在現代國家極重視調查研究，未經調查研究，機關的計劃是意想不到的。然在我國，調查、研究幾未被人重視。

例如光復後不久於台灣即廢除公娼制度，台灣乃一躍而為無公娼的最文明社會。但筆者以為在常識上廢止公娼最低亦應先調查下列各項，求其對策安善，而後為之。(1)公娼之數及分佈狀態，(2)公娼之家庭經濟狀態，(3)公娼之年齡及教育狀態，(4)公娼廢止後之轉業方法，(5)公娼廢止後對私娼之取締對策，尤其對性病蔓延防止對策，(6)為防止趨向私娼，對娛樂設施之強化，(7)料理店營業方法之全面改革等等……。然竟未深加調查，亦未考究對策，只以一紙公文而即將公娼制度廢止。公娼廢止後的台灣已無娼妓，又誰能信之。其結果只不過促進私娼的發達，加高性病的蔓延率而已。此實基因於調查、研究的不充分所致的。

這次台灣實施地方自治，觀其自治法規，可謂世界上最文明、最民主的。對於選舉權、被選舉權，除了法定年齡、居住期間等以外，其

資格尚無任何限制。人民可以選舉自己的縣市長，也可以罷免他。人民可以選舉議員，也可以罷免他。但是，台灣人民的政治意識是否已夠標準？何以比台灣更進步的先進國家，好多尚未實施如台灣之徹底民主方法？如果台灣民眾的政治訓練尚未能達到此理想民主程度，為政者應該考究補救辦法。如果被選舉出來的議員、縣市長未盡最適當的人，那麼就是為政者對於補救辦法未能十分調查、研究所致的。

科學的管理必須起用專家，經過充分的調查、研究，予以立案計劃。專家、調查研究、計劃性，此三者乃有相互連環之關係。

4.經濟性（企業性）

經過專家研究出來的計劃立案，必得衡量其經濟性，即是否符合經濟原理的效果。比方徵稅的方法以統一發票制度來做繳收的標準，這在理論上果然是相當合理的制度，但實際上要普遍屬行統一發票制度，在監督與計算上面，政府必得動員多數人員，民間方面，其手續之麻煩，時間及紙張之浪費等等，就整個國民經濟看起來，是否是盡善的辦法？

鐵路局對第一、二次快車設對號座位，但要施行此制度，就鐵路方面為連絡各站車間所耗費的電話、電報，在旅客方面必予先到車站訂票所耗費的車錢時間，因施行此制度必附隨的種種麻煩手續等等，尤其如今輸送力量不足之裁亂時期，對號座位制度未必符合經濟輸送的效果。

政府所經營的公營事業因具有營業性質，故其管理方法亦與一般工商業無異，應有企業觀念。按目前台灣的生產事業，主要者均掌握在政府之手，如這些企業遭逢危機，政府再坐視不救，即無異於任憑破產，如果對這些危機施以貸款或津貼（或變相的津貼）以為救濟，則又直接造成財政上的莫大漏巵。光復後的台幣貶值，其大原因即為公營事業經營缺乏經濟性、企業性所致，我們既已飽受過這慘痛的教訓，自宜引為殷鑑。本省公營企業經理不善，久為人民所病訴，輿論所指摘，而因循至今，終不見有大刀闊斧的改革。坦白的說，要對這些企業之病症作徹底治理，並不需要如何高深的技術知識。其主要癥結顯然是由於管理費在生產成本中占據龐大之比率，用一句普通的話來說，就是管理層的浪費，缺乏企業性所致。企業觀念之濃淡乃成了一項事業成敗的關鍵。這本是一個最簡單的原則，然有些有關當局卻只是頭痛醫頭腳痛醫腳，未能夠正本清源。例如過去某些公營事業一面苦於資金周轉不靈，亟需銀

行貸款，而另一面卻又把資金的一部分用於土木、汽車、宴會及交際方面，如此不僅浪費公家與社會的財力，且使事業本身須再為之負擔利息，遂而轉加產品售價，影響產品銷售愈益板滯。吾人苟欲圖以治本辦法，則先非求管理費用之減少不足以改進，而管理費用之減少，其首決問題即在吾人對公營事業之企業觀念之建立，務使節減人力、物力，俾適合經濟原理，工作效率方能合理的配合，事業方能發展。

以上我們研討經過專家充分調查研究的計劃立案，儘管其立案之完美，必得衡量其施行上的經濟效果，如果為實行其計劃立案招致浪費，那麼必須放棄，如此科學管理必得衡量經濟性，然後辦公效能纔能增加，行政效率纔能提高。

5.互相協調緊密聯繫

「走遍台灣多少工廠，與外銷有關的單位，都說韓戰發生以後，產品有出路，業務正逐漸開張，像嘉義溶劑廠的醇，高雄鋁廠的鋁片、鋁錠，樟腦局的精製樟腦，新營紙廠的紙漿……都有供不應求的趨勢。目前正是增加生產，發展國際貿易，充裕國庫收入的大好時機。可惜！主管部門缺乏一項整個的計劃和遠大的眼光，加以配合聯繫，致使若干極有希望的工業，受外匯、原料、資金等等限制，無法按照預定計劃大量生產，實在是莫大的損失。還有許多工廠，因為沒有獲得政府關稅政策的保護，產品不能和傾銷的外貨競爭，如豐原的裁縫機製作工廠，台北大同鍊鋼廠，高雄唐榮鐵工廠，就有此現象。台灣人人皆知「北有大同，南有唐榮」，自從鋼筋大量輸入以後，各廠幾均走向沒落之途，看到他們目前的生產情形，和其過去輝煌的紀錄比較，真是感慨萬千，長此以往，廉價的外貨可能摧毀了本省許多工業。前面說過，那些產品可以外銷的工廠，大多是國營或省營的，如能獲得主管機關各方面的協助，不難多量生產。可是外匯的結算，使其蒙受極大損失，政府規定他們的外銷產品須向台灣銀行結匯，以十元三角合美金一元計算，付給台幣，往往售價不能和成本相抵。倘若因為本省所出的原料價格上漲，而產品外銷的匯率不變，再生產便受有影響。奉公守法的都遵照規定結匯，但有些廠便坦白表示，曾將一部分產品透過商人，向台銀以十五元六角五結算，來推持成本，白讓商人從中漁利，使公家蒙受相當損失，這種薄於公而厚於商的外匯政策，是值得加以考慮的……。」

以上是中央社隨勞工考查團，一記者考察全省各廠礦產銷情形之報告的一段。由此很明瞭的可以看出各機關之間聯繫不密，互相不協調，如何招致台灣產業經濟的悲哀。今日我國各機關本位主義的色彩仍非常濃厚，上下之間甚多隔閡，平級□員及至不隸屬之機構間則更無聯繫，故縱儘管方案良好，亦勢難推進。若再進一步追究其原因，實係縱橫關係未能密切聯繫。換言之，要協調此種關係，在縱的方面，上下必須有法治的服從精神，橫的方面，左右必須有協同精神。

(1)涵養服從精神

缺乏法治的服從精神，確是我國人的弱點。如司令官雖命令士兵遵守社會秩序購票登車，但有些士兵往往不能切實做到，總公司對分公司之命令，分公司經理亦往往固執己見，究其原因，實我國人多不理解「服從精神」在業務系統上之重要性。如各種會議之決議案，本是歸納多數人意見表決而來，既經議決，即無論自己的意見如何正確高超，亦須要服從決議，在實行時再不能固持自己的意見。在工作上服從即係以保持業務系統所必需的前提，此方如科長不服從局長，業務即無法推進。上司對下屬的指揮命令是基於業務系統上必然而必需的動機，絕不是階級限制。吾人不得將業務系統的認識及階級觀念混同一談，絲毫不亂，各種業務始能有系統的運用，如此辦公效率纔能提高。

(2)發揚協力合作精神

我國人具有濃厚本位色彩，向多各自為政，缺乏協力合作的精神。在今日世界各先進國家警察逮捕犯人各機關能互相協力合作。如郵局能同時注意犯人的通信，稅關監視所監視逃亡，站長留心乘客，如此所有機關都有橫的緊密連繫，始能達成目的。然而今日的港務警察，鐵路警察，司法警察之相互間各為其政，缺乏一貫的合作精神。再例如輪船已到，但碼頭無裝卸工人，倉庫既無收容能力，又無貨車等等，深感今日我國各機關缺乏橫的聯繫與合作。欲使各機關充分協調聯繫，人的接觸需要密切。各機關之間應以電話或口頭接洽之事，殆全部均以公文來往，缺乏人的接觸，故互相間不能親密。日治時代，筆者非僅知滿鐵內部各主管，即日本鐵道省、朝鮮鐵路局、商船會社、稅關等各主管殆都認識，而今日僅台鐵局內之主管彼此也均不認識，如是發揚協調精神豈能辦到？故橫的聯繫誠為業務運用上之必須條件。

以上我們研討要提高行政效率，第一必須簡化機構，適配定員，第二廢止人治，強化法治，第三施行分層負責制度，第四採用科學管理方法，而科學管理，必須錄用專家，經過高度調查及研究之後，再對業務予以計劃的運用，於是其計劃不至脫離經濟的理想及企業的精神，若一旦步進實行階段時，上下縱橫均無隔閡，得以充分聯繫協調，如此辦公效率纔能增進，行政效率乃可提高。

　　（五）大公無私之精神（公益優先之理念）

　　細胞繁殖，個體越能健全，繁殖率越高，個體衰弱，細胞不能單獨繁榮，這是最單純的一種自然法則，推諸一國家，一單位之事業體莫不皆然。國家如能富強，人民自亦隨之繁榮，一事業體如能發展，其服務人員自亦蒙受恩惠。然而我們不少人輒以個人利慾重於全體利益，尤其大公無私精神之缺乏，在指導層中也數見不鮮。指導層應計劃業務大綱，專心研究事業之發展，但有不少機關主腦，卻專心培植自己勢力，圖獲私利。先進各民主國家對於事業發展，首在嚴格限制個人的生活享受。市區公共汽車，每隔五分至十分鐘即有一班行駛，官員多搭乘上下班，私人專用的汽車往來極少。大眾餐廳到處皆是，惟均不涉於奢華，如北投之公共浴室，草山之眾樂園是當代名勝繁盛之區，如今日掛著某俱樂部，某某招待所等招牌之例實尚不多見，如此事業體得以發展，個人的待遇即伴隨事業體之發展蒙受利惠，而致富裕。然而我國人每以個人利益為先，致事業體衰敗，今日我國公務員尤其指導層未能體念公益優先之精神，埋頭苦幹，多為培植自己勢力，圖獲私利為念，疏忽公事，因而使行政效率低劣。筆者故特強調「大公無私」「公益第一」之理念。然則大公無私之作風如何達成？是乃必須做到左列各項；

　　1.確立公正之人事制度

　　凡百事業均因人而運用之，是以事業之經營，政府之決策，在人選方面，其才能是否能配合，乃是決定性的條件。然而，今日有些機關主管者選擇人員，偏以其姻戚、黨派、鄉土、學閥等關係之統密為標準，任何優秀人材如不與主管人員有特殊關係，就很難被重用。是以主腦乃得組織黨徒，壟斷事業，並與彼等互相結記，以圖私利，如斯事業體則趨衰弱，此乃台灣今日若干事業體現實之姿態。為矯正此種封建性的人事關係，必須先確立公正的人事制度，欲樹立公正人事制度，對於任用

人員端賴嚴格考試制度。至任用後之昇拔，須按其工作成績加以考核，決定優劣勿挾私念。主管的移動，其部下一人都不必動。倘人事制度確立，各人的發展機會即可平等，私派自亦不易存在，於是人人乃能趨向大公無私的作風。

樹立健全的人事制度，必須有嚴肅的職位分類。職位分類就是將行政上的各個職位，依其性質的不同，分門別類；再就各個職位的繁簡，以及責任的輕重，經過分析與歸納，然後分等分級，使用人與服務雙方都有一種根據。人事管理的考選、訓練、任用、升調、考核、退休和撫卹等問題，有了職位分類的根據，就可以作合理的處理。所以職位分類的釐訂實在是建立合理人事制度的基礎。至於職位分類的效用有下列五點；

(1)先就考選人才來說，職位分類，對於各職位的職責任務、資格，既然有了明確的規定，舉行考試時，自然有所依據，不至漫無標準。而人才考取錄用以後，職位與所需的智能也必然相符，不至有不能勝任的事情發生。

(2)關於待遇；職位既然根據職務的繁簡，責任的輕重來釐訂，則工作與待遇必然相稱，合理公允。

(3)關於考核：職位分類以後，職責分明，任務確定，工作者的能力、勤惰，以及成績如何，已有客觀的標準去查考，可以免去主管者的主觀或私見，而有不公允的評定。

(4)升調：工作升調有了一定的程序與範圍，工作者既能按步就班，以求上進，主管者對於屬員亦可根據規定，予以升調。

(5)行政效率：職位分類以後責任明確，專管工作既然無從推諉，亦不混淆，所謂各盡其能，各稱其職，這樣分工合作的目的可以達到，行政效率必然增加。

2.愛惜公款與愛護公物

愛護公款與公物，即不得有分文的濫費與一物的浪用。採用一職員，建造一幢房屋，購買一輛汽車，甚至一次的宴會，均莫不須慎重考慮。譬如鐵路局各處長的住宅都在路局後面。跑路不過五分鐘，但各處長等過去尚須以汽車迎送，如此濫費的生活實大可不必。我們看見許多浪費，可改換甚多之腐朽鐵路枕木。故必須以公益為第一，俾得節餘金

錢，以而建設事業。尤其指導層普應率先垂範。

3.誠心誠意

料理公事應誠心誠意，不得稍存私念。例舉改換鐵路枕木，檜木與雜木相比較價格雖倍，但耐久性為五倍，自應選擇檜木，惟過去某某局長，祇欲獲得較大數字，藉以擴大宣傳，殆皆使用雜木。我們必須排除私念，尤其指導層必須誠心誠意，率先垂範，始濟事功。

涵養大公無私的精神，必須確立公正的人事制度，排除私人私黨的人事觀念，節存公款，愛護公物，抑制私的享樂，開誠佈公，捨除私念，強調公益第一。凡此種種皆為道德規範是所匡賴。如推行事務，行政稍夾私念、私利，其效率絕無法提高。

結論

以上我們研討要提高行政政率，第一必須簡化機構，查定洽當人員，以防因人設事，疊床架屋。第二必須強化法規章程，據法治事，以防依人亂事。第三必須徹底施行分層負責制度，以防長官敷衍塞責，幕僚不盡輔佐之責。第四必須採用科學管理方法，一切都得有計劃性，該計劃必經過專家充分調查研究，並且其施行必合於經濟效率之條件，內外互相協調合作，緊密聯繫以達目的。第五公務員對工作必須抱大公無私，公益優先之精神以赴等五項基本要素，必須切實屬行，方收功效。事在人為，我們尚須積極選拔「種能」幹部，貫注上述五項基本認識，精密策劃，而訓練之，組織之，發展之。如此，工作與效率永相融洽，行政效率當可提高，「無能」將不會再為污辱我們政府，政治革新始可期待，政府與人民也不致脫節，政治亦不會落後。

「附記」：此文為筆者貢獻在政同志之一點意見；（一）文中之援例，完全為提高行政效率之一命題做為具體說明上之材料而所引用，並無意加以攻擊之意思；（二）現況與日管時代的各種比較，唯以日管時代做比較之一標準而已，並不是日管時代之一切就是最完善的意思。以上兩點請各界諒之，並願諸同志有以指正也。

原載《旁觀雜誌》第十五期　　1952年11月5日

七、我從競選失敗中得到的知識
——參加第三屆台中縣長選舉的遭遇

　　參加競選，就是問政。而我之參加競選，則更是由於目擊時艱，準備獻身於民主政治。可是犯了「幼稚病」的我，雖然爭取了大多數的選票，充備了必勝的實力，但卻忽略了現實的政治作風，和執政黨歷史心理的發展，就決定了我成為多數「光榮的失敗」者中之一個！

　　我的競選，是依循著一般民主國家競選者的常格，但是在台灣現階段政治中，就成了幼稚，而須遭遇到失敗！我若痴心民主而自慰於光榮的失敗，那末，對這民主的侮辱和行憲的諷刺，就未免過於麻木，更成為建設台灣反共、反極權的罪人！所以第三屆選舉表演的醜劇雖已過去，而我所遭受的打擊和創痛卻值得記錄。尤其在此次縣市議員選舉的前夕，願陳述梗概，提供今後為民主政治奮者的參考。雖其中多半與其它光榮失敗者的經驗相類似，或已有不少見諸海內外正義報刊的報導，仍不失為寶貴史事的證實。

第一、競選活動以前的遭遇

　　我這無黨無派的候選人，必須遵守規定的活動限期。但是國民黨籍的候選人早就公開活動，由黨內延展到機關團體與民間，由政府力量作種種活動，暗中都是為國民黨候選人預定選票；更有掩耳盜鈴的宣傳品，印著「黨內活動」，「黨內秘密」等字樣，而在活動限期之前，早就滿地飛散。這是以公開違法的方式，在不平等的條件下比賽：自己先跑到前面，再叫無黨無派的候選人，站定在白線上靜待鳴槍起步！前屆選舉新聞的報導，已經很多了，最近一個多月以來，我在台北，又開始發覺一件一件的如法泡製了！既然有新的現例可看，那麼當初在台中縣是如何表演的，亦可不必多敘了。

　　取得候選人資格，依循法定手續，自不待言。我在經驗上覺得雖然迂迴遲緩，但在民政廳及選舉事務所方面總不能說不接受，或者久滯不辦。可怪的是在正式發表之後，鄉鎮公所會給你一個無理挑剔，以舞

文弄法的手段，似是而非的措辭，簽報上級，竟欲撤銷〔消〕我這候選人資格的。這是有卷可查。然而中國歷代政治傳統是，沒有不是的官，沒有認錯的衙門，自己無理，最客氣的是沒有下文，陰消了事。但是他們對我「多方擾之、急肆弊之」的詭譎手段，已經表現了一下棒喝性的「下馬威」！穩得住，抗得住，須在你自己！

我既無任何黨籍，當然以無黨無派的公民身分申報候選，選舉事務所審核發表亦無可異議。更怪的又是在開始活動之前，國民黨放出空氣，說我是民社黨員。有些人根據這種宣傳，頻頻詢問，使我疲於應對，憑空添出許多無謂的麻煩！在我未曾取得謠言根據以前，我真不相信以堂堂縣黨部能做這樣無聊的事！難道民社黨真個風聲鶴唳能威脅執政黨的勝利安全嗎？或者為防範國民黨員投我的票，而在其對內活動期內，必須先把一個反對黨的黨籍特別套在我頭上，以資識別嗎？或者專對民眾宣傳，揣摩民眾心理，可能以民社黨在野已久，無「德政」表現，便不屑於投票嗎？又是否利用民眾厭黨的心理，以我無黨無派候選人被套上黨籍之後，就可陰蒙不利嗎？當時雖不能估出利害，而亦百思不解其用意，但其多方肄〔肆〕擾的手段，確盡心勞！須知國民黨內，階層與人事之紛雜，在同一政權主義之下，各級氣候，各人手法，未必盡同。因此無黨無派競選人之參加競選，必須多方隄〔提〕防，冷箭無時，不可因其手段之不同而稍存輕心。

政府辦理選舉事務，歷屆違法，作弊多端，六年來已成大眾常識。政府和執政黨自己不要信譽，而人民不能不愛護國家，對政府存著期望。我在去年就聽到民、青兩黨向政府爭論選舉問題。其中以監察公正人等最占重要。所以我在申請登記台中縣長候選人之後，更加希望他們的半年交涉，能有一明確的結果，免得往年的醜劇再三騰笑於國際，或者至少不致變本加厲！詎至四月初尚杳無消息，所謂「情況嚴重」，真實不虛。遲至候選人名單公布，即於四月十一日在台中市醉月樓與在野黨和無黨無派候選人作萬不得已的集會。當日緊急建議政府，迅即改善本屆選務，即本年四月十二日《聯合報》所載，要求政府准許民、青兩黨共同推舉各投票所之監察員二名等五點建議。又未料直到同月二十日方見報紙上民政廳長連震東發表答復〔覆〕為「於法無據」！而有主席嚴家淦在投票截止之後，才以廿二日復文正式拒絕，原已是公文之補辦

手續了。故在緊接的十天活動期中，國民黨根據只許成功不許失敗的原則所預籌的「安全措施」，就此加緊布署，充分表演，已成矢在弦上，勢所必行，決無順納民意，略施公平之意。而基振等之集會建議，不過聊盡人事，手續上亦不容其不做而已。

第二、競選活動中之遭遇

本人競選時，發現國民黨台中縣黨部以「興安國校」名義印發的宣傳品，在各地黨員開會時按席分發，內容是捏造事實對基振妄加詆毀，列舉了十七項資料，原來是把黨員先施統一訓練，再叫他們對外宣傳，淆亂是非，聳人聽聞。詎料黨員中不能沒有保有天良、辨別是非的人，這種訓練資料竟然陸續流傳到我手裏來了，並且告訴我某某日某某等地如何散布、又如何回收的經過，我方才知道從前所聽到種種輕薄下流的中傷之辭確有來源。你若憑其證物追究吧，他們可以否認。你若源源本本的予以揭穿吧，固然可以使他們黨部內弄到烏煙瘴氣，但是於我當時的競選有擾無益，這正和《民主潮》第七卷第八期所登的怪信是一類的東西。國民黨素以訓練民眾的任務自許，領導民眾的地位自居，而其作風竟至如此，曷勝浩歎！其實此對助選的收穫何其渺小，但是散播了這種社會教育的資料足以敗壞民族德性，和遺留給人民甘心自暴自棄的印象，何等嚴重？值得嗎？如果以為得意之作，那麼此次更可翻出新的花樣，無黨無派競選者只有加意的消極防範，爭取選民的警覺和同情了。發動政治力量配合起來，為國民黨候選人助選，這種州官放火的把戲，我們老百姓原已司空見慣。而上次台中縣是以縣長名義召集全縣里長，藉名為自治訓練——當然，省議員及縣市長選舉，確屬自治課題之一——實際上是指示和訓練為國民黨候選人助選。簡單明瞭一句話，就是硬性指定選林鶴年，責成各里長負責交卷就是了。這已經不是什麼黨內秘密，而是叫你們知道我的辣手，其奈我何！其氣概和面目，那有一點民主氣息？至於縣政府所屬單位的公務員，更是在緊張、森嚴、窒息中渡過這十天工夫。除為國民黨候選人助選，視為應份的職責，比本身公務加倍重要外，人人都在互相監督之下，進行助選工作。台中縣長國民黨候選人林鶴年，原本不是台中縣黨部心目中的理想人物，所以黨內根本上自己就有問題。因此使上級對從政黨員不得不監視特嚴。有些黨

員在這十天活動期內，明中、暗中、在家、在外，一天要受幾次偵查和訪問。稍有違越就要受黨內的處分，連帶有被免除公職的危險。這是根據黨的通令，黨員們自己不堪屈辱，而對外和盤託出的。實際上原屬公開秘密，不是論情、論法的事，而是「革命政黨」專政的必然表現。家兄被開除黨籍，家姊以非國民黨身分代我活動，而使姊夫受到明文處分，其餘子侄、侄媳，多受處分，又為事後所知之鐵證。

人言嘖嘖的黨化教育，以積年之功，而臨陣還不濟用，另外要用過一套功夫，對全縣各校學生，分配國民黨候選人蓋有私章的名片，籠〔壟〕斷學生家庭的選票。縣政府發動了教育行政的力量，還不放心，功夫要做到家：平素以尊師自居的「從教」黨員們，迫於黨權政權的雙重壓力，到此競選關頭，全體動員，再也不敢呻吟出他（她）們平素心坎上一句「執教清苦」的牢騷話。為著他（她）們黨內地位的低微，非但是貼耳效命，而且順水推舟，正可表現一些勞績，接受酬庸。於是放棄了一切教程，翻查卷籍，抄錄每一位高足的住址，排定路線，或聘定嚮導，然後裝備得個儻整齊，僕僕於風塵烈日之下，沿街挨戶的實施「家庭訪問」！和顏悅色，屈膝卑躬，一面撈出汗巾拭面，一面娓娓陳辭，拜託幫忙，還要閃避著公教人員受命助選的形跡，一連做了十幾天的違心之論，其違法敗德，所為何事？如此師表，不愧黨化！誰家無子女？黨縣部、縣政府利用這條最有效的途徑，總可安心於掌握大多數的選票了吧？還嫌做得不澈〔徹〕底！而繼續發展其安全感：無國民黨籍的教職員們，或者認為有同情於我的嫌疑的，一個個予以臨時調動，派遣其他工作，甚至傳令前往教育科個別談話。口頭傳訊，連開支出差費都沒有根據。我有幾個子侄輩當各校教員的，由清水被傳到豐原去大加訓斥，逼著他們放棄血統關係，打破家庭觀念，限投國民黨候選人的選票，為黨效忠！大家想，民主行憲的台灣，怎可如此做法！

國民黨鑒於以往的一人競選和投票率太低，自然亦是為本屆黨員競選的安全感，鼓勵各投票所鄰里長（自治人員）助選，並且實施獎金制度，凡助選得力，使國民黨候選人得票在總票數五成以上，六成以上，七成以上，以至八成以上者，分等給與獎金。反之不足五成者，予以處分。台中縣如此，嗣見《自由中國》雜誌揭登同樣消息，實情恰相吻合，方知各縣市所採同一手段，出於統一計畫。實際這種獎金制度，

不僅適用於自治人員，從政黨員多數得到，寫來太多了。一般說此次競選，國民黨以生死鬥爭，其所用的不擇手段，足使大家認識明白了。

國民黨透過黨團作用，指使各投票所選務人員、監察人員等對文盲者不管其本人意旨希望選誰，當場用種種透迫的方法，矇蔽的手段，使選票上的印圈蓋在國民黨候選人的姓名上格。同去的人親眼目睹，甚至作弊違法的人事後得意揚揚還要自己誇耀。這些事實即使當場照了相片，亦打不成選舉官司，但是各地相傳，多數雷同，各報章雜誌亦揭露得太多了，我不過加以證實，用不著再詳敘老百姓的認識，已非狡辯所能騙得過的了！

在競選活動的緊張關頭，又在山線一帶發現了不知來歷的宣傳品，冒印著楊基振的署名，內容是說當選之後，把台中縣政府遷移到清水來。這件事分明又是「怪信」一類的作品！縣治所在地是否縣長有權變更的？老百姓不會比他們更愚蠢！台中縣設治於豐原，是楊肇嘉先生民政廳長任內秉公決定的。楊是清水人，當年不肯聽從清水鎮設治之議，海線父老昆弟都諒解的。我能拿出這種條件去爭取選民的擁護嗎？不須我的分辯，眾位可以意識到印發這種宣傳品的人們，不僅是單純的愚蠢，而是出於透頂的卑劣而不惜使用這樣的愚蠢手段！

四月十三號晚上，在烏日鄉一位運動員家中，忽然來了一位警員，質問何以替楊基振活動競選。助選不是犯法的事，不過鄉村裏人違背了警員的意旨，總有一天要吃大虧，他心中恐惶起來，弄到不可開交，只好藉辭抽身，偷偷溜出來，打長途電話給我報告，並請求援助疏解。我立即偕同葉監察委員專車馳往，而警察業已離去。就此一端，他以後不得不存戒心，而其他鄉下的運動員聽到之後，亦就不得不存戒心。這種警力控制選票的手段，在鄉間確屬有效。所以無黨無派候選人可說是沒有活動的自由或完整的權利。在這種不公平的狀況下競選，使競選人要敦聘助選人員更加困難。

投票時，有人故意把字條投入票匭。投票人投票和票匭兩旁，都是政府遴選的「民意機關代表和地方公正人士」寸步不離的嚴密控制著的，何以沒有揭發、檢舉？原來紙條又是對我不利的宣傳：「我受楊基振以錢收買……」，而且不止一張。日後在報紙上見到，方知其詳。既有此事，而被收買者既不甘心，何不及早檢舉？而在票匭中投下這張紙

條，豈不是自己鬼鬼祟祟做穿踰的手法？同時又是事後告發自己的罪行，豈不矛盾之極？這雖同屬卑劣中透出來的愚蠢，可又是「上好射，下抉拾」的產物！

投票時間終結，正在開票了，天色晚了，電火明了，忽然海線一帶全部停電，當時群眾圍堵投票所，久等而電流不來，打電話到台電服務站去查問，據答是高壓線被人切斷！要停電事前可以不公告嗎？每次意外停電，台電多能立即修復，此次就束手無策嗎？幾十萬人民的期待，台電負責者竟無動於衷嗎？大家心裏雪亮，但是能怎麼樣呢？等了兩個鐘頭，已到八點，群眾的肚子亦饑餓了，只好陸續散去，於是開票工作在一批選務人員和「公正人士」手中進行起來。當日各廣播電台中，對各縣市的選票，都不斷的報告數字，惟獨台中縣的選票沒有報告！直到子夜，計由下午六時起，電火經六個多鐘頭的停熄，才恢復光明，各票匭的數字到廿二日上午二時才一一宣佈出來！手法之拙笨，比著其他各縣市的魔術師們瞠乎其後！台中縣山線一帶，當日黃昏亦經過二、三次的停電，不過時間較短，比海線各投票所的手法略高一籌。這樣辦選務，還大吹大擂的「公平」、「公開」，豈不是欺人的謊言！

開票結果的情報，可以證明黑暗中的開票，手段雖拙，結果已如其初願：清水鎮南社里是我的原籍，南社里的選民，不但和我有氏族閭里的關係，而且對國民黨候選人往年的秕政，知道得清清楚楚，決無投選之理，是我所深知而確有把握的。但是公布結果，是林鶴年的票多過我的票！清水投票的清一色，既往是有過紀錄的，並非誇張。此次以我八成以上的選票，在開票時變為六成！霧峰鄉在當天十一點多的統計我已得二千三百餘票，但開票發表數字總共只有五四四票，還低過我在霧峰的姻親的人數。大雅一個投票所，選民大都是楊姓。該處楊某為人慷慨，素為村民所崇仰，此次全力支持，我已有清一色的選票，決非對方威脅利誘所能攻入。但開票結果，我的票少於林鶴年。這些怪誕的事蹟〔跡〕，證明都是黑暗世界中的產物。無論你怎樣辯護，扭不過每一個人民身上活生生的一顆心！

第三、競選活動以後之餘波

縣屬公教人員，凡與我親友相關，而被認作曾為我助選者，概予降

調或免職處分。軍事機關亦有同樣事例。

選民原與政府機關及公營事業機關有商業上之往來者，如代碾公糧，購配紙張等，此次被認有曾為楊基振助選之嫌疑，則累年交易的歷史便一律抹煞，立予停止交易。

選民不但被褫奪自由，損害合法權益，而且被威脅生命，沙鹿選民中有擁林者，曾在競選活動期間對擁楊之選民李君挑釁毆打，選舉過後，林派氣燄高漲，恃勢進攻，雇用流氓，代為安置家屬，唆使殺人，並大肆宣傳，我們縣長已經當選，殺人不要緊，應當做點威風，給助楊的人看看，以資懲儆！目的雖達，而兇手被獲，經台中地院判處徒刑十二年，嗣提上訴，案移台北，將開第二審。此案初在台中地院，僅憑兇犯殺人之罪行判刑，尚未偵察其幕後之行動。故如何為被害人伸冤，案情尚待發展中。實際上，這是一件流血的選舉官司，還要大家多加注意！

本省議員、縣市長，六年以內舉行過三次，第一屆是政府發動全台各地的軍隊、憲兵、警察、特務的武力，脅迫控制，雖然大致成功，而嚇得本省老百姓下次不敢再投票，亦不敢出頭競選。第二屆選舉，正好利用一人競選的機會，在最低投票率之下又告成功。然而一人競選，無異乎對這張民主招牌給以顯明的否定，將無以自存於自由國家的行列裏，於是一面標榜公平，邀請民、青兩黨提名，鼓勵人民競選，限制人民棄權的自由，一面改用「安全措施」，在第三屆選舉以魔術取得全勝。我們從經驗中得了這些知識，國民黨究竟在行憲呢？還是以不變應萬變的政權主義呢？實未便臆斷！我們愛護台灣，寄望於政府，自然要求更透澈認識，決不以競選失敗而受的創痛，使我們的情感上受到絲毫的激盪。我們靜心檢討國民黨執政的實質政治：重心在黨，政府不過一黨專政的工具。明明是不公平的選舉，決策在黨，而違法的事則由政府出面去做，事實俱在，「以黨治國」，「以黨統政」，發展到今天，變本加厲，上下各級政府中機關和公營事業，非國民黨員不能立足，亦無人能再否認。從政黨員對政府法令機關紀律可以不遵，而通過黨團作用，對黨的命令便須在機關的職務上運作。黨和政府，已經是一體的兩面，就便運用，一如所欲而已。往年「寓黨於政」之理想，已充分實現，而且充分發展。至於軍憲警特公教司法以至於公營事業團體的為國

民黨候選人非法助選，無一不是出於一黨政權主義的表演。在此情形之下，而單指選舉法規如何不公，選務機關如何作弊，某黨候選人如何違法，司法機關如何偏袒，都是枝節問題。譬如修改選舉法規條文，難道國民黨濟濟多士，再有卅年黨務、政務的經驗，而幾句條文果真擬不成樣嗎？往大處說：近年海內外報章雜誌，陳述民主真諦，革新政治等意見，督促行憲守法，收拾人心等輿論，皆出於酷愛祖國的多數忠貞人士，期望於國民黨者至為深切，難道國民黨畢竟是充耳不聞毫無反省嗎？這其間恐亦實有其積重難返，難以自新之處。

　　須知國民黨執政卅年，在對內方面，現在是它最理想的黃金時代。國民黨自民十七軍事底定華北，開始「以黨建國」，「以黨治國」，所謂「革命奪取政權」，「革命不擇手段」，早就是政權主義的代名詞，惜以「黨權高於一切」的姿態，經過二十餘年的訓政，而自治基礎絲毫沒有建立。直到抗戰末期，還是把基層政治寄託在土豪劣紳的保甲長身上，黨的力量仍只統率了一個中央政府。黨同人民發生關係，可說國民黨執政以來，始終沒有動過腦筋。到了台灣，國民黨的專政慾念，非但並未滌除，反有變本加厲之勢。軍警教育，一律黨化，司法議會，全面控制。近年來所表演的實績，不是比在大陸時代大有進步嗎？原來國民黨對於抓政權，抓軍隊，抓財源等等，都是綽有表現。惟獨對於抓老百姓，或者說抓人心，可就從來沒有學習過這套本領，此誠令人遺憾。今後是否有意補救這項最大的弱點，我們還沒有找到什麼佐證。不過照近六年中辦理選舉的跡象來看，似乎是更進一步的在向抓緊軍權、政權和財權的方向發展。台灣是在實行地方自治，地方自治政府又是政府一項重大政治號召，但由於唯政權主義的心理在作祟，死死不肯放鬆，於是乎用盡一切不光明的方法來抓取人民的選票。這樣作法其實非常愚蠢而危險，須知如抓不住老百姓的心，而使他們情情願願投你的票，而用種種不擇手段的方法來控制選舉，是不能使人心悅臣服的。

　　這等作法決不是國家民族之福。所以我良心上不希望有掛著自由民主的招牌，抱著一本憲法，腆立於民主國家的行列裏，而實際揚棄法治，加緊專政，致使反共復國，年復一年，杳無進展。依我看法，國民黨政權在握，是不可能有人奪取的。民、青兩黨及無黨無派人士，就台灣政治現狀而言，即使得到幾張選票，亦無取代執政權的實力。所以國

民黨大可利用當前政權穩如泰山的時機，放棄一黨專政，而從收拾人心做起。即使在第四屆選舉結果中失卻少許席位，日後總有較大的成就，或千百倍的報酬。好在縣市議員的席次，在現階段政治環境中實在起不了多大作用。我們並不低估國民黨，對選舉不變魔術，就一個都選不出來。國民黨亦萬勿過於自餒自棄，難道沒有軍警控制，不是一人競選，不用安全措施，亦就穩遭慘敗？收拾人心，說起來是極簡單：只要鼓起勇氣，「放下屠刀，立地成佛！」對第四屆選舉存心保持守法公平，現在時機不遲，各選舉法規，選務組織人選，政府辦選風度，黨員競選紀律，自然隨之轉向，繫鈴解鈴，做到無可爭議之境界。黨的信譽立即提高，全台人心正慮無所依恃，無不立即歸向，便用不著到老百姓手裏去搶票！這是不講政權主義而自然延續政權的最大法寶。日後還有更重要的選舉轉瞬可到，恃此而用之不竭。即使日後省長民選，國民黨還怕守法與公平換不出勝利嗎？國民黨一念及此，就夠賢明了，可以震動世界，垂青千古。確保台灣反共復國，悉基於此。區區台灣千萬人民，還不見機奮起，而偏和國民黨保持光復十二年來的距離嗎？基振以創餘之身，謹就經驗中所得淺識，率直進言，公諸當道及來者。

原載《自由中國》第十七卷第十二期　1957年12月16日

八、民主與世界安全

物質文明發展到今天，殺人武器及戰爭技術的進步，已經威脅到全人類的安全，但是在倫理哲學方面，雖則絞盡了千古聖哲的腦汁，付出了世界各民族戰禍相承、流離死亡的代價，至今還沒有找出一條人類和平相處的康莊大道。儘管有宗教性的慈悲博愛，政治性的休戰弭兵，都不過是一種精神願望，或為折衝現實的權宜之計，決非人類社會長治久安的最高智慧。如果科學物質和倫理哲學的進步，永遠如此不平衡的持續，人類前途何堪設想？

要談和平，先要根究戰爭的來源，不是有了武器才戰爭，亦不是有了權術戰略才打得成，主要是從好戰者心上發出來的慾望。爭奪食物，追逐異性用打，不成利害衝突的問題，而好戰者主觀成衝突，甚至於看著對方不如我意，亦無一不可以用打。上古時代的人，智識及生活方式和禽獸相差不遠，無疑是充滿了獸性。用打，可以解決問題，亦可以滿足心理上的慾望，打是極簡單平凡的事。文明進步，獸性未泯，仍舊用打。明明有理智可解決的事，好打者把同好者聚在一起，一哄而打，於是大家捲入漩渦，不得不跟著打，打得規模就越來越大。以小比大，以古例今，形成戰爭的過程是一樣的，文明進步，反而更要打得兇。因為有了政治組織，可以經常備戰，有武力的人們，可以掌握政權，通過組織，驅使人民出錢出力，從中攫取富貴，逞其威福。不打已成領袖，能打仗更成英雄，反正是以人民的自由福利和生命做資本，何樂不為？天演人為的歷史環境，始終是在培養武力鼓勵戰爭。雖然如此，我們還不能責備人民之意願為芻狗。最可怪的是：幾千年來，人民受盡了戰禍的痛苦，對野心家的罪惡應為人所共知了，但每一國的史籍卻誇耀自己民族、國家的武功疆土和英雄人物，而將殺人闖禍、害人害己者標榜其千古美名，受盡崇拜。偏偏喝采者又是出於蒙禍的一般平民和知識分子，他們不誅伐戰犯，而反多衷誠擁戴。現身說法，我們最自號為酷愛和平的民族，卻謳歌成吉思汗的武功。讀史者一般心理的反映，亦無不引為民族的光榮。民主的政府至今供奉戰犯，其地位高於復國的明朝。試想這是代表些什麼意義？這種顯著的事例，其他國家、民族亦不乏同例。

人類的智慧和道德普遍墮落，如何不鼓勵多數野心家醉心戰爭，盡量製造戰禍呢？

到了二十世紀，人類承襲以上各種歷史因素，經常把世界分成兩個壁壘，經常的備戰，而一打就是全面大戰，半個世紀中已經有了兩次。第二次世界大戰後，共產極權陣營的不斷擴張，大多數愛好和平的人民已經深感另一度大戰的威脅。懲前毖後，人類必須運用智慧，來消弭戰禍。

在歷史上我們可能發現的資料，如西洋人的烏托邦，只是一種理想的和平，人所共知空洞的懸想。我們的協和萬邦，黎民時雍，和天下為公，世界大同，雖不失為一種崇高的政治思想，自今觀之，尚缺乏實現的方法。例如儒家所理想的主張，在井田制度下從五畝樹桑做起的一套辦法，兩千年來只做了讀書人的古典課本，反不如歐洲人所奮的民權政治，林肯主張的人類一半自由一半奴隸不能並存的政治思想，以至近年英美推行的安全制度等等。集合起來，就是西洋人一貫政治思想的產物，其有助於人類和平，均不無績效。雖然西洋各國擾亂和平的殺人傑作，並不少於東方，但若我們不因對自己的國粹過於自滿，而完全輕忽了西洋倫理哲學之影響及其實踐之成果，或不難發現當前人類所仰賴的是什麼。

我們所恐懼的戰爭有兩種：一為內戰，多屬於國內政權之更迭，一為國際戰爭，多屬於對外權利之消長。前者自歐洲人提倡民權，英美各先進國的代議制度，經二、三百年的實驗而健全起來。到了二十世紀，才使民主人士確信民主政治的議會，已成為消滅內戰的有效工具。今後真正的民主國家，再也不必擔憂專制政權下的革命，不要遑論軍閥火拼，武人專權。政治問題有人民自己作主，用不著兵來干預，則我美麗文化史上歌頌的弔民伐罪，前途倒戈，東征西怨，西征東怨，這類祈求太平的古典理想，在現代民主國家裡已無足珍貴。中西政治理想，顯已發生遙遠的距離，我們需要靜心追求和深切的瞭解。

民主政治雖解決了內戰問題，但外戰如何消滅？亦即人民控制了自己的武力，如何能去控制外國的武力？議會解決了國內政治紛爭，何能解決國際利害的矛盾？現實的難題是國家不能廢除武備。有兵不向內打，亦要另向外打。我不向外打，別人就要打進來。因此民主國家亦不

免無限制擴充國防。獨裁國家專制集團更把人類智慧封鎖起來，正在喊著革命口號，靠戰爭討生活，世界和平從何說起？問題追求到這裏，我們只要看這幫依靠戰爭討生活的英雄們，在自己國內能得多少支持？在國際環境受到多少制裁？僅就最近四十幾年來自由思想發出的偉大力量，約略認辨，便可相信他們的迷夢，在今後是不容易實現的了。

在二十世紀初，各先進國的政治社會，還封鎖在資本主義的最高階段內。在國內，對平民壓迫搾取，在國際，為資源及市場而爭奪，根本無人敢為世界和平著想。馬克思的信徒亦正在振振有辭。自第一次世界大戰爆發，美國資本主義社會很快的轉向，日積月累，攙入社會主義的成分，這是將近代文明世界上主要的動亂因素，很明智的自為釜底抽薪，亦即充實了民主社會素質，而注定了它日趨健壯和繁衍的命運，從此美國具備了領導世界和平的政治資本。

美國在十九世紀，工業急劇發展，若無一九一四年從福特開始的經濟革命，則其社會基礎不堪設想，說不定馬克思在地下要不幸言中。如果美國人在立國之始，根本沒有平等、民權、自由及追求快樂等一套民主哲學做政治基礎，恐怕早已更成為共產極權發展動亂的園地。所以美國在今天，具備了經濟社會政治自由的條件，而領導世界和平，實在是負有服務人類的天賦。現在看她四十多年來的努力。

第一次大戰末期，威爾遜總統提倡國際聯盟組織，原期國際間有一折衝利害商討問題的公開場所，發生國際議會的作用，實際收穫雖未如願，但其脫出門羅主義而展開維持世界和平的遠大企圖，已使全世界自由民主人士在政治思想上受其重大影響。二次大戰期中，羅斯福總統以一身繫天下之安危與人類後世之禍福，明知陳陳相因，極權與民主之不能並立，而能以大智大仁，發揮其為大政治家之最大抱負與忍耐。對於蘇聯之遷就，原期通過聯合國組織之運用，積以年月，使之馴服。對戰敗國之德、日，非但為繼絕存亡，而且竭盡其提管教之功，而培養成民主國家中健全之成員。其他國家在美國戰後一貫政策之下，受其扶植援助之事實，不勝枚舉。至今十四年間，通過聯合國之力量，為殖民地解脫奴役，一一獨立自治，充實世界民主政治之陣容。自國際關係轉變後之今日言，彼對於蘇聯之估計雖完全錯誤，然其培養民主政治之方向大致不差，其事功依然是不可磨滅的。

　　為世界人類服務的百世大業，當然不能急切強求，而重於環境改造之績效，自然更要一貫忍耐去做。民主政治實驗了大約三個世紀，資本主義之脫胎換骨，還不到半個世紀，看今天全世界人類所追求的自由福利和正義，日趨高潮，關閉在鐵幕內，奴役在極權政治下的人民亦逐漸覺悟，努力爭取自由。這種心力的膨脹，就是全人類趨向民主，打擊極權，造就世界和平的最大力量。領導極權的人們，環顧內外，不能不有動於衷。史太林死後的蘇俄，幾度政變，斷定為感受世界民主怒潮激盪的結果，並非誇張。所以共產主義和資本主義一樣要變質的。情勢的演變，環境的逼迫，使它不得不步步修正。極權政治的作風，亦顯見其跟隨轉向，尋求適應時代環境而生存的途徑。

　　我們再看戰後美國，聯合多數民主國家直接對世界和平的努力。軍事的圍堵，經濟的競賽，政治的折衝，都不是戰性的，而是教育性的。民主國家以最大的忍耐對極權者和侵略者爭取和平，以教育性的局部戰爭代替毀滅性的世界大戰。所以和平維持到今天，第三次大戰的威脅日漸減低。這其間盤根錯節，表示著美國主政者的懦弱呢？自私呢？抑其人民之耽於安逸而不能振作呢？誠然，以美國的國力，早可在任何一天，借〔藉〕任何一件事故，掀動全面戰爭，打倒極權暴力。但是人類的智慧，還找不出以武力解決問題的答案，美國人當不致愚蠢至此。十四年來，安定了多數地區的紛爭，雖因觀察者的視線角度不同，曾經引起了不少人的誤解，事實上亦儘有未如人意之處，但從大處、遠處著眼，倘不為斷章取義，可以顯見其確非曲求苟安，或以片面的利益作祭品。說得更深切些，為實現世界和平的遠大目標，為完成以民主取代極權的全面教育，這是必須忍耐採取的過程。如果眼光太近、太狹，對小的事故過於求全取勝，勢必以累年之建設廢棄於一旦。我們今天幸而參加在民主國家的行列中，若拋棄世界和平的信念，而誤認美國一舉一動，係為國際權利而角逐，那就不免於大錯特錯，而陷於自己永遠墮落的命運了。何況眼前大大小小的獨裁者，假民主者，背著民主潮流，心心念念的製造亂源，希圖混水摸魚猶不乏人在，全人類生存的命運，豈能容其毀滅？這又是美國須獨負持重之責任，而不能使好亂者逞其妄念。

　　民主教育，人類和平的最高哲理，普遍到每一個人的心裏，以至

占據了每一個執政者的腦海。經濟、社會、政治，一切自然趨向民主，美國就是最好的榜樣。希特勒、史太林之流，到美國決不會發生絲毫作用，美國人亦決不容他們存在。真正的民主國家亦無不如此。民主怒潮推進了時代巨輪，如果人類不欲自滅，則全世界人民唯有選擇民主制度。這也就是我們相信共產極權必將失敗的理由。

依照眼前的趨勢，不妨重複說明，我們可以不必把各先進國家的性格，看作還滯留在二十世紀一、二十年代以前，面對極權武力的威脅亦不必先自氣餒。從來以武力征服世界的，沒有一次不遭慘敗。揭櫫著戰爭的神聖使命，而骨子裏靠犧牲人民討生活的，在現代文明中已屢見其自掘墳墓了。我們不必斷言野心家從此絕跡，但田中奏摺，黑衣藍衫，經過考驗，業經時代的否定。列寧、史太林的徒子徒孫，固然還不計其數，但是不戴民主面具，已不能繼續其最後的喘息。不管他們心坎上還能留存多少武力的信念，但其猙獰的面目緊接著需要收藏起來，發動武力的口號亦要自動撤回。這不是教育潛力的表現嗎？這不是時代環境的約束嗎？民主力量無赫赫之功，而孕育世界和平的初步成就，已為人所共見。績效的延展，就是世界上任何主義必須在民主陣線上統一起來。

科學發達的今日，對人口的膨脹，物資的需求，卻用不著戰爭來解決。利用信仰和主義來煽動戰爭的一套把戲，在民主環境中亦嫌陳舊了。國際間利害的衝突，事業的合作，儘可在國際的議場上共同解決。和國內各地區各團體的利害折衝於國會，沒有什麼差別。四十年前產生的國際聯盟失敗了，有十幾年前聯合國的出現。聯合國至今未如理想，則依國際形勢的推演，民主政治的逐漸壯大，將來自有更適合要求的國際組織，協同擔負世界和平的大業。但求我們的覺悟與努力，毋須今日之過慮。

致力於世界和平，是從人類的智慧中出發的，並非是放棄了自己而空言對外。因為世界和平以民主為基礎，而民主必須先從內政做起，別無他途。人民接受了民主思想，則經濟、社會、政治等一切民主化，瀰天塞地的民主空氣中，任何對內對外的主戰者都不能呼吸，世界和平，水到渠成。落後國家的人民，更須追求奮鬥。

（一九五九、十二、五、於台北雙園）

原載《自由中國》第二十二卷第二期　1960年1月16日

九、爭取台灣地方選舉的重點

　　近年許多朋友或是口頭的，或是書面的督促我：今年選舉年，希望有點意見發表。誠然，我自民國四十六年台灣省第三屆縣市長暨省議員選舉以後，曾從經驗中得到些知識，又從現實的事例中求得了證據；解答了我多年來對台灣省地方自治所保留的問題，又使我重新考慮我所相信過的事物和懷抱過的希望。逮至今茲，我深深覺得為選舉而再談選舉，實在怕犯頭痛醫頭和隔靴搔癢的錯誤。台灣省地方自治，明明是國民黨風格和其現階段政策所塑造成就的政治定型，而歷屆選舉的現象，又不過政治整體上一個側面的外映而已。滿腸衷曲，從何說起？況以譾陋，何補時艱！

　　所幸台灣人民自光復以來，獲得了自由和民權，而增長了智慧。在所謂地方自治的經驗中，凡曾投過神聖一票的人，對選舉卻有了良知的辨認。尤其在近三年來所能聽到的民意，無論是出於何黨何派或無黨無派的人，又無論是否已見於文字刊播，大都和現實存在的一股反民主的惡勢力相抗衡。多數人的意思，就是力量，對於本屆地方選舉，我藉此機會扼要介紹幾句話。

　　台灣人民在覺悟清醒之中，眼看著一股反民主的勢力遞年增長，至於今茲而登峰造極。在選舉前，選舉中，選舉後，無時無地地不在張牙舞爪，控制一切，使用如極權國家的手法，決不是眼前赤手空拳的在野黨和無黨無派候選人所能稍容喘息的。選民同樣沒有例外，明知選舉之能否公平，與政治之是否民主，兩者永遠是平行不離的，單在選舉方面呼號、奮鬥，已經經驗過不少次的慘敗。但是選舉終久〔究〕是樹立民主政治的基礎，放鬆了選舉而爭取民主，絕沒有其他取巧的途徑可循。懾服於歷屆選舉的威脅而對勢力投降，麻醉於反動勢力的反宣傳，以為選舉法令的修改是為公平選舉，而鬆懈了每一個人的警覺，都無異乎我們自己在台灣民主政治的戰線上為懦弱而可恥的退卻！我們將放縱專制，把我們的子子孫孫都埋葬下去！所以下決心，爭取民主，仍須從選舉下手。

　　處於台灣現階段的情況下，希望這第四屆縣市長暨省議員選舉要比

前幾屆爆出絲毫公平的奇蹟，是極幼稚的想法。執政黨在台灣專政，十年來徹底黨化一切，對地方選舉發動政、軍、警、教、學、司法、公營事業、自治人員等等，用一切公、私、人力、物力、財力控制選票。在本屆如執政黨要故技重展，或變本加厲，依舊可以為其所欲為。

自由中國是民主國家，名義上是在實施民主政治，但實質上就台灣的現狀分析，到底有幾分民主成分？構成現代民主的兩大間架，從基本原則講，橫的方面為權利的制衡，縱的方面為權力的交替。這是最起碼的政治常識，上期《自由中國》社論中亦曾特別提示。現在台灣呢？橫的方面，行政、立法、司法、考試、監察五個政治權力的分立制衡作用，罔說在形式上曾否表現過其民主政治之理想，實際自國民黨改造以來，在黨團控制之下成熟了她一元的決策，則五權根本喪失了制衡的性能，也就無從發揮其制衡的作用。這從監察院彈劾俞內閣，立法院看不見國家總收入和軍費支出數字的全貌，檢察處奉命不上訴，直到緊急命令等，都是實例，不必多敘，這說明民主成分已經喪失百分之五十！再看我們自由中國的政治權力，縱的交替如何？代表民意的中央機構，立法委員、監察委員、國民代表十幾年來因不改選，而變成民意之象徵，根本上是癱瘓的。輿論所唾棄的出版法，竟能通過修改，人民所需求的省縣自治通則，則故意延不付議等等，早已脫離民意，權力的腐化，已成顯然的事實。在國民黨傳統的一黨專政之下，事至今日，更可以為所欲為，還談什麼政權交替。所以依台灣政治現狀而言，如果假定中央與地方權力分量是三比二，那麼民主成分又喪失百分之三十。所剩地方自治在民主政治中的重量，只得百分之二十。再往下檢討到地方自治，縣市長民選而省長不民選，省、縣議會並未賦予憲法所規定的權限，縣市府主任秘書及各單位主管要省府派下來，或經國民黨地方黨部通過才能保薦，鄉鎮公所主管，村辦事處幹事人選，都得國民黨地方黨部推薦，或先經黨部政治小組通過等等。由此看來，地方自治在民主政治中又要大打折扣。從寬計量，只剩下百分之十。這是說地方選舉能夠做到十分公平，那估值等於百分之十的一張民主招牌才能實收啊！我們是民主國家，而生存在十分之一的民主政治之下，還不該萬分珍惜嗎？

台灣已歷經三次的地方選舉，在每次選舉中，政府及執政黨所表演過的，確實使人民大失所望。現在對選舉過程中的其他問題，暫不必

說，只要實行公平選舉，起碼的條件是在投票開票的場所，必須有參加競選的各黨各派和提名候選的無黨無派人士所推薦的監察員共同在場監察，方足以互相箝制，共同取信，方得公平。就在投票那一天，對那一切預先布署的和機動措施的演出，我們要儘量揭發，當場阻止。這非普遍參加每一縣市幾百個投票所的實際監察工作，是無法辦到的。這是公平選舉最起碼的必要條件。再具體言之，亦就是從第三屆選舉至今所一貫主張而沒有爭到的，每一投票所須有在野黨及無黨無派候選人推薦監察人員至少二人，屆時蒞場協同執行監察任務。明知執政黨對各投票所的監察權必須完全把持，不肯絲毫放鬆或分割的，但是我們仍須繼續民國四十五、六年之努力而加緊爭取，而且堅持為在野黨及無黨無派人士提名參加競選的先決條件。我們必須讓投票所、開票所舞不出弊，我們必須使「安全措施」不發生效果，這是我們對選舉最起碼的要求。若不然，選舉無法保持公平，不公平的選舉，徒然是盜竊民意，不如不選舉。假民主不如不實行。何況台灣只是點綴著十分之一的民主政治呢！

在野黨和無黨無派候選人希望真正民意能夠確確實實在選票上表現出來，而不被惡勢力所篡奪。每個選民亦希望他所投的神聖一票，不會在開票時被惡勢力所調包。所以，這些候選人和純良選民的要求是一致的。今天我們推薦監察員，更需要選民集中力量，一致聲援。為什麼？執政黨的地方政權是建築在「安全措施」的基礎上的。若說地方政權是從選舉中建立起來，毋寧再說是從歷屆選舉的魔術中盜竊而來。魔術最怕人拆穿，盜竊最忌人揭破，所以執政黨對監察員的推薦問題，從虛諾、拖延、搪塞、藉口、以至圖窮匕見的食言拒絕。愈是怕公開，愈是把的緊，我們就愈要爭取。本屆選舉所爭取的重點，就是在此。

我們當初主張由各黨各派和無黨無派候選人分別推薦監察員的理由是，政治既經標榜民主，執政黨如有誠意開放政治轉向民主，則應當使各黨各派和無黨無派候選人有競選均等的機會。自選舉事務所以至各投票所所有一切大小執事人員，連同監察人員在內，一律從執政黨卵翼下的所謂民眾團體和御用的政府機關、法院、學校等人員中選拔而來，對監察員則冠其名稱曰「公正人士」，實質上是國民黨所稱「黨性特強」的分子，當然都成為現場協同舞弊和保障「安全措施」的選手！監察人員名為選舉事務所聘請，實際為執政黨的專賣品。這不顯然是執政黨存

心預為舞弊的安排嗎？否則，執政黨正好藉此爭執機會，順情公開，昭信國人，何致當初舌疲唇焦，事後遷延數年，而終久〔究〕是固執到底呢？

更有需要辨別的，究竟「公正人士」作何解釋？誰能稱為公正人士而合乎監察員的標準？誰非公正人士而不合乎監察員的標準？這完全是立場問題，而不是品學修養人格標準的問題。全縣市分為兩派在爭時，是否有真正「公正人士」？公正人士是否與選舉有對立的觀念？所謂「公正人士」在黨的紀律和利害關係之下，又將公正到哪一方向去呢？這是最簡單明瞭的道理，而為人人所能辨識的。執政黨和一黨專政下的政府，還能硬說謊話欺騙人嗎？說平俗一點，雙方球賽由單方面推派「公正人士」做裁判，對造提出異議而公然拒絕，這樣的球賽誰能參加？參加了能得公正的結果嗎？這個道理竟然固執於台灣歷屆地方選舉，是不是滑天下之大稽，而為民主政治之諷刺和民族德性之侮辱！凡我台灣的每一個公民，焉能不爭？

話說至此，且看執政黨對在野黨和無黨無派人士要求推薦各投票所監察人的故事，是如何無賴過去的。除《自由中國》半月刊第十六卷第十期所載蔣勻田先生〈緊握收拾人心的機會〉文內所敘述從虛諾到食言的全般經過，並指出各關係人物姓名及其不守人言之證據，至今無人敢出頭辯白否認，已為人所共知者，不再重複外，就我個人經驗得到的是：四十六年三月十一日為第三屆選舉而由民社黨、青年黨和無黨無派的省議員及縣市長候選人在台中市醉月樓舉行候選人聯合座談會，目睹情況危急，當場決議建議五點，推代表三人（台中市長候選人何春木、彰化縣長候選人石錫勳、和台中縣長候選人的我）向省府提出懇切之聲請，案由是「提供政府當局修改選舉法規意見，冀達選舉公平案」，其中包括要求推派各投票所監察人。經當晚正式備函發出，十餘日中始終不得要領，直到投票過後，我回到台北，方接省府嚴主席四十六年四月二十一日（肆陸）留民二字第二〇七號通知，略以「……由縣市監察小組聘請各該縣市內民意機關及公正人士擔任之……均係依法令辦理選舉實際事務，自不宜以黨派身分為聘任之依據……」等語，一套言不由衷的官腔，在時間上已無商洽之餘地。由此證明，蔣勻田先生痛斥的以踢皮球方式掩護「安全措施」更加真實，而政府玩弄人民的手法，就在推

薦監察員這一點，已經是原形畢露了。選舉法令經過修改，總該不限於「時間的考慮的吧！」現在如何？執政黨和政府的居心如何？大家心裏都雪亮了。

還有可笑的，新改選舉法令中增加了一種所謂觀察員，觀察員人數限制每縣市不超過二十人，但是要觀察全縣市幾百個投票所，可能嗎？足見完全為走馬看花的妝飾品！何況觀察員受選舉事務所節制，行動既受限制，職權亦甚模糊，為什麼？不幸選舉事務所所表現過的，正是玩弄魔術的司令台，投票所玩弄了魔術，監察員一面倒還嫌不夠保障，因為安全措施畢竟是被舉證揭發，弄到盡人皆知，司法配合行政亦難為掩護，為彌補以往的遺憾，今後祇可利用走馬看花的觀察員之並未發覺，而作安全措施的護符！誰能擔保其原始用意不是為此？

每一個憂國憂鄉的同胞，眼看著國際的風雲，最近如何急劇的變化！眼看著台灣的國際地位和政治反攻的圖景，又作如何估量？念茲在茲，欺騙自己嗎？硬是自甘墮落嗎？今年選舉年，是不是再要演出一番喪盡國體的把戲，為親者痛，為仇者快呢？第三屆總統選舉的大事，好像託付在一千多位代表手裏了，內外紛紜，不知胡底，區區何容置喙？人窮思本，尤貴自量，我十數年前雄峙東亞的戰勝強國，至今國土只剩了台灣，能夠珍惜台灣一省的地方自治，能夠珍惜這十分之一的民主政治，畢竟是保全了政治反攻的全套資本。假使政府不要人心，我們人民到那裏去呢？悠悠昊天，我今天謹對台灣省第四屆省議員暨縣市長選舉，簡單說出心頭上感到萬萬沉痛的幾句話，願與國人共勉之！

（一九六〇、二、九）

原載《自由中國》第二十二卷第六期　1960年3月23日

十、對本屆地方選舉應有的認識和態度

台灣省第四屆縣市長暨第二屆省議員選舉，在廿餘日後就要舉行投票了。大勢如何，默默中已有了決定性的安排。人們只要不太遲鈍和健忘，心目中自有估量。能瞭解台灣現階段的政治，便可不因天真的熱望而感覺詫異，亦可不因意中的失望而轉為沮喪。我們崇信民主，羨慕法治和愛護民族國家的人，無論如何處身於逆流，面臨著不祥，總不能迷亂了認識，鬆懈了努力。

按當前的情況，我們所期望於地方自治的，無非在政治方面做到選舉公平，在人民方面避免情緒低落。現在先從這兩點來說：

第一、選舉公平的關鍵，對症下藥，繫於選舉的管理和監察，上期《自由中國》雜誌社論三「對於地方選舉的兩點起碼要求」已經說得清清楚楚。在野黨及無黨派人士在三月十八日分函國民黨及政府當局的十五點要求，（見本年三月廿九日《公論報》第二版及四月一日《自由中國》半月刊與《民主潮》半月刊）完全是公平坦率，憑最起碼的常識所能瞭解的道理。這明明是輿論民情，歷年來奔走呼號，熱烈爭取，而被執政黨和政府多方阻撓，一貫拒絕的。但是謀國以忠，愛人以德，迫於當前之時機，絕不以過去之失望為失望。依然匯集眾意，概括積案，代表今日台灣尚未失望之人心，簡約陳情，奉獻九年之艾，實抱有至高至深之忍耐與虔誠，任重道遠，寫下了在自由中國台灣的人民為爭取民主政治的歷史性文獻！

反共復國，在使政治民主，而本屆地方選舉，尤為搶救台灣民主政治之最後機會，稍縱即逝。所以這十五點要求，確屬人同此心，言之不能再遲，而再遲亦不能再言之最後願望。幸勿以狹隘之胸襟，短視之目光，誤認為在野黨及無黨派之少數候選人說法鋪路！謬之千里，將難逃歷史的裁判！雖然盱衡現勢，選舉辦得無論如何公開與公平，執政黨之把握全面絕對勝利，同樣是絕無問題的，僅此十五點要求之及時提出，行之並不匆迫，而能否被全面採納，則猶在未定之天，亦即我自由中國

之是否能長此濶跡於民主國際的行列，將以此為占卜。思之竦然！執政黨與政府，不乏開明遠見、公忠體國之士，願發揮其政治家之風格與克服環境之最大魄力，深思而慎擇之！

第二、在人民方面，自己怎樣？論投票，論競選，大致在情緒上確有了急劇的轉變！究竟應當持何態度，亦值得我們檢討的。在喁喁私議的選民中，有些人說：當初投下票匭的，自己認定了堪以自傲的神聖一票，等到從票匭裡開出來，或者事後被發表的選果，就使我太不安心，而我那一票難免不成為罪惡！有些人說：我親自不去投票，亦自會有人代勞的，何必多此一番形式？有些人說：我們要選的人，無法出頭，貪污豪劣枉法走私之流，適合黨性，就被提名支持，配給選票，當選已成定局。出賣人民利益，何必由我？所以一人競選也好，一黨提名也好，既不代表民意，何必汙辱我的選票？這些雖是街頭巷議，酒後茶餘，但是事實的積累，選政的造因，刺人心腑，許多老百姓只在無聲中抗議了。姑不論本屆投票率將較前三屆是否有何不同，惟有選民對投票的意識如何？選票本身的價值如何？纔是真正代表民主政治的實質。地方自治如再經這一番考驗，而依舊不能滿足人民的慾望，挽回已失的人心，恐怕以後就難於救藥，這是值得我們警惕的。但是我們仍要希望每一位選民，今後以更多的容忍，確能發現充分可慰的資料來說服自己，那就是在本屆選舉中贏回了反共復國的最大資本！

選風疲靡，至於今茲，準備參加競選的人，除受權力支持，蠅附求利，助桀為虐者，比比皆是，不予計量外，正人君子，有的是接受地方人望的付託，有的是代表事業或職業階層的利益，有的是抱著實現民主政治的理想，甘願犧牲金錢、精力，而獻身地方自治，不幸同樣得到歷屆選民心頭所累積的一切煩惱，必然是勇氣無法伸展。更不幸的是大家看透了台灣選舉，實質上不是人民競選，而是官民角力！光榮失敗，災情慘重，銘謝當選，如坐針氈！君子道消，則在本屆選舉中恐將寧願放棄登記，保存實力，不受無謂之犧牲。台灣地方自治果真落到這種境地，無疑是與民主政治背道而馳，愈離愈遠了！這又不能說是反共大業的悲哀和自由中國的危險！然則我們如何能對情緒低潮的人們逐一打氣呢？或是集體說服呢？憑此扭轉本屆選舉的頹勢，拉近執政黨與人民的距離，正是我們千方百計，寢寐以求的！現在抱定我們搶救台灣最後一

分民主的決心，必須進一步找出一些造因的現實理由和確實證據，用以把握我們最準確的努力方向。

針對現實，國民黨中央強調了新的指示；「一人競選不是本黨的責任！」「從政、從業黨員助選，並不是干涉選舉……為選舉法令所不限制！」（見《中央》半月刊一七四期）國民黨的下級幹部中，原本就充滿了這類偏狹短視的意識，憑這兩句話，原本不足為怪。但看國民黨中央定期刊物為本屆助選，除照例以金錢、官位，規定賄誘的尺度外，充其篇幅，毫無政治理論和實質，而祇是狂嘶怒號，頤指氣使，激盪癲奔，酷似脫韁之馬。在民主法治的人民眼光中，該將何等驚駭恐怖！所以不得不舉此為例，推原其出發於定型的思想，而稍加警覺，便於本屆選舉新趨勢之所以形成，本源可得。

國民黨在最近廿餘年來，凡在政府議會，除掌握絕對重心外，幾乎無不欲友黨參加點綴，如對日抗戰，容納各黨各派參政，行憲前後，亦邀請各黨提名競選。為什麼？對民主國際，總還標榜自己是民主政體！對大陸同胞，亦還標榜在台灣實行憲政！告朔餼羊，尚非友黨不可。如所周知；國民黨自容共而學來一套極權專政的手法，繩墨謹守，始終持為立國之本，所以回頭反共，只有以組織對組織一技，而於民主政治，格格不入，內容空虛已極。尤其在台灣與人民的距離每況愈遠，更失掉了一切自信，恐非靠組織無以自存。論到競選，自然只有使用極權組織的毒刃，對付人民！但是海內外人民，偏偏一致以民主法治，期待於國民黨之覺悟，是時間不夠呢？還是根本錯誤呢？請再看以上兩句話語的姿態，是一反以往沒有友黨參加而心有未安的心理，摘下了民主的面具，就在最近幾天之前說出未曾說過的「一人競選，不由本黨負責！」明明意識著這在民主政治中最不正常而足使地方自治變質的現象，現已無關宏旨！誠恐物議無情，而提出所謂責任問題，輕輕從旁諉卸，藉以自欺！其實是行憲以來，國民黨從無一次被追問過責任，事實既成，而責任已成最輕鬆之字彙！同時在積極方面，卻為指示下級：今後的憲政之下，不必需多黨競選，一黨專政，大可無所顧忌，同志們拿出「革命」的勇氣，放手幹吧！除此以外，實再找不出是否還能作何別解？

再說從政從業黨員助選，當然不一定為干涉選舉，而所謂選舉法令，姑不論其原為自己方便而設，自亦不能規定不從政、不從業之國民

黨員為有權以助選干涉選舉！似通非通，似明非明，何必多此一句呢？無疑是弦外之音，包含著多方面之意義，對下指示！黨員們自能仰承，黨外人又何嘗不識司馬？為節省篇幅，雅不欲在此贅述。總之，國民黨之違法助選，惟恐不力，已不是什麼新奇故事，而其心目中之法治，亦是人所共知的，何況今天僅關乎幾種地方選舉的法令呢？話說至此，大家祇須警覺：這是國民黨在四十九年三月開始公開轉變的新姿態，先只是針對本屆選舉所表露而已。

　　民主以法治為基礎，而革命則不擇手段，今天談台灣地方選舉，在國民黨實已訓練有素，駕輕就熟。保留選務的不公平，保留監察的不公開，為選舉魔術之再演與翻新，是意中事。但是我們為民主而努力，千萬不可意志鬆懈，胡適之先生有一句名言：自由民主是要從爭取中得來的！但願此十五點要求，不要和機關公文一樣，送出大門就不過問！但願在野黨和無黨無派中有志有力素孚眾望者，照常參加競選，勿憚險阻，勿惜犧牲，為台灣地方自治而奮！台灣民主的基礎，建築在地方自治，而反共復國的基礎，又寄託在選舉的自由和民意的伸張！

　　　　　　　　　　　　　　　　　　　（一九六○、四、三）
　　　　　　　原載《自由中國》第二十二卷第八期　1960年4月16日

卄、懷念之歌（一）

深秋明澈的一個早晨，我接到如心的紅葉一片，疲倦地伏在這首絢麗的詩簡上，它引我重訪深邃的記憶，像一條曲折的幽徑。我恍如秋日瓶中的插花，在懷念四月的泥土。

誰能帶回已過的往昔？誰把妳的幸福奪走？悠悠的往昔常在雨中，隨著中年的哀樂而浮沉。隔岸的燈火朦朧流動，淒清的回憶如擾人的春雨，歲月像秋天的敗葉，自鬢角片片撕去我早已冷靜於人世的浮華，也無意去博取俗者的歡心，在孤獨與煩愁的哀音之中，妳擊住我更深的悵惘。

誰能帶回最初的戀？誰把妳的快樂埋葬？我多麼追慕而懷念，那些躺在北平郊外青草地上，充滿幻想地仰望妳的時光，那感情的花朵，那友誼的光亮，一切的歡笑都已因別離而消失。我心已多次昏倒在那追戀的杯前，為了多年不能去訪的人！妳曾以青春的生命吻出如火的戀情，而今，竟來如此淒涼的遭遇。妳曾想借宿花叢的身邊，訴出妳留駐的心頭話，那無情的風雨偏來把妳折磨，使妳陷入泥沼，飽嘗辛酸，使妳漂泊不定，流離失所。

啊！妳曾說我是一枚鋼針，又尖銳，又光亮，且不易彎。也許我是妳生命中僅有的鋼針。妳可曾穿上了堅韌纏綿的情絲，繡妳精緻的鏡框，嵌上一幅理想的畫像，希望與憧憬，在妳的身邊撒下了夢網。然而，不！我不是一枚鋼針，除了我曾如鋼針般地刺痛妳，歲月的塵灰已掩蔽我的光亮！時代的風浪更磨損我的尖銳！

啊！月嬌！妳艷麗而多情，如寶石閃動的眼睛，像星星的盈笑，音符的輕盈，一絲淺笑似三月的蓓蕾初放，有著西子湖夕陽下的醉美，妳臉上有我吟不完的情詩，歌不斷的小唱，百鳥叫過春天，秋風吹過花葉，歲月流去了無數個春秋，滔天烽火已燒斷鴻雁的翅膀。讓這已逝去的年華永存於我們的懷念之中，也不要溫柔的風吹醒感情之烈焰，就謹寫這短短幾個字，聊誌我的別懷，並向妳殷殷地懺悔，雙園裏唯有悄吟的東風與深秋的落葉，寂靜的階前更趨寥落，心中的鬱結像階前的綠苔。別了，我摯愛的人呀！更願妳愉快無恙！

詩簡

1

黯淡是這人間，
美麗不常來，
人間好比一場夢，
往昔三年間的甜蜜交情——
就像一支火柴一剎那的輝煌光芒，
風雲不測，
命運驅使我們相離，
別後——我好像一葉扁舟，
著不到邊際在巨海浪濤中蕩漾著，
我自慰不要痛苦，
不痛苦只有麻木，
可是，被憂鬱壓碎了的胸口上，
思念仍像炭一樣的燃燒著，
今天微風吹開回憶之窗，
窗外的山坡懸著明月一輪，
我踱出了荒園，
燦爛的花朵已開過，
落英無聲的憔悴在地上，
殷紅如血……
碧綠的流水低訴相同的命運，
嘆已逝的光陰無從挽回，
荒蕪的園中祇有月色，
月光喚回了絹上以情感的水彩素描著的回憶……
十五年啦———別如夢，
歲月日深，留戀之情也更濃。

（未完待續）

原載《台灣文藝》第三卷第十一期　1966年4月

士、懷念之歌（二）

詩簡

2

您——一個溫柔而剛直的男子，

您——一個熱烈而明理的青年，

誰能比擬您情感的高潔！

誰能比擬您理智的尖銳！

您摯愛真理，熱愛自由，熱愛祖國，

您像日光，您像雲彩，

希望與幸福織起我的夢浪，

以及美麗的藍圖，

以及生命的綠……

啊！我的眼睛已為您的優異所蠱惑，

緋色的希冀引我沉於瘋狂的醇醉，

柔美的情絲牽引一顆玲瓏而淳嫩的心靈。

3

這年代；我們的祖國不停地在動盪，

九、一八後七七事變警覺了全國上下，

打倒日本帝國主義的鐘聲，

更波動大地兒女們的胸臆，

故國在險惡的環境裡，

每一個中國人都理念著：

對外必須打倒外寇的侵略，

而掙取國家的獨立自主，

對內必須剷除封建餘孽，

而建設統一富強的民主國家，

您離開了故鄉流浪祖國無邊際的大地上，

只是為了追求一個夢——光復台灣。

您想投進祖國綠茵的懷抱，

解脫台胞多年的困苦，

為永恒的真理而忍受著火炬的煎熬，

為民族的自由而窒息著苦難的呼吸，

泛濫的祖國愛溢滿您靈魂的窗口，

而您永不停息地在呼喊，

呼喊祖國的不幸與沉鬱，

祈求祖國的勝利與永存。

（未完）

原載《台灣文藝》第三卷第十二期　1966年7月

壹、懷念之歌（三）

詩簡

　　4

　　我──一個受過高等教育的女孩子，

　　如今，淪落為舞女──我墮落了，

　　父母兄妹摧殘於敵人的砲雨下，

　　由上海跑到香港，

　　我要雪恥伸冤，

　　而嶇嶇旅程又是飽餐血腥，

　　灰色的命運之神啊！

　　風雨之夜，拖著漫長的腳止〔步〕重回上海，

　　敵人的上海──愛、恨、友誼、戀情……都變成黑色，

　　太陽、月亮、星星……都失去了光彩，

　　經濟的壓迫，苦難的日子，

　　悽涼的小樓如古墓，

　　只有蕭颯的西風和淅瀝的秋雨，

　　拭去淚痕又流浪到異鄉客地──天津。

　　5

　　啊！僅一次的邂逅，

　　您的名字便刻在我的心上，

　　您的影兒便印入我的腦海，

　　每次見面時間是那麼短促，

　　說不盡的情意綿綿，

　　分飛的勞燕以筆代言，

　　紙上的愛情徒添想念，

　　若非您性格的深湛，

　　怎能感悟一個麻木的靈魂？

當時您在北平過著忙碌的生活，
當夜闌人靜時，我閉上了眼睛，
在疏星的晚空下低喚著您的名字，
拉下了靈魂深紫的窗帷向內返視，
而在現實的紛忙裏，
我們是如此隔離而遙遠，
凝聚一身的熱情於您的懷中，
澆灌青春的甘露於您的心田，
美麗的靈魂，啊！我摯愛的友人啊！
純潔的心，構築未來於您。

6

我歌著，以海浪的澎湃，
歌著那永遠不逝的愛，
像熱風吹遍了沙漠，
我的歌聲帶夢直上雲霄，
我以玲瓏的心，少女的熱情，
送給您火紅的玫瑰花，
您的心卻像高山澗的古潭，
而冷峻的崇山該阻不住海洋的泛濫！
北國的嚴寒該掩不熄火樣的情燄！
秋天過去，冬天又過去，
春天的香浪，興起人間的渴念，
微微的夜風，誘人們以綠色，
我盼望著您——
從我戀念的海濱，
如金色的太陽升自等待的冬天裡，
春天過去，夏天又過去，
「不要為昨日之逝，像玫瑰一樣垂淚，
年青的妳，尚有一個可以追蹤的將來，
任憑那春花及早榮華，

任憑那夏木欣欣繁茂，

當那秋風吹掃落葉之後，

妳看！還有菊花開的如此幽美而清秀！

我摯愛的美人啊！忍耐著……

我不忍，任著今日的戀情如一片花飛，

而再製造另一個人更大的寂寞與悲劇！」

7

透過咖啡的氣色瀰漫，

您凝視杯中的影像，

啊！兩顆熱烈的心！

一對塵世的過客，

透過純潔的心、誠意、摯情的流露

我又忍耐著，忍耐著……

如此的不朽和永恒，

如此的純真而完美，

而命運所擲予我的依然是一片深灰，

哦！我願做那晚風與夜雁飛向您的身邊，

我願做那落星與長慧穿入您的心懷！

（未完）

原載《台灣文藝》第三卷第十三期　1966年10月

卉、懷念之歌（四）

詩簡

8

藍天有不斷的行雲，

人間有不測的悲劇，

在北京飯店我們消逝了綺麗的夢境，

而在默默中也凝結了早凋的故事，

當我憑檻聽著花的噓息時，

隨著敲門進來一位妙齡女郎，

週身被一層淡青的紗衣掩蓋，

深黑的眸子在面幕中閃爍晶瑩，

您介紹她就是您的太太，

多麼嫻靜而美麗的少婦啊！

她慇懃地帶我到您們的家，

我聽出她每一瓣思想都為您設想，

自慚的理智的利刃刺傷了我的心靈，

使我對您所抱的夢想破滅，

尤當看到那兩歲的小寶寶時，

祇覺身子如負了一塊巧石，

沉下深潭中去，

小寶寶可愛極了——

我情不自禁的抱他、吻他，

而心中一陣酸楚帶著熱淚，

我感到剜心割膚的痛苦，

如此溫柔的愛情，美滿的家庭，

我不該來妨礙，

更不應該來破壞，

正義的靈感把我從夢境中喚醒，

逗留此地——我將無計斬斷情感的亂絲，
從此永別吧！
假如您能寬宥我，
那麼就讓月嬌的渺小的影子，
占據您記憶中的一個小小的角落吧！

9
在盈盈欲滴的酒杯中，
我幻見人生之多姿，
我本不敢再飲一點兒酒，
因為我的腦子已是那樣重，
重得使我不能夠抬起頭來，
只覺血液奔騰如激流，
沖毀一切辛苦構築的殿堂，
而您又來勸慰我。
勸慰的是如此的溫柔，
我明知道再飲一杯，
將跌落進另一個世界，
如少女不堪勾欄引誘，
我已迷茫於槁木稀疏的荒漠間，
聽見鬼靈低吟蒼白的斷章，
然而，為了將要離別的您，
我未曾顧及過甚麼！
何惜墜入更殘酷的深淵！
就再乾了這一杯，
讓我再沉醉於一回吧！
深夜我懷著醉意歸來，
月色中似有您同在，
媚眼的水銀燈下有我顛撲的影子，
您可聽到我心弦的彈動與深長的嘆息。

10

過去我曾為您的笑而瘋狂，

也已用青春作獻祭，

以夢充滿我的夜，

用幻想使我度白晝，

您也許在笑我，

笑我有太多的癡情與狂妄的幻想，

親愛的！我走了，

昨日的笑和淚是這般的荒涼而親切，

猶如埋在死灰下的火燼，

忘不掉燎原的奔狂，

今日我撫著劍傷遠遠的走了，

來自霧中的，將去向朦朧的霧中，

佇立在萬國橋凝視著靜流的逝水，

一去呀！永不返顧，

我曾想用髮間的花朵來引誘您的足跡，

我曾想以妒忿的情燄來拖收您的赤心，

然而，為了要美滿您們的愛情，

為了要團圓您們的家庭，

十五年前，我曾懷著淒楚的心走了。

11

流光的齒輪毫不留情的轉動，

時間是寂寞的長廊，

十五年來——

一切都這樣死寂，

一切都這樣淒涼，

回憶當年撫愛之情能不使我肝腸寸斷！

我有說不盡的離情，

我有訴不完的衷懷，

一分含笑的回憶，

一刻含淚的悲哀，

像電影般的一片片演過去，

中國人的旅程更是蔓延著刺人的荊棘，

勝利後接繼著內亂，

湖山到處多風波，

故國又在血腥裏一步一步凋殘下去，

幸福業已枯謝於屠刀之鐵唇，

萬民的凍淚加深了山城關闕的積雪，

絕望的煩惱蠹蝕著孤獨的心，

在顛沛的亂世中我逃亡過萬里的平原，

生命像一株渺小的綠色浮萍，

在人生煩惱的大海中隨波飄停，

在人生苦惱的荊棘中隨風飄搖，

寂寞的人終于飄到寶島台灣──您的故鄉。

（未完）

原載《台灣文藝》第四卷第十四期　1967年1月

盂、懷念之歌（五）

詩簡

12

啊！當淚珠灑滿了生命的綠草，

我曾頻頻探問您的芳蹤！

曾聽說過您在唐山受冤屈家產被查封，

曾聽說過您愛妻受過度的刺戟因而逝世，

曾聽說過您患大病後經由上海回故鄉，

曾聽說過您經已續絃重建破落的家園，

曾聽說過您慈母不治棄世長逝的噩耗，

也曾聽說過回台後生活消極精神頹唐，

也曾看報載您競選縣長，

但如多數候選人「光榮」失敗，

時間是愛情的考驗，

別後，苦念了四千四百七十五天，

本該早就作信來安慰創痛的心身，

我更有無限的離情要向您傾訴，

只怪過路的鴻雁沒有作片刻的留駐，

當一片啾啾的鳴聲劃破長空，

您知道旅人的眼角上掛幾顆淚珠！

如今，重聚寶島，您在台北，我在台南

本想總有一天──

我將尋向舊時的花徑去找伴侶，

看您那豐腴的面孔消瘦了幾多？

然而惡魔的無情手段，

我已經墮落地無法見您。

13

人生是偶然的故事，

人與人不過是偶然的碰合，

不用猜測，更不必期待……

相逢是巧的機緣——

緋色夢本不可多回味，

而往事都和細雨注到心頭，

歲月的流水業已逝去不再，

憶起，昔日您希求的台灣已如願光復了，

而您追求的希望之實現尚在渺茫，

那陰惡的阻力偏偏來把它折磨，

艱難的現實更刺痛了無數兒女的心，

在茫茫人海中，

我仍寂寞如故，

而今，從黎明盼望到黑夜，

我守候在臨風眺望的樓台，

凝望大海的彼岸——我童年的故鄉，

心焦如焚——有家歸不得，

哦！說來我真命苦，

山河經不起外患內亂，

——青春埋沒離亂中，

我想找個地方去痛哭，

——哭我紅顏薄命，

這樣的人生不是味道，

生趣都化成痛苦的資料，

但願來生再與您聚首一堂，

倘如地獄是再見的地方，

縱然是地獄也強似天堂！

今世就讓潔白的骨灰隨著風沙飛揚，

荒塚間找尋墓碑上熟悉的名字吧！

（未完）

原載《台灣文藝》第四卷第十五期　1967年4月

卅、懷念之歌（六）

詩簡

14

星羣縱橫千古不泯的太空，

而記憶擁著蒼白流過

啊！昔日之戀亦是甜蜜而痛苦的，

使人多麼憐惜！

連同您熱情的眼，激動的心。

以及那坎坷的命運……

在深秋的懷中我能得到這一片心似的紅葉，

那麼我應該把心情的朝露吐出，

而送給您「懷念之歌」，

因在西山紅葉之上，

我曾唱起了「愛戀之歌」，

詩簡裡所附的這一片紅葉，

原無足作為離別的紀念品，

但，請記住：「您的生涯中，曾有箇女子熱烈的愛過您。」

別了，我摯愛的友人呀！

祝您們夫婦永遠相愛！

尤願您幸福快樂！

（完）

原載《台灣文藝》第四卷第十六期　1967年7月

附　錄

一、年譜簡編

年份	歲	生平	時事
1911年	1 歲	出生台中州大甲郡清水街社口，為遺腹子。父楊紹喜，母楊梁氏雙。	10月，辛亥革命。
1917年	7 歲	入書塾就讀。	10月，列寧成立蘇維埃政權。
1919年	9 歲	入學清水公學校。	3月，韓國發生三一獨立運動。 5月，中國爆發五四運動
1924年	14 歲	入學台中師範學校。	4月，張我軍發表〈致台灣青年的一封信〉，揭開新舊文學論爭序幕。
1926年	16 歲	4月，自台中師範學校休學，由基隆出發至神戶，再往東京，寄宿堂兄楊肇嘉處，先入學神田正則預備學校。 9月轉學進入郁文館中學三年級就讀。	6月，台灣農民組合成立。 11月，「台灣黑色青年聯盟」成立。
1928年	18 歲	進入早稻田第一高等學院，入學後旋即加入社會科學研究會。	1月，台灣文化協會左派右派正式分裂。 7月，台灣民眾黨成立。
1929年	19 歲	7月、8月，由基隆前往福州、上海，後旅行蘇州、杭州、南京與北京。	8月，台灣民眾黨推動反普渡、反歌仔戲運動。 10月，矢內原忠雄《帝國主義下的台灣》於日本出版，在台灣列為禁書。
1931年	21 歲	3月，早稻田第一高等學院畢業。 4月，進入早稻田大學政治經濟學部。 5月，在學期間前往北京，專心學習北京話同時，還到北京大學與北京師範大學旁聽胡適的中國哲學、陳啟修的中國經濟、陶希聖的中國社會學等課程。	2月，台灣民眾黨被迫解散。 4月，第二次霧社事件。 9月，九一八事變。

1933年	23 歲	3月，參加在東京成立的台灣留學生文藝團體台灣藝術研究會。 5月，於在學期間再度前往北京，暫居中國大學校長方宗鰲教授寓所。 7月，與張文環、巫永福、吳坤煌、王白淵等10位台灣藝術研究會成員創辦以日文為主的文藝刊物《フオルモサ》。	4月，布農族頭目歸順，台島武裝抗日18年落幕。 10月，日、德雙雙退出國際聯盟。
1934年	24 歲	3月，以第一名成績畢業於早稻田大學政經學部。 4月，前往大連的滿鐵總公司就職。	5月，台灣文藝聯盟創立。 9月，台灣議會設置請願運動終止。
1935年	25 歲	4月，入學大連鐵路學院。 10月，任大連列車區車掌。	4月，台灣中部大地震。 11月，台灣首屆市街庄地方議員選舉。
1936年	26 歲	4月，任大連奉天間一等車站大石橋站的副站長。	9月，海軍上將小林躋造就任第17任台灣總督，19年文官總督統治結束。 12月，西安事件。
1937年	27 歲	4月，任新京(今長春)站貨物副站長。	4月，台灣的皇民化運動正式開始 7月，盧溝橋事變。台灣地方自治聯盟解散。
1938年	28 歲	2月返台，與台中州彰化詹椿柏氏長女詹淑英於清水結婚。 5月，轉任華北交通株式會社天津鐵路局。	5月，日本實施軍部「國家總動員」法案，台灣正式進入戰時體制。
1940年	30 歲	調往華北交通運輸局貨物課賃率係（運費費率科）。	3月，汪精衛南京政府成立。 10月，日本軍國組織大政翼贊會成立。
1942年	32 歲	昇任副參事，任運輸局貨物課賃率係主任。	4月，「陸軍特別志願兵制」正式於台灣實施。

1945年	35 歲	3月31日，昇任參事，但於同日提出辭呈。 4月1日，赴啟新水泥公司唐山工廠任職，擔任副廠長兼業務部長。 12月22日，唐山自宅被國軍包圍搜索。	8月15日，日本敗戰。
1946年	36 歲	3月，元配淑英病逝唐山。 5月，帶次女璃莉與長男宗仁坐船返台。 6月，母帶長女瑪莉返台。	1月，政治協商會議於南京召開。 5月，台灣省參議會開議。
1947年	37 歲	3月，在台灣總商會會長陳啟清推薦下，任職省政府交通處。	2月，二二八事件爆發。
1948年	38 歲	2月14日，於台北市中山堂光復廳與台南市張旭昇氏長女張碧蓮再婚。 5月，母逝世。任鐵路局總務處副處長。	5月，蔣介石就任行憲後第一屆總統。 10月，中美合作的「農復會」於南京成立
1955年	47 歲	在台北自宅雙園望英樓自費出版《悼念母親回憶詩錄》。	3月，中美共同防禦條約生效。
1957年	47 歲	參加台中縣長選舉，落選。	5月，郭國基、楊金虎、吳三連等台籍人士與雷震策畫籌組「中國地方自治會」，後被政府駁回。
1959 年	49 歲	8月，赴日本考察日本國鐵。	6月，省議會正名。
1960年	50 歲	與雷震、蔣勻田、齊世英、楊金虎等人交往密切，出席《自由中國》雜誌社組織反對黨座談會。 9月，雷震、傅正等人被捕，組反對黨一事受挫。	3月，蔣介石第三度當選中華民國總統。 6月，美國總統艾森豪訪台。

		10月5日日記寫下「3日雷震先生受公判,看他的申辯書頗受感動,這個冤獄必將成立,我不但為雷震先生悲,也為做中國人的命運悲。」	
1965年	55 歲	長女與美軍顧問團Ken A. Davis少校結婚	5月,廖文毅返台。 6月,美援終止。
1969年	59 歲	次女在紐約與鄭義和結婚	7月,戶警合一制實施。
1976年	66 歲	自交通處鐵路局退休。	9月,毛澤東去世。
1977年	67 歲	移居美國。	8月,鄉土文學論戰。 11月,中壢事件。
1983年	73 歲	取得美國籍	增加定額選舉實施
1984年	74 歲	時隔38年後前往中國北京、唐山、西安、蘇州、杭州等地旅行。	2月,鄧小平提「一國兩制」。 10月,江南事件。
1990年	80 歲	逝世於美國加州。	3月,三月學運。 6月,國是會議召開。

二、著作目錄

1933年	7月	詩	《フォルモサ》創刊號
1951年	3月	論台灣經濟建設與就業問題	《旁觀雜誌》第5期
	4月	新詩「遙寄」	《旁觀雜誌》第6期
1952	9月	論提高行政效率(一)	《旁觀雜誌》第13期
	10月	論提高行政效率(二)	《旁觀雜誌》第14期
	11月	論提高行政效率(三)	《旁觀雜誌》第15期
1955年		《悼念母親回憶詩錄》	自費出版
1957年	12月	我從競選失敗中得到的知識——參加第三屆台中縣長選舉的遭遇	《自由中國》17卷12期
1960年	1月	民主與世界安全	《自由中國》22卷2期
	3月	爭取台灣地方選舉的重點	《自由中國》22卷6期
	4月	對本屆地方選舉應有的認識和態度	《自由中國》22卷8期
1966年	4月	懷念之歌(一)（詩）	《台灣文藝》3卷11期
	7月	懷念之歌(二)（詩）	《台灣文藝》3卷12期
	10月	懷念之歌(三)（詩）	《台灣文藝》3卷13期
1967年	1月	懷念之歌(四)（詩）	《台灣文藝》4卷14期
	4月	懷念之歌(五)（詩）	《台灣文藝》4卷15期
	7月	懷念之歌(六)（詩）	《台灣文藝》4卷16期

三、家譜

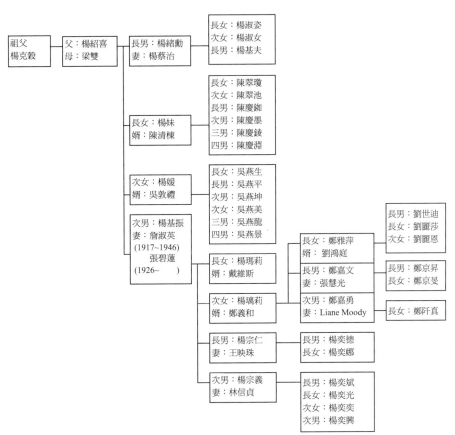

四、家屬、親友紀念文

祭夫君

楊張碧蓮

又是一年春風至，又是一年芳草綠。

在您乘風歸去的這一年中，大地充滿一片蓬勃的新氣象。

您一生熱切追求的理想──自由、民主、公義，

已經在台灣和世界各國開花結果。

雖然您未能親眼目睹，

但在我有生之年能率兒孫祭告於您的墓前，

願您在天之靈同感欣慰。

您我結緣於二二八事件，

我，還是草地姑娘，也是家中長女。

面臨父親的含冤被捕，滿心憂急，卻也一籌莫展。

就在日日輾轉奔走，夜夜求告神明之時，出現了仗義搭救的貴人，

您，一位留學東瀛，踏遍中國的台灣青年。

上天對我何其厚愛，全家慶幸團圓之後，我也于歸於您。

我敬愛您的博學多才，至情至性；更憐愛英姐遺下的小兒女。

當我成為您的另一伴時，

瑪莉、璃莉和宗仁就是我的骨肉了。

兄弟姐妹的手足之情，也隨著宗義的出生成長而日益加深。

　子女的天真可愛，善解人意，夫妻的尊重信任，相互扶持，建築了我們正常而溫暖的家庭，串成了我們平凡而幸福的日子。

　回顧您一生八十年的歲月，少年時品學成就於日本，青年時事業得意在華北。

　若說生命有如江河，日復一日川流而下，上游的絢麗風光，我未曾

與您共享,中年以後,我如一脈涓涓細流,匯入於您浩瀚的長河。

我沒有絕代姿容,也沒有卓越才華,而您已對英姐青春早逝的遺憾,向我傾注了萬種柔情。

您我攜手同行的四十年,在台灣與美國的生活中,不知不覺的流逝了。

我們共度了人生的風平浪靜和崎嶇坎坷。

河水時而晶瑩澄澈,時而蜿蜒曲折,時而亂石急湍,更時而泥濘難行,但有相知又相愛的人陪伴,我始終不憂亦不懼。

在風霜雪雨的日子,我一心盼望著春暖,在昏暗陰霾的日子,我一意等待著晴日。如今,您已安息天堂,魂歸故鄉,

生命的長河已東流入海,波濤壯闊,無垠無涯。

日出日落,月圓月缺,春秋更迭,物換星移,

我在世的年月也有時而盡,

我們將一同歸回於大海,再度會合。

今生,我無怨無悔,有的只是:

對蒼天無限的感恩與祝禱,以及對您無盡的深情與懷念。

若有來生,我願

「與君世世為夫婦,再結來生未了緣」

1991年3月16日

親愛的父親

長女　楊瑪莉

時光飛馳,轉眼一年。我仍然難以相信您已經去世了,真的離我們而去了。

我也曾對自己說,您只是又到遠方去旅遊。說不定哪一天您又回來了。但是當我心中有話,想在向您傾訴時,我不能不接受您已經永遠離去的事實,我知道我再也看不見您了,即使連透過電話遙遠傳來的聲音,也不會再聽到了。父親啊,您可知道我多麼思念您!多少次我渴望能再像從前那樣父女談心。

每天上班開車三十分鐘的途中，我總是想著您。我一直是您鐘愛的大女兒，您對我期望深厚。當我決定要嫁給一位美國人的時候，讓您大失所望。但是最後您還是用包容的大愛接受這樁異國姻緣。您更以慈父的心懷接納了ken這位洋女婿，您再三誇讚他經營牧場的成果，您說除了他以外，沒有人能那麼聰明勤奮，把牧場經營得那樣完善。

父親啊！您常對我說，您很愛美國，這個移民而來的國家。因為您說當今世界上唯一真正的民主國家，您對她的政治制度、社會風氣毫無微詞。但是您卻只在這個國家安享了十年歲月。我多希望您能在此生活得更久些。

我也時常回憶起，我們家居台灣的好時光。您一生工作認真，一絲不苟。但是卻懂得享受生活，我們時常全家出動到北投洗溫泉浴，到陽明山賞花踏青，偶爾還一家大小去偷看小電影。往事種種，如今回想起來仍然趣味無窮。我想，那時您也像其他的成年人一樣，有不少繁忙的事物纏身，只是我們當時年紀小，無法體會人間愁煩。我們何其幸運，一生中的兒童時期和青春年華，都因為有您陪伴共度，而使得生命更加多彩多姿。等我們成年以後，您也教導我們要有適當的娛樂，來平衡生活的緊張煩忙。您再度帶領各家兒女聯合出動的阿拉斯加之旅，仍然至今難忘。那些日子，您精神特別愉快，我們之間的談話也更多些。我真的好慶幸我們全家能有那麼美妙的旅行經驗。在美國忙碌的生活中，很容易使人忘記生活真正的意義，而從正常的生活脫軌，變成了工作狂，我們卻因著您明智的提醒，有時從工作當中抽空團聚，享受一陣輕鬆的樂趣。唯一的遺憾是那次您和母親同赴中國大陸旅行，我因事不能與您們同往。否則，我會在那次的旅遊，由您的生活閱歷和才學識見中獲益更多。

那年感恩節假期，我請了一星期的假，到聖荷西去探望您。回想起來，該是我來美之後最美好的日子了，我們父女二人，每天到您喜愛的那個公園邊走邊聊，多麼開心。母親每天都做我最愛吃的餐點，您最知道我愛吃的是甚麼了，對不對？

父親，今天是您的週年忌日，我要向您許諾：今後我要遵照您教導的人生觀去生活出我的生命。我將繼續努力經營我們的牧場，使它更加興盛美麗。我要讓您在天之靈因此而欣慰。我依然愛您，一如往昔。

願您在天國永享平安，也在我們的牧場與我長相左右。護佑我們，也引導我們，直到我們重逢之日。

懷念父親

長子　楊宗仁

日子過得真快，您悄悄的走了也已經過十六年了。雖然您慈祥的笑容以及親切勸勉的教誨和關懷一直還在我的腦海裡，但我還是一直無法相信，我再也不能與您同坐在您所喜愛的花園裡暢談過去以及研討生命的智慧。

您生性聰慧，個性豪爽，雖然身處異鄉，卻年少得志，廣交群豪，家裡經常是高賓滿座。我曾開玩笑的問您，這樣好的福分根種，怎麼沒有遺傳給我，您卻以自己親身的經驗，很正經的對我說：「人生處事須要腳踏實地，按步就班，不要心虛求榮。」您曾舉例說您當時在滿鐵服務也是從基層的剪票員開始，您還說年少得志者會如常言所道：「聰明人反為聰明誤」。當我大學畢業時，您目睹當時台灣社會風氣敗壞，老實忠厚的台灣人很難在那種環境中磨練出正直的品格，進而鼓勵我前來美國學習純正的民主自由，磨練一切靠自己的本能。我深深感謝您的明智。

您年少遠赴日本求學，離開了相依為命的奶奶。您婚後工作忙碌。媽媽(淑英)不幸早逝，從您寫的《悼念母親回憶詩錄》以及《望英樓懷念亡妻錄》，充分的流露出您對她們的思念及熱愛。您遺憾未能有多一點時間跟她們一起享受天倫之樂。記得我婚後，您曾對我說，自從媽媽過世後，您最欣慰的就是我娶了一位跟媽媽一樣的賢妻，百分之百的侍候丈夫，全心全力地以家庭為重。如今，我退休住在這陽光普照的丹佛市，每當傍晚在這公園似的環境裡漫步時，多麼希望您也能在一起享受這種溫暖，充滿了愛的生活。親友們都說我愈年長愈像您，但我深知，論才華，我跟您相差了一截。但是您對自由民主及天倫之樂的熱愛之心，我會繼續傳承下去。

今引詩一首來紀念您的日記、文稿出版：

東瀛日月八方人物，龍江風雨不休。心織筆耕，征塵萬戰，干戈豪邁橫流，義膽照千秋，才氣凌縱橫。名利當求。誰把秉燭膝心。羌管高歌喝老酒，手足情深，燕子分飛了，故鄉依舊，熙攘安逸，牽情拖眷，寧將壯志消磨，朝暮臨白頭，逢望上瓊樓，青史事留，莫叫場場春夢，雲煙去悠悠。

2006年10月16日　于　美國丹佛

父親與我

次子　楊宗義

父親離開人世已十六年了，在生活上，我仍然終日奔波忙碌一如往昔。但他生前的音容笑貌，言行舉止，卻在這期間日益清晰地呈現眼前，銘刻心版。

每天早晚進餐時，望見懸掛在飯廳中央的父親遺照，神采奕奕，雍容祥和，彷彿父子間的距離，透過了他的形體死亡，反而在心靈上更拉近距離，在精神上也合而為一了。溯本思源，他特有的性格和教育方式，使我在成長的過程中得到自由的發展空間，也深深地影響了我一生待人處事的態度。

小時候，家裡的鐘錶失靈，父親總是鼓勵我自己先修理，等我費盡九牛二虎之力拆卸，卻越修越糟而回天乏術時，他才送出去請人修理。他當然知道我技術不佳，成事不足，敗事有餘。他之所以如此用心良苦，是要教導我學以致用的道理。他認為一個好學生不應只每天端坐在家埋首苦讀，而是要有處理身邊生活瑣事的能力，方可成為有用的人。父親希望他的子女長大後能走出個人的天地，進入社會團體，服務人群。當我年紀漸長，我更能體會到他這種重視事情的實際過程而不以結果論斷好壞的價值觀，

父親熱情豪爽，好交朋友。故居寬敞的客廳，經常高朋滿座。父親與訪客們，時而舉杯暢談，時而切磋麻將，往往歡聚至三更半夜始賓主盡歡。記憶中，客人們離去後，無論多晚或多睏，父親必親自陪同母親整理桌椅，待一切就緒才熄燈就寢，從未讓杯盤狼藉的景象留至翌日。

他以身作則，教導我們「今日事今日畢」及「自我約束」的責任心，幫助我在以後待人接物上的學習顯得較容易的多。

我的大姊夫是美國人，這是父親始料未及之事。三十多年前，台灣民風保守，仍存有很強的地域觀念。女兒嫁給外省人已經是鄉里不容了，更何況是外國人。父親出身名門望族，當時又名重一方，本想選擇一位品學兼優的佳婿，找個門當戶對的親家。大姊卻因在美軍協防司令部擔任秘書工作而認識了姊夫。當時父親自然是極力反對，不惜父女決裂。數年之後，姊夫奉令調回美國，家人以為這對異國情侶從此遠隔重洋，將後會無期。但姊夫不畏艱難險阻，毅然向上級請調戰況危急的越南戰場，以便一有假期即可飛來台灣探望大姊。父親有感於大姊夫為信守愛情的承諾，不顧自己生命的危險，顯然不是自私自利貪生怕死之輩，終於捐棄己見，盡釋前嫌，真誠地接納了這位情深義重的洋女婿。父親總以至情至性處理人生問題，以致能超越自私的人性。他別具慧眼，能穿透事情的表面層而深入本質，洞悉真相，所以能更清晰地看到人心內在的美德。他對生命本質的尊重和人我差異的寬容，遠超越了傳統的社會習俗。我也因此覺悟到天父創造的生命原來都是美好的，只是人性的不完整，使人類的價值觀產生了歧異和分裂。生命的外表永遠流動不羈，有如四季景象的變化和更新，唯有藉著不斷接觸造物主明辨是非而不論斷是非、分別善惡而不執著善惡。對於任何世間的價值觀不要把持不放，才能夠回歸於生命本質的美好。

我出生時，父親已年屆不惑，聽說他年少得志，在日本求學期間，成績優異，為師長所推崇。學成後返國，再去中國東北擔任要職，而立之年已事業有成。回台之後，任職鐵路局，因不願意加入國民黨而為當權所忌，但他堅守崗位，奉公守法，每天上班，或擠巴士，或安步當車。在順應命運的窮通上，他表現了能伸能屈的精神，但從未屈節苟合，以圖仕進，始終保持著君子固窮的的節操。這樣的精神與情操潛移默化，替我建立了一個明確的價值觀。在生命重要的抉擇中，節操是遠重於名利的。生活的平安和喜樂，並不在於表面上身分地位的高低，而是對造物主的慈愛和大能有信靠和交託的勇氣。藉生活環境上的各種狀況，磨練出潛藏於生命中不憂不懼的適應力，以及順服天父的謙卑心。

父親一生博學多才，頗具器識。他卻未曾向我闡述人生哲學的大道

理。他不是拘泥教條的嚴父。在我孩提時代，他已開始用自由開放的方式，以身教代替言教來教育感化子女。若說我是父親栽種的一株幼苗，他從未揠苗助長，將自己懷才不遇的補償心理和自命不凡的期許變成加諸在我身上的壓力。自幼至長，我所見到的父親是一個平常人用一顆平常心，認真而踏實地生活。同時他也用尊重，接受和包容的態度對待周遭的人和事。若說父親是棵大樹，我是小樹，他在世時，他的生命與我根株相連，給予我足夠的空間，自由地承受陽光雨露而茁壯成長。

如今他已去世十六年，形體早已化為灰燼。人間父子，一別千古，思之不免感傷、懷念。但對於有信仰的人而言，當父親氣血日衰，枝葉凋零時，他已經逐漸化為沃壤，繼續滋養著我的根株。生命的形體雖然改變，然而生命的本質卻不曾改變，且生生不息，無始無終。我也由此體會到生命的意義及奧秘。對於天父，我有無限的感恩，祂使我有幸成為父親的兒子。父親生前讓我飽享豐衣足食和關懷愛護，他過世之後，我才發現天父藉著具有形體的父親，深深地碰觸了我的心靈，向我顯示了祂慈愛寬仁的面貌。身為人父的我，願以虔敬的心情，將父親自由而開放的態度所建立的生活觀、哲學觀及價值觀傳諸後代，使子孫能有自由無礙的心靈，永遠地向天父開放，不斷地尋求天父的旨意。

2006年10月　于　加州

我的舅舅

外甥女　吳燕美

舅舅楊基振是我媽媽楊淑媛的弟弟。他一家人與我們吳家再親不過。從我有記憶以來，我們兩家彼此照顧，就如一家人。當年爸爸吳敦禮唸東京帝大，舅舅唸早稻田大學；舅舅單身，就常來玩，常抱燕生，燕平（我大姊、大哥）。後來，我們數次搬家，住不同城市；而舅舅到大連滿鐵工作。1938~1939我家第三次搬到北平。舅舅剛結婚，不久也搬到河北唐山一帶。阿媽(我外婆)也隨舅舅來河北住。1943~1946我家第四次搬回北平住。我們兩家見面機會更多。爸媽好客，當時在北平的台灣知識分子不少，如張我軍、張深切、江文也、洪炎秋、洪耀勳等，

常聚我家。記得舅舅、吳三連及沙菊生是在我家,在阿媽面前結拜三兄弟的。

戰後1946年秋,兩家差不多先後時間由北平返台北的。先搬住為鄰居。1949年以後兩家又分別搬了家。舅舅不滿台灣政局,有一年,去競選台中縣長,同一年,爸爸也競選台中縣議員。結果兩人都敗選。舅舅又回到他鐵路局,爸爸也回去繼續經商了。舅舅因了他的政治理念而被列入黑名單,行動不自由,無法發揮他的才華,又一直不能出國,很不得志。

舅舅較晚婚。他家的最大孩子瑪莉與我家最小的老六燕景同歲。我家六位中的四位,和他家的四位孩子都先後來了美國。舅舅和舅媽1978才移民來美。我父親1974以後也每年來美國報到。在美國,我們雖不住同一城市,但一有機會就相聚。我與瑪莉 (舅舅的長女)、宗仁 (長子) 同住華盛頓州,與舅舅見面機會較多。我數次聽他講他一生奮鬥史及他的抱負的話,只是很遺憾,沒有錄音下來。

他曾有很多輝煌的過去;善交友;他能言也敢言,能寫也敢寫,敢替人抱不平,講正義。他最喜歡的男明星是John Wayne,就是因為他常演的有義氣、為理念抱不平的個性的角色。但,就對他自己個人的一生,他最語重感慨的遺憾,大致如下:

・由中國大陸回台後,我想做個有為的中國人,藉雷震的《自由中國》雜誌向國民黨諍言,但因雷震被抓及二二八事件,我對國民黨的中國夢幻消失。

・特別是到美國之後,我要幫「黨外」及愛台灣的台美人士,為台灣賣力,但鞭長莫及。

他的這番談話,也是給我印象最深的幾句。他算是代表了他那時代台灣人的悲情人生吧。

舅舅和舅媽來美國後,有一很大的願望,就是想找一適當的人,能了解舅舅一生的心路歷程的人,幫他寫本傳記。我也幫他找。但總不順利。如今,得到黃英哲教授的幫忙與指導,舅舅的日記及著作得以出版;它可當作研究20世紀一些台灣知識分子心聲的原始資料,也算是

舅舅對歷史的一大貢獻。舅媽也達到了她部分的願望了。

2006年10月25日　于　美國西雅圖

小舅舅生平點滴一二

外甥　吳燕坤

　　楊家在台灣清水是個望族，人才輩出，延衍綿亙。但我心目中最親近的舅舅只有三位：楊緒勳、楊肇嘉和楊基振。我們弟妹分稱他們為、高舅舅，胖舅舅與小舅舅。因為甲午戰爭後，台灣分割予日本，三位都與日本很有淵源。高舅舅一生定居神戶，我們姊弟四人曾在那裡寄居一年。做過總統資政的胖舅舅早年曾居東京、上海再返台灣，生前一直保持連繫。小舅舅自日本早稻田畢業，在滿鐵工作，曾住東北、唐山與天津，後來搬回台灣，接觸更加頻繁。小舅舅是先母的親弟弟，我們關係當然比其他兩位堂〔表〕舅更密切。可惜許多對舅舅該記的事，也許我把人生當鴻雁爪泥，都忘記了，如今只能單單記上一點兒。

　　小舅舅楊基振在族譜排名時不知如何陰錯陽差排晚了一輩，其實做過台中市長的楊基先及當過華南銀行董事長的楊基鈺或當過經濟部長的楊基銓都稱小舅舅為阿姑(台語舅舅)，舅舅輩份是很高的，當年娶了彰化詹氏為妻。小舅媽長得如魚沉水，標緻異人，性情柔和，對人忠厚。小舅媽生瑪莉、璃莉及宗仁。可歎的是三位表弟妹稚年時她便夭逝。小舅舅對人很有感隋，哀痛經年。小舅舅酷愛探戈舞，記得當時他常放Blue heaven 這個曲目，然後閉眼遐思小舅媽。

　　小舅舅到過我們北平東城孟家大院小住過，外祖母也來，氣氛熱鬧。當時他曾與東北幫或天津幫的沙菊生及當過台北市長的吳三連在香煙嬝嬝中結拜為兄弟。其實沙、吳兩位伯父遠比小舅舅年紀為大，這証明小舅舅少年老成，為人器重。後來小舅舅抱病又到我們北平西城高華里的花廳待了一陣，當然關係又深了一層。記得當時他對新詩很有興趣。他喜歡的文人包括郁達夫與郭沫若等。他還給我看過手跡清秀整齊的詩文，當時我還不知道小舅舅在這方面的造詣。

　　瑪莉、璃莉及宗仁小我六歲到十歲，在北京，台灣和美國經常相處

一起，形同親妹弟，小舅舅為人正直，講義氣，為了打抱不平，結識貌美、直爽、能幹並好運動的張碧蓮小姐，相愛，結緣，終成眷屬，後來生了非常有才華的表弟，宗義。舅媽會做人，擅烹飪，在美又讓我們楊吳兩家關係更上一層樓。小舅舅和舅媽還曾專程由新澤西到中南部阿肯色偏僻的松岩城來看我。

小舅舅在滿鐵工作極佳，職位遞升，中日戰爭後回到台灣便當了台灣鐵路局專員。因為他不是國民黨員，專員一作就是幾十年。早年國民黨腐敗黑暗，小舅舅為愛台灣曾競選過台中縣長。競選測票時一路遙遙領先，甚至獲得很多鄉鎮政府人員的公開支持。開票當晚前數小時仍以高票優勢占先，孰知台中縣突然停電，助選人員表哥郭清海等被捕，次日票數宣佈反勝為敗。以後小舅舅被列入黑名單，不能出國。當時人民生活艱苦不堪，缺乏自由，這是小舅舅日後對「國家要民主，才有機會強盛」的政治理念促成的主要因素之一吧？

小舅舅應該不屬於對省籍有太狹窄觀念的人。有一次他千里迢迢搭機去看一位外省的下屬，張秘書，我也在場，他還要我跟張秘書孩子勤加往來哩！

小舅舅潔身自好，不趨炎附勢，有原則，敢說敢做，但對子女疼愛有加。表妹表弟幼時，他常愛講的一句話：「趕快吃，吃飽了就給你們餅乾吃」。私下想，吃飽了怎能再吃餅乾?也許這是哄孩子的話，但也未嘗不是如今常提到「吃飯八分飽」的原則的開端？

舅舅和舅媽對我們在美弟妹都很關心，曾建議大家退休後一起搬到大表妹，瑪莉，華盛頓州大牧場共度餘年。舅舅已走多年，牧場不復在，舅舅的熱忱亮節，及我們的親情永註。

2006年10月10日

Dear Pa Pa

長女瑪莉與次女璃莉

It has been 16 long years since you passed away. How time flies! Your book of historical records of your time based on your diary of 1943-1950 is finally being published. Your request has finally been accomplished.

819

Lily and I don't know where the last 16 years went. We miss you so much, so very much. We are both retired from our hectic outside work. Lily and I have talked often and wished that you could have lived a few years longer so that we could now have times together.

It must have been very difficult for you when our mother died. She was only 30 years old. She left you with three kids, 3, 5, and 7 years old, and your mother who was not in the best of health. In your Memoir about our mother published in 1952 and the Memoir of your mother published in 1955, you expressed your deep love for them and for us. Unfortunately we kids were too young to understand your feelings, your loneliness, to give you any comfort.

You were a scholar but you chose to have an import/export business to make quick money to support us. What a disaster that was! You were too honest and naive to be doing business. You trusted friends who took advantage of your naivete and stole from you. Yet you sent Lily and me to private schools. We were far away from you for five years. You never let us know how difficult it was for you to come up with our tuition every year. Father's love never ends.

Lily and I have often thought about the good times we spent together as a family in Taiwan. You worked hard all your life, but you knew how to enjoy life too. You had a kind and warm smiling face at all times. We remembered the times we went to Bei-Tou for sulfur baths, the number of times we went to Yang-ming park, the number of times we played hooky to watch matinee movies, and the number of times we went on outings as a family, etc. etc. We cherish those good memories!

You taught us how to balance our lives, among other things. The cruise to Alaska we made together was so enjoyable. You were feeling good and we talked a lot. In our busy life in America, one can become workaholics and lose track of the meaning of life. We were so grateful that we were able to take some time off work and be together. We regret that we didn't go to China with you in 1982. We would have learned so much from you of our earlier lives in China.

Pa Pa, you told us so many time how you loved your adopted country, America. You said that this is the only democratic country on earth. You only got to enjoy 10 years of complete freedom in this new country.

Our biggest comfort is that you found God before you passed away. We know that you are now with our mother in God's world. Please pray for us until we meet again.

Your loving daughters,
Ma-li & Li-li

My Grandfather

次女璃莉之子 Mark Jerng

I was not old enough to remember Ah-Goong's distinguished career as a statesman; but I was lucky enough to see what a loving husband and caring father and grandfather that he was. I saw the respect that he commanded from others and the dignity with which he earned himself. When I was around him, he always walked slowly with his hands crossed behind his back. His hearty laugh always surprised me, because it showed me the fun-loving person behind the dignified grandfather.

I still remember the way he held on to my hands with all the strength that he had just shortly before he passed away. I think of him often, for the qualities that he had continue to inspire me in my professional and personal endeavors.

Your grandson,
Mark Jerng

Ah-Gong's Lessons on Life

次子宗義之長子　楊奕斌 Peter Yang

I still remember with chilling clarity when the phone rang in the middle of the night during March of 1990. As a kid, I always slept through the whole night without waking - but for some reason, I was awake that night when the phone rang. I knew right away the call was concerning my grandpa. Ah-gong, as my siblings and I called him, had been sick and bed-ridden for the past nine months. Thoughts of "his time has come" raced through my mind. A minute later, I heard my dad rush out of the house. The next morning, our fears were confirmed. I was 14 years old when ah-gong passed away.

While ah-gong was alive, the only personae I knew him as was my grandfather. I did not know he was a statesman. I was not aware he built railroads. I did not know he had such a prominent role in Taiwan history. It was not until much later after he had passed, that I learned about the significance of his life.

My father asked me to write a tribute to ah-gong to be included in this book. As I reflected on my relationship with ah-gong, I realized there were three traits inherent in ah-gong that left very deep impressions with me. It is these three traits, which became the life lesson's I learned from ah-gong, that I would like to share.

#1 Visionary

I have been alive for 31 years, and during these 31 years, I have personally known only two people to be true visionaries, one of whom was ah-gong. It is rare to meet someone with a genuine vision to change the world for the better and even more rare that the person holds a deep enough conviction to pursue it. However, I believe developing a vision and working towards that vision is one of the most important aspects of every person's life.

Ah-gong embodies the essence of a visionary in his belief of a democratic Taiwan. I will not go into details on how he pursued his goals, for this book should adequately characterize his efforts. What I would like to stress is that fact that ah-gong had a true vision, and it inspires me to develop my own. Developing my own vision has been in the works for years, and it is not easy. Nonetheless, I firmly believe it is one of the most important things I will do, and I continually look towards ah-gong's example to inspire me.

#2 "Water in the rice cooker?"

Ah-gong would have flourished had he lived during the renaissance period where knowledge and higher learning reigned. As a scholar, statesman, businessman, and politician, ah-gong had achieved much in life and his contributions were great. He was a big picture person, and big picture people have their limits. If, for example, ah-gong lived among farmers or artisans, he probably would have starved to death. I remember, as a child, that everyone good-naturedly made fun of ah-gong for his lack of know-how regarding everyday tasks. One ongoing joke was that ah-gong only knew how to plug the rice cooker in, but did not know he needed to add water to the rice to cook it.

Ah-gong did not know how to drive. He never pumped gas before. He probably never cooked before. How did a person who lacked so much common, everyday knowledge become so successful? One simple answer: my grandma, or ah-ma.

Ah-ma is one of the most neng-gan (knows how to get things done) people I know. We used to own a ranch in Washington state, over 800 miles from our home in California. As kids, my sisters and I would go to the ranch with my grandparents during the summer. It was a chance for us to help out and play on the farm. Ah-ma would drive us all the way there (over 15 hours) and all the way back. I would guess she made over 40 such trips. She is a very capable woman, who took very good care of ah-gong.

As I reflect on my grandparent's relationship, I realize how much ah-gong relied on ah-ma. Ah-gong would have, without a doubt, done well if he never met ah-ma, but he would not have accomplished as much as he did. Herein lies the lesson of the "water in the rice cooker." A person can do well by him/herself, but only with the support of others can a person accomplish great things.

#3 Drink chocolate milk, but not too often

As children, my sister and I would often spend a few nights at our grandparents' house. I vividly recall one of the biggest treats we received when we stayed over there was the chocolate milk. My grandparents had a chocolate powder that we mixed into the milk to concoct the most delicious chocolate milk. Sometimes we would stay there for a few days at a time, but we were allowed to drink the chocolate milk only once per stay. One time during a stay, I asked ah-gong if we could drink a second glass of chocolate milk. Neither my sister nor I have ever asked for a second glass. To this day, I still remember ah-gong's response: "If you drink chocolate milk all the time, it will not taste as good anymore. If you only drink it once in a while, it will always be delicious."

I do not now why this incident left such a deep impression on me. At the time, that statement made sense to me, more or less, even though I was very young. It was only when I was older that I realized ah-gong was trying to teach me the importance of moderation.

Ah-gong was very good about not doing anything in excess. He was always very calm and collected. In fact, I have only heard him raise his voice once in my life. Looking at the way ah-gong lived his life really inspired to follow suit. More importantly, I also realized that one can not enjoy anything in life if one does not live in moderation. Too much of any one thing will dilute its value, just as too much chocolate milk will make it taste like just regular milk.

Conclusion

I was still young when ah-gong passed away and I have many joyful memories of him while he was still with us. I knew he loved me and my siblings very much. He continues to be an inspiration to me and to all who knew him.

在楊基振先生喪儀彌撒上奉獻的幾句話

徐鄂雲

諸位女士、諸位先生！

方才，承楊基振先生的公子，邀我上來講幾句話。是的，以我和基振兄四十餘年的交誼，亦確有此義務。頓時間，回想往事，僅作幾句簡單的陳述。

我和楊先生相識，是略在台灣二二八事件之前。有一天在台北新中華大酒家席次，都是些台灣的尖端人物。其中有高雄的陳啟清、基隆的紀秋水等等，和長官公署交通處長任顯群。時經介紹，我就感覺到和台灣同胞建交，楊基振先生已經是第六人了。早在前清宣統二年(1910)有霧峰的一位林〔瑞騰〕老先生帶著四個小朋友來到上海，投入蓬萊路梅澤書院(小學)，我和其中最小的一位叫作林正霖的同一教室，所以他成為我第一個台灣朋友。他的堂兄林正熊比較高班。還有他們的表親楊寶應、寶璜又是一對弟兄。迨台灣光復後我才結交楊肇嘉、基振兩弟兄。在初肇嘉避居上海，我是去他愚園路寓所相會的，所以基振兄是第六位了。

當時楊先生以台灣光復而返回故鄉，滿心想以他的學術經歷，對戰後中國的建設事業有所貢獻，但以當年陳儀統治台灣的情況而言，卻不容其作過於單純的設想。楊先生早年受日本教育，而在滿鐵服務，屬於專業性質。日本侵華時期調來華北工作，亦屬經建範圍。係涉軍機關的公務交往，所〔作〕都為中國方面做了不少好事。可惜這都不是台灣當道之見聞所及。在此長話短說，重點要歸到陳啟清等知情而有言責的角色出面為他關說，辨明往事，楊基振先生不是資敵，亦非附逆，方得到當道之理解。由此可見那次新中華之一敘，也就值得我們今天的回念了。試比乃兄楊肇嘉先生之為當道不諒而未即返回故鄉，便是事實的說明了。當時我還是交通處專門委員，初以嚴家淦先生首次回渝，便中物色路政人才，把我從貴州省政府顧問職位上調來，擔負整理台灣鐵路任務，適以奉命審核人事，幸能提拔楊先生暫先屈就視察職務徐圖開展。這樣安定下來，開始了他獻身祖國，和為台灣人民效力的志願及事業。

於是我倆繼之以四十多年相共、相識之雅，深信他的一切作為，多有足資稱道者。我想從中提出兩件，留為後人追念。

第一是光復之後，台灣人民初初嚐到國民黨統治下的生活況味。可是要比日據時代爭取更多的民主自由，行將何從著手，就苦於隔海半個世紀，對中國一貫的專制作風，尤其國民黨在瘋狂的「戡亂」失敗後的鐵腕政治，都還非常陌生。幸逢雷震先生出頭領導及民、青兩黨合作之下，楊先生協同前一輩的英俊鬥士們群起而向執政黨爭取民權。請翻出舊《自由中國》雜誌一讀，就可以看到他陸續發表政見的文章，從而瞭解他的前進意志和功不可沒的鬥爭史跡。

第二是他競選台中縣長，此著以言論造勢又跨進一步了。誰說「芝麻綠豆官」得失無足計，無如台島偏狹，政局非可昔比。就算有無限戰場，對眼前專制政權作正面的抗爭即是民主的起步。所以我鼓勵其發動地方群眾力量，順應全島人民意願，在停電黑暗的氣氛中演出了一場選票的搏鬥。這是楊基振先生為台灣人民爭取民權而親身蒞陣的示範傑作。這亦是在多少年來中國人民求改進政府開倒車的逆流中打了一次先鋒。其在歷史意義上無疑是應得高度的評價的。

我為楊基振先生對中國人民不朽的貢獻，概括兩句話來做總結：

對台灣民眾灌輸了現代政治的思想，
為中國政壇開鑿了民主自由的渠道。

謝謝各位！

未完成的熱血奮鬥　楊基振遺志待接棒

陳芳明

　　楊基振先生，台灣台中清水人，生於1910年3月25日，逝世於1990年3月16日，享年八十。他的一生，經歷台灣的文學運動與政治運動，追求公義、民主、自由，未嘗稍懈。在他晚年，仍時時關心國事，懷念故鄉，對台灣表現了最堅持、最熱愛的感情。

　　他漫長的生命裏，有日本經驗，有中國經驗，有台灣經驗，也有美國經驗。畢業於日本早稻田大學的楊先生，是台灣最早的文學健將之一。他在1934年參加台灣藝術研究會的創建，以文學的反抗精神對日本殖民統治進行戰鬥。他的詩文，見於藝術研究會的機關刊物《福爾摩莎》，為台灣新文學的發展奠下重要基石。

　　早稻田大學畢業後，前往中國東北的滿鐵公司服務，是當時台灣知識分子中，少數能夠進入滿鐵的青年。在中國時期，他認識了中國與日本之間的衝突歷史背景，使他深深感受到作為台灣人的苦悶。為了瞭解當時的中國政情，他走遍北京、天津、南京、上海等地，是日據時期對中國經驗體會得最為深刻的知識分子之一。由於他具備了日本經驗與中國經驗，他很早就覺悟到，台灣人的前途必須由台灣人來解決。

　　1945年太平洋戰爭結束後，他回到台灣，目睹戰後台灣社會的蕭條景況，使他對國民黨的統治感到徹底失望。1947年二二八事件發生時，他親眼看是台灣同胞遭到國民黨軍隊的屠殺慘景。他的親戚、朋友有無數被殺、失蹤的失蹤、流亡的流亡。他的好友陳炘、宋斐如都罹難於那次流血事件之中。二二八事件對楊先生所造成的傷害，終生從未癒合。

　　1950年代以後，他與創辦《自由中國》的雷震先生過從甚密，也與創辦《公論報》的李萬居先生來往密切。楊先生對台灣時政的批評，都發表在《自由中國》與《公論報》這兩份刊物上，表達了當時台灣人不滿的心聲。1960年，他與李萬居、雷震、高玉樹、蔣勻田等人組織新黨的運動，準備建立「中國民主黨」。雷震後因遭到國民黨的羅織而被捕，新黨運動遂告中止。楊先生為此受到很大的精神打擊，從此很少

過問政治事務。

　　1964年台灣文學家吳濁流創辦《台灣文藝》，楊先生又重拾舊筆，為《台灣文藝》撰稿。他的作品，代表了台灣人在挫折時所發抒的心聲。由於他對中國人統治完全幻滅，在台期間，他就開始自我放逐。

　　1977年移民來美，是他人生裏的最後流亡。他晚年常說，他曾經把中國與日本當做他的祖國，但最後都絕望了。美國並不是他的國家，卻待他最好。這種國家認同的幻滅，是他漫長人生的最大挫折。他一直期望，台灣人能夠站起來，建立自己的國家。尤其在最後兩年，他念念不忘台灣的前途問題。他似乎在台灣的土地上看見了希望，但是他的健康情況卻不容許他繼續等待。

　　楊先生的一生，扮演了台灣歷史上的悲劇角色，他的命運，就是台灣人的命運。他生前決心寫出回憶錄，把一生的經驗紀錄下來，做為後人的借鑑。他僅寫好數萬字，但並沒有完成。從他留下來的遺稿，反映了台灣人掙扎奮鬥的一面。今天他離開我們，他的努力與追求，就等待新一代的台灣人繼承下去。台灣人建立自己的國家時，楊先生的靈魂才會安息。

　　　　　　　原載　洛杉磯《太平洋時報》1990年3月23日

五、楊基振周邊相關人物和機構簡介

一、人物篇

(編者按：以下人名為日記、書簡中出現過之人物姓名，按筆畫排列。僅有名稱而無姓氏者，經編者考查後若能查找出全名，將以「→」標示出全名，並按姓氏筆劃依序列於表格中。)

姓　名	頁　碼	資　　歷
一清	82, 85, 86, 98, 108, 121, 127, 128, 138	
乙金	60, 63, 64, 101, 103, 110, 120, 140, 142, 155, 156, 209, 214, 258, 259, 262, 264, 265, 270, 280, 287, 288, 298, 316, 366	→王乙金
丁瑞彬	394	1898年生。丁寶光次男、陳虛谷妻子之弟，辜顯榮之婿。6歲自福建泉州回台定居彰化鹿港。1924年畢業於日本明治大學法科專門部，回台後擔任鹿港大豐拓植株式會社取締役、大和興業株式會社取締役、高砂鑄造株式會社取締役、鹿港製鹽株式會社監查役、鹿港街協議會員、煙草賣捌業。1935年妻過世後，即退出辜家的事業中，而自行經營貸地業。戰後被派為第一任鹿港鎮鎮長，1946年當選台中縣第一屆縣參議員，同年4月又被選為省參議員，任期至1951年，1952年在鹿港開台灣撚絲工廠，至1956年。1979年去世。
于右任	499	1879年生。原名伯循，字右任，號髯翁，晚號太平老人，陝西三原人。1903年中舉，因刊印《半哭半笑樓詩草》譏諷時政被清廷通緝，亡命上海，遂進入震旦公學。曾參與籌設中國公學、復旦公學，並與葉楚傖創辦上海大學。1906年加入同盟

姓　名	頁　碼	資　歷
		會。在上海創辦《神州日報》、《民呼報》、《民吁報》、《民立報》等，身兼主編及記者。1912年後歷任交通部次長、陝西靖國軍總司令、國民政府委員、審計院院長、監察院院長(1931)等職。1949年隨政府遷台，前後共任監察院院長34年。擅書法，首創「標準草書」，有「近代書聖」之譽。著作《右任詩存》、《右任文存》、《右任墨存》、《標準草書》等。1964年去世。
于董事長	29	
土山課長	33	
大森參謀長	44	
子文	32, 141, 298, 489	
小坂部唐山領事	44	
川上商工課長	34, 83, 165, 167	
中平大佐	30, 31, 34, 47, 48, 49, 51, 52, 56, 58, 59, 60, 63, 64, 75, 76, 80, 126, 127, 171	
中西少佐	32, 36, 42, 43, 51, 52, 55, 68, 143, 144	
中島少尉	44	
中森總務課長	41	
尹仲容	563	1903年生。湖南省人。著名財金專家。1925年上海南洋大學電氣機械系畢業，中日戰爭期間奉派到美國紐約擔任資源委員會國際貿易事務所紐約分所主任。1949年調任台灣區生管會副主委，開始有計畫地推動農、工生產事業，並主導發展台灣的紡織業。1954年升任經濟部長，利用美援物資扶植國內紡織業的發展，並配合「耕者有其田政策」，落實自由經濟，積極發展替

姓　名	頁　碼	資　歷
		代工業如水泥、塑膠、紙業、農林等四大產業。其間曾因揚子木材公司弊案一度下台。1957年復出政壇任經濟安定委員會秘書長，隔年8月經安會改組為美援運用委員會，出任副主委，同年開始改革匯率以穩定金融。1960年兼任台灣銀行董事長。1963年因肝病過世。
元吉	239, 244, 296, 321, 443, 481, 507, 511, 518, 532, 544, 551	全名詹元吉，元配詹淑英五弟。
元佑	244, 296, 395, 396, 423, 432	
元連	234, 235	
元雄	306, 558	
元龍	29, 90, 208, 213, 218, 219, 222, 224, 230, 231, 236, 239, 242, 244, 690, 700, 713, 720	
元禧	33, 40, 41, 49, 67, 71, 72, 73, 74, 90, 91, 92, 93, 101, 103, 120, 121, 137, 138, 144, 145, 155, 208, 209, 213, 216, 219, 220, 227, 229, 230, 231, 236-239, 241-245, 284, 296, 311, 318, 319, 321, 322, 323, 365, 382, 383, 404, 421, 435, 437, 443, 444, 471, 501, 510	全名詹元禧，元配詹淑英之大弟。畢業於福岡西南學院，而後在天津銀行工作，戰後未回台，後在新華社工作，2000年左右赴美。
天求	357, 393, 394	
天華	393	
孔雄	395, 396, 507	
月霜	112, 113, 398	

姓　名	頁　碼	資　　歷
毛昭江	31, 33, 43, 155, 221, 360, 365, 396, 427, 464, 469, 470, 556	台南人。台北高等学校畢業後，赴日本留學，對日抗戰的時候住過北京，戰後回台。1947年至1949年期間，擔任麻豆國中校長。後任職於合作金庫。
王乙金	155, 156, 209, 214, 262, 264, 265, 270, 288	1903年生。楊基振之四舅。1922年台南商專豫科修業時轉到廈門集美學校，1928年在福建協和大學畢業。歸台後任彰化街書記，昇格為市後轉任市書記，1937年任花壇庄助役。
王世杰	499, 501, 502	1891年生。字雪艇，湖北崇陽人。巴黎大學法學博士，歷任教育部長、外交部長。外交部長任內簽訂中蘇友好同盟條約。另任制憲國大代表、國大代表，為國民黨制憲重要智囊。1949年8月任國民黨中央設計委員會委員，1950年蔣介石總統復行視事後任總統府秘書長，為國民黨與自由民主人士間溝通橋梁。1953年11月因「兩航案」（中國民航公司飛機投共案）與蔣介石意見不合遭免職，間接反應自由民主人士與當局關係日漸疏離的事實。1959年出任行政院陳誠內閣政務委員，1962年5月至1970年4月間任職中央研究院院長，任內促進中美科技、人文學術交流合作，設置美國研究中心、美國研究所(即今歐美研究所)。著《比較憲法》等。1981年去世。
王四海	64	
王幼呈	30, 132	
王民寧	393, 394	1905年生。原名長裕，台北樹林人。1922年赴中國入北京大學經濟系就讀，1925年入日本陸軍士官學校。回中國後，1938年因戰功擢升為獨立工兵第五團少將團長，為當時工兵兵科中之最高官階。戰後擔任台灣省警備總司令部副官處少將處長。1947年，調派台灣省警務處處長，為台籍人士擔任警政重要職務之第一人。同年著手改組母校「台灣商工學校」，易名「台北市私立開南商工職業學校」並辦理財團法人登記。1948年擔任第一屆國民大會代表，並曾連任三屆主席團成員。1954年，與高玉樹角逐台北市長失利。另自1953年

姓　名	頁　碼	資　　歷
		起任台灣省政府委員，直至1972年退休。1988年去世。
王玉仁	465	
王玉田	408	1917年生。安徽蕪湖人。當代京劇名家。從小秉承家傳拜師學藝，曾拜李克昌門下並從藝于張榮奎、苗勝春。青年時期就讀於外語專科學校，畢業後在洋行工作，後辭而專心於京劇表演活動。1950年代隨劇團到上海，得周信芳大師的青睞，並隨後調到上海為周信芳大師配戲。之後相繼和譚富英、奚嘯伯、芙蓉草、孫盛文、宋寶羅、高盛麟、王琴生、王金璐、李玉茹、童芷苓等藝術家同台獻藝。1982年退休至今。在長期的京劇藝術生涯中，扮演了許多栩栩如生的角色，著名京劇表演藝術家周信芳丰演的劇目中所需配白臉的角色均由他擔任，除梅蘭芳外，所有京劇名演員，王玉田都配過戲。長期對京劇事業有所貢獻，曾被中國京劇藝術基金會京劇藝術鑒定委員會授予「老藝人資格證書」之肯定。現年92歲，定居上海。
王白淵	10, 14, 372, 804	1902年生。彰化二水人。二水公學校、台灣總督府國語學校畢業，與謝春木為同窗。1925年赴日本東京美術學校求學，畢業後任教盛岡女子師範學校。旅日期間於1931年出版詩集《荊棘之道》，收錄在日期間的作品。1932年因「東京台灣人文化同好會」檢舉事件失去教職。1934年前往上海，任職於謝春木所創之華聯通信社，並擔任上海美專圖案系教職。1937年遭日軍逮捕，判刑8年，並遭返台灣服刑，6年後出獄。戰後初期曾擔任台灣文化協進會創會理事之一，並擔任機關誌《台灣文化》之編輯。此外也主編《台灣評論》雜誌。1950年4月19日被以「知匪不報」判處有期徒刑2年，翌年1月獲暫時保釋，1954年始出獄，出獄後抑鬱寡歡，於1965年去世。
王仲岑	58, 93, 105, 106, 155, 156, 236, 242	

姓　　名	頁　　碼	資　　　　歷
王仲宜	194	
王有祥	270, 276, 419, 469, 470, 496	
王有德	196	
王有樑	533	
王君佐	362, 372	
王昆座	434	
王松波	199, 201, 204, 373	
王芹藻	29, 41, 45, 435	
王金海	336, 403, 422, 519, 527, 565	1895年生，彰化市人。1917年台灣總督府國語學校畢業，1924年早稻田大學商學部畢業，隨即入同校大學院研究信託業。在日本留學期間加入新民會，並參與《台灣青年》撰稿工作。1925年大學院畢業後入安田銀行服務，1935年辭職。其間曾出版《有價證券信託論》、《信託業法論》等書。1939年入大東信託株式會社，為支配人代理。戰後彰化銀行於1947年改組為彰化商業銀行。林獻堂被選為董事長，與林猶龍、郭坤木為常務董事(1947-1966年)，期間亦任彰銀總經理(1947-1952年)、南華化學工業公司董事。
王柏榮	128, 337, 494	台南人，戰前在上海開振亞銀行。
王為清	520, 521, 524, 555	
王英石	221, 550, 552, 553, 554, 557, 560	嘉義人，其父為王傳宗(台灣總督府醫學專門學校畢業)，王英石亦為醫師，曾開設「英石診所」。
王彩雲	505, 506, 507	
王添灯	23, 248, 249, 252, 571, 576, 692, 694, 714, 716	1901年生，台北新店人。日本時代曾服務於新店庄役場，並於夜間赴成淵中學上課，不久調至台北市役所。認識楊肇嘉、林獻堂等人，並加入台灣地方自治聯盟。後因日本軍閥得勢，無法推廣地方自治運動，遂創立文山茶行，經營茶業貿易，出口至新加坡、印尼、琉球、大連、天津等地。戰後任台灣茶商公會理事長、《人民導報》社長、《自由報》創辦人，並當選

姓　名	頁　碼	資　歷
		台灣省參議員等要職。1947年二二八事件時，擔任處委會常務委員兼宣傳組，後遭殺害。
王習孔	450, 451, 455	江西安義人。國立英士大學畢業，中訓團、革命實踐研究院結業。曾任隊長、科長、組長、主任秘書、第三屆至第五屆省轄市(台北市)市議員。
王滋	554	
王進發	343	
王雲龍	506, 513, 515, 516, 517, 518, 520, 527, 528, 531, 533, 550	台南縣人。日本早稻田大學政治經濟學部經濟學科畢業。曾任台灣省臨時省議會議員，泰雄行總經理，台灣區生產事業管理委員會常務委員，台灣省公營事業出售估計委員會委員。
王萬賢	260, 267, 338	板橋人，父王乞食。日本京都同志社大學畢業，1930年前往滿洲，在滿洲中央銀行國庫科任職。戰後暫時服務於長春中央銀行分行（原滿洲中央銀行），而後回台從商，娶日本人為妻。
王榮詮	342, 343	
王熙宗	359, 548	中國地方自治研究會會員。
王碧光	223	
王齊勳	279, 334	
王課長	28, 64	
王燕	29, 50	
王錦江(王詩琅)	260, 266, 269, 270, 286, 305	1908年生。本名王詩琅，筆名王錦江、一剛。台北萬華人。1927年2月因無政府主義團體「台灣黑色青年聯盟」事件被捕入獄。出獄後應《伍人報》、《洪水報》、《明日》等左翼刊物之邀，以漢文撰寫詩與評論，開始了文學之路。陸續發表〈夜雨〉、〈沒落〉、〈十字路〉等作品，反映社會運動被鎮壓後知識分子的挫敗。1936年8月至1937年3月代楊逵主編《台灣新文學》，策畫編輯「漢文創作特集」（1卷10號），於皇民化壓力下積極提倡漢文創作。1938年赴廣東任《迅報》編輯，戰

姓　名	頁　碼	資　歷
		後曾任國民政府軍事委員會廣州行營台灣籍官兵總隊政治教官，後回台灣。初任《民報》編輯，後編輯《台北文物》、《台灣文獻》、《台灣風物》等，1975年著手翻譯《台灣總督府警察沿革誌》，積極整理日治時期史料與台灣民俗。著有《日本殖民體制下的台灣》。1984年去世。
王耀東	264, 270, 271, 277, 286, 288, 308, 309, 313, 327, 336, 358, 359, 363, 401, 404, 486, 499, 501, 504, 514	彰化人，台北帝國大學附屬醫學專門部第二屆(1938)畢業，美國哥倫比亞大學碩士。曾任台北更生醫院醫局長、高雄醫院醫官補、省立錫口療養院院長、台北保健館館長，兼任台灣大學醫學院教授，1967年任升格直轄市的台北市衛生局長。
王蘭亭	196	
丘念台	359, 361, 365	1894年生。原名伯琮、國琮或單名琮，台中人，丘逢甲之子。1913年赴日留學，1919年進入東京帝國大學物理科，旋轉採礦科。在學期間曾組織中、台留學生交流感情與切磋學問的「東寧學會」。之後結識台灣菁英林獻堂、楊肇嘉、蔡培火等人。七七事變後，以中山大學教授身分至廈門、汕頭宣傳抗日。1939年受第四戰區司令長官張發奎之聘，擔任少將參議，1943年中國國民黨在福建漳州成立台灣直屬黨部，擔任執行委員。戰後，1945年底出任監察委員，翌年返台推展台灣省黨部工作。戰後處理戰犯時，丘念台反對台灣省行政長官陳儀逮捕漢奸及頒布「台灣省停止公權人登記規則」等作為，他曾為台籍人士向南京當局請命，認為為日軍工作的台籍人士是出於被迫，不可以漢奸治罪，並屢率台籍人士赴南京，企圖調和雙方歧見，以建立和諧的新關係。二二八事變發生後，他曾應國防部長白崇禧之邀返台，同年7月出任台灣省黨部主任委員。1950年4月受聘為總統府資政，之後因監委不能兼任資政，於1953年喪失資政名位。翌年前往日本，試圖遊說主張「國際託管」和「台灣獨立」的台

姓　名	頁　碼	資　歷
		僑改變立場。1957年被選為中國國民黨中央委員，並連任4次中常委。1967年去世。
加藤 司令官	44	
北村憲兵 隊長	44	
四舅	48, 49, 74, 90, 137, 138, 157, 158, 205, 209, 211, 214, 218, 219, 232, 240, 245, 250, 253, 255, 256, 258, 259, 260, 261, 263-267, 269, 271, 278, 279, 280, 283, 285, 287, 312, 318, 322, 329, 334, 335, 346, 348, 349, 367, 374, 401, 421, 425, 434, 436, 438, 440, 443, 444, 453, 471, 477, 484, 486, 497, 510, 564	→王乙金
平山泰	50, 51	1890年生。長野縣人。1916年東京帝大政治學科畢，1931年1月到9月任高雄州知事；接著任台北州知事至1932年3月15日，時恰為《台灣新民報》創立前後，林獻堂等人到台北來，每與州知事常有往來。1933年前曾任台灣總督府秘書官兼同府參事官、同府事務官復興事務局書記官，以後退職回日，1941年再任台灣紡績株式會社社長，不久退任。
永井所長	32	
玉梅	216, 386, 449, 452	
田淵	37	
甲斐	42, 43, 67, 98, 99	
白崇禧	23, 249, 252	1894年生。字健生，廣西桂林人。1926年畢業於保定軍校第三期，為新桂系要角之一，有「小諸葛」之稱。北伐期間曾任國民革命軍副總參謀長，收復杭州、上海，

姓　　名	頁　　碼	資　　歷
		兼任淞滬警備司令。1928年任第四集團軍副總司令兼新編十三軍軍長，1929年3月桂系與蔣介石中央軍衝突，桂系失敗，回駐廣西，1937年對日抗戰，任軍事委員會委員，屢次赴戰地督師，贏得武漢會戰、徐州會戰、長沙會戰、鄂東會戰等戰役。戰後任首任國防部長，1947年3月奉派赴台處理二二八事件善後事宜，宣示寬大處理方針。11月當選第一屆國大代表。1948年底連署要求蔣介石下野，1949年策畫在湖南進行防禦計畫，因湖南省主席陳明仁降共而失敗。來台後任總統府戰略顧問、中國回教協會理事長。1966年去世。
石大夫	37, 38, 39, 40	
石再祿	504, 505	
石美瑜	546, 546, 551	法學家，曾任南京大審軍事法庭的庭長，來台後在台北羅斯福路開設律師事務所。
石純兄	301, 313, 336	
石朝波	382, 383, 541, 544	
石錫勳	269, 299, 329, 443, 717, 782	1900年生。彰化縣人。1922年畢業於台灣總督府醫學專門學校。長年從事反抗運動，歷任台灣文化協會理事、台灣議會期成同盟會理事。1923年治警事件發生，遭到搜查並扣押，後被判罰金百圓。1927年台灣文化協會分裂後，仍繼續留在該會。此外，亦曾任南亞製粉株式會社社長。戰後之初被推為彰化市接管委員會主席、彰化市長、三民主義青年團彰化分團主任等職，1946年當選彰化市參議員，但1954年起以無黨籍身分三度競選彰化縣長，均告失利。1957年與李萬居、郭雨新、吳三連、高玉樹、楊金虎、許世賢等人發起組織中國地方自治研究會，但該申請遭駁回。1960年參與以雷震為首之中國民主黨組黨運動，被推為17名召集人之一。1963年參選省議員，高票落選。1968年被青年黨提名為彰化縣長候選人，旋因涉及彰化顏尹謨案，遭判刑7年。經抗日老友蔡培火奔走營救，獲保外就醫，避居高雄。1985年去世。

姓　名	頁　碼	資　歷
立石中尉	45	
任顯群	450, 451, 474, 499, 500, 515, 516, 540, 824	1912年生。原名家驪，江蘇宜興人。東吳大學法學士，曾就讀日本中央大學，又入羅馬皇家大學為研究員。曾任職鐵道部、交通部糧食管理局、糧食部等。1946年5月在陳誠舉薦下，繼嚴家淦擔任台灣省行政長官公署交通處長，並倡導成立台灣航運公司，次年長官公署改組為省政府時離台，任中央銀行顧問及杭州市長等職。1949年再度來台，同年12月吳國楨出任省主席時任財政廳長，1950年1月兼任台銀董事長（1951年3月卸任），任內曾發行新台幣制止通貨膨脹，首創愛國獎券及統一發票制度。1953年4月繼吳國楨請辭省主席後卸任公職改業律師。該年與京劇名伶顧正秋結婚。1955年時被人以「知匪不報」罪名而遭判刑，於1958年假釋。1960年開闢經營金山農場。1975年去世。
吉野中將	51	
朱世龍	536	安徽人。日本早稻田大學畢業，河北法商學院教授、安徽清陽縣縣長、浙江麗水縣縣長、經濟部主任秘書、工商部商標局局長，遷台後為第一屆立法委員。
朱昭陽	402, 403, 499	1903年生。台北板橋人。幼年學漢文，8歲入板橋公學校，15歲入國語學校。1921年畢業後與好友曾人模赴日，插班東京私立麻布中學，後考上東京第一高等學校。1925年入東京帝大經濟學部，指導教授為矢內原忠雄。在校期間通過高等文官考試、司法科高考與大藏省就職考試。1928年入大藏省專賣局，直到戰敗前都待在日本。日本投降後，在等待返台期間，曾與謝國城、宋進英等人在日本發起「新生台灣建設研究會」，並擴大組織為「東京台灣同鄉會」。1946年回台，應市長游彌堅之命，接掌市立大同中學，並於同年10月辦「延平學院」，但隔年碰上二二八事件而面臨停辦厄運。1948年朱昭陽改任職於合作金庫，1974年退休。平生熱心於教育事創

姓　名	頁　碼	資　　歷
		業，1948年9月改辦「延平補校」(現私立延平中學)。因政治立場不受容於當局，曾於1949年被關，一百天後獲釋。2002年去世。
朱華陽	269, 499, 500	台北縣人。朱昭陽之三弟。1932年畢業於東京帝國大學經濟系，曾被譽為台灣最優秀的馬克思主義經濟學學者。戰後回台，於1946年4月1日任台灣省台灣拓殖株式會社接收委員會專員。延平學院設置後，乃辭職任該學院專任教員，1949年9月23日與兄朱昭陽被捕，被判刑六年。出獄後任職紅十字會台灣省分會。
江海流	486	
池田亮	41	
池田華陽	32, 33, 36, 37, 41, 90	
何正義	32, 132	
何區義	45	
何景寮	565	1903年生，高雄縣人。台中第一中學畢業，後赴中國入廈門大學豫科、上海大廈大學文科。居留上海期間加入中國國民黨。1927年畢業後返台，參與台灣文化協會及台灣議會設置請願運動。1931年起先後任《台灣新民報》台南、台中、高雄支局長，1937年另組民報商事社。珍珠港事變後舉家赴中國，上岸前船隻遭擊沉沒，其夫人及二女均遇難，僅何氏倖免，遂在廈門市經營新民公司。戰後任台灣省政府顧問，協助政府接收工作，嗣任台灣省自治研究委員會委員、監察委員、第一屆立法委員。1978年去世。
何義	399	台灣省參議會第一屆議員。
何耀玉	526	
佐藤經理局次長	52, 77	
伯淵	369	

姓　　名	頁　　碼	資　　　　歷
吳三連	18, 72, 214, 219, 241, 266, 270, 278, 287, 302, 326, 376, 379, 399, 403, 458, 481, 516, 551, 715, 719, 805, 816, 817	1899年生。字江雨，台南縣學甲鎮人。1911年入公學校，後考入台灣總督府國語學校，畢業後赴日就讀東京商科大學（今一橋大學）。在日期間參與新民會，在《台灣青年》、《台灣雜誌》、《台灣民報》撰文。台灣文化協會、台灣議會設置請願活動等，均多所參與，扮演要角。畢業後，先入大阪《每日新聞》工作，1932年《台灣新民報》創刊，返台籌辦，後出任《台灣新民報》東京支局長，1940年因反對日本對台米穀統制政策，被迫去職，避居天津營商維生。1945年中日戰爭結束，協助滯留平、津台灣同鄉3,000餘人盡速返台。1947年當選國大代表，1949年派任台北市長，1951年當選首屆民選台北市長，1954年卸任。後當選兩任台灣省議員。同一年與台南鄉親共組台南紡織公司，為台南幫企業集團之肇始，後參與許多重要企業之組織與經營。1959年在台南幫企業資金支持下，參與《自立晚報》之經營，任發行人。先後參與創辦台北延平中學、天仁工商、南台工專（已改制為南台科技大學）、吳三連文藝獎（後改稱吳三連獎）等，致力於文教與社會公益事業。1988年去世。
吳文煌	267	
吳水柳	395, 451, 485, 488, 501, 503, 505, 511, 518, 525, 532, 546	
吳石山	266, 305, 337, 551	
吳江雨	203	
吳竹性	454	台灣新竹人，新竹中學畢業後赴東京鐵道教習所專門部研究鐵路機務技術二年，歷任台灣省鐵路工會理事、常務理事、理事長、機工課長、中國國民黨鐵路黨部改造委員會委員。
吳承柳	394	
吳松江	508	
吳析	320	

姓　名	頁　碼	資　歷
吳金川	55, 60, 379, 419, 420, 422, 430, 440, 502, 512, 526, 534	1905年生。台南人，楊肇嘉長婿。日本東京商科大學(即今一橋大學)商學碩士，專攻金融、貨幣制度、銀本位問題。畢業後受師推薦赴滿洲國中央銀行任職，期間曾奉調至上海兩年，對關內外金融、經濟狀況甚為熟悉。1948年回到台灣，8月出任合作金庫信託部經理及業務部經理。1952年3月出任彰化商業銀行協理兼業務部經理、儲蓄部經理。1963年升總經理，1973年升任董事長。此外也任財團法人中華聯合徵信中心董事長、國際工商經濟研究社中華民國全國聯合會(IMC)主席、中華租賃股份有限公司首任董事長。1997年去世。
吳阿琴	421	
吳春霖	265	1901年生。嘉義市人，日本慶應義塾大學經濟學部畢業。台灣法律新報社營業部長、台灣新民報社(興南新聞)花蓮港分社主任、基隆分社主任、經濟部次長、東邦鋁箔股份有限公司常任董事、民報社總務部長。戰後，曾任省轄市(台北市)市議員。
吳祈君	423	
吳振輝	362, 423, 424, 478	1907年生。屏東縣人。父吳臥龍曾在屏東阿猴街開醫生館。小學就讀屏東公學校，畢業後負笈東瀛，先後就讀日本京都同志社中學、東京高等學校及京都帝大農學院經濟部。畢業後受聘中國東北滿洲鐵路公司先於哈爾濱任職，被派往印尼蘇門答臘擔任調查員。1947年返台，與郭啟章自新加坡將13尾莫山比克種的南洋鯽魚帶入台灣，殖育成功，故此「南洋鯽魚」被命名為「吳郭魚」，以示紀念。曾在台大農學院任教，後在農復會及農林廳任職，於65歲退休。1979年去世。
吳振興	424	
吳國信	262, 289, 295, 298, 312, 315, 396, 397, 410, 451, 455, 505, 527, 531, 532, 535, 538, 540, 541, 546	1911年生。字忠信，台南人。幼時隨父移居廈門，1927年加入中國國民黨，並隨軍北伐。1929年畢業於福建私立集美中學，繼則東渡日本，先後畢業於日本成城學院高等軍政科及法政大學，歷任第一戰區幹部訓練團上校政治教官、政訓科長、陸軍第九十八軍特別黨部秘書、陸軍第十一軍

姓　名	頁　碼	資　　歷
		特別黨部上校書記長、寧夏省軍隊特別黨部委員兼書記長、寧夏省青年遠征軍大隊長等職。戰後奉派返台，任職於中國國民黨台灣省黨部，並奉命籌組中華海員工會台灣分會。其後，轉任中國國民黨台灣省鐵路特別黨部委員兼書記長、中華海員工會台灣分會理事長，並當選為國民大會代表。
吳國楨	295, 498, 501, 539, 715, 716, 718	1903年生。字峙之、維周，湖北人。1926年獲得美國普林斯頓大學政治學博士，曾任漢口市長、重慶市長、外交部政務次長、上海市長等職。因國府欲爭取美國支持與經援，於1949年12月出任台灣省政府主席兼保安司令、行政院政務委員。主政期間著力推動地方自治、農業改革。美國於韓戰爆發後全力支持國府，致使吳氏爭取美援之地位下降，於1953年4月辭省主席職，未幾赴美。1954年2月在美嚴辭抨擊蔣氏父子獨裁專制，3月遭解除政務委員、國民黨中常委職後，於阿姆斯特朗大學任東方歷史和哲學教授。著有《中國的傳統》等。1984年去世。
吳彩	306	
吳深淵	417	
吳敦燦	277, 303, 346	
吳敦禮	22, 243, 261, 265, 287, 352, 439, 446, 475, 482, 519, 527, 548, 579, 815	1905年生。台中大甲人。楊基振二姊夫。北平大學法學院政治系畢業、日本東京帝國大學法學部大學院畢業。曾任國民政府外交部亞洲司編譯員，駐巴拿馬總領事館領事，後在外交部情報司辦事。日本占領北京後，改名吳克竣，任中華民國臨時政府外務局科長，華北政務委員會外務局科長，駐菲律賓領事館總領事，1941年11月，駐日本橫濱總領事，兼任國立新民學院教授，著有《近代日本外交史研究》、《東亞情勢概論》。戰後回台組織台灣帽蓆股份有限公司，自任董事長，而後膺選為台中縣帽蓆商業公司董事長。台灣省商聯會帽蓆小組主任委員，又被選為台灣區植物油製煉工業同業公會理事長黃豆加工

姓　名	頁　碼	資　歷
		油廠委員會主任委員，1953年在大甲創設大甲製麵粉廠，又任南華化學工業股份有限公司、台灣煉鐵股份有限公司等董事長。
吳森炎	430	
吳量進	779, 514	
吳新池	453	
吳澤民	533, 534, 535, 537, 538, 542, 543, 544, 548, 549, 551, 552	
吳豐村	450, 453, 468, 483, 514, 517, 533, 551, 555	
吳耀輝	287, 290, 308, 504	
吳鐵城	364	1888年生。原籍廣東香山，出生在江西九江（父親吳玉田在此經商），並就讀於九江同文書院。1909年經林森介紹參加同盟會，辛亥革命時任九江軍政府總參議官。後被推舉為江西省代表出席南京各省都督府代表會議，參與組織中華民國臨時政府。1913年參加二次革命反袁世凱，失敗後隨孫中山出走日本。入明治法政大學攻法律。1914年加入中華革命黨。1915年8月5日奉孫中山之命前往檀香山主持黨務，並任華僑《自由新報》主筆，力倡反袁。1917年回國，任職孫中山軍政府。並於1922年陳炯明叛變時，擔任討伐工作。1927年6月任廣東省政府委員兼建設廳廳長，翌年遊說張學良易幟。1929年當選為國民黨中央執委、國民政府立法委員。1931年任警察總監，僑務委員會委員，仍兼任國府委員。1932年1月任上海市長兼淞滬警備司令。1937年調任廣東省政府主席。1938年冬，廣州淪陷，省政府移往連縣（現連州）。後因戰事失利，由廣東籍將領李漢魂接任廣東省政府主席。1939年開始主持國民黨港澳黨務，翌年任國民黨中央海外部長，1941年任國民黨中央秘書長。1947年任國民政府立法院副院長。

姓　名	頁　碼	資　歷
		1948年，任行政院副院長兼外交部部長。1949年後，在台北任總統府資政。1953年在台北病逝，享年65歲。
呂永凱（呂茂宗）	362, 399	1900年生。台北縣人。北京警官高等學校畢業。曾任汪精衛政權的立法委員，戰後回台，當選台灣省參議員。
呂傳杏	276	
吹田主任	33	
宋光萬	358	
宋敏之	201	
宋斐如	23, 249, 252, 570, 575, 692, 714	1903年生。原名宋文瑞，台南縣仁德鄉人。台北高等學校畢業後赴中國，入北京大學經濟系就讀。在學期間主編《少年台灣》。北大畢業後曾在馮玉祥處講學。中日戰爭期間，擔任中蘇友好協會幹事，1942年任中國國民黨台灣省黨部幹訓班教育長。戰後返台，被任命為台灣省行政長官公署教育處副處長，是戰後初期行政長官公署高層官員中唯一的台籍人士。1945年12月與鄭明祿、蘇新等人創辦《人民導報》，並擔任社長。1946年《人民導報》因刊登國共和談的敏感文章，引起陳儀不滿，被迫辭去社長職。二二八事件爆發期間，宋斐如並未從事激烈抗爭，但3月9日國府軍開入台北後，仍名列當局亟欲加害的「叛亂首要人犯」，成為首批被捕人士之一而遭害。
宋維屏	40, 74, 75, 81, 82, 86, 92, 121, 145, 156, 219	台灣人。曾旅居中國，與黃烈火兩人在北京組織公司營商，因不與日人合作而大虧損。日本投降台灣剛光復時，在北平的張深切曾收容了六十幾個台灣的軍伕。安頓在學校裡住了幾個月，以便等船回台灣。當時張深切的經濟能力不太好，幸得黃烈火、宋維屏、張我軍等人的捐助，方得以供應這六十幾個台灣人吃住至返台。
李友三	394, 398, 399, 401, 404, 406, 413, 415, 416, 539, 695, 716	1888年生。宜蘭人。公學校畢業，曾任台東製糖農場主任，1920年代起投身社會運動，擔任台灣文化協會幹部、民眾黨中央

姓　　名	頁　　碼	資　　　　歷
		委員、台灣民眾黨勞農委員會委員，曾在1930年6月14日與蔣渭水等人訪問台灣總督府總務長官，反對慶祝「始政紀念日」。1931年2月18日台灣民眾黨被命令停止結社，當場有成員16人遭逮捕，翌日始被釋放，李友三為其中之一。後曾任台灣工友總聯盟書記長等職，1935年前往福建出任陳逸松辯護士駐廈門負責人。中日戰爭開始，始返台從事漢語普及運動。戰後被選為台灣省參議會參議員。
李丙心	549, 562	
李立夫	93, 126, 133, 141	滿洲國故宮博物院院長。
李年慶	415, 417	
李有福	401, 499, 513, 561	
李君晰	240, 245, 262, 422, 504	1906年生。彰化市人，李崇禮之三子，楊肇嘉三妹楊月霞之夫婿。1932年畢業於京都帝大經濟科(一說日本商科大學)。歸台後，創立台灣泉株式會社任專務。曾任彰化同志信用組合理事、彰化商工會議所議員、台灣清涼飲料水工業組合理事、株式會社東亞局取締役、彰化市砂糖小賣商組合長、南星土地建物株式會社取締役、日本炭酸販賣株式會社取締役、合資會社三奇商會代表者等職，並經營彰化戲院。戰後任彰化銀行監察人，歷任各分行經理。性好詩文，常在《彰銀月刊》、《東方少年》等雜誌發表作品，並多次參與台灣省文獻會的活動。晚年加入由王昶雄、郭水潭、黃得時、劉捷、巫永福等所組成的「益壯會」。
李孝存	556, 563, 565	
李育成	554	
李宗仁	362, 442, 489	
李定君	364	
李尚發	345	
李昌盛	364, 377, 379, 382	
李法森	447	

姓　名	頁　碼	資　歷
李金源	20, 73, 184, 185	
李金鐘	260, 263, 265, 267, 302, 305, 306, 307, 320, 326, 336, 362, 485, 546, 549	1904年生。號振南，彰化市人。1921年遭台北師範學校退學，後赴中國北京朝陽大學預科就讀。1924年轉學至日本東京早稻田大學政經科，1928年畢業後返台。1929年進入台灣新民報社。1935年辭職轉赴天津《庸報》任職。日本占領北京後，任臨時政府統稅局阿片科科長，二年後轉到汪政權服務。戰後，曾在台灣合會公司工作。
李勉之	34, 178	
李炳心	537, 565	
李炳森	450, 451, 454, 470, 538	1897年生。高雄縣人。1919年畢業於台灣總督府醫學校。1921年於高雄市開業博愛醫院。積極參與抗日運動，曾任台灣文化協會理事、台灣民眾黨高雄支部常委、台灣新民報社相談役。1923年治警事件發生，遭到傳訊。1927年台灣文化協會分裂後，加入台灣民眾黨。1928年台灣民眾黨第二次黨員大會議決成立政治經濟勞農委員會，李氏與韓石泉共同擔任經濟委員。此外，亦活躍於政經界，歷任高雄市協議會員、高雄市鹽埕第二區區長、高雄市會議員，以及楠梓罐詰（罐頭）商行代表者、高雄實業協會理事、大榮商事株式會社社長、興業信用組合監事、中西藥研究社監察役等職，又曾任高雄醫師會會長。戰後曾任高雄市參議員、高雄市醫師公會理事長等職。
李茂炎	513	1903年生。雲林斗六人。1922年台中中學畢業後繼承家業，往米穀界發展。任台南州米穀信用購買利用販賣組合常務理事，州米穀商同業組合評議員、斗六郡米穀協會副會長、斗南信用組合長、斗南庄協議會員。
李香蘭	18, 109	1920年生。本名山口淑子。生於中國撫順，父為中國語教師，在女學校第二年級時，成為瀋陽銀行總裁李際春的養女。1937年畢業於北京翊教女學院，1938年入滿洲映畫協會，以中國女伶李香蘭出道，

姓　名	頁　碼	資　　歷
		藝名用養父的李，親生父親取的名字。18歲去日本，不久成為「日滿親善」的象徵，在東寶、松竹的電影演出，1940年「支那之夜」、1941年「蘇州之夜」主題歌大流行，她成為到戰地勞軍的歌手，因此在中國人間引起批評。戰後曾一度被判為漢奸，後因出示日本身分而獲釋。1947年起改用本名，拍「曉の脫出」極為活躍，也唱出大流行的「夜來香」，並曾赴好萊塢發展。1958年和外交官大鷹弘結婚後退出藝壇。晚年熱心無國籍難民問題，並於1974年代表自民黨參選，活躍於政壇。
李振南	254, 255	
李國楨	262	
李崇禮	287, 346, 394, 695, 716	1874年生。幼名金墩，號樂山，彰化市人。1900年畢業於台灣總督府國語學校國語科，先後任職於台南地方法院、北斗辨務署、彰化廳及北斗製糖公司經理。1911年11月獲授紳章，同年被選為彰化銀行監察人。1918年任彰化同志信用合作社理事主席。1927年被選任台灣總督府評議會員。1930年出任彰化街長，1938年任彰銀董事。戰後，以最高票當選彰化市籍參議員，1948年受聘台灣省通志館顧問委員會委員。1951年去世。
李崑玉	336, 337	
李彩蘭	522	
李清波	398	
李清漂	295, 305, 306, 327, 338, 339, 362, 366, 367, 387, 388, 399, 418, 467, 482, 506, 515, 517	高雄楠梓人，日治時期在奉天（瀋陽）開設日新鐵工廠，製造車床，交由哈爾濱的航空公司使用，工廠員工一、二百人，大半是當地人。工廠為同鄉聚會場所。戰後工廠為蘇聯所接收，滯留東北期間任瀋陽市台灣省同鄉會會長，對同鄉多所照拂。戰後回台，曾任台北市公共汽車處處長。
李進之	105, 124, 149, 150, 152, 173, 174, 191, 192	

姓　名	頁　碼	資　歷
李順天	408, 409, 416	
李瑛局長	33	
李萬居	276, 277, 352, 360, 364, 392, 399, 717, 718, 719	1901年生。雲林人。1932年巴黎大學社會學博士，留法時加入青年黨，抗戰時參與國民政府中央設計局台灣調查委員會、任台灣革命同盟會行動組組長及《台灣民聲報》發行人。戰後任行政長官公署新聞專業專門委員，返台接收《台灣新報》，改名《台灣新生報》，任社長，二二八事件中任處理委員會委員。1947年10月25日創辦《公論報》，任社長，1946年起歷任五屆省參議員與省議員，在省議會中對保障民權、中央民代改選、國民黨專政等多所質詢。1958年與高玉樹等聲請設置中國地方自治研究會遭政府駁回，1960年積極於中國民主黨組黨運動並擔任常委、發言人，11月在《公論報》的改組訴訟案中敗訴，次年該報經營權被迫易手。1963年當選省議員。1966年4月因糖尿病辭世。
李增禮	33, 56, 156, 545, 546	台南人。東京外國語大學畢業，曾任華北開發公司副參事。
李賜卿	561, 562	
李曉芳	370, 401, 402, 422, 436, 446, 447, 473, 482, 518, 519	1903年生。嘉義人。台南師範學校畢業後赴廈門，進入集美中學，北京大學經濟系畢業。在學期間即加入中國國民黨，後因理念不同，於1929年返台，並參加台灣文化協會，負責嘉義地區事務。期間亦從事藥品代理及製紙業務。戰後，擔任三民主義青年團幹部，並協助嘉義地區日人遣返的工作。二二八事件時因風聲緊，不少台籍菁英受到波及，李一度離台逃往廈門，迨局勢平靖後才回到台灣並辦理自新。以後北上擔任中興公司監事，並出任台北國貨公司總經理。1949年曾因「資匪」罪名遭判刑5年，1954年出獄，從此不問政事，專心從事房地產業。1996年去世。
李燕良	536	
李燦生	317, 494	

姓　名	頁　碼	資　　歷
李耀星	317	
杜芝良	146, 191, 236, 242	
杜秋雲	525	1918年生，杜香國之女，台北第三高等女學校畢業，1955年當選第三屆台中縣議會議員。
杜香國	517	1893年生。台中大甲人，杜清之子。台灣總督府國語學校畢業後跨足實業界，先任台灣證券株式會社專務，1928年任大甲商工會長，1931年渡航爪哇，回台後任蓬萊紙業株式會社社長、大甲信購販利組合理事。政治活動方面，1926年與大甲街的陳煌、王錐、陳炘、黃清波、郭戊己等人組織「大甲日新會」，為文化協會外圍組織。1928年，台灣民眾黨第二次黨員大會後，列名經濟委員會委員之一。文學活動方面，曾任《詩報》副會長，亦與莊龍、許天奎、汪清水、陳庸、郭彩鳳、陳藻芬、陳嘉瑜等人創立「衡社」(後改名衢社)，是大甲最早的詩社。在《臺灣日日新報》、《詩報》、《南方》等報紙和雜誌發表過諸篇詩作。
沙處長	28, 32, 34, 36, 43, 47, 64, 66, 71, 75, 85, 87, 88, 89, 97, 101, 112, 103, 130, 131, 132, 135, 147, 157, 169, 170, 185, 186, 213, 242	
沙詠滄	106, 236, 242	
沙逸仙	155, 156	
沙臨川	365, 389	曾任第九屆台南市議員。後被市長蘇南成以妨害公務罪移送，終遭判刑而辭職。
沙麗川	505, 507, 511	
沈文閑	237, 243	
沈清	453	
沈榮	293, 322, 347	1904年生。台南新營人。1930年日本大學法學部畢業，同年高等考試司法科及格，隨即在台南末廣町開律師事務所，曾任

姓　名	頁　碼	資　歷
		台南辯護士會副會長、台南市會議員、台南信用組合長。1975年去世。
汪仲謷	105, 106, 159, 160	
良澤	355, 400	
京屋君	38, 41, 42, 43, 46, 47, 48, 51, 64, 71, 72, 74, 81, 82, 87, 93, 95, 96, 98, 99, 140, 141, 156, 185, 186, 228	
其立君	533, 534	
周大文	31, 203, 204, 205, 211	華北電信總局董事之一。楊基振於1944年留住北京時，曾與周氏當過鄰居。華北電信總局成立於1938年，由中華民國臨時政府與日本合資組成，致力於華北電氣通信事業之綜合營運及通信設施之改善擴充。總裁為日人井上乙彥，副總裁為華人劉玉書，另設理事六人(日人四人、華人二人)與董事二人(皆華人)。周大文於抗戰勝利後不久即以漢奸罪被國民政府逮捕。
周川	155	
周天啟	430, 452	1895年生。彰化人。自幼學習藝文，1919年經營東陽製菓商行，其出產品如蜜餞類曾參加博覽會及共進會，並被授金牌。1923年12月，周以彰化的留華學生陳崁、潘爐、謝樹元等無政府主義者為中心，回台後再結合留日學生楊松茂、郭炳榮、吳滄洲等人成立「彰化新劇社」。1924年，周天啟、謝樹元等人組織的「鼎新社」在彰化成立，配合文協的活動，在台灣各地演出，劇本內容多以促進台灣社會改革為目的。1950年當選彰化縣議員、議長，1951年當選臨時省議會議員，另從事貿易工作。
周木強	550, 556	
周有泉	432	
周旬	106	
周修曾	106, 124	

姓　　名	頁　　碼	資　　　　歷
		和藹，因此就診者絡繹於途。在小崗子的醫院於1919年改建成為僅次於滿鐵的大連博愛醫院，1923年又在寺兒溝設新院，派其妻舅陳英主持，再由台灣聘郭進木加入陣容。1932年博愛醫院聘日人日沖飛郎為副院長，已是一家綜合醫院。除小崗子、寺兒溝外，還設有奧町、甘井子分院，在大華、聖德街設有門診所，每日各醫院門診量達二、三千人。除開業外，孟天成致力養成產婆，設有博愛產科女學堂，旨在解決接生問題，並普及衛生觀念，凡入學者膳宿費均免，其所培養的助產士，在關東州助產士考試中均名列前茅，因此該校乃得備案，爾後自該校畢業者即取得助產士資格。其助產士班先後為東北、山東、上海等地培養數百位助產士。除了執業，他也進行遼東地區黑熱病調查，指出狗為黑熱病的中間宿主。1934-1936年間在《滿洲醫學雜誌》上發表相關論文，1934年4月取得滿洲醫科大學學位，也因上述論文對防治黑熱病的貢獻，1937年獲得日本醫學博士學位，也是台東有史以來第一位醫學博士。他在大連開業獲得空前的成功，1930年代即賺有三十萬圓，該院「有九台汽車，一日所走的里程等，有台灣一週之距離」，所繳的所得稅在大連市的日籍人士中居第二位。1943年7月當選為創會「大連台灣協會會長」。戰後中共於1946年控制東北，孟天成被捕，出獄後被迫交出醫院捐給公安總局。6月改名公安總局醫院，雖是名義上的院長，但個人行動受限，院務亦由他人操控。1954年公安醫院移交旅大市衛生局，孟天成被調到中國人民解放軍二一五醫院擔任院長，1967年病逝大連，享年84歲。
岡田中尉	41, 49, 61, 68, 83, 86, 87, 99, 110, 122, 141, 154, 157	
易金枝	306	1895年前後出生。台中縣人，公學校畢業。經營雜貨批發廣生商行達四十餘年。曾任台中州人會第二代會長、台中同鄉會

姓　名	頁　碼	資　歷
		一、二、三屆理事長、高雄市洋品雜貨組合長、高雄市百貨公會理事長、高雄百貨公司常務董事、總經理、南華公司總經理等職。並曾獲選為高雄市第一屆參議會參議員。
明發君	262, 292, 296, 298, 306, 307, 330, 510, 514, 552, 553	
林子畏	302	1920年生，字又則，板橋人，父林松壽，祖父林維源。日本大學畢業，返台後投入業界。戰後出資創《大明報》（晚報），二二八事件後被迫關閉。歷任興南股份有限公司、興隆股份有限公司董事長、源昌窯業廠總經理、金盛豐碾米廠總經理、大同製糖股份有限公司副董事長、又出資設《全民日報》(後與《經濟日報》，《民聲報》合併為《聯合報》)，又投資興辦博愛托兒所。
林元彥	512	
林少英	99, 155, 156	1878年生。本名林子瑾，字少英，台中市人。漢學造詣深，為櫟社成員之一，後退社，曾在北京住二十餘年。子為林雲大師。
林文騰	121	1893年生。北斗人。早稻田大學政治系肄業，回台後任教於北斗公學校，曾參加台灣文化協會。30歲左右前往廣東，就讀黃埔軍校第三期，因成績優良，畢業後留任軍校教官，當時為抗日而在廣東的留學生組「廣東台灣學生聯合會」，而以林文騰、張深切為首，非學生者組織「台灣革命青年團」，林文騰時任中尉軍官，常聯絡校中教官來指導該團，並籌劃出版該團機關報《台灣先鋒》。廣州清黨後，隨軍北伐，頗有勳績，但一兩年後即辭。當張深切等人因廣東台灣革命青年團事被捕時，林文騰也在福建被捕，1928年為台灣總督府引渡回台。出獄後他再到中國，據云抗戰期間任蔣介石日語翻譯官。戰後返台經商，並結識謝雪紅，二二八事件後謝

姓　　名	頁　　碼	資　　　歷
		聳恿林離台為林所拒，唯因此而成為被捕的對象，躲避半年餘方告無事，晚年不幸雙目失明。1978年去世。
林月雲		1915年生，彰化和美人，在彰化高女畢業後，於1933年入日本女子體育專門學校，並於1936年畢業。在彰化高女時，當台灣代表於1931年11月參加第六屆明治神宮陸上競技大會，以三級跳遠奪得第二名。以此為始，參加不少競賽而得獎。1936年5月第十一屆柏林世運，被認為可做為日本代表選手的第一候補，卻時運不濟而生病，因此未能參加，至為可惜。
林木土	491, 501, 528	1893年生。字木堂，台北金山人。1912年台灣總督府國語學校公學師範部乙科畢業，任板橋公學校教員，1914年協助實業家李景盛創立新高銀行。1919年新高銀行在廈門設分行，往任支店長職。一次大戰後，受倒閉風之累，1923年新高銀行與嘉義銀行、商工銀行合併為台灣商工銀行，廈門支店也為商工銀行接收，林氏仍任支店長；1928年台灣商工銀行撤銷廈門支店，林氏乃創設豐南信託公司接管原來業務。此一期間，林氏亦任廈門台灣公會副會長、會長及上海新興銀業公司代表。
林世宗	370	
林以德	254, 256, 262, 264, 269, 283, 290, 298, 315, 326, 338, 346, 425, 431, 445, 475, 491, 497, 503, 504, 512, 514, 517, 531, 542, 548	1912年生。霧峰庄柳樹湳人，父林錦順。明治大學畢業。戰後與林雲龍等投資台灣煉鐵與南華化學股份有限公司。
林永芳	468, 503, 505, 522	
林生旺	444	台灣總督府台北醫學專門學校第八屆（1927年）畢業。
林亦佑	327, 344, 347, 355	1911年台灣總督府國語學校畢業，任職彰化銀行。
林旭屏	23, 249, 252, 562, 572, 577	1904年生。嘉義東石人。1930年3月畢業於東京帝國大學法學部，之後繼續在該校

姓　名	頁　碼	資　歷
		大學院（研究所）專攻民法，歷時兩年。1931年10月通過高等考試行政科。1932年7月被派往台灣總督府文書課服務。同年10月通過司法科高考。1934年擔任總督府交通局書記。1936年任屏東市助役（相當市秘書），其後，歷任新竹市助役、竹南郡守、台南州商工水產課課長等職。1941年被派任新竹州地方課長兼總務課長。1942年起擔任專賣局參事、煙草課長。曾獲頒「從六位」贈勳。戰後仍任職專賣局，1947年二二八事件爆發後，不幸於3月大整肅中遇害。
林江海	487, 488, 492, 498, 502, 503, 504, 507	
林吾鏘	544	
林含鈴	372	台南高等工業學校電氣工程科畢業（第六屆），在滿洲國滿洲電信電話管理局服務。
林卓章	249, 250, 253, 254, 259, 260, 261, 262, 264, 265, 266, 492, 493, 501, 502, 504, 505, 515, 517, 519	
林坤鐘	139, 140, 142	1902年生。太平公學校高等科夜間部畢業。就學期間曾任職於新高銀行，後任職大東信託，從事金融事業。1930年代日本施行米穀統治政策之故，經營日趨困難，林氏擬赴天津另謀發展，後經周煥璋之介紹，至上海新興銀業任職，設立振亞銀行。留滬期間曾多次協助留滬的台人，以避過日本特務的緝捕；對當時留滬台人的生活情況亦頗了解。戰後回台，接任東方出版社，而後任職泰安產物保險公司董事長，退休後仍任名譽董事長。
林季商	264	1878年生。即林資鏗，又號祖密，台中霧峰人。1895年5月台灣割讓，隨父林朝棟回中國大陸。1904年朝棟去世，由林季商襲爵，旋於1913年入中國籍（1915年才脫日本籍）。1915年加入中華革命黨，並捐貲贊助革命，1918年被孫中山任命為閩南

姓　名	頁　碼	資　歷
		軍司令，歸陳炯明節制，協助孫中山革命，然為陳及閩省軍閥所忌，同年曾被捕於鼓浪嶼自宅。陳炯明叛變復被捕，後脫離軍旅，改營實業，創疏河、華對公司，1925年為軍閥張毅所捕遇害，得年48歲。生有9子，第四子林正亨於1950年亦死於白色恐怖。
林東權	402	
林金造	277	
林金殿	338, 419, 423, 434	1910年生，高雄縣鳳山人，日本長老教中學畢業後，赴日就讀日本京都同志社高等商業學校，而後於1930年畢業於九州帝國大學。之後赴滿洲國，任職於四平市協和會專務長，之後轉任哈爾濱。1945年8月蘇軍入蘇聯後，被捕至西伯利亞，幸得俄軍一滿洲人通譯的協助告知俄軍他是台灣人才被放回。回台後與日本人妻在台北市中山北路二段開甘露寺餐廳，而後任台北市政府秘書。1978年過世。
林阿昭	264	
林阿讓	285	
林建才	518	
林建仁	441	
林建生	225, 226, 227	
林泉	434, 436, 439, 440, 454, 470, 472, 482, 524, 525, 526, 527, 528, 530, 533, 534	
林炳坤	269, 288, 446	
林炳崑	295	
林秋錦	289, 298, 325, 449, 544	1910年生。台南市人。畢業於台南長老教女學校（今長榮女中），留學於東京上野音樂學校。返台後，先後任長榮中學音樂教師、台灣省交響樂團合唱指揮、台灣師範大學音樂系、台南家專音樂科主任。日治時期兩場重要的音樂會「鄉土訪問音樂會」及「震災義捐音樂會」她都曾參與演出，對當時西洋音樂的推展賦予極大的貢

姓　　名	頁　　碼	資　　　歷
		獻。台灣樂壇上知名的聲樂家陳明律、劉塞雲以及申學庸等教授，皆出自其門下。2000年去世。
林茂生	23, 249, 252, 266, 693, 715	1887年生。台南人，為前清秀才林燕臣長子。1916年畢業於東京帝大哲學科，是台灣最早的文學士。回台後在台南長老教中學（今台南長榮中學）任教務主任，1927年入台南師範任囑託，兼台南高等商業學校教授，1927年任總督府在外研究員，得以赴美哥倫比亞大學求學，1928年6月得碩士，1929年11月得博士學位。1930年1月回台，任台南高等工業學校英語科主任兼圖書館館長，後被迫離職。1943年12月13日受陳炘推荐入皇民奉公會中央本部為戰時生活部長。戰後被命協助接收台大，任職文學院，曾一度代理文學院長。1945年10月《民報》創刊，任社長，社論針砭時局，為當道所忌，而後於二二八事件時被捕、遇害。著有《日本統治下台灣的學校教育：其發展及有關文化之歷史分析與探討》。
林茂生	128, 140, 398, 420, 551	1908年生。嘉義人。日本名古屋醫科大學畢業，醫學博士。1934年畢業後，入勝沼內科學教室任副手、囑託，1939年6月任中國青島鐵路醫院醫員，1940年任華北交通株式會社副參事，北京鐵路醫院院長，長辛店分院長兼醫長。
林恩魁	559, 560, 562, 565	1922年生。高雄人。台南二中畢業後，進入東京帝國大學醫科就讀，戰爭末期離開學校前往滿洲國，任厚生研究所職員，戰後一度在衛生技術廠工作。1946年回台，入台大醫學院完成學業。就讀台大期間，曾應劉沼光之邀，參加讀書會團體，並擔任台大醫學院學生自治會理事長。1948年畢業後任職於省立高雄醫院、旗山醫院，於1950年10月30日被捕，後依「參加叛亂組織」罪名，處以有期徒刑七年，遂往綠島服刑，1957年獲釋。1999年5月向「戒嚴時期不當叛亂暨匪諜審判案件補償基金會」提出申請，獲得補償。為虔誠基督教

姓　名	頁　碼	資　　歷
		徒，對台語和台語漢字的推廣頗為熱心，曾以六年半的時間譯成台語漢字聖經，並將之無償提供給台灣教會公報社出版，也以台語漢字完成回憶錄《我按呢行過變動的時代》及歌曲集《謳咾的歌》。
林挺生	534	1919年生。台北市人。大同公司創辦人林尚志之子。1939年入台北帝國大學理農學部，1941年受太平洋戰爭影響提前畢業。1942年任職於大同鐵工所社長。1943年創設大同工業職業學校，出任校長。戰後任立法委員。為前大同公司董事長、前大同大學、大同高中校長、前台北市議會議長、總統府資政。2006年去世。
林根生	403, 504	1900年生。台中霧峰人，林熙堂長男。幼學漢學，日本大學畢業。歷任霧峰信用組合理事、新光產業社長、大安產業監查役、林本堂產業取締役、昭和興業社長等。
林桂端	23, 249, 252, 272, 281, 283, 382, 571, 576, 693, 715	1907年生。台中豐原人。1932年早稻田大學法科畢業，同年高等考試司法科及格，1933年又行政科及格，1934年登錄為律師，在東京開業。戰後回台仍任律師，1947年死於二二八事件。
林益謙	262, 325, 334, 468, 526, 527	1911年生。桃園大園人，林呈祿長子。1930年入東京帝大法學部，1932年高等考試司法科及格，1933年畢業，同年高等考試行政科及格，1934年4月任台灣總督府屬，在財務局金融課服務，1937年起任曾文郡守，1941年11月轉任總督府事務官，在財務局金融課任書記，後任金融課課長。而後到雅加達任爪哇軍政監部財務部司政官，是台灣人菁英中的菁英。戰後成為「明台會」（為1946年5月在雅加達收容所創立，以林益謙為會長，發行《明台報》共四號）會長，依父親林呈祿之意，回台為建設新台灣而努力。
林耕平	143	
林連宗	23, 249, 252, 571, 576	1905年生。彰化人。1923年畢業於台中第一中學校，1925年考入日本中央大學預科，在學期間通過日本高等行政科、三年

姓　名	頁　碼	資　　歷
		級通過司法科試驗，取得高等文官資格。1931年於台中市執業律師，兼任台灣新聞社法律顧問，曾被選為台中州律師公會會長。戰後，1945年9月當選台灣省律師公會理事長，並擔任三民主義青年團台中分團第一區隊長。1946年4月當選第一屆台灣省參議員，11月再當選制憲國民大會代表。1947年二二八事件爆發，3月1日台中市聯席會議提出「改組長官公署」、「實施省縣市長民選」，被推為代表，北上交涉聯絡；3月6日被選為「二二八事件處理委員會」常務委員。3月10日因戒嚴交通中斷無法返回台中而借住好友李瑞漢家，但因軍憲人員至李家捉拿李瑞漢兄弟，林也一併被帶走，自此一去不回。
林喜一	247, 251, 268, 269, 273, 304, 305	
林朝棨	351, 352, 353, 354, 423	1910年生。字戟門，台中豐原人，1934年於台北帝國大學地質古生物學科畢業。畢業後留校任該學科助手。1935年進台陽礦業株式會社任地質師，從事台灣油田地質探勘、瑞芳金礦及中央山脈之地質探勘工作。1937年任教國立新京工礦技術院（後易名新京工業大學），1939年前往北平任國立北京師範大學地學系教授，1942年任系主任。1946年任國立台灣大學理學院地質系教授，1963年發表論文〈台灣之第四紀〉，以地質學的觀點，提出台灣本為與中國大陸相連接的邊緣部理論，被譽為「台灣第四紀地質學之父」。1967年獲日本國立東北大學理學博士學位。次年於台東縣長濱鄉八仙洞，首次發現台灣舊石器文化遺址。1969年鑑定台灣北部外海發現的龍宮貝活化石。對台灣的地形、地質、礦業等潛心研究並發表多篇論文。著有《台灣地質》、《台灣之煤田》等書。1985年去世。
林猶龍	419, 425, 548	1902年生。台中霧峰人，林獻堂次子，東京商科大學（今一橋大學）畢業，1927年與兄攀龍侍父遊歐美，歷時一年餘。1928

姓　名	頁　碼	資　　歷
		年7月入大東信託株式會社任外交課長。1931年7月任霧峰庄長，1936年1月辭任，11月任台中州會議員，亦曾任霧峰信用組合長。與族人林根生於1935年設新光產業株式會社，製造樹薯粉，故在同年任台中州澱粉工業組合長。1941年4月被任命為皇民奉公會台中州支部奉公委員，7月任大屯郡支會生活部長。1944年被任命為華南銀行常務董事。戰後於1946年2月19日被派為彰化商業銀行籌備處委員（其父林獻堂為籌備處主任），翌年被派為彰化銀行公股董事（其父為民股董事），2月28日林獻堂當選彰銀董事長，林猶龍為常務董事。1949年9月23日林獻堂赴日，翌年辭去彰化銀行董事長職。1951年由林猶龍改任董事長。1955年因狹心症過世，得年54歲。
林階堂		1884年生。台中霧峰人。林獻堂弟，是林獻堂早期民族運動事業最重要的支持者。創辦東華名產株式會社，將台灣水果銷往上海、天津；也任大東信託董事、台灣民報社顧問、三五興產有限公司社長、大安產業株式會社董事，戰後有意成立航空公司，未果。1954年去世。
林雲龍	420, 475, 515, 519, 527, 548	1907年生。台中霧峰人，林獻堂三子，8歲赴日讀東京青柳尋常小學校，經東京府聖學院中學，於1924年讀法政大學預科，1930年3月畢業於法政大學政治科。1932年進入台灣新民報社為政治部記者，後因妻楊雪霞肺病需調養而請假赴日，遂於1937年1月辭職。同月被任命為霧峰庄長，1940年1月任滿，再回台灣新民報社任營業局長。當《台灣新民報》改為《興南新聞》，而《興南新聞》與其他報被合併為《台灣新報》後，林雲龍乃辭職。戰後林雲龍曾任省議員，亦任南華化學工業股份有限公司董事長、台灣煉鐵公司董事長，因而當選台灣工業總會理事長，亦在1958年2月起為彰化銀行公股董事（任常務董事）。林雲龍原娶楊雪霞，因楊病而離婚，後娶日女林多惠為妻。1959年去世。

姓　名	頁　碼	資　　歷
林煥章	156	
林當權	453	
林榮	262, 520	
林劍(劍)清	419	台中縣人。台灣商工學校畢業，彰化銀行員林支店服務，先後調任員林支店長及台北分行經理。
林慶亭	475	
林壁輝	459, 499, 518	1904年生。屏東林邊人。父林坤為當地望族。日本南山中學、京都同志社大學畢業。返台後擔任庄協議會員、農事實行組合長、林邊信購利販組合理事、保正及東港殖產株式會社取締役。戰後當選高屏地區國大代表，赴南京參加制憲國民大會。嗣後擔任台灣省參議員、第一屆臨時省議員。1974年去世。
林澤章	336	
林錦坤	480	
林聯登	529, 537, 538, 542, 549	
林麗川		林建寅子，浙江大學工學院畢業，1940年任汪政權天津特別市公署秘書。
林麗生	136	
林獻堂	11, 262, 264, 284, 336, 352, 354, 365, 711, 715	1881年生。台中霧峰人。曾任霧峰參事、區長，並於1905年被授紳章。1914年呼應板垣退助的同化會，1919年加入新民會，並任會長。1921年10月17日文化協會成立，任總理，以後成為台灣民眾黨顧問，再組台灣地方自治聯盟，致力於民族運動。又盡力於保存漢文化的工作，透過加入櫟社、組成讀書會等活動，展現其維護漢文、振興民族文化之決心。戰後，任台灣省參議會議員，後又任參政員、台灣省政府委員。退任後改任台灣省通志館館長及台灣省文獻會主任委員，也任彰化銀行董事長。1949年9月23日赴日，直至亡故。其著作以《環球遊記》最為膾炙人口。林氏留有

姓　名	頁　碼	資　歷
		自1927至1954年的日記，允為台灣史上最重要的私人文獻。1956年去世。
林耀堂	424	台北人，1912年生，1936年台北帝國大學理學部有機化學科畢業，1938年到滿洲國，1940年任大陸科學院副研究官，荐任三等，1944年陞為二等，7月辭職轉到北京師範大學任教。回台後任台大化學系教授、主任，並當選中央研究院院士。
林蘭芽	509	1892年生。號香圃，嘉義新港人。其父林維朝為清朝秀才。早年就學於台灣總督府國語學校，畢業後在嘉義廳工作。1920年就任新港庄助役，同年並升任庄長，一直到1936年。庄長任內由於有貢獻於地方，曾受台南州知事及日本全國農會總裁褒揚。1938年被選為台南州協議會員、台南州農會理事及嘉南大圳水利組合組合員。戰後，任新港鄉長並兼農會會長；1946年嘉南大圳水利協會成立，擔任常務理事及理事長。1948年水利協會改組為嘉南大圳水利委員會，林蘭芽當選第一屆主任委員並連任，其間曾兼台灣省水利聯合會主任委員及理事長等職。1957年當選嘉南農田水利會第一屆會長至1959年。1977年去世。
林權民	145	
林權敏	145, 223, 333	早稻田大學法學部畢業。畢業後即到中國，曾任冀察戰區第十一軍上校團長、山西省警官學校教官、北平裕大煤礦公司總經理、軍委會平津區特派員、辦公處組長，1945年曾與張深切一起被捕。戰後回台當選高雄市合作社聯合社理事主席。
林顯宗	136, 144, 537	
林廼信		嘉義朴子人。嘉義中學畢業後，赴東京帝國大學理學部物質礦物學科就讀，1938年畢業。畢業後即前往滿洲國入滿鐵就職，戰後回台任台灣省工業研究所技正，從事工業原料的研究，同時兼任台大教授。因研究的是地質，乃轉入台灣省地質調查所擔任技正，而後任省建設廳特設委員會

姓　名	頁　碼	資　歷
		等官考試行政科特別適格考試及格者，遂改派在大臣官房辦事，1934年又兼任總務廳事務官，派在統計處辦事，11月調往企畫處，1943年8月派在工務司辦事。戰後一度在長春中央銀行工作。後返台，為吳金川妹婿。
邱昌麟	370	韓國京城齒科醫專畢業，在長春開昌麟齒科醫院，後回台。
邱耕心	295, 300, 301	
邱欽堂	402	1904年生。苗栗人。1929年台北帝大附屬農林專門部第一屆林學科畢業，畢業後在同校任森林經理學研究室助教授。1938年到滿洲視察林業，翌年乃到滿洲任錦州省新武營林署長，後任林野局技佐。戰後被聘為國立東北大學教授兼森林系主任，講授森林經理學及林業計算學，1947年返台，任台灣省政府農林處簡任技正、林產管理局副局長兼林政組組長，並兼任國立台灣大學教授，為阻止政府濫伐森林，甚至向聯合國致送陳情書，但被蔣經國的手下特務謀殺。
邱登科	221	台中州員林郡永靖庄人。曾就讀師範學校畢業，赴日就讀中央大學法科，畢業後1938年10月高等文官考試合格。
金梓君	393, 397	
金章	393, 405, 428, 430, 506	
金源	39, 44, 45, 67, 68, 88, 111, 112, 126, 128, 129, 131, 142, 209, 214, 462, 477, 563	
長谷川技術副部長	52	
亭卿	117, 118	→陳亭卿
侯翁	241, 245, 256, 257	
俊芬	498	

姓　名	頁　碼	資　　歷
		英，橄欖球迷）的協助下，為推展橄欖球運動而努力。2002年逝世。
柯賢湖	11, 314	台南工學院教授，二二八事件中被台南市警局誣「為學生領袖指揮學生搶劫軍器」，被「判刑十年，褫奪公權十二年」，後撤銷原判，交法院辦理。
洪天裕	298, 299	
洪火煉	323, 346, 348, 394, 499	1888年生。南投草屯人，父洪聯魁。草鞋墩公學校畢業後入台灣總督府國語學校，因學資不繼而退學。後從農，因對企業管理頗具概念，拓展農產而漸致富。1914年與地方士紳策畫成立草鞋墩信用組合，歷任常務理事、組合長等職。在公職方面，歷任台灣產業組合聯合會會長、台中州協議會員，並於1944年獲選台灣總督府評議員。戰後，歷任台灣省農會理事長、省參議員、臨時省議會議員、制憲國民大會代表及第一屆國民大會代表等，多站在農民的立場發言，極力維護農民利益。1953年去世。
洪炎秋	18, 22, 32, 63, 64, 86, 89, 91, 120, 135, 156, 219, 242, 265, 274, 312, 351, 352, 360, 377, 379, 405, 502, 507, 554, 556, 816	1902年生。鹿港人。前清秀才洪棄生之子。幼、少年時期曾習漢學，因其父拒日而私自學習日文，後赴日留學，但家人不支持學費後不得已輟學返台。1922年隨父親遊歷中國，隔年考進北京大學預科乙組英文班。1924年與張我軍、宋斐如、吳敦禮等創辦了《少年台灣》，1925年升入本科教育系。1929年畢業，任職河北教育廳。1931年至抗戰勝利期間任職北大、師大。1946年返台擔任台中師範校長，隔年因二二八事件被撤職。1948年8月受聘為台灣大學中文系教授，後任台灣省國語推行委員會副主任委員，10月《國語日報》創刊，任國語日報社社長（時董事長為傅斯年）。1969年當選立法委員。1980年逝世。著作極豐，早期有《英文法比較研究日本語法精解》（1946）及《洪炎秋自選集》（1975）等20餘種。
洪謀心	219	

姓　名	頁　碼	資　歷
洪耀勳	22, 155, 219, 262, 266, 289, 444, 816	1903年生。草屯人。東京帝國大學文學部哲學科畢業，曾任台北帝國大學講師，1937年赴北京任國立北京師範講師、教授；北京大學教授，著有《存在與真理》一書。戰後回台任台灣大學教授，另著有《實存哲學諸問題》、《西洋哲學史》。
為樑	542	
秋煌	489	
秋鳳	220	
紀阿仁	422, 467, 468	
紀清水	261, 264, 549	1925年台灣總督府國語學校師範部乙科畢業，曾任梧棲公學校訓導。
胡煥奇	288, 433, 445	
英秋	122	
唐傳宗	497	1904年生。澎湖人。1921年畢業於台北工業養成所（即今日台北科技大學前身）土木科，隨即入後壁製糖所當技術員。1940年創立唐榮鐵工所，為台灣最悠久的鋼鐵業拓荒者。鼎盛時曾任唐榮鐵工廠總經理、新台灣基礎工程公司董事長、台灣煉鐵公司總經理、新唐榮紙業公司、唐榮油漆公司董事長，並兼任中國電器公司常務董事。唐榮鐵工所於1945年改稱唐榮鐵工廠（簡稱唐榮廠）。以獨資、父權式經營企業，常以高利取得民間游資，藉以擴充廠房設備。並於1948年從事全省最早的拆船業。1954年夏強烈颱風襲台，唐榮廠曾大量生產水泥電桿而獲不少利潤。1961年因為融資困境，導致政府接管業務，1962年唐榮鐵工廠並改為省營。唐榮鐵工廠改歸公營，唐傳宗甚為不平，唯仍保有唐榮油漆公司。1992年去世。
孫炎午	415	
孫國衡	267	
孫開灤	29	

姓　名	頁　碼	資　　　歷
徐水德	285, 405, 422	1905年生，桃園人，1932年大阪商業大學金融科畢業，同年赴滿洲求職，遂由謝介石介紹入情報處辦出納，夜間在滿鐵開設的華語補習班學中文，而後報考大同學院獲錄取。訓練九個月後，乃於1933年4月任經濟部理事官在商務司調查科任科長，再派為企畫委員會特別幹事，1945年2月派在大臣官房辦事。戰後入張嘉璈東北行營工作二個月，1946年9月回台，工作不順，先開台灣機械鑄造股份有限公司，1948年入台灣省農林廳任秘書，三年後轉到檢驗局任副局長，因非國民黨籍，沒有繼續升官。
徐弗(茀)庵	108, 109, 160, 161, 173, 183, 190, 195, 201, 209, 213, 219, 223, 228, 229, 233, 236, 242	
徐申初	146	
徐灶奎	457, 460, 461	
徐良	29	廣東三水人。1892年生。美國哥倫比亞、華盛頓大學畢業，回中國後歷任司法部、外交部、內務部秘書，駐美公使館秘書、山東督軍署顧問、長江巡商使署秘書、天津中原公司經理。汪政權成立後任外交部政務次長、1940年12月原外交部長褚民誼轉為駐日大使後乃升為外交部長，曾任修聘使節前往滿洲國。
徐東海	285	
徐松柏	306	
徐炳南	119, 120, 218, 219, 221, 222, 223, 232, 233, 234, 255, 258, 259, 287, 466	
徐砥中	555	
徐鄂雲	256, 262, 270, 272, 288, 290, 291, 296, 312, 313, 330, 363,	抗戰勝利後任貴州省府顧問。1946年為台灣省行政長官公署交通處長嚴家淦(後改任財政處長)力邀來台任專門委員，旋改充鐵

姓　　名	頁　　碼	資　　　歷
	364, 368, 371, 389, 390, 397, 403, 409, 420, 428, 441, 451, 496, 504, 511, 519, 535, 536, 541, 824	路管理委員會，在交通部管路政。二二八事件發生後，鐵路沿線因鐵路相關人員全線罷工而中斷。徐鄂雲臨危受命，任鐵路管理委員會之代理主任委員，說服員工合作，3月4日新竹北上快車乃告通車，之後陸續復原。晚年居舊金山。
徐褎風	270, 285, 288, 420	
徐燦和	223	
徐繼善	425	
郎兄	88	
郎局長 (扶濟)	394, 395, 396, 397, 398, 399, 400, 411, 450, 453	
殷占魁	534	1898年生。台南後壁人。菁寮公學校、台灣總督府國語學校師範部乙科畢業。後赴日本，入宇都宮高等師範學校，畢業後任菁寮、鹽水等公學校訓導。此後歷任後壁庄助役、明治製糖株式會社原料委員、菁寮警察派出所第一保正、保甲聯合會會長、後壁庄協議會員、菁寮信用組合理事等職。戰後任台灣省農會理事長，領導全省農會營運，旋當選為台灣省參議員、臨時省議員，另亦任新台幣發行監理委員會主委、省農會理事長、省合作金庫理事等職。1957年去世。
浦承烈	262	字子剛，江蘇嘉定人，日本東京工業大學機械科畢業，歷任呼海鐵路設計主任、東省及四洮鐵路工程師，浙贛鐵路段長。1934年赴日本鐵道省考察一年，嗣任北寧鐵路所主任、津浦鐵路課長、台灣鐵路局課長、正工程師兼機務處長等職。
紐先銘	295, 360	1912年前後出生。江西九江人。日本陸軍士校，法國通校畢業。擅長日文、法文。曾任連長、參謀隊長、砲校、工校教官等職。1937年抗戰之初曾任中央軍校教導總隊工兵營長，奉命保衛首都，不敵，輾轉自南京淪陷區逃出，後陸續擔任獨立工兵團團長、軍令部第二廳科長、少將副處長、陸軍總部第二處處長等職。抗戰勝利

姓　　名	頁　　碼	資　　　　歷
		後在何應欽麾下進行受降遣僑工作，後來台。二二八事件發生時，任台灣省警備司令部參謀。之後曾任國防部大陸工作處副處長、新生報社常務董事、日本研究月刊發行人等。
翁金護	294, 299, 300, 301, 325, 328, 350, 369, 373, 376, 391	1903年前後出生。台南人。台南長老教中學畢業。楊基振妻子張碧蓮同窗翁淑怡之父，實業家。曾任台南市第一、二屆議會議員、台灣省製鐵股份有限公司董事長、台南市商會理事長、台南市自衛總隊顧問、台南市進出口商公會理事長、台南市合作社聯合社理事主席。
茹譽勢	147, 193	
袁十一爺	29	
袁心武	373	
袁琮	515, 523, 524, 525, 528, 530, 535	
袁鑄厚	106	
高明輝	339	字兆荃，福建廈門人。1946年6月就任交通處視察，後兼事務股股長。
高紀毅	237, 243	
高喬木	424, 437	
高湯盤	267, 295, 391, 392, 403, 422, 437, 469, 481, 491, 511, 528	1910年生。淡水人。台北高等商業學校經濟科畢業，1933年到滿洲國，先在滿洲國中央銀行總行任職，繼入滿洲興業金庫任支店長。1946年回台後，在華南銀行任副理。1947年二二八事件發生，以叛亂嫌疑在3月28日被捕，6月22日以罪嫌不足，判定無罪保釋，後升任華南銀行總經理，1980年退休後創辦中南租賃公司。
高聖美	497	
商滿生	484	台南人。東京帝國大學畢業。1926年，在「上海台灣青年會」領袖人物許乃昌的提議下，與楊貴、楊雲萍、黃宗垚、林朝宗等左派學生，在東京帝大新人會會員指導下組成「台灣新文化學會」，開始研究社會科學。並於1927年3月28日舉行的青年會春季例會，說服青年會全體幹部，決

姓　名	頁　碼	資　歷
		議通過於青年會內設置「社會科學研究部」。該會不到二年的時光受到日本警察在日本對日共的「三一五大逮捕」的影響，改名為「台灣學術研究會」。二二八事件發生時，任光華女中校長，被捕。
基樫	220, 221, 227, 228, 232, 268, 384, 399, 400, 526, 533	
基心	35, 40, 586	
基文	542, 559	
基木	542, 543, 544, 545, 550	
基先	323, 337, 338, 421, 511, 513, 563, 564, 565, 818	楊基先。1903年生。台中清水人，1930年高等考試司法科及格，1931年日本大學畢業，任開業律師，戰後任台中市第一屆民選市長。
基流	305, 367, 377, 379, 380, 381, 384, 385, 420, 426, 427, 428, 429, 437, 452, 466, 508, 510, 520, 546, 553	→楊基流
基進	216, 220	
基實	530, 531	
基澤	110, 111, 214, 220, 232, 554, 556, 557	
崑山	430	
張人驥	267	
張大材	511, 515, 516, 517, 519, 523, 524, 525, 536, 540, 543, 548	
張心深	219	
張文環	10, 11, 14, 413, 558, 560, 561, 805	1909年生。嘉義梅山人。日治時期重要小說家、雜誌編輯。1927年赴日本岡山中學就讀，1932年東洋大學肄業。同年參加左翼組織東京台灣人文化同好會，遭日警取締後，輟學自修文學之道。1933年與吳坤

姓　名	頁　碼	資　　歷
		煌、蘇維熊等人發起台灣藝術研究會，發行純文學雜誌，1935年後為台灣文藝聯盟東京分盟活躍分子。1938年返台擔任《風月報》編輯、翻譯徐坤泉日文大眾小說《可愛的仇人》為中文，並任職於台灣映畫株式會社。1941年與中山侑、陳逸松等人成立啟文社，創立《台灣文學》，與西川滿主持之《文藝台灣》分庭抗禮。張氏作品多取材於台灣風土，現實主義手法厚重樸實，代表作〈夜猿〉曾獲皇民奉公會台灣文學獎。編輯及創作上的活力，使他在戰時本土文壇有相當影響力。日治末期，他以作家職被徵召擔任皇民奉公會台北州支部參與等職，1944年任台中州霧峰街役場主事，1945年出任台中州大屯郡大里庄長，日後逐漸活躍於地方政治。1946年當選第一屆台中縣參議員，1947年代理能高區署長。戰後停止創作，二二八事件後漸離公職。晚年利用業餘創作，1975年以文學遺囑心情推出《滾地郎》，獲日本圖書出版協會推薦為優良圖書。1978年同系列之另兩部小說未完成，即因心臟病辭世。
張月澄	254, 255	「廣東台灣革命青年團」之主要成員之一，該組織之前身為「廣東台灣學生聯合會」，1926年12月成立於廣東中山大學，其主張在於呼籲中國人支持台灣抗日活動。隔年3月，學生聯合會改組為革命青年會，同時發行《台灣先鋒》雜誌。同年7月，張月澄被日本駐上海總領事館逮捕，並移送台灣受審，遭判處二年之徒刑。
張正雄	559	
張永林	508, 513	
張永琳	559, 561, 565	
張旭昇	III, 10, 271, 272, 287, 289, 290, 293, 298, 299, 302, 304, 306, 312, 313, 314, 315, 324, 325, 331, 351, 352, 690, 713, 806	為楊基振岳父，二二八事件時被以「意圖顛覆政府主謀，處有期徒刑十二年，褫奪公權十年」，後被警備司令部以「事案未○撤銷原判特送法院辦理」，才交台南法院。

姓　名	頁　碼	資　歷
張伯謹	533	河北行唐人。日本南島大學畢業，美國哥倫比亞大學博士、康乃爾大學哲學博士。曾任燕京大學教授、國民參政會參政員、國防最高委員會、湖北省政府委員兼教育廳長、北平市政府副市長、教育部次長、行政院顧問、駐日本代表團專門委員、第二組組長、駐日本大使館公使銜參事、國民大會代表。著有《理化界之常識》、《美蘇德意之青年組織與訓練》等書。
張宏圖	556	
張我軍	18, 22, 219, 220, 380, 436, 507, 804, 816	1902年生。本名張清榮，筆名一郎、劍華、速生、野馬。台北市人。公學校畢業後在新高銀行支店任工友，後升為雇員，其間被派到廈門的新高支店工作。1922年赴北京求學，1924年返台，任職《台灣民報》漢文欄，受中國五四文學運動影響，在這一年之間，他連續發表了20餘篇評論，猛烈攻擊舊文學封建、妥協的性格，不僅引發新、舊文學論戰，揭開了台灣新文學運動的序幕，積極引介中國新文學革命的論述內容，也為台灣新文學的發展奠定了理論基礎。1925年入中國大學國文系，期間曾造訪魯迅，1929年自北京師大畢業，歷任北京師範、北大法學院、中國大學等教職，與台灣文壇的關係漸行漸遠。中日戰爭期間，他曾代表日本占領之華北地區參加在日本東京召開的第一回大東亞文學者大會。戰後，他於1945年返台擔任茶葉商業公會與合作金庫研究主任等職。1955年病逝。兒子張光直為著名的考古學家。
張秀吉	156	
張秀哲	254, 255	→張月澄
張來受	433, 478, 520, 522, 546, 549	
張和貴	209, 213, 232, 264, 265, 273, 305, 307, 325, 336, 345	
張坤燦	367, 473	

姓　名	頁　碼	資　　歷
張延哲	265	號文理，福建平和人，先後畢業於燕京大學、美國哈佛大學、中央訓練團高級訓練班，歷任江蘇土地局技正、重慶市財政局長等。戰後來台任台灣省行政長官公署財政處處長、臺灣省拓植株式會社副主任委員，1946年4月改任秘書處處長。
張金順	156, 221, 258, 263, 264, 269	
張思讓	508, 509	
張星賢	18, 155, 263, 273, 387, 403, 414, 415, 482, 493, 495, 503, 505, 512, 516, 517, 529, 541, 544, 550, 559, 674, 675, 676, 686, 710	1910年生。台中人。田徑好手。1928年就讀台中商業學校時，學校為他報名參加慶祝「建功神社祭典」在台北新公園競技場舉行的田徑賽大會的1500公尺及三級跳遠兩個項目。參加三級跳遠比賽時，他以13公尺15的成績獲得第一名。1931年進入日本早稻田大學商科就讀。曾以台灣人的身分代表日本國參加1932年(洛杉磯)、1936年(柏林)兩屆奧林匹克運動會。畢業後赴滿洲就職前，曾組織「台灣學生體育者會」。1935年任職大連滿鐵，為地方課職員，1943年10月轉到華北交通會社所屬之北京鐵路局警察處服務。戰後任職合作金庫。
張秋海	71, 72, 74, 149, 204, 209, 214	1899年生。台北蘆洲人。東京高等師範國畫手工科、東京美術學校西畫科畢業。1931年到霧峯為林獻堂畫像。1932年棄墨從商，以賣茶而獲利不少。後因獲利減少，乃於1938年到北京，先住在郭柏川家中。1940年入北京師範學院任工藝專修科副教授。戰爭後期棄教從商，而於1945年到天津，戰後未回台。1951年到北京師大教學，文革時被關在自己任教的中央工藝美術學校的牛棚中，1971年下放到河北獲鹿縣勞改，1974年回北京，1988年過世。
張泰喜	268, 269, 270, 277, 278, 446	楊基振姊夫大甲陳清棟之妹婿。
張泰熙	488	
張訓	523, 524, 525, 526, 528, 558	

姓　名	頁　碼	資　歷
張深切	18, 22, 101, 102, 155, 816	1903年生。南投人。幼年入漢書房，10歲進公學校。1917年轉往日本東京留學。1923年轉赴上海，並與蔡惠如、許乃昌創立「上海台灣青年會」，又於1924年創始台灣自治協會。1927年入廣東中山大學法科政治系。期間曾參與抗日運動被捕。出獄後改組劇團，期以文化訴求推動社會的進步。1930年發起「台灣演劇研究會」。1934年任《台中新聞》記者與編輯，並於同年成立台灣文藝聯盟，主編機關雜誌《台灣文藝》，激起台灣新文學運動的高潮。1938年移居北平，擔任北京藝術專科學校訓育主任兼教授。另一方面，主編《中國文藝》，撰文提倡民族意識，因而險遭日本特工拘捕、槍決。赴中國大陸時，他曾任旅平台灣同鄉會的會長。戰後歸台，二二八事件後隱居山林、致力寫作。晚年曾組「台灣藝林電影公司」，製作台語片，所編導的「邱罔舍」獲得第一屆金馬獎。1965年病逝。
張煥三	240, 245, 284, 318, 396	
張煥珪	265	1902年生。台中大雅人。1920年畢業於台中中學，後赴日本明治大學就讀。1922年至上海、南京等地考察。返台後，參加台灣文化協會及台灣地方自治聯盟等活動。1925年與其兄張濬哲、莊遂性等人在台中市創辦中央書局，任該局社長一職，對於推展文化事業多有貢獻。1933年接任台中興業組合（今台中第一信用合作社）組合長，長達10餘年。其間尚任大雅庄協議會員、大雅信用組合理事及豐原水利組合理事、興南新聞社相談役、台灣書籍組合理事、台中文具紙工商組合幹事等職。1936年與其岳父霧峰林烈堂及郭頂順、林澄坡等創辦台中商業專修學校（今新民高級商工）。戰後，當選首屆台中市參議員，並曾任台泥公司監察人及台中市文獻會副主任委員等職。1980年去世。

姓　名	頁　碼	資　　歷
張群	512, 520	1889年生。字岳軍，四川人。赴日入振武學校求學。在學期間加入同盟會，參與辛亥上海光復之役。1915年畢業於日本士官學校，參與護法軍政府、北伐。曾任上海市長、四川省主席、1947年4月至1948年5月任行政院長，1950年任行政院政務委員、國民黨設計委員。1952年7月創設中日文化經濟協會，負責對日工作。之後在國民黨及總統府內任職。1972年5月以後轉任總統府資政。著有《中日關係密錄》等。1990年去世。
張聘三	265	1902年生。台南人。1919年台中一中畢業，後進入東京慶應義塾大學。歷任台灣青年會幹事、幹事主席，並組文化講演團，於假期返鄉巡迴演講，1925年參與台中中央書局籌畫工作，組南屯昌明會，設文化講座。戰後，應林獻堂之邀，進入彰化銀行。1952年擔任董事兼業務部經理，1958年任總經理，1963年任董事長，1973年退休。長子張伯欣於2000年接任彰化銀行董事長。1985年去世。
張道藩	499, 501	1897年生。字衛之，貴州盤縣人。1924年倫敦大學大學院美術部思乃德學院畢業，為該校美術部第一個得到畢業文憑的中國留學生。1923年在倫敦加入國民黨，1931年6月擔任中央組織部副部長。次年，任交通部常務次長。1938年擔任教育部成立之教科用書編輯委員會主委。1939年兼任中央文化運動委員會主委，次年任中央政治學校教育長，1942年任中央宣傳部長。1946年中央電影企業公司成立，擔任董事長。1948年當選立法委員。來台後，於1950年創設中華文藝獎金委員會，旋任中國廣播公司董事長。1950年7月任國民黨中央改造委員，兼《中華日報》社董事長。1952年當選立法院長，至1961年辭職。著有《近代歐洲繪畫》、《我們所需要的文藝政策》等書。1968年去世。
張繼	243, 719	

姓　　名	頁　　碼	資　　歷
張耀東	254, 286, 320, 346, 357, 358	
張鐘美	128	
曹宜蘭	460, 461	
梁秋榜	514	
梁財	161, 240, 245, 260, 357, 368, 396, 504, 509, 514, 519, 532, 545	
梁基煌	512	
清海(郭清海)	40, 79, 208, 213, 216, 220, 230, 231, 232, 233, 234, 236, 242, 290, 329, 429, 434, 436, 437, 464, 472, 477, 494, 495, 498, 514, 519, 534, 538, 555, 819	1924年生。畢業於中國大學。因舅父吳敦禮在北京之故，遂於1943年到北京，後入私立中國大學政治經濟系肄業，1946年回台。
淑姿	239, 244	楊基振元配詹淑英之妹。
淑茹	239, 244, 296, 444	楊基振元配詹淑英之妹。
淑慎	239, 240, 244, 245, 250, 254, 263, 284, 294, 296, 311, 321, 444, 477, 478, 479, 497, 510, 511, 520, 547, 564	楊基振元配詹淑英之妹。
莫衡	450	
莊天祿	277	1905年生。台中梧棲人。畢業於日本早稻田大學法學部英法科，在日期間任新民會常任幹事，台灣同鄉會主席。1938年回台，翌年入興南新聞社，在台中支局服務，1940年轉任蘭陽支局長。戰後任《台灣新生報》彰化特派員、台中市參議員、台中記者公會常務理事、台中市人民自由保障委員會委員、台灣新生報社台中分社副主任。

姓　名	頁　碼	資　歷
莊世英	328, 338, 466, 504, 507, 515, 516, 545	
莊永和	296	
莊海國	560, 561	
莊晨耀	362, 367, 376, 408, 414, 419, 427, 430, 457, 495, 497	
莊銀河	494, 360, 406, 419	
許子秋	209, 213, 232, 255, 264, 265, 266, 273, 277, 305, 325, 333, 349, 391, 442, 484	1920年生。台南市人。台北高等學校畢業，後留學日本京都帝大醫學部，1943年畢業。時值中國對日抗戰，許氏乃潛赴中國，獻身公共衛生工作。戰後，返鄉從事公共衛生之整建，歷任課員、視察、科長、主任、省立醫院副院長、省立公共衛生教學實驗院長等職。1952年獲美國匹茲堡大學公共衛生碩士學位，1963年再獲日本京都大學醫學博士學位。1962年出任衛生處長。1970年應聯合國世界衛生組織之聘，任職西太平洋署，主持家庭計畫及婦幼衛生工作。1981年5月奉召返國接掌衛生署，但因積勞成疾，於1986年1月請辭，1988年3月因肝疾逝世。
許丙	293, 338, 349, 368, 369, 392, 401, 405, 415, 416, 438, 451, 485, 499, 501, 503, 504, 511, 512, 514, 516, 517, 520, 521, 524, 527, 529, 534, 537, 551, 552, 553, 557, 687, 711	1891年生。台北淡水人。1911年台灣總督府國語學校國語部畢業後，進入林本源總事務所任職。1916年出任林本源總事務所第一房庶務長。1918年任淡水信用組合理事，1920年10月被任命為台北市協議會會員。1921年任大永興業株式會社取締役、林本源製糖株式會社監查役，1927年為台北州協議會員，1930年任台灣總督府評議員，1945年4月更獲選為貴族院議員。他憑藉其靈活處世手腕，巧妙運用政商互動關係，累積豐沛財富與人脈，活躍於商場。戰後於1946年2月21日因參加「台灣獨立事件」嫌疑被捕，翌年7月31日判有期徒刑一年十個月。1950年為吳國楨省主席聘為台灣省政府顧問，1953年任中日文化經濟協會顧問，1963年過世。

姓　名	頁　碼	資　歷
許伯昭	263, 360	1905年生。台南人。1933年日本東北帝國大學法學部畢業，1935年到滿洲國官需局任職，而後入審計局為審計官。
許伯埏	405, 523, 527, 532	1917年生。淡水人。許丙長子，1929年考取台北一中，1933年越組考入日本成城高等學校，1937年考入東京帝大法學部法政科，1943年與楊天賦之女楊素娥結婚。1946年任台灣紙業公司小港紙廠廠長，並投資肥皂業及遠洋漁業，1952年任台灣合會監察人，1956年與何應欽等赴歐洲參加第一屆世界道德重整會議，1961年任台灣礦資工業股份有限公司總經理，1964年任台灣礦資工業股份有限公司董事長、旭有機股份有限公司董事長，1966年投資興建新淡水高爾夫球場，後並任第一任總經理，1969年任台北萬華龍山寺常務董事，1978年任新象活動推展中心名譽董事長，1989年捐款創設財團法人國際新象文教基金會，由長子許博允主持，1991年病逝。
許建裕	281, 287, 295, 338, 361, 362, 363, 364, 373, 392, 418, 419, 421, 429, 442, 444, 481, 492, 502, 528	約出生于1906年。日本京都帝國大學法學部畢業，曾服務於滿洲國中央銀行調查科，戰後任職華南銀行，亦為中南租賃公司常董。
許振乾	437, 448	1908年生。新竹市人。1922年新竹州立新竹中學校就讀，1926年，19歲時，其父爾灶去世，從此肩負理家重責，次年，新竹中學校畢後，棄學從商，經營其父所遺事業。1931年間，師事萬仁政，祕密學習漢文數年，國語文能力頗強。1933年受任為新竹產物組合（新竹青果運銷合作社）理事，大力推動農業改良，加強運銷工作。1935年，當選第一屆新竹市議會民選市會議員，連任兩屆。1939年，先後出任新竹州農會議長、新竹商工會議所參事、商業部部長。將自營泰益運送店與同業合併，成立新竹運送株式會社（今新竹運輸公司），綜理業務。1941年擔任新竹市榮町會副會長，富國食品公司董事長等職。1945年，戰爭結束後，擔任首屆新竹市東

姓　名	頁　碼	資　歷
		區區長，同時兼任新竹第一信用組合監事主席（現新竹市第一信用合作社），台灣軌道株式會社（今新竹客運公司）執行董事。1947年，台灣軌道株式會社改組為官商合辦之新竹客運公司，許氏為董事兼經理。同時擔任新竹縣汽車運輸商業同業工會理事長及台灣鐵路貨物搬運公司董事，新竹東區合作社（今新竹五信）理事長，並連任至終身。1948年新竹客運公司公股轉售民營，許氏兼任總經理。並擔任新竹縣鐵路貨物承攬運送公會理事長，1951年，政府公佈三七五減租條例，積極進行土地改革，許氏率先擁護，列名為開明地主，隨後奉調陽明山革命實踐研究院十六期結業。1953年，台灣省第二屆臨時議會議員選舉，雖獲普遍支持，但配合新竹縣閩、客平衡原則，自動放棄競選。次年受聘為台灣省政府參議，新竹縣商會理事長。1955年出任新竹青果運銷合作社理事主席，拓展外銷。1957年，高票當選為省議員。1959年，八七水災，南部成為水鄉澤國，西部幹線斷阻，督促新竹客運公司，派車協運災區旅客。平日熱心地方公益。1943年倡設新竹汽車客運獎學金，每年撥款新台幣十萬元，獎勵清寒優秀學生，這是本省民營運輸業設置獎學金之始，每年認捐軍人之友社軍人子女就學獎助金，四度膺選敬軍模範。對民間社團活動亦甚熱心，先後擔任新竹縣體育會理事長，象棋協會理事長，竹蓮寺管理人，完成寺廟重修。1961年，將個人取得之裕隆汽車新竹地區推銷權，讓予新竹汽車客運公司員工福利會承辦，所有收益，悉歸全體員工，凸顯其企業家之精神。1981年，新竹客運公司為感念許氏在運輸業之貢獻，捐贈新台幣一百萬元予新竹仁愛之家，置「許振乾先生獎學基金」永誌懷念。
許媽瑜	305	字一峰(陳虛谷為其所取)，為陳虛谷女婿。就讀台中一中時因該校宿舍之日本人炊夫

姓　名	頁　碼	資　　歷
		太太的言行引起學生不滿，學生要求將其逐出宿舍，校方不肯，互相對立而起糾紛。事件擴大後，校長處置不當，釀出全校性罷課，雖經地方人士調解，學校仍勒令退學36名學生，分三次，許媽瞵為第三次「無期停學者」之一，後畢業於日本早稻田大學。曾任台陽礦業公司董事、台北市西區扶輪社社長。
許夢蘭	502	台北帝國大學醫學部第四屆(1942.9)畢業，歷任台北帝國大學醫學部第二內科(桂內科)教室助手，台南州立嘉義保健所主任。戰後任台灣省行政長官公署衛生局技士，技正兼代理技術室主任。
連震東	265, 266, 694, 696, 716, 718, 767	1904年生。字定一，台南人。連橫(雅堂)之子。1929年日本慶應義塾大學經濟科畢業，回台欲入《台灣民報》未果，遂入《昭和新報》，後赴中國。抗戰後任重慶國際問題研究所組長，參與台灣革命同盟會，並在中央訓練團台灣幹部訓練班受訓。戰後任台北接管委員會主任委員，1946年任行政長官公署參事、台灣省參議會秘書，1947年任國民黨台灣省黨部執行委員兼總務處長。1948年當選國大代表，1949年兼任東南軍政長官公署土地處處長、台灣新生報社董事。1950年任國民黨中央改造委員，為16名委員中唯一台籍人士。1953年任國民黨第五組主任，1954年起任台灣省民政廳長、秘書長，1960年任內政部長，多年參與台灣經濟建設、土地改革、兵役制度之確立，以及地方選舉政務之策畫執行，1966年任行政院政務委員，1976年獲聘總統府國策顧問，1980年獲聘為資政。1986年去世。
郭天乙	399, 401, 537, 559	1909年左右出生。字威德，台灣新竹人。中央大學法學院及日本早稻田大學畢業，後至南京，再畢業自中央大學政治系，隨即入外交部。抗日事變轉任中央特種經濟調查處及中國農民銀行，1943年任台灣革命同盟會執行委員，1946年回台任台灣省黨部執行委員、台灣土地銀行監護人、立法委員等職。

姓　　名	頁　　碼	資　　　歷
郭天庚	492	
郭水泉	502, 503	
郭承耀	565	
郭松根	315, 480	1903年生。台南人。1926年台北醫學專門學校第五屆畢業，而得到新加坡Victoriaクントクヤ病院任職，回台後任台灣總督府中央研究所技手，1934年以〈赤外線ノ衛生學的研究〉得到京都帝大博士學位，又入巴黎大學得理學博士學位，1939年到滿洲國任新京醫科大學教授，亦兼醫學院院長兼附屬醫院院長。戰後回台，被聘為台大教授，而後取得美援會獎金到美國研究一年半，回台後主持台大公共衛生學院，最後移民美國終老。一生精通中、英、德、法、日五國語言，鑽研熱帶醫學與公共醫學，被稱為「醫界的一個怪傑」。最為東北台灣同鄉稱道者為戰後任長春台灣同鄉會會長，負責和聯合國救濟總署聯繫，台人方得分三批陸續返台。
郭炎華	156	
郭雨新	261, 336, 395, 481, 492, 551	1908年生。宜蘭人。1934年台北帝國大學農林專門部畢業，1934年至1939年間任職林本源興殖株式會社。1940年年赴上海經營新泰宏洋行，1946年回台。1947年至1949年任職台灣省茶葉公司，1949年至1951年任台灣省參議員，1951年起至1971年任台灣省臨時省議員、四屆省議員。1960年參與中國民主黨組黨運動，之後成為新舊世代反對運動人士的聯繫者。1973年參選監察委員、1975年競選增額立法委員皆落選，1977年獲准離台赴美。1979年成立台灣民主運動海外同盟，訴求台灣政治步向民主。著有《青果紀事》。1985年去世。
郭柏川	564	1901年生。字少松，台南市人。曾入私塾研習漢文，1921年台灣總督府國語學校師範本部畢業後返鄉任教。1926年負笈日本，於川端畫學校習畫，1928年入東京美術學校西洋畫科，師岡田三郎助。1937年自日本轉赴中國東北旅行寫生近一年，

姓　名	頁　碼	資　歷
		落腳於北平，應邀任教於國立北平師範大學、北平藝專，及私立京華藝術學校，同時多次舉辦個展，並於1941年成立新興美術會。期間，與藝專任教的黃賓虹、齊白石交往，也陪同六度至北平旅行寫生的日本畫家梅原龍三郎旅行寫生，兩人亦師亦友，影響郭柏川繪畫精神與風格甚鉅。郭氏揣摩稀釋油彩以作於宣紙上的技巧，並吸收傳統水墨畫構圖與書寫線條的美感，企圖以油畫建立具有東方藝術氣質的藝術風格。1947年於台北中山堂首度在台個展，展出北平風景40幅，1948年返台定居，隔2年應邀赴成功大學建築系執教，前後凡20餘年。1952年創設台南美術研究會，貢獻該會長達20餘年，奠定南部美術根基。1974年去世。
郭茂林	126	
郭國基	316, 394, 395, 520, 562, 806	1900年生。屏東人。1925年明治大學法學部畢業，留日時參與新民會並擔任6年總幹事，因發表抨擊台灣總督府言論，被林獻堂稱為郭大砲。亦參與文化協會、台灣民眾黨、台灣議會設置請願運動。1943年因東港事件遭判處無期徒刑，於日本戰敗後始獲釋。戰後擔任首屆國民黨高雄市黨部黨務指導員，並當選高雄市參議員、台灣省參議員，1947年二二八事件中被判刑。1951年臨時省議員選舉落選，後於1957年、1960年、1968年當選三屆省議員。任省議員時，針對中央政務多加質詢，並參與中國民主黨組黨運動，1969年當選增補選立法委員。1970年去世。
郭啟	489	
郭清	208, 213, 434, 436, 494, 519, 534, 819	
郭欽義	282	
郭壽華	392	
郭德欽	266, 427	
郭耀君	266	
郭耀南	534, 535	

姓　名	頁　碼	資　　歷
郭耀庭 (廷)	303, 348	福建閩侯人，為台灣在住華僑(日治時期居住在台灣的中國人)。在彰化市南門開設鐘錶店。1927年與黃容、林春來等人籌備成立彰化中華會館。後當選第七屆中華總會館監察委員與第八、九屆執行委員。1929年國民政府公布「華僑回國興辦實業獎勵辦法」，各地華僑紛回中國大陸投資。1932年被推派回中國投資福州復興汽車公司，時值九一八事變爆發，各地排日運動興起，該公司因為有台灣籍民之股，而受到當地民眾攻擊。1933年公司又遭股東黃瞻鴻侵占，郭耀廷代表公司提出告訴，雙方纏訟多年，郭也一度為逃避對方狙擊而逃回台灣。1935年國民政府召開國民大會時，郭被選為台灣華僑代表。為避免戰爭中受到日方壓迫，郭回到中國大陸發展。戰後1946年7月回到彰化，10月成為台灣區制憲國民大會代表，其候補者為廖文奎。
陳士賢	507	戰後在台美國領事館秘書。
陳仁和	468	
陳介民	523, 528, 541, 548, 550, 555, 560	
陳友	432	
陳天從	384	
陳天順	397, 404, 444	字泰龍，台南人。中學畢業後投身台灣政治社會運動，被日人下獄數次，後赴日本法政大學政治系就讀，1933年返台，從事勞工運動，被舉為工友總聯盟主席。戰後於1948年被選為國大代表，又任台灣省總工會理事長，1949年任省府委員。
陳天賜	221, 384, 385	1898年生。台中梧棲人。東京日本大學法律科畢業，1920年赴中國，通過河北省考試委員會考試，取得任公安局長之資格，先後擔任過安次縣廊坊鎮、故城縣鄭鎮公安分局局長、密雲縣承審官、寧晉縣政府科長等職。1931年在北平創設志誠實業有限公司，經營和濟印刷局、立達書局。盧溝橋事變後，因日軍占領北平而結束相關

姓　名	頁　碼	資　歷
		業務。1937年任河北省定縣縣長，後因眼疾，不久去職。之後在北京當律師，並編《中華法令旬刊》。戰後回台，就職於高雄地方法院，擔任檢察官及推事，兩年後調任台灣高等法院檢察處檢察官，再過年餘就任屏東地方法院第一任院長。1951年底轉任律師，1955年因胰臟炎過世。
陳火	32, 71, 72, 105, 106, 149, 156, 219, 223	
陳火斐	32, 71, 72, 149, 156, 219, 223	
陳立森	359	
陳仲凱	114, 271, 304, 308, 312, 313, 317, 325, 338, 339, 357, 360, 382, 395, 396, 405, 414, 415, 420, 421, 430, 442, 446, 466, 468, 499, 502, 503, 507, 511, 512, 517	楊基振居住華北時期認識之友人，從商。
陳有德	94, 95, 243, 253, 254, 257, 260, 266, 269, 270, 275, 293, 313, 405, 437, 454, 562	台南人。1913年生。1934年前往滿洲國，1941年滿洲醫科大學畢業。回台後曾任台北帝國大學附屬醫院副手，而後任台南醫院小兒科主任。退休後到日本神奈川縣橫濱市旭區中希望ケ丘開陳仁（のりひと）小兒科醫院。
陳步武	220, 222	
陳秀清	495	
陳來	2, 3, 706, 720	
陳協理	20, 29, 44, 45, 73, 88, 100, 105, 106, 108, 130, 131, 132, 133, 142, 146, 147, 174, 175, 184, 185, 192, 204, 373	

姓　名	頁　碼	資　　歷
陳姊夫	29, 38, 39, 43, 45, 49, 57, 66, 73, 74, 75, 77, 78, 81, 86, 87, 91, 92, 95, 98, 110, 111, 121, 127, 128, 136, 140, 141, 145, 146, 147, 182, 188, 210, 215, 241, 246, 259, 267, 268, 269, 274, 275, 276, 277, 278, 280, 281, 283, 289, 290, 321, 326, 329, 330, 332, 343, 344, 348, 357, 359, 360, 361, 362, 363, 368, 377, 390, 393, 394, 407, 437, 438, 440, 441, 443	→陳清棟
陳宗熙	542	
陳武我	226	
陳炎	38	
陳金祥	414, 415	
陳金萬	332, 333, 334	
陳雨亭	445	東京順天中學畢業，後曾任台北市議會員。
陳炘	23, 249, 252, 266, 570, 575, 693, 715	1893年生。台中人。1922年慶應義塾大學經濟科畢業。留日時熱心參與民族運動，任新民會會長，在《台灣民報》發表〈文學與職務〉，主張使用白話文宣揚思想，1925年獲哥倫比亞大學商學院碩士，同年任台灣文化協會夏季學校講師。1926年在林獻堂任董事長之大東信託任職專業取締役（總經理），大東信託為台人民族資本，亦為民族運動的經濟來源之一，致遭總督府刁難。陳在大東信託於1944年併入台灣信託後仍續任總經理。1947年2月被任命為台灣信託籌備處主任。二二八事件發生後，於3月4日任民眾代表，向陳儀請願，於3月11日被捕失蹤、遇害。

姓　名	頁　碼	資　歷
陳亭卿	307, 432	台中龍井人。1914年生。1935年台北高等商業學校畢業，後赴滿洲入大同學院第一部第五期，於1936年畢業，先在民生部任屬官，也在教育司工作，經大學教育科勤務、專門教育科勤務，而後於1943年任民生部事務官、文教部事務官、經濟部事務官。戰後回台，先在台灣廣播電台文書股任總幹事，擔任籌備高雄台工作，二二八事件發生電台被占領因而被捕，罪名為「以妨害秩序訊明共同參與以犯罪為宗旨之結社」，被處有期徒刑一年六個月，褫奪公權三年，後於9月無罪出獄。出獄後被介紹入華南銀行任職，先在總行，後到大稻埕分行、屏東、嘉義、台南、清水各分行工作，在銀行界退休。
陳厚吉	262, 267	江西贛縣人。北京輔仁大學西洋語文學系畢業，歷任北平故宮博物院、國立北平圖書館、國立中央圖書館館員、編纂，輾轉於1945年調任後方勤務總司令部運輸處第一科少將科長，戰後擔任受降接收工作，1946年9月調任台灣省行政長官公署交通處主任秘書。
陳春印	307, 565	
陳炳煌	261, 295	1903年生。基隆市人，筆名雞籠生。1927年上海光華大學畢業後，留學美國，1930年獲得紐約大學商學碩士。在校期間研習商業管理之餘，並從事漫畫創作。爾後投身商界，出任上海日新行經理，並兼任台灣新民報社上海支局局長，屢在《台灣新民報》上發表有關中國見聞的漫記，且在此時發行台灣人創作的第一本漫畫集。1945年以台灣省行政長官公署交通處專門委員之職，負責日本人船隻的接收工作。1950年參與基隆市長選舉敗北，從此斷卻在政壇一展身手的機會。1951年進入豐年社，負責《豐年》雜誌的編輯工作。1963年離開豐年社後，歷任榮星保齡球館和台灣旅行社的總經理，晚年長居美國，2000年去世。著有《海外見聞錄》(1935)、《雞籠生漫畫集》(1935)、《百

姓　名	頁　碼	資　　歷
		貨店》(1935/1954/1959)、《大上海》（1943）、《傻瓜集》(1962/1971)等著作。
陳茂松	360, 362	
陳茂蟾	56, 155, 237, 243	
陳英	101, 102	台南人。1922年畢業於台灣總督府醫學校，兄陳介臣亦為醫生。為孟天成妻弟，故畢業後乃到大連的博愛醫院任職，1923年孟天成在寺兒溝組織分院，乃轉到分院。以後自行在大連開設普愛醫院，1926年因醫院狹小，病房有限，乃遷醫院到浪速町，具備內、外、花柳、產婦各科診療室，還備有試驗室、研究室、驗光室、浴室、病房，是四層樓建築。
陳重光	314, 422, 466, 515	1913年生。台北市人。實業家。14歲進入台北成城中學就讀，17歲遊學日本。政商關係良好。曾任兩屆台灣省議員，為改制後首任台北市議員。並曾任中華職棒、養樂多、台視公司、寶島銀行、協榮航運、自立報系等機構董事長。1998年逝世。
陳哲民	210, 214, 237, 243, 376, 406, 482, 534	廖史豪之岳丈。廈門大學畢業。曾任台灣共和國臨時國民會議外交委員長，因主張台獨流亡日本。後在劉傳能的利誘與安全的保證下，同意放棄台獨運動返台。國安局急電東京督導組、駐日大使張厲生，發給護照，1956年6月22日脫離台灣民主獨立黨返台。因叛亂罪入獄的廖史豪也因此獲得減刑，並得以保外就醫。
陳娟娟	521	陳哲民之女，1950年4月與廖史豪在台北雙連基督教會結婚。
陳家霖	257	
陳振東	271, 428	福建晉江人。日本早稻田政治經濟科畢業，曾任中央銀行經濟研究處編輯、交通大學管理學院講師、台灣省行政長官公署參議、經濟委員會主任秘書、設計考核委員會專門委員、總務主任，台灣信託公司籌備處副主任、華南商業銀行董事、台灣合會儲蓄公司總經理、董事，雲林縣政府主任秘書。

姓　名	頁　碼	資　歷
陳振茂	305, 306, 341, 342, 343, 345, 371, 515	1921年生。屏東車城人。1941年畢業於廣東縣立世羅中學校，1943年畢業於滿洲醫科大學藥學專門科，畢業後在瀋陽鹽野義藥廠服務，加入東北台灣同鄉會。戰後回台，曾任台灣省臨時省議會議員，台灣省藥劑師公會理事長，內政部藥品審查委員會委員，屏東縣首屆車城鄉鄉長，屏東縣立恒春醫院董事長，屏東縣議會第二屆議員。之後在台北開惠茂貿易股份有限公司，任董事長，其女婿為鹿港玉珍齋老板黃一舟。
陳國權	30	
陳啟川	302, 333, 713	1899年生。高雄人，為陳中和六子。曾就讀日本慶應義塾大學、香港大學，1923年返台之後，便在陳中和物產株式會社、烏樹林製鹽會社、新興製糖等株式會社擔任董事，並於1931年至1935年擔任高雄市協議會議員，也曾參與《台灣新民報》的經營。戰後曾受國民黨徵召參選高雄市長，並連任兩屆(1960～1968)。甚關心文教事業，曾捐地創建高雄醫學院，並長年擔任董事長，拓展校務，其他如韓僑學校、淡江大學、道明、辭修中學等校也曾接受捐助。1993年去世。
陳啟清	10, 255, 261, 262, 264, 265, 269, 272, 273, 274, 275, 277, 278, 279, 284, 286, 287, 288, 307, 323, 333, 400, 413, 806, 824	1904年生。高雄人，為陳中和五子，留學日本明治大學。1925年學成返台之後，參與經營陳中和物產、烏樹林製鹽、新興製糖等家族企業。戰後曾任高雄市議會參議員與國民大會代表、台灣省政府委員會委員等多項公職。戰後在商界發展順遂，擁有股份或先後經營的事業有第一商銀、台灣水泥、台灣糖業、光和耐火工業、台灣通運倉儲、康和租賃、國賓飯店、光和建設、南山人壽、可口可樂、群益證券等多所公司，擔任過這些公司的負責人或要職。1989年去世。
陳啟琛	308, 312	高雄人，陳中和之子。與陳啟清、陳啟川為兄弟。

姓　名	頁　碼	資　　歷
陳清文	264, 265, 266, 267, 277, 278, 453, 482, 500	福建思明人。英國劍橋大學畢業，歷任海陸軍大元帥府秘書、北京大學教授、北京交通部聯運處副處長、京漢鐵路局事務處副處長、鐵道部科長、北京鐵路局事務處副處長、平漢鐵路局事務處長、鐵道部業務司司長兼聯運處處長、粵漢鐵路局副局長、西南運輸公司香港、仰光、新嘉坡、爪哇、菲律賓分處長、軍事委員會戰時運輸管理局參事等職。戰後來台任台灣省鐵路管理委員會主任委員。
陳清汾	694, 716, 717	1910年生。台北大稻埕人。父陳天來為大稻埕富商，經營製茶業。1925年自太平公學校畢業，隨即赴日，入京都關西美術院，後轉往東京，繼入日本美術學校，師有島生馬。1928年隨有島生馬赴歐習畫，具留法習畫經驗及豐富參展紀錄，然其輝煌經歷卻因接手家中事業而中斷。戰後出任台茶商業同業公會理事長，對改良台茶品種貢獻良多。1949年被選為台灣省政府委員。1987年去世。
陳清棟	270	楊基振之大姊夫。1949年病逝。
陳祥霖	46	
陳朝乾	265	
陳朝琴	473	
陳欽梓	394, 395, 405, 417	戰後楊基振回台後交往的台灣友人。楊基振於鐵路局工作時的同事。日記中重覆出現多次，但因楊基振寫稿習慣時有不同，有「陳欽梓」、「陳金梓」、「陳金梓」等多種稱呼。
陳華宗	508, 509, 511, 512, 516, 540, 547	1903年生。台南學甲人。1917年畢業於日本立正大學史學科，1935年任學甲庄長，6年任期內實施學甲庄都市計畫，奠定今日學甲鎮的都市基礎。1941年擔任公共埤圳嘉南大圳水利組合會議員。戰後被任命為接收委員，1950年當選嘉南大圳水利委員會副主任委員，1959年以全票當選嘉南農田水利會會長，任內完成白河水庫興建及

姓　名	頁　碼	資　歷
		規畫曾文水庫。除擔任嘉南大圳相關職務外，另於1946年膺選為台南縣第一屆參議會議長，並蟬連四屆，連任議長長達約14年。1964年當選台灣省議會第三屆省議員，並連任至第四屆，1968年11月10日因車禍過世。
陳華洲	262, 326	1907年前後出生。福建長汀人。日本東京工業大學畢業。曾任軍政部兵工專門學校專任教官、西康省建設廳技正、國立中央技藝工專科學校教授。抗戰期間參加西康建省工作，負責籌建省立八個工廠。戰後任台灣大學工學院教授，並陸續任職於經濟部中央工業試驗所、台灣省工業研究所、經濟委員會、工礦專門委員會、中國工程師學會理事、中國化學理事兼總幹事。化學相關著作頗多。
陳傳芳	347	
陳敬輝	288	1910年生。台北新店人。原為郭水龍的第六個兒子，因體弱多病，依台灣習俗，襁褓中即過繼給母舅陳清義。陳清義當時為艋舺教會牧師，與馬偕長女結婚多年未育子女。陳清義為了讓陳敬輝受良好教育，自幼將他送往日本京都，日本京都繪畫專門學校畢業。娶日本女子中村春子為妻，曾一度改名為中村敬輝。1930年畫作「女」入選第四屆台展。畫作多次入選台展、府展。1932年任教於淡水純德女中和淡江中學，長達30年。1968年病逝。其高足林玉珠女士後嫁給牙醫作家王昶雄，據王氏透露，王昶雄作品〈奔流〉中伊東春生這個角色的原型就是陳敬輝。
陳新造	515, 516, 517, 518, 520	
陳溪圳	348, 351, 352	1895年生。台北人。生於基隆，1903年畢業於暖暖公學校後，1910年入淡水牛津學堂，1916年為教士會派往同志社大學神學部留學。以後又到東京神學校就讀。回台後先擔任宜蘭教會傳道師，一年半後轉至雙連教會，自1921年起在雙連教會度過了55年的牧師生涯。1926年4月將舊雙連禮

姓　名	頁　碼	資　歷
		拜堂售於馬偕醫院，另擇地建造新教堂（即今日雙連禮拜堂）。1929年以後又與鄭蒼國、蕭樂善等人在教會內推動「新人運動」。1940年被選任為北部基督長老教會大會議長，1944年日本基督教團台灣教區、日本聖公會台灣傳道區、台灣基督教長老會合組成日本基督教台灣教團，由其任傳道局長，位階僅次於上與二郎與中森幾之進。1946年以後又當選為基督長老教會台灣大會議長，顯現其極高行政能力。此外也在台灣神學院擔任講師，亦為淡水工商專校創辦人之一。1990年去世。
陳瑞棠	148, 149, 150, 153, 159, 160, 161, 165, 169	
陳誠	257, 539, 693, 694, 696, 716, 717, 718	1897年生。字辭修，浙江青田人。1922年畢業於保定軍校砲科。曾參與東征、北伐。西安事變時，陳誠與蔣介石同時被扣，在整個過程中，表現出對蔣的極大忠誠。抗戰及戡亂期間，歷任要職，在兼任湖北省主席時，推行「二五減租」，是他後來在台灣推行「三七五減租」的雛形。1948年秋從東北行轅主任卸職後，因胃疾來台灣休養。蔣介石在下野之前發布陳誠出任台灣省主席。次年1月就任，不久即宣布實施「三七五減租」，開始土地改革。1950年蔣介石復行視事，出任總統，任命陳誠為行政院長。1954年蔣介石連任總統，陳誠辭行政院長轉任副總統，1958年以副總統兼任行政院長組閣，1963年因健康因素辭職，1965年病逝。
陳漢平	502	1907年生。高雄市人。楠梓坑公學校、台南商業專門學校畢業，1923年入日本大學政治經濟科。留日期間加入中國國民黨，積極參與黨務。此後棄文就武，入日本士官學校第二十期砲科，1929年畢業後至中國。歷任黃埔軍校省校軍官、南京鐵道砲兵隊中校隊長、61師新兵訓練處上校主任、獨立團團長、第四軍團軍技術兵團上校團長、第五軍總司令部上校參謀、中央

姓　　名	頁　　碼	資　　歷
		軍校第四分校上校教官、少將砲兵科長兼任黔桂邊區防守司令部少將參謀長。戰後於台北市公會堂舉行受降典禮中，擔任日方投降代表之引導官。此後歷任高雄港港口運輸少將司令、台灣省警備總司令部高級參謀、高雄市主任秘書、市政府顧問、《中央日報》高雄分社主任。1969年去世。
陳墩樹	388	
陳慶華	259, 265, 270, 271, 300, 302, 308, 320, 322, 346, 399, 402, 405, 430, 502, 529, 554, 561, 571, 577	1903年生。南投名間人。台中黑派史祖陳家昆仲陳彩龍、陳水潭之堂弟；楊肇嘉二妹楊翠霞之夫婿。1922年台灣總督府國語學校師範部畢業，任教台中好修、社頭、田中等公學校5年，後赴日就讀早稻田大學法律科，1930年畢業並於年底通過日本文官高等試驗司法科。其後，歷任日本東京、宮崎、福岡、小倉、久留米等地方法院判事。日本投降時，適任職於九州，當時居留九州的台籍人士有4,000多人，陳氏擔任台灣同鄉會會長，處理台胞返鄉事宜。1946年回台後，初入省政府地政局任專員，旋任台灣高等法院檢察官。1947年7月膺選為監察委員，赴南京就任，以後隨監察院遷往廣州、台灣。1950年台灣省實施地方自治，復兼任台灣省地方選舉監察委員會主任委員。另亦曾任台灣區紅糖工業同業公會理事長、台灣高爾夫球俱樂部會長。1988年去世。
陳範有	374	
陳錫卿	270, 288, 362, 363, 365, 368, 430, 452, 551	1907年生。字錕鋙，南投竹山人。1932年畢業於台北帝國大學文政學部法學科，畢業後通過滿洲國的高等文官考試，乃赴新京進入大同學院，1933年第一部第二期畢業，被派到文教部工作，一年後調安東省教育局視察，三年後再被派往北安省任文教局長，而後回新京任職，不久赴上海任周佛海的機要秘書，任上海特別市政府參事。1946年回台，1947年以第二名考上縣市長，旋任彰化市長。1949年連任彰化縣

姓　名	頁　碼	資　歷
		一、二、三屆民選議員，1960年任台灣省政府委員兼民政廳長，1967年轉任中國國民黨中央委員會副秘書長，後派任黨營齊魯企業擔任董事長，直到70歲中風退休，79歲過世。
陳麗水	543, 544	1910年生。台南市人。台南第二公學校畢業。自幼幫父經商，於台南經營糖粉與糖加工業，曾任台南榮大行經理、台南市興化同鄉會理事長、台南市蜜餞商業同會理事長及台南市糖商業同業公會理事長。
陳麗生	409, 411, 431, 432, 438, 445, 548	
章元義	508	
彭子騰	34	
彭啟明	332, 333, 346, 366	
彭滋明	343, 344	
彭華英	63, 64, 67, 541	1891年生。新竹人。1921年明治大學政治經濟科畢業。在學中參加啟發會、新民會、台灣青年雜誌社。留學期間與日本左派高津正道、堺利彥等接近，因被日方嚴重監視，畢業後到上海。後與蔡惠如以台灣代表的身分與朝鮮、印度、菲律賓等欲追求獨立的殖民地者共同協議召開各殖民地共同獨立運動協議會，以後在上海或北京居住。1924年任上海中國沿海漁業協會副主任，且為中華民國海軍保衛沿海漁業監督總公署參議兼秘書。同年回台，10月11日與蔡阿信結婚，1925年兩人到達上海。以後回台，於1927年初加入台灣文化協會被選為中央委員，後不就，傾全力於台灣民眾黨事務。1933年赴滿州，入電信電話株式會社任秘書長，1939年到北京任華北電話公司職員，1941年1月任北平警察局秘書，1944年改任廣播協會職員。日本投降後，任中央廣播事業管理處所屬北平廣播電台總務科長，12月18日被逮捕，

姓　名	頁　碼	資　歷
		以戰犯被審判，由於沒有積極資敵行為，以不起訴結案，是時已1947年12月27日。1951年於楊肇嘉擔任台灣省政府民政廳長任內獲延納，擔任省政府民政廳秘書職。楊肇嘉卸任後，彭華英轉調台灣省合會，先擔任專員、後轉任埔里分公司經理。1968年去世。
彭德	498, 716, 717	1914年生。苗栗人。日本大學貿易系畢業。抗戰期間，由日本先轉道香港至上海，1944年並曾在第三戰區服務，擔任台灣工作團教官。戰後返台，當選台灣省參議員。1949年1月陳誠任台灣省主席，派其任國民黨台灣省黨部執行委員、台灣區生產事業管理委員會常務委員、《台灣新生報》董事等職。同年12月吳國楨接任台灣省主席，才35歲的彭德被任命為省政府建設廳廳長，與出任民政廳長的蔣渭川同為省府的台籍一級主管。由於此一人事案引起「半山」政治人物及省參議員的反彈，彭德失去建設廳長一職，轉任行政院參事。1954年他有意參選台北市長，但後來因故退出選戰。
曾人端	447, 513	為曾人模弟，兄弟共四人，尚有曾人潛。
曾人模	303, 331, 402, 457, 597, 604, 639, 675	1903年前後出生。北港人。出生優渥，父親曾席珍為日本政府指定的專賣共賣商。1921年以第一名成績畢業於台灣總督府國語學校師範科，與朱昭陽自幼為同學，情同手足。後與朱昭陽一同結伴赴日，進入名古屋高等商科學校，後又入東京商科大學，畢業後入大阪商船工作。戰爭期間被調往菲律賓當軍屬，後來失蹤。楊基振與曾人模在日期間應有深交，後來與其家人皆有來往。
曾茂	346, 446	
朝川	32	
朝杰	480	
朝啟	266, 312, 316	

姓　名	頁　碼	資　歷
游彌堅	524	1897年生，原名柏，台北人。1927年畢業於日本大學後，赴中國大陸，改名彌堅。北伐後，因著名軍事學家蔣百里介紹，擔任中央軍校少校政治教官。九一八事變發生，國際聯盟出面調查，他應政府首席代表顧維鈞之邀擔任秘書，其後轉任駐法公使館秘書。1933年任財政部稅警總團軍需處長，繼於湖南省財政廳任職。1941年參加台灣革命同盟會的成立工作，1943年擔任台灣設計委員會委員。抗戰勝利後，擔任台灣區財政金融特派員，1946年接任台北市市長，次年兼任台灣省教育會首任理事長，並獲選國民大會代表。1950年辭卸台北市長，1954年代表中華民國出席聯合國教科文會議，返國後，轉向工商業發展，先後擔任台灣紙業公司董事長、泰安產物保險公司董事長等職。曾擔任《國語日報》董事長、擔任台北仁濟院董事長、世界紅卍字會台灣分會長、國際扶輪社台港澳區總監督、台灣觀光協會會長等職。1971年去世。
渡部	37, 68, 69	
渡邊書記生	34	
渡邊高級副官	44	
程全蔚	517, 547, 559	
越智大尉	41, 42, 43, 52, 54, 55, 84, 93, 95, 96, 120, 122, 133, 145	
黃千里	253, 254, 289, 295, 306, 327, 338, 339, 352, 362, 392, 534	1909年生。台南縣六甲人。1933年畢業於日本早稻田大學英文科，而後到滿洲國，1933年畢業於大同學院第一部第二期，旋入文教部禮教司屬官，歷任衛生部社會司輔導科事務官，1940年任民生部理事官，1941年任總務廳理事官，先在總務廳官房辦事，繼在統計處辦事。戰後一度任阜新市市長，回台後於1950年任台北市公用事業管理處處長，1952年該處改為公共汽車

姓　名	頁　碼	資　　歷
		管理處與自來水廠，遂任自來水廠廠長，1954年11月調任工務局長。
黃介騫	530	1905年生。台南市人。畢業於台南一中、日本岡山第六高等學校理科、日本京都帝國大學經濟學部、日本京都帝國大學院肄業。1933年3月任職總督府文教局社會課、1934年10月高等官考試及格，後曾任文教局屬(1935)、府編修書記兼府屬、府地方理事官、台南市助役、台東廳勸業課長、台北州商工水產課長等。1945年以後，台北州接管委員會委員、民政處專門委員、台北市政府民政局局長、外事部書記官。
黃及時	399, 427	台北人，黃純青之子，日本東京商科大學畢業，畢業後服務於三菱商事株式會社，擔任會計主任暨北京支店長。戰後自設光隆貿易有限公司，兼任中華國貨公司總經理，並籌組成立台北市進出口商業同業公會，被推選為首屆理事長並連任三屆，任國大代表，中日文化經濟協會理事，中華民國工商協進會理事。
黃文苑	443	
黃文陶	564	1893年生。號竹崖，彰化人。1917年台灣總督府醫學校畢業，赴台中市同仁醫院服務。翌年至西螺開設上池醫院。1924年起曾三度周遊中國，並加入中國國民黨。1925年底結束開業將近8年的醫院，進入台北醫學專門學校病理研究科深造，1927年攜眷赴京都帝國大學醫學部附屬病院任醫局員，其後帶職進入該大學外科專修科，專研外科。1932年以論文〈關於痲瘋桿菌音伯丁(Inpedin)及煮沸免疫元之研究〉，取得外科醫學博士學位。隨即返台，1933年至嘉義市開設上池醫院。由於醫術高明，求診者絡繹不絕。其後歷任嘉義市醫師會會長、嘉義市協議會員、台南州醫師會理事，直至戰爭結束。擅長詩文，曾邀集當地碩彥組織詩社「茭社」。著有《竹崖詩選》、《竹崖文選》。1970年去世。

姓　名	頁　碼	資　　歷
黃木通	410, 460, 461, 468, 561	
黃江鎮	276	
黃呈祥	361	
黃其欣	553	
黃宗堯	360	
黃宗焜	517	1910年生。台灣嘉義人。1931年台南師範畢業，畢業後擔任國校教師。1937年考取日本中央大學法科，在校期間通過日本高等考試及律師考試。畢業後回台任律師。戰後任嘉義及台中地方法院推事，後當選台灣省臨時議會第一、二屆議員，第三、四屆嘉義縣長。曾任嘉義大同商專、商職董事、嘉華中學董事長。1996年去世。
黃炎生	323, 338, 477, 559	1930年生。台北淡水人。1926年4月進入京都帝國大學法學部獨（德國）法科就讀，1928年10月通過高等文官行政科考試，11月再通過高等文官司法科考試。1929年3月畢業於京都帝國大學，4月以司法官試補任職東京區地方裁判所、東京區檢事局、東京地方裁判所、東京地方檢事局勤務。1930年12月升任判事，任職東京地方裁判所兼東京區裁判所判事。1931年2月轉任台灣總督府法院（合議部、單獨部）判官，再轉台北地方法院判官，1932年12月轉任台中地方法院判官，1935年3月再調回台北地方法院。1935年5月退職，6月起登錄台灣總督府辯護士名簿，擔任辯護士。1936年11月當選台北州會議員，1940年11月受命為官派台北州會議員。
黃金柱	525	
黃南鵬	203	1902年生。彰化人。南京國立東南大學畢業，1925年日本陸軍士校畢業。歷任參謀大隊長、團長、旅長、指揮所局長、臨時政府治安部建制局長兼華僑協會理事等職。1940年任陸軍少將、華北綏靖軍第二團軍司令，日本占領北京後，曾任華北憲兵司令。戰後為蔣介石委任為北平憲警聯

姓　名	頁　碼	資　歷
		合會辦事處主任。後赴日本從事台灣獨立運動。
黃烈火	18, 121, 155, 156, 157, 355, 364, 515	1911年生。彰化人。中學畢業後赴日，經營和泰洋行做貿易，並赴北京，回台後將和泰洋行改為和泰股份有限公司，又為美商美孚公司台灣總代理。曾任南港輪胎公司、遠東製絲公司常務董事，台灣證券公司及泰安產物保險公司董事，和泰股份有限公司及1953年成立味全食品工業股份有限公司，任董事長。
黃神火	346	
黃純青	394, 417, 421, 464, 563	1875年生。字炳南，晚年號晴園老人，台北樹林人。9歲入樹林村塾，18歲參加科舉鄉試。台灣改隸後，曾加入三角湧警察署聯絡組自衛團，獲配授勳章（勳六等）。23歲起擔任樹林區長、鶯歌庄長、台北州協議會員、台灣總督府評議會員、樹林信用組合長、株式會社樹德商行社長、台灣畜產協會理事、桃園水利組合評議員、皇民奉公會台北州支部奉公委員。33歲成立樹林酒廠。1931年為「反對限制台米移入內地期成同盟會」成員，赴東京請願。1945年10月任台灣省農會理事長、土地銀行及合作金庫監察人、大同中學董事長、台灣文化協進會監事、國語日報社董事長、台灣新生報設計委員等。當選第一屆台灣省參議員、省府顧問、台灣省通志館主任委員。參與創設薇閣詩社，著有《晚晴詩草》、《八十自述》等書。1956年去世。
黃國書	278, 323, 352, 360, 364, 401, 428	1905年生。本名葉焱生，台灣新竹人。公學校畢業後，先後就讀台北師範學校及淡水中學，由於遭受日本警察的欺凌，前往上海就讀暨南中學，又升入暨南大學。後改名黃國書，並加入中國國民黨，在國民革命軍總司令蔣介石的贊助下，進入日本士官學校，畢業後回中國，任教於中央軍官學校及砲兵學校。抗戰期間，先任獨立砲兵團團長，因功累遷至師長、副軍長。戰後，奉派擔任台灣省警備總司令部中將

姓　名	頁　碼	資　歷
		參議兼高參室主任。1946年當選制憲國民大會代表，是制憲國民大會主席團中唯一的台籍人士。1947年二二八事件中，黃國書奉命赴新竹、台中一帶，勸阻參與的青年群眾。同年當選第一屆立法委員，1950年獲國民黨提名，當選立法院副院長，1961年張道藩辭職後，當選立法院院長，是第一位出任五院院長的台籍人士，並蟬聯立法院長達11年之久。1987年12月8日因心臟病過世。
黃國瑞	546	
黃國壽	261	
黃基統	260	
黃清水	315, 318, 452	
黃紹皋	218	
黃逢平	391, 465	1900年生。台北市人。1919年台灣總督府國語學校國語部畢業，旋進日本國立神戶高等商業學校修業3年，轉入日本國立東京商科大學本科。畢業後，任職台灣銀行總行業務員，經辦董事室業務。1931年娶辜顯榮三女辜津治，辭銀行職，協助經營大和拓殖、大和興業，任常務董事職。戰後，任台灣信託股份有限公司常務董事、第一銀行總經理、常務董事等職。1986年去世。
黃逢時	416, 417	1898年生。台北樹林人。父純青為前台灣總督府評議員、台灣省參議會參議員、台灣省文獻委員會主任委員。幼讀國學，1918年繼其父為樹林造酒公司主事，1920年變更該公司組織為樹林紅酒株式會社，資本額150萬，並成為該會社專務取締役。任職4年期間，致力於產品改良及銷售通路的擴張，樹林紅酒的名聲遂遍及全島。1923年任鶯歌庄長。1936年經營米穀、肥料貿易，並歷任樹德商行專務取締役、海山輕鐵株式會社取締役、榮隆商行代表社員、台北米穀卸商組合理事長、台北綱繩組合長、台北市會議員、皇民奉公會台北州支部奉公委員、台北宮前町區長、方面

姓　名	頁　碼	資　　　歷
		委員等職。戰後，被派任台北市中山區區長、水利委員會主任委員，並於1947年8月候補為台北市參議員，兼任榮隆行總經理、豐隆製糖股份有限公司董事長。晚年赴美定居。1986年去世。
黃朝清	346, 352	1895年生。台中人。1919年畢業於東京慈惠醫學專門學校，歸台後在台中開設醫院，1936年得到醫學博士學位。其間擔任過台中商工協會長、台中市醫師會顧問、台灣新民報監事、業務局長，1942年在台中市再開業回春醫院。戰後參加台灣光復致敬團，二二八事件時台中成立「台中地區時局處理委員會」，時任台中市市參議會議長的黃朝清亦參與其中，後與林獻堂等士紳採和平方式，歡迎國軍入台中。
黃朝琴	366, 367, 399, 462	1897年生。台南人。1923年畢業於早稻田大學政治經濟科，曾參與《台灣民報》鼓吹民族思想。後赴美留學伊利諾大學，於1926年獲政治學碩士。1927年起入中華民國外交部服務，歷任亞洲司科員、科長，駐舊金山、仰光、加爾各答總領事。戰後奉派為外交部駐台灣特派員兼台北市長。1946年被選為台灣省參議會議長，歷任三屆臨時省議會及二屆省議會議長達17年，為省議會運作奠定規模。此外並任國民黨中央委員、中常委、台灣第一商業銀行及國賓飯店董事長。另致力於國民外交、中日民間交流。1972年去世。
黃棟	259, 261, 339, 578	1900年生。台中市人。日本明治大學畢業。活躍於政商界。曾任台中市議會議員、台中商工會議所議員、台中市商會理事長、台灣省商聯會常務理事、三振股份有限公司董事長、華南銀行董事、高雄市百貨股份有限公司董事長、高雄百貨貿易行行東。
黃瑜	561, 562	
黃演渥	271, 272, 388, 403, 421, 434, 436	1902年生。字三松，台中石岡人。自幼聰穎，喜好讀書。先後畢業於石岡公學校、台中第一中學、台南高等商業學校。1923年4月前往香港，進入鈴木商店香港支店

姓　名	頁　碼	資　　歷
		工作。因有志於法學，乃於1925年棄商赴日，翌年，考入日本東北帝國大學法文學部政治法律學科就讀。1929年畢業後，留校擔任助教。同年，獲日本高等文官考試司法科合格。翌年7月以司法官試補入東京地方裁判所工作。1932年12月返台，轉任台灣總督府台北地方法院判官。其後，歷任嘉義、台南地方法院判官。1944年升任台灣總督府高等法院判官。戰後，出任台灣高等法院推事兼庭長。1952年升任最高法院推事。1958年特任為司法院第二屆大法官；1967年獲得連任。1971年3月19日因腦溢血突發去世，享年70歲。
黃維槭	477, 479, 480, 481, 482, 483, 490, 498, 499, 506, 507, 512, 514, 515, 517, 518, 524, 536, 541, 544, 554	
黃遵芬	480	
黃錦江	400, 405, 452, 523	
黃錦城	524, 552, 557, 558, 559, 560	
黃聯登	365, 394, 401	1900年生。高雄縣人。早年因抗日遠離台灣，赴大陸就讀國立北京大學政經系。戰後回台。1947年，第一屆參議員洪約白被捕入獄後，乃遞補其為參議員。並曾任三民主義青年團高雄分團幹事長、高雄化學食品工業合作社理事長、高雄醬油工業合作社理事長、鳳山食品公司董事等職。
黃鐼	451, 453, 454	
楊天恩	357	
楊天賦	393, 502, 696, 717	1900年生。字燿榮，台中清水人，楊肇嘉之弟。幼入家塾倚竹山房修習漢文，及長負笈日本，畢業於日本大學政治科。歷任清水街首次民選協議會員、台中州會議員、大甲水利組合評議員、清水信用組合理事、大東信託會社取締役、中央俱樂部取締役、新高軌道會社取締役、台灣交通

姓　名	頁　碼	資　歷
		會社取締役等職。極富民族思想，與其兄肇嘉均參與抗日運動。戰後初期，曾任清水鎮鎮長，1947年7月在林獻堂辭職後，遞補為台灣省參議員。任內對於教育事業甚為關心。期間，亦擔任台灣省農會理事、彰化銀行監察人、台灣省警民協會理事、台中縣縣議員選舉事務所委員等職。
楊以專	262, 311	1890年生。彰化人。幼習漢學，畢業於彰化公學校，1913年當選彰化街保甲役員，1919年任彰化振業信用組合理事，1922年任彰化街協議員，1923年任彰化水利組合評議員，1934年彰化振信組合組合長。妻為施金針，可能是階堂妻施金紗的姐妹，育有五男四女。此後繼任信組理事、彰化街協議員、信用組合長等。
楊永茂	503, 504	
楊永裕	156	
楊老居	241, 245, 262, 311, 318	1899年生。1924年台北醫學校畢業，先在台北赤十字醫院實習，後在彰化市開礦溪醫院，1927年入東京醫學專門學校三年級，而於翌年畢業。參加台灣文化協會，文化協會分裂後任中央委員，及台灣大眾時報社理事，1925年起新築醫院，治療貧苦病患，1935年當選彰化市市會議員。於1952年與妻子楊紅綢成立「慈生救濟院」(彰化縣私立慈生仁愛院)。
楊杏庭	308, 445, 466, 468, 493, 512	1909年生。台中梧棲人。台中師範學校畢業後，1930年畢業於東京高等師範學校，1939年考入東京文理科大學哲學系，並通過高等文官考試。1940年入中國南京國立中央大學、浙江大學任教，亦任浙江省政府秘書。1945年轉任職於國民政府。二二八事件奉命回台調查真相，1948年回台任台銀研究員。1951年後赴日進修，後因抨擊中華民國政府，一度被列入海外學者黑名單。一生著作頗多。1987年逝世。
楊孟學	267, 313, 335	
楊延齡	515, 527, 542	
楊忠錕	526	詩人陳虛谷次女陳玉盞之夫。

姓　名	頁　碼	資　　歷
楊明發	296, 298, 307	
楊松齡		楊肇嘉之侄。其父楊天錫為楊肇嘉之弟，1916年與林根生之妹月規結婚，後因肺病而於1919年過世，時楊松齡才八個月。
楊金虎	333, 462, 502, 699, 720, 806	1898年生。台南歸仁人。台南市第二公學校實業科畢業。1915年考進台北醫學專門學校，1920年畢業，曾駐診於關廟公醫館。1925年插班考進日本醫科大學專門部四年級，次年畢業回台，辭去公醫職務，轉往高雄自行開業，1931年建立仁和醫院。其間，結識熱衷社會運動的楊振福，在其引介下，加入林獻堂、蔣渭水所領導的台灣民眾黨，並擔任該黨高雄支部常務委員，以及政治委員會委員。1935年參加首次民選市會議員選舉，以第二高票當選，4年後並獲連任。戰後，任三民主義青年團幹事。1947年二二八事件中曾遭到逮捕，後獲釋。同年11月出馬競選第一屆國民大會代表獲得當選。次年，赴南京出席國民大會時，加入中國民主社會黨（民社黨）。1949年出任高雄區合會儲蓄公司董事長，旋於次年公司爆發倒閉案而被判處有期徒刑3年，入獄1年餘後獲假釋。1954年獲民社黨提名參加第二屆高雄市長選舉落選，後三度參選市長，終在1968年以70歲高齡當選第六屆高雄市長。在市長任內，由於涉及市府顧問洪雲龍「賣官鬻爵」案，市長卸任後隨即遭收押偵辦，初審被處有期徒刑5年，上訴中因病保外就醫，直到過世前官司都尚未定讞。1990年去世。
楊金章	405	
楊信夫	155, 349, 482, 526	清水鎮楊氏家族成員。楊基振之侄兒，楊義夫之兄。
楊信義	562	
楊俊隆	544, 545, 546	
楊國喜	519	梧棲人。楊子培次子，日本早稻田大學畢業，先任職台中省立師範學校英語主任，再往美國留學，回國後受彰化銀行聘為專員。娶陳炘女陳雙美，與三房族兄楊賓嶽

姓　名	頁　碼	資　　　歷
		合編《楊家族譜》（自刊本，1962年出版）。戰後為櫟社社員之一，入社後才開始學詩。
楊基立	306, 536	清水鎮楊氏家族成員。楊基振之堂弟。
楊基里	268	
楊基炘		1923年生。台中清水人，楊天賦之長子。5歲時便隨著父母前往日本，從幼稚園到大學皆就讀於日本學校。25歲始返台定居，1940年以後約有10年的時間，先後就職於豐年雜誌社與農復會。其間留下多幅攝影照片，保留許多當時的台灣影像。妻子為永豐餘集團創辦人何永之長女。39歲後曾創立廣告公司，之後又創設自行車工廠，但是攝影仍為最愛。1999年在國立歷史博物館以鄉思台灣——時代膠囊Time Capsule為題，首次展出他的作品，2003年於德國柏林東亞藝術博物館展出。
楊基流	305	清水鎮楊氏家族成員，與楊基振為堂兄弟。曾任清水鎮鹿峰國民小學家長會長。
楊基椿	580, 581, 583, 586, 603, 605, 642, 648, 650, 661, 662, 663, 664, 665	楊肇嘉長男。1936年自日本大學第三中學畢業，入早稻田大學法科就讀。1937年與林淑珠結婚。
楊基銓	317, 527, 560, 818	1918年出生，台中清水人。楊基振堂侄。台中一中、台北高校畢業，後經楊肇嘉援助赴日進入東京帝大經濟學部就讀，畢業前已通過日本高等文官行政科考試。畢業後曾任職於拓務省、台灣總督府。1941年奉派出任宜蘭郡守。戰後曾任職台灣省政府農林廳、農復會。70年代擔任台北市政府建設廳長、經濟部常務次長。80年代擔任土地銀行、華南銀行董事長。90年代退休後與妻子劉秀華女士創設國際文化基金會。2004年去世。
楊基瀛	223	
楊啟	289	
楊清野	537, 555	
楊陶	429, 477, 486, 534, 539, 696, 717	彰化人，為台灣省參議員。

姓　名	頁　碼	資　　歷
楊惠民	173	
楊景山	255, 256, 262, 264, 265, 272, 278, 295, 336, 419, 493	1906年生，彰化人。台灣士紳楊吉臣長孫。1932年早稻田大學政治經濟學畢業，同年入台灣新民報社，1935年任台南支局長，1937年任台中支局長，1939年任彰化支局長，1940年回本社任販賣部長，1942年兼任地方部長。戰後任職台灣大學教務處。
楊朝華	29, 38, 39, 111, 112, 123, 124, 210, 214, 237, 243	1899年生。宜蘭人。畢業後本欲回台繼承父親留下的製糖工場，但糖場為台灣總督府所併，遂往東北投身商界，由台灣販運土產鮮貨到東北、華北各地銷售，而後改在滿洲經營電影業，並任東省特別區地政管理局調查主任。九一八事變後移居北京，仍在平、津一帶從事電影業，1942年經營明星戲院，曾與楊基振有經營上的糾紛(詳記於《楊基振日記》中)。終戰前組織木偶戲團巡迴平津一帶演出。此外在天津設華道商行，戰後被委為東北挺進軍總司令部秘書，又在江南經營米業。其子為著名雕塑家楊英風。
楊湘玲	323, 586	1918年生。台中清水人，楊肇嘉之長女。彰化高女、台北高等女學校畢業。經吳三連的介紹，嫁台南名門吳鏡秋秀才之子吳金川，吳金川歷任合庫業務經理，彰化銀行副總經理、總經理、董事長，在彰銀服務25年，1966年才屆齡退休，是台籍金融界的巨擘之一。
楊湘薰		台中清水人，楊肇嘉么女。經養樂多公司董事長陳重光居中介紹，於1955年1月與當時畢業於台大法律系的富邦集團總裁蔡萬才先生結為夫妻。
楊琳生	455, 461	
楊溪如	112, 150	
楊義夫	113, 524	日本中央大學經濟科肄業，因躲避兵役乃到滿洲國，入經濟部任屬官。
楊維命	435	
楊維嶽	510	
楊緒銘	270	

姓　　名	頁　　碼	資　　　　歷
楊肇嘉	2, 17, 18, 579, 580, 581, 582, 583, 586, 589, 591, 593, 594, 595, 596, 600, 601, 603, 638, 639, 641, 642, 646, 648, 650, 651, 654, 658, 660, 661, 662, 663, 664, 665, 666, 668, 669, 670, 671, 672, 674, 675, 676, 677, 678, 694, 695, 696, 711, 716, 717, 718, 770, 804, 824	1892年生。台中清水人。幼年入公學校，後留學東京京華商業學校。1920年台灣地方制度改革，楊肇嘉任清水街長，但仍勇於參加台灣議會設置請願運動等台人民族運動。1927年擔任台灣民眾黨駐日代表，向內閣提出地方自治等十五項要求。1930年任台灣地方自治聯盟常務理事，其間曾因抗爭訴求險遭入獄。1934年攜眷赴日，入早稻田大學政治經濟科就讀，又與林獻堂等組台灣地方自治聯盟。1941年離台赴上海發展實業。戰後曾任省府委員與民政廳長。1976年逝世。是在楊基振的一生中，對他影響最深的人。
楊縣長（克培）	33, 34	1903年生。彰化人。日本大學專門部政治科畢業。回台後參加台共，曾與謝雪紅同居，開設國際書局，一度為日人監禁。1938年到北京，任河北定縣（一說澤縣）縣長，不肯替日人拷迫百姓、強徵軍糧而被撤職。遂隱居北京，沉淪於鴉片，不知所終。
楊蘭洲	6, 115, 272, 288, 295, 303, 306, 338, 414, 420, 468, 481, 493, 502	1907年生。1932年東京商科大學畢業，因其兄楊燧人已在東北行醫，1932年滿洲國成立後乃到滿洲，先在法科局任職，而後任經濟部理事官在工務司任工業科長，1944年任職滿洲國駐泰國大使館，1945年升為一等秘書長，4月回滿洲任哈爾濱市行政處長，戰後出任哈爾濱行政處長。1947年5月回台，在吳三連任台北市長時於1950年被任命為台北市政府工務局長，發起成立東北會（日治時期旅居東北的台灣人回台後的聯誼組織），任會長直到亡故。
楊鑫淼	259	
詹椿柏	804	1893年生，彰化人，為楊基振之岳父。1913年台灣總督府國語學校畢業，1918年入台中三井物產會社，1922年被選為彰化振業信用組合監事，1924年被任命為彰化街協議會員，1929年在台中三井物產退職，1934年被選為彰化振業信用組合常務理事，1936年當選台中州會議員。

姓　名	頁　碼	資　　歷
萬賢	118, 260, 267, 338, 361	→王萬賢
絹絹	239, 244, 311, 318, 329	
葉仁和	422	
葉幽谷	546, 565	原名葉綽文，人稱葉半仙，會算命，為虔誠關聖帝君信徒，得唐榮鐵工廠總經理唐傳宗的信任。
葉榮鐘	265	1900年生。彰化鹿港人。1930年日本中央大學畢業，主修政治經濟。早年追隨林獻堂參加抗日民族運動，曾任林獻堂私人秘書、台灣地方自治聯盟書記長、《台灣新民報》通信部長。戰後於1946年任省立台中市圖書館採編部長，並參加「台灣光復致敬團」赴上海、南京、西安各地。1948年入彰化銀行服務，1966年退休，專注於台灣民族運動史的撰述。其著作有《台灣人物群像》、《台灣民族運動史》、《半路出家集》、《小屋大車集》、《少奇吟草》、《彰化銀行六十年史》，並曾於林獻堂逝世後主編《林獻堂先生紀念集》。2002年有《葉榮鐘全集》出版。1978年去世。
葛之覃		字蓀輝，浙江東陽人，私立浙江法政專門學校畢業，考取承案員及司法官，歷任上海地方法院及上海第一、第二特區地方法院推事、庭長，首都高等法院庭長，台灣高等法院首席檢察官、院長。曾先後兼任暨南大學、上海法政專門學院、上海法學院、復旦大學、台灣大學教授。編有《破產法》、《刑法》、《民刑訴訟實習》、《中國司法組織》等論文。
董萬山	58, 135, 302, 310, 326, 349, 419, 517	
詩(施)樑山	495	
詹和君	307	為月鳩弟弟的岳父。

姓　名	頁　碼	資　歷
廖(蔡)綉鸞	526	1905年生。台中清水人。蔡姓望族蔡源順派下名門閨秀，蔡介明的女兒，蔡蓮舫和蔡惠如的姪孫女。13歲時由大哥蔡梅溪（畢業於日本明治大學)帶赴東京，就讀東洋英和女學校。1922年18歲時，經由台中市全安堂老闆羅安做媒而嫁給廖溫仁。婚後，廖蔡綉鸞繼續讀京都同志社女子專科的英文學科，直到隔年(1923年)，長子廖史豪出世才輟學；兩人共育有二男五女。1936年廖溫仁因病去世，她帶子女回台投靠婆家，1941年再帶子女移居東京。廖蔡綉鸞熱情好客，二次大戰期間，台灣的留日學生因糧食欠缺，常常吃不飽，廖家則開放做為台灣留學生的聚會所，博得留日學生尊稱她為「東京歐巴桑」。戰後回台。二二八事件後，深具強烈的台獨理想，常陪長子廖史豪運用個人關係，秘密拜訪台灣各地的知識分子與士紳，積極傳播台獨意識。1962年1月27日，廖蔡綉鸞、廖史豪母子同時被捕。廖史豪被判處死刑，廖蔡綉鸞雖未正式參加台獨組織，但因活躍於幕後而被判處15年有期徒刑。1965年因獄中心臟病與糖尿病加劇，加上廖文毅的返台，而獲保外就醫，出獄後不久即因狹心症和尿毒症併發，不治去世。終其一生為虔誠的基督教徒。
廖文奎		1905年生。雲林西螺人，雲林地主廖承丕之次子、廖文毅之兄。公學校畢業後，進日本同志社中學。1923年到中國，進入教會系統的金陵大學，專攻中國的政治思想，深諳北京語、南京語、法語和德語。1928年，赴美進入芝加哥大學社會學部。1934年，獲社會學博士。後赴南京擔任中央政治學校、中央陸軍軍官學校和金陵大學教授。1936年，出版《人生哲學之研究》。1938年，因中日戰火加劇，與弟文毅離開上海，回到台灣。1939年5月，父親逝世後，成立「大承興業株式會社」，並擔任社長。由於廖文奎留美滯中的背景，受到日本特高警察特別注意，為躲避中日

姓　名	頁　碼	資　　歷
		戰爭緊張關係所帶來的監視，他於1939年7月再赴上海，擔任大學教職，至日本戰敗，一直未再回台灣。大戰結束後，一度返台，二二八前夕，與文毅到上海，創立《前鋒》雜誌，批判陳儀和國民黨的腐敗，提出台灣獨立的構想，影響廖文毅及其同志朋友，是台獨運動的理論家。1948年曾被國府拘捕，後轉至香港大學任教。1952年客死香港。
廖文毅	526, 573, 577, 807	1910年生。雲林西螺人，為廖承丕三男。1935年美國俄亥俄州工業博士，旋擔任浙江大學工學院教授兼主任，1937年任軍政部兵工署上校技正，1940～1945年間，任香港銀行團鑑定技師並返台任大承興業、大承產物、永平等公司董事長。戰後任工礦處簡任技正，兼台北市工務局長、工礦接收員，翌年辭，改兼台北市公共事業管理處長，創《前鋒》雜誌。參選國民參政員、制憲國代均落選，二二八事件後遭陳儀通緝，亡命香港組「台灣再解放聯盟」，1950年偷渡日本，當選「台灣民主獨立黨」主席。1955年在東京成立台灣共和國臨時議會，翌年成立台灣共和國臨時政府，當選大統領，1965年返台投降。後任曾文水庫、台中港籌建委員會副主席。1986年去世。
廖史豪	521, 531, 537	1923年生。廖承丕長子廖溫仁之子、廖文奎、廖文毅之侄。父親廖溫仁為京都帝大醫學與史學博士，後任教於京都帝大，1936年病逝。1940年赴日本東京，轉讀關東中學五年級。1946年隨母親回台定居，廖史豪為求生計並抱懷政治理想，而到叔叔廖文奎、廖文毅所辦的「前鋒雜誌社」工作。其間，廖史豪曾把廖文毅兄弟在台各地的演講內容翻譯成英文，以〈在台灣的帝國主義和民族主義的鬥爭〉為題，發表於中國上海的英文週刊。二二八事件發生前，廖史豪正好與兩位叔叔離台赴中國訪問。事件發生後廖文毅兄弟為要營救受難者，

姓 名	頁 碼	資 歷
		發表二二八事件處理建言而被列為叛亂通緝要犯，自此流亡海外倡導台獨運動。廖史豪則於8月回到台灣，做為他們在台的代理人。於1949年3月與台灣「農復會」英語翻譯黃紀南秘密成立「台灣再解放聯盟台灣支部」。因其台獨活動被警方注意，翌年5月下旬被捕，以「參加叛亂組織或集會」被軍法處起訴並判處有期徒刑7年，此為台灣島內第一件「台獨叛亂案」。1962年1月27日，廖蔡綉鸞、廖史豪母子同時被捕。廖史豪這次被判處死刑，後因廖文毅返台及母喪而獲釋。
廖能	258, 266, 320, 359, 373, 376, 396, 400, 403, 421, 423, 427, 428, 445	1903年生。台南市人。交通界、金融界聞人。留學日本，畢業於東京商科大學，經高等考試後進入日本大阪商船會社擔任社員。後又分赴大阪本社、東京支社、神戶支店任職。後調返台灣，任日本船舶運管會台灣支部調度部長。戰後任職交通處航務管理局船運處，直到台灣航業公司成立後退職。之後轉入合作金庫籌備委員會任副主任，曾任基隆支庫經理、大稻埕支庫經理等職。
廖揚滿	258, 267	
廖繼成	445	1893年生。台中豐原人。台灣總督府農業學校畢業。旋入彰化銀行服務，1945年被董事長林獻堂拔擢為董事兼協理，並兼業務部經理，1952年升任總經理，在彰銀共服務30多年。亦任台灣物產保險公司董事、台灣火災保險董事、台灣旅行社董事。其弟為畫家廖繼春。
瑤庭	553, 554	
維命	435, 438, 440, 442, 443, 505, 519, 529, 530, 531, 532, 535, 536, 539, 549, 558, 564, 565	
翟敏鋒	173	

姓　名	頁　碼	資　歷
肇嘉嫂	28, 29, 31, 32, 39, 40, 387, 514, 603, 605, 639, 640, 642, 644, 647, 657, 660	楊肇嘉之妻張碧雲女士。
蒲田業務部長	52	
蒲和基	144, 145	
趙秀珍	554, 556, 557, 558, 563	
趙明儀	56, 75, 76	
趙香九	147	
趙慶杰	236, 242, 374	
趙璧輝	557, 558, 559	
劉戈青	526, 541, 552	福建南安人。畢業於上海暨南大學。1935年因偶然的機會遇見戴笠，並在28歲時加入情報局。抗日戰爭以前中國的大學生一般都與地下勤務保持距離，劉戈青的大學資歷實為少數。1939年2月，劉戈青受命於軍統局上海區區長王天木(軍統局為1938年成立之國民黨特務機關)，在上海刺殺叛國者陳籙(時任梁鴻志偽政權之外交部長)，為軍統中最著名的刺客之一。後一度遭汪精衛政權軟禁，六個月後獲釋。二二八事件發生後，奉命來台協助處理事變，旋奉調台灣省警務處副處長兼刑事室主任，1948年任巡防局副局長，1949年任台灣省警務處副處長，兼刑警總隊長，負責治安，檢肅匪諜。
劉永濟	536	字元中，福建福州人，福建學院法律系畢業，日本明治大學研究員，中國青年黨黨員，歷任該黨福建省黨部主席，中央黨部主任秘書，中央委員，在福州創榕西小學、榕西中學，來台後任監察委員。
劉快治	547	1906年生。台南人。府城紳商劉錫五之次女，兄長劉清風為留美醫學博士。1925年畢業於台南長老教女學校後，負笈廣州真光中學，繼入嶺南大學習社會學、教育學，1936年畢業後入美國密蘇里大學就

姓　　名	頁　　碼	資　　歷
		讀，獲碩士學位。戰後，返台任教於長榮女中、台南一中。1947年出任台南市私立光華女中校長，1951年奉派出任屏東女中校長，為當時唯一台籍女中校長，任期達16年。1960年嫁予高雄區合會儲蓄公司董事長王天賞為繼室，1961年協助創辦道明中學，曾任該校第二屆董事長；1969年出任私立永達工專校長，兩年後卸任，仍續任該校董事、常務董事以迄逝世。1989年發起創辦長榮管理學院，1994年捐資1億元成立「劉快治文教基金會」，另捐7,000萬元創辦「亞太綜合研究院」，獎勵文教活動及學術研究。1997年去世。
劉見村	296	
劉明哲	293, 311, 514, 687, 711	1892年生。台南柳營人。1916年7月自早稻田大學政治科畢業，1919年入嘉義銀行新營出張所任主任，及查畝營（柳營）庄長，1922年獲紳章，1926年任大東信託取締役，翌年任職該社台南支店店長，台南信用組合理事。以後赴滿洲國哈爾濱任職，再回台經營實業。在民族運動上，他曾任台灣地方自治聯盟常務理事，並任《台灣新民報》監事。戰後任華南銀行常務董事、台灣省參議。
劉明朝	262, 288, 356, 357, 360, 444, 471, 498	1895年生。台南柳營人。台灣總督府國語學校國語部畢業後赴日留學，東京帝大法學部政治學科畢業後返台任職於總督府，1923年高等文官考試合格，為台灣第一人。歷任總督府專賣局翻譯官、地方理事官、新竹州內務部勸業課長、總督府水產課長等職。其妻為林仲衡次女林雙彎。戰後歷任台灣合作金庫總經理、台灣水泥常務監事、第一屆立法委員、制憲國大代表。
劉林發	552	
劉金水	361	
劉俊卿	149	
劉迪德	461	

姓　名	頁　碼	資　　歷
劉兼善	489	1896年生。字達麟，高雄縣人。1913年台灣總督府國語學校國語部畢業後，赴日求學，1919年自早稻田大學大學部政治經濟科畢業。1921年擔任大本營宣傳委員、廣東公立法政專門學校教授。1923年建議設立廣東大學，以培育革命人才。其後，歷任廣東大學、中山大學教授、華僑協會執行委員兼國際法例部主任、廣東蕉嶺縣長、廣東省黨部宣傳部主任、黃埔軍校教官、陸軍大學教官、國民政府參謀本部購料委員會委員、雲南墾務委員會委員、賑濟會僑胞賑撫專員、中央廣播事業管理處特約專員、駐華美軍總部顧問等職。1935年兼主編《陸大月刊》，常著論建議中樞。戰後，奉令返台，擔任中國國民黨台灣省執行委員兼第三區黨務督導專員、國立台灣大學訓導長。以後當選台灣省參議會議員，1947年轉任省府委員。後任考試院考試委員。
劉清井	347	1899年生。台南柳營人。早年就讀台北醫學專門學校，畢業後入台南醫院內科服務至1925年，後赴東京帝國大學，1928年取得醫學博士。歸台後在台南市白金町開清井內科醫院。1934年任台南市協議會員，1935年任台南市會議員，1936年當選州會議員。戰後由行政長官公署指派為省立台南醫院院長(台南州立病院)，自1945年11月28日至1963年11月1日，前後領導長達18年，其任內奠定了南醫規劃的基礎。
劉欽哲	347	
劉萬	302, 304, 305, 424, 476	1911年生。彰化人。1940年滿洲醫科大學畢業，而後選擇在大連開業，醫院叫仁生病院，主治皮膚科，戰後仍繼續在當地執業，但共產黨已進入大連，醫院乃告停擺，又不准回台灣，只能以賣存有的藥品和注射液為生；1948年初才回到台灣。由於回台較晚，找工作困難，才到集集衛生所任職，一面自行開業，一直到1972年才蓋醫院，70歲過世。

姓　名	頁　碼	資　　歷
		命進行中央銀行外匯黃金移存台灣事宜。1950年擔任總政治部主任，負責政工改制工作。旋兼任總統府資料室主任（國家安全局的前身），正式統籌台灣的情治工作。同年7月擔任國民黨中央改造委員，正式進入黨內決策核心。1952年主導中國青年反共救國團的成立，增加其在教育機構的影響力。1954年擔任國防會議副秘書長，此後，歷任行政院退除役官兵就業輔導委員會主任委員、國防部副部長、國防部長、行政院副院長、行政院長等職。行政院長任內於1972年提出九項建設計畫（次年正式宣布推動十大建設）。1975年蔣介石總統過世，蔣經國先出任中國國民黨主席，1978年當選總統。1978年美國宣布將與中華民國斷交，次年發生「美麗島事件」，國內政治局勢出現重大變化。而後為了因應國際情勢的演變，及解決國內政治改革的需求，在其執政晚年逐步開始自由化的改革，先是未強力鎮壓民主進步黨突破黨禁的作為，繼而於1987年宣布解嚴、開放赴中國大陸探親，次年開放報禁。1988年去世。
蔡先於	265	1893年生。台中梧棲人。1914年畢業於台灣總督府國語學校公學師範部乙科，先後於沙鹿、梧棲任教員。1918年入日本明治大學法科就讀，1919年1月加入由林獻堂、蔡惠如與留學生為推動台灣政治改革、啟發島民為目標在東京成立的「新民會」，並被推選為理事。1921年畢業，翌年任職大成火災海上保險株式會社東京支店，後為聲援台灣議會期成運動返台，因參加「台灣議會期成同盟會」，於1923年12月16日被總督府警務局扣押，史稱「治警事件」，後被判無罪開釋。其後繼續以文化演講方式赴各地演講，任文化協會理事。1927年通過日本高等文官司法科考試。1929年返台，在台中開設律師事務所，因其常勸人以和為貴而有「和解先生」的美名。1935年任台中市會議員。戰後當選台中縣會議員，任副議長，並兼

姓　名	頁　碼	資　歷
		台中縣調解委員會主任委員。重視社會福利工作，曾重整日治時期的慈惠院，改組為私立台中救濟院，並創關係事業，如靜如精神醫院、慈惠醫院及結核病療養院。1950年去世。
蔡竹青	147, 148, 155, 169	
蔡伯汾	388	1894年生。字光展，台中清水人。父蓮舫為前清秀才，漢學宿儒。其自日本東京帝國大學法學部英法科畢業後，1919年為司法考試補，在大阪地方裁判所任職，1923年升為判事，是台灣第一個判事，1924年返台執行律師業務。戰後，仍繼續以律師為業，擔任台北市律師公會理事長，1947年後任公會常務理事、監事。其棋術精湛，領有日本棋院初段之文憑。
蔡居君	548	
蔡東魯	396, 403, 466, 468, 482, 506, 507, 511, 515, 548, 550, 559	
蔡法平	669, 670	福建人（一說台北州人），1881年生，字良垣，為板橋林本源家姻親，據《滿洲國名士錄》稱其畢業於福州馬尾海軍學校，或往日本留學，據其子蔡啟恒言，實未受過正規教育。1917年起陸續任福建銀行經理，福建梨山炭礦公司理事、福州實業公司董事。在台灣任大成火災保險會社監查役、朝日興業會社取締役。1932年滿洲國成立後被聘為宮內府秘書官，在秘書廳工作，歷任宮內府掌禮處交際科長。1934年滿洲國執政改稱皇帝，溥儀親往日本道謝，謝為隨員之一，為楊蘭洲岳父。
蔡垂和	519, 520	
蔡培火	539	1889年生。字峰山，雲林北港人。1909年3月畢業於台灣總督府國語學校師範部，後在台南任公學校教職。因共感、盡力於板垣退助的同化會被解教職，在林獻堂資助下，於1916年4月入東京高等師範學校理科二部，1920年3月畢業。在學期間任東京啟發會幹事，翌年任新民會幹事，以後又任

姓　　名	頁　　碼	資　　　歷
		發行人兼編輯人，1922年改該雜誌名為《台灣》，蔡乃轉任台灣支局主任。回台後任台灣文化協會專務理事、台灣議會期成同盟會理事、台灣議會請願委員；1925年因參與台灣議會期成同盟會（治警事件）遭4個月的禁錮。在文化協會分裂後，任台灣民眾黨顧問、台灣地方自治聯盟顧問、台灣新民報社取締役，可謂台灣社會運動的先驅，後因局勢緊逼，於1936年舉家赴日。1938年經營味仙料理店，以利在日本從事政治活動。日本投降前未久，與田川大吉郎赴重慶，田川擬赴重慶試探和談之可行性，在途中聞日本無條件投降之消息，赴重慶已無必要，乃轉回上海；蔡乃赴重慶面見當道，此舉為日後蔡與國民黨結緣之始。戰後蔡培火任國民黨台灣省黨部執行委員，1947年當選行憲第一屆立法委員，1950年任行政院政務委員，1952年任中華民國紅十字會總會副會長，及台灣省紅十字會會長，1965年任私立淡水工商管理專科學校董事長，於1982年過世。一生篤信基督教，致力於羅馬字運動（以羅馬字拼音寫台語，又叫白話字），編成《國語、閩南語對照常用辭典》一書；此外長於作詞填曲，如〈咱台灣〉一曲膾炙人口，生平寫歌約百餘首。
蔡蚶	541	
蔡章麟	271, 495	1908年生。台北萬華人。台北第二中學、台北高等學校畢業，赴日入學東京帝國大學法學部及大學院，先後通過文官高等試驗司法科、行政科，歷任日本青森、高知、神戶、大阪等地方推事、大阪地方法院庭長。戰後返台，歷任台灣省行政長官公署法制委員會委員、台灣省政府法制室參議，1948年任台大法學院訓導分處主任，又二年兼任司法行政部參事、專門委員。1950年出任司法院大法官，為台籍第一位大法官。另亦兼任司法行政部法規整理檢討委員會委員20餘年。1970年膺選為監察委員。1988年去世。
蔡欽面	549, 553	

姓　　名	頁　　碼	資　　歷
蔡曉山	79	
蔡謀源	541, 553	
蔡謀榜	519, 551, 554	
蔡謀燦	318, 554, 597, 598	
蔡錫該	554	
蔡懷池	556	
鄭倉	23, 249, 252	
鄭烈	290, 293, 690, 713	1888年生。字曉生，號天嘯生，福建福州人。1904年入長沙實業學堂讀書，第二年東渡日本入東京弘文學院普通科學習，並由李恢介紹，參加同盟會，後又入日本大學學法律。1911年參加廣州起義。起義失敗，鄭烈僥倖生還福州，繼林文之後爲同盟會福建支部(第十四支部)長，繼續進行革命工作。革命成功後，鄭烈被推任福建軍政府司法部長(後改爲司法司長)、福建法政專門學校校長，不久改任福建稽勳局局長。1913年任福建司法籌備處長，但同福建政務院院長彭壽松不和，罷官歸田。1915年，起爲雲南昆明地方檢察廳檢察長，1916年調任江蘇高等審判廳推事、庭長。1921年，孫中山在廣州成立護法政府，鄭烈任西南護法政府大理院及平政院庭長，統攝院務並兼粵軍總司令參議，同年秋擔任廣西高等審判廳長。北伐成功、南京國民政府成立後，曾特任全國最高法院檢察署檢察長。1948年辭職赴台灣，在台北市專事法律公職工作。1958年12月病逝。
鄭國春	555	
鄭國華	271	
鄭祥	454	
鄭瑞麟	271, 284, 288, 295, 303, 327, 338, 367, 392, 423, 424, 438, 444, 451, 481, 505, 584, 586, 587, 588, 649, 650	本姓王，為嘉義太保人，王得祿的後裔，畢業於東京商科大學，之後經考試合格，到滿鐵大連本社任職，而後派遣至安東地方事務所服務任事務員，主要負責有關滿鐵資料的調查工作。之後離開滿鐵到滿洲纖維公社任監察役。戰後回台，在合作金

姓　　名	頁　　碼	資　　　　歷
		庫任職，以輔導室主任退休。其妻楊藍水為楊蘭洲之姊妹。另一連襟許鶴年亦在安東工作。
鄭鴻源	337, 424	1906年生。新竹市人，為開台進士鄭用錫曾孫，名詩人鄭登瀛三子，出嗣鄭肇基為長子。1931年日本東京帝國大學法科畢業，旋任職於台灣總督府殖產局，1937年任台灣拓殖蓪草株式會社取締役社長。此外，歷任新竹市會議員、新竹州會議員、新竹州參事會員、新竹市保甲協會副會長、新竹州大地主會長等職。戰後經營船舶、木材、棉布及海外貿易等事業，歷任台灣信託股份有限公司董事、大公企業股份有限公司常務董事、台灣互正股份有限公司董事、泰華行代表。1960年復投入政界，當選新竹市市長，亦曾出任國民黨台灣省黨部經濟事業委員會委員。1980年去世。
鄭嚴德	359, 368	
鄧輝	188, 191, 193, 201	
澤田大尉	36, 41, 42, 87	
燕平	217, 234, 301, 816	
燕生	217, 240, 245, 254, 293, 301, 329, 555, 559, 560, 561, 562, 816	
燕琛	301	
盧繼寶	533, 565	1909年生。澎湖人。鐵路教習所正科畢業。曾任鐵路車長、副站長、股長、副主任、主任、專員，並曾任鐵路工會常務幹事、理事。曾任台灣省議員(1951～1955年)，高雄市第一、二屆市議員。並任高雄市棒球協會理事長、網球協會理事長等。
蕭再興	250, 254, 259, 260	
蕭昆如	444	
蕭添貴	558, 559, 560, 561	南投人，台北師範學校畢業，曾任台中地方法院書記，台中縣能高區署民政總務課長，埔里鎮長會常務理事，縣議員。

姓　名	頁　碼	資　　歷
		《新台灣大眾時報》。1931年12月在新台灣大眾時報社，與林兌、葉秋木等組織民族鬥爭團體，叫「台灣問題研究會」。二二八事件前後任彰化市參議會副議長。1960年任彰化市第四屆市長。
賴滄洧	232	
賴肇東	502	新竹人。台北帝國大學醫學部第三屆畢業(1941.12)，1942年入帝大附屬醫院澤田內科(第三內科)，戰後台北帝大醫學部在職的台灣人醫師組織「台灣同學會」，並無記名投票選出許強、許燦煌、李鎮源、賴肇東及翁廷俊等五名醫師為委員，協助杜聰明先生接收台北帝大附屬醫院等主要醫院。1946年4月入行政長官公署民政處衛生局任技正，兼技術室主任，後升任第三課課長。
賴耀奎	506, 507, 512, 515, 519, 523, 524, 525, 526	
聯捷	329	
臨川	389	→沙臨川
薛人仰	434	1913年生。福建福州人。1934年畢業於南京中央大學教育學院，後任教於中學。抗戰期間國防研究院第一期。革命實踐研究院。1948至1952年，任台南縣縣長。1952至1960年，台灣省議會秘書長。1960至1968年國民黨台灣省委員會主任委員。1968至1976年國民黨中委會副秘書長。1976至1981年外交部駐尼加拉瓜大使。1981至1984年蒙藏委員會委員長。
謝化飛	18, 91	
謝文達	285	1901年生。台中豐原人。祖父謝道隆。台中高等普通學校（台中一中前身）畢業後，赴日投考千葉縣的伊藤飛行學校，1919年畢業，1920年3月得到帝國飛行協會給予二等飛行士證書，曾回台在台北、台中兩飛行場訪問飛行，最膾炙人口的為第六回台灣議會設置請願代表在東京

姓　名	頁　碼	資　　歷
		時，他自空中投下傳單，上下呼應。多次參加飛行競賽獲獎，是台灣第一位飛行員。1923年投效中國空軍，歷任河南國民軍航空隊長、南昌機場場長、廣州航空學校教官等職。後任汪政權中華航空公司董事長，1945年日本投降後回到台灣，擔任台灣省議會專門委員達17年之久。1983年去世。
謝呂西	461	出身不詳，1932年2月18日在日本關東軍操縱下，東北行政委員會開會並發表「獨立宣言」，湯玉麟（東北邊防軍熱河駐軍上將司令兼熱河省政府主席）派謝呂西為代表參加會議，並代表湯在宣言上簽字，而後加入滿洲國軍建國第二軍。戰後被漢奸審判，出獄後赴日。
謝東閔	401, 430, 432, 438	1908年生。彰化二水人。1927年入中國東吳大學法律系，後轉入廣州中山大學政治系，1931年畢業，任職於廣州市自治會，1936年任軍事訓練委員會少校秘書，1938年任香港郵政總局郵電檢查處檢查員，1942年任《廣西日報》電訊室主任，1943年5月任中國國民黨台灣黨部執行委員。戰後被派為高雄州接管委員會主任委員、高雄縣長。1946年10月轉任台灣行政長官公署民政處副處長，1947年5月省政府成立後被派為教育廳副廳長，直至1953年。期間曾兼任省合作金庫理事長、台灣新生報社社長、中國青年反共救國團副主任等職。以後任中國國民黨中央委員會副秘書長、台灣省政府秘書長。1957年轉任民意代表，先後當選臨時省議會副議長、省議會議長。1972年6月被派為第九任台灣省主席，直至1978年5月復任第六任副總統，1984年5月卸任，旋轉任總統府資政，直至2001年過世。另於1958年創辦實踐家專，擔任該校校長(1958~1972)及中國醫藥學院董事長。
謝金贏	140, 142	
謝南光	302, 445, 503	1902年生。即謝春木，筆名追風，彰化人。1921年畢業於台北師範學校，旋留

姓　名	頁　碼	資　　歷
		學東京高等師範，1925年畢業，轉入高等科。在學期間曾參加第二、三回夏季文化講演團，後因二林事件發生，乃退學回台聲援，旋入台北台灣民報社工作。1927年台灣民眾黨成立，出任中央常務委員，擔任政治部主任，再出任勞農委員會主席。著有《台灣人如是觀》（1929年出版）、《台灣人的要求》（1931年出版），是記錄台灣民族運動史上最珍貴的文獻之一。1931年底舉家移住中國，創設抗日機關「華聯通信社」。1933年12月改名謝南光，任南洋華僑聯合會書記，抗戰開始前入國際問題研究所，擔任收集日軍情報之工作，1940年9月任該所秘書長。以後擔任台灣革命同盟會常務委員，1943年11月任主任委員。日本投降後任中國駐日代表團委員，擔任第二組政治經濟組的副組長，滯留東京。1950年辭職，擔任天德貿易會社理事長，也被選為日中友好協會理事。1952年前往中國，以「特別招待人」的身分參加政治協商會，復出任中國人大代表等職，1969年病逝於北京。
謝國忠	445	
謝國城	279, 373, 375, 495, 545	1912年生。字萬里，台南人。日本早稻田大學政經系畢業。1935年入日本時事新報社，旋至讀賣新聞社充任政經記者。由於經常撰文抨擊日本軍閥行動，被迫辭職。1946年自日返台，歷任台灣省體育會總幹事、台灣大公企業總經理，及台灣省合作金庫協理、副總經理、常務理事等職。1949年台灣省棒球協會成立，謝東閔任理事長，謝國城任總幹事，開始致力提倡棒球運動，其後省棒協改為全國棒協，仍任總幹事。1963年5月與謝東閔、吳火獅創設新光產物保險公司，繼謝東閔之後，先接任總經理，再兼任董事長，以迄逝世。另關心棒球運動，1969年曾率領金龍少棒隊赴美參加世界少棒賽，奪得冠軍，同年以高票當選立法委員。之後陸續擔任中華民國棒球協會理事長，有「中華民國棒球之父」之稱。1980年去世。

姓　名	頁　碼	資　歷
謝挣強	424, 434, 458	1914年生。字子培，澎湖白沙人。年長後先至高雄發展，再與朋友西渡福建。抗戰時，經金華至南京，再入中央訓練團黨政班第十八期深造。1941年到1945年間，活躍於重慶台灣革命同盟會。1945年隨政府接收人員來台，先任虎尾區署區長，再任台南縣政府主任秘書，不久轉任嘉義市市長。1947年當選澎湖縣第一屆國大代表。1951年高雄市長選舉，他與林斌、李源棧二人競逐，以高票當選，1954年連任，卸職後轉任台灣省政府委員。在地方派系上，他為高雄市澎湖派要角，因而在高雄市長任內，澎湖派亦興盛一時。1959年因故被解除公職並被國民黨開除黨籍，1976年恢復黨籍，次年任澎湖同鄉會理事長。在高雄市長任內曾創修《高雄市志》，是1894年盧德嘉撰《鳳山縣采訪冊》後，中斷60餘年之地方志纂修工作始獲踵繼。1979年去世。
謝華飛	409, 410, 411, 413, 414	
謝華輝	531, 532, 534, 535, 541	
謝漢儒	534	1916年生。本名循卿，字繼稱，福建南安人。畢業於香港南華學院。歷任記者、第三戰區副長官辦公室參議。來台後曾遞補擔任省遴選的省參議員。又任台灣省政府顧問、行政院設計委員、中國民主社會黨(簡稱民社黨)台灣省黨部書記長、主委、中央常務委員、秘書長等，並創辦《民權通訊》與《民權時報》。戒嚴時期，曾以民社黨身分和雷震等人企圖成立監督國民黨施政的反對黨，後因雷震被捕而失敗。2003年去世。
鍾國權		字任民，屏東人，1927年畢業於國立北平交通大學後，奉交通部前往京滬杭甬鐵路工作，歷充京滬杭甬鐵路暨津浦鐵路車務處課員、主任課員，抗戰時任廣東省工務處營業課課長，福建省建設廳秘書、科長，戰後任台灣鐵路花蓮港辦事處副處長，旋調充高雄辦事處工作。

姓　名	頁　碼	資　歷
簡文發	283, 289, 324, 328, 383, 384, 394, 395, 396, 399, 402, 405, 419, 450, 451, 453, 454, 455, 504, 514, 517, 518, 524, 531, 540, 550, 557	台北縣人。台灣鐵道教習所運輸科畢業，1929年起服務於台灣鐵路20多年，歷任貨運股長、專員，1946年當選為國民大會代表，參加制憲工作，同年發起組織鐵路工會，歷任該會理事、駐會理事、理事長，台灣省總工會常務理事兼組訓組長，台灣區鐵路黨部副書記長，台灣區鐵路黨部改造委員會委員，中央改造委員會工人運動委員會委員，中國國民黨第七次全國代表大會代表等職，並奉調革命實踐研究院第九期受訓。
簡朗山	532, 533	1872年生。桃園大溪人。受傳統書房教育，1896年任憲兵屯所囑託，次任桃仔園分所長，1897年任埔仔區長，前後18年，1903年獲授紳章，1920年任桃園街長，並經營桃園軌道株式會社，任代表取締役。翌年任新竹州協議會員，1923年任總督府評議會員，1924年得勳六等，授瑞寶章，1928年桃園街長任滿即離開公職。在改姓名運動時，一度改名為綠野竹二郎。1945年4月1日與林獻堂、許丙同被任命為貴族院議員。
簡萬銓		1906年生，台北士林人，畢業於台灣商工學校、東京商科大學。1931年回台入華南銀行任職，為華銀創辦人林熊徵所賞賜，戰前曾任銀行廣東省分行經理，未幾再擢升副理。1945年任業務部經理，不久陞協理，1948年升總經理，而後任常務董事兼總經理，台灣銀行董事，台北市銀行商業同業公會理事。1958年12月4日因公赴中興新村，途中在中壢因車禍不幸罹難。
藍茂山	358	
藍振德	72, 464, 492	1900年生，嘉義人，畢業於香港拔萃學院，1926年復畢業於日本東京專大政治經濟科。曾任上海持志大學教授、財政部山東捲煙統稅局科長、南京中央陸軍軍官學校上校專任教官、天津市政府公安局秘書、北京市政府警察局諮議、天津特別市公署公安秘書、北京市政府警察局諮議、天津特別市公署警察局特務科長同公署公

姓 名	頁 碼	資 歷
		安秘書、北京市政府警察局諮議、天津特別市公署警察局特務科長同公署處外事處科長、外事處處長等職。1939年任天津特別市公署社會局長，兼任天津特別市公署臨時檢疫委員會委員，天津市水災救濟委員會常務委員兼總務部長，華北救災委員會天津分會常務委員兼賑務處處長，天津特別市銀行理事等，其一生中有一事足敘者，1938年7月檢舉共產黨偽造紙幣300元，得到天津憲兵隊長大野廣一大佐特別賞金。
顏春安	359, 489	台南人，18歲赴美，得伊利諾大學化學碩士學位，畢業後在芝加哥化工廠服務一年，1927年應廈門大學之聘任教，歷任東吳、交通大學教授前後十五年。戰後回台協助接收，嗣奉命籌組台灣工礦股份有限公司油脂分公司，任總經理、中國化學製藥股份有限公司總經理。
顏春和	337, 340	台南人，1928年明治大學法科畢業。1931年高等考試司法科及格，1933年回台，1947至1949年台北律師公會第一屆監事。1949至1954年任第二、三屆理事、1958至1962年第六、七屆理事。
顏德修	285	1909年生，基隆人，1930年畢業於日本立命館大學法學部經濟科，回台後於1932年任合名會社義和商行監查役，株式會社雲泉商會監查役，1936年辭義和商行監查役，1941年任基隆輕鐵株式會社(後改稱南邦株式會社)取締役社長，中台商事會社取締役。
魏玉章	296	
魏道明	261, 265	1901年生。字伯聰，江西九江人。1925年取得巴黎大學法學博士，1926年在上海執行律師業務，復從事國民黨黨務工作。1927年任國民政府司法部秘書長，1928年司法部改組為司法行政部，出任首任部長。1941年奉派為駐法大使，翌年出任駐美大使，其任內完成美國廢除在華不平等條約。戰後，魏道明出任立法院副院長。1947年台灣省政府成立，奉派擔任首任主

姓　　名	頁　　碼	資　　　　歷
		席，1948年底辭職赴美。1964年出任駐日大使，1966年擔任外交部長。任內每年均親往紐約聯合國總部，為維護中國代表權進行外交戰。1971年辭外交部長，受聘為總統府資政。1978年去世。
魏榕	398, 400, 401, 445, 449, 450, 451, 501, 532, 535, 537, 539, 551, 560, 561, 565	
羅仲屏	89, 90, 93, 100, 101, 102	
羅克典	491, 498, 499, 501, 502, 504, 534, 553, 694, 695, 716	1907年生。廣東豐順人，私立上海持志大學商學科畢業，1925年加入中國國民黨，得胡漢民器重，先入國民政府行政院政務處任書記官，後受胡栽培，於1935年赴日，一面入東京帝大進修農業，一面聯絡日本朝野反侵略人士，因七七事變發生，雖學業未成，仍遄返中國共赴國難。之後任廣東省民政廳視察，1938年任故鄉豐順縣縣長，不久亦卸任，後於戰亂中輾轉於重慶與香港，從事對敵心戰工作，前後五年。戰後奉命飛滬主持「對日文化工作委員會」，而後辭職經營澱粉製造業。1947年5月魏道明就任台灣省主席，羅因朋友之介來台，由於能日語，又能說潮州話，被魏主席命為台灣物資調節委員會主委兼主任秘書。1949年繼李萬居之後擔任《台灣新生報》總經理，之後轉任中國國民黨台灣省黨部委員，1950年間曾經在唐榮鐵工廠支持下負責發行《旁觀雜誌》，一年二個月即停刊。1954年擔任《攝影新聞》社長(發行人陳蘆隱)。也因早與唐榮鐵工廠的總經理唐傳宗相識，因而被聘為該廠顧問直到唐榮廠被中華開發公司經營。之後與潮州同鄉林國長合辦農場，1951年11月，國民大會代表豐順縣籍代表吳逸志過世，依「法」由他遞補，一直到1992年過世。
關曉村	515	曾任日本占領華北期間之政府官員。日本占領華北期間曾於1941~1942年在華北占領區舉行前後五次的治安整頓運動。1941

姓　　名	頁　　碼	資　　　歷
		年11月25日至29日，北京特別市警察局派警法科科長關曉村任本局第三次治安強化運動檢閱主任。
關錦飛	507	
耀輝君	290, 308, 373, 403	
蘇子蘅	18, 22, 103, 105, 111, 135, 156, 221	1905年生。彰化人，日本東北帝國大學工學院畢業。1941年到北京任北京大學理學院副教授，參加中共晉察冀城工部工作，主要任務是安排相關人員到中共抗日基地。經由其手安排的不少。1945年8月蘇也前往，10月底再回北平，在北平期間患有嚴重肺病。戰後任大連大學化學研究所研究員、台灣民主自治同盟、中國政協常委、中國和平統一促進會顧問。
蘇友梅	101, 102	
蘇倩霞	417	
蘇換松	513, 514	
鐘柏卿	155, 206, 211, 236, 242, 433, 434	台灣人。醫師。曾於戰前在北京大學醫學院擔任助教。與蘇子蘅等人均有往來。
鐘秋樊	276, 395, 402, 405, 416, 450, 451, 454, 527, 536	台灣鐵路管理委員會職員。
饒君 (江河)	37, 38, 39, 44, 49, 67, 71, 72, 73, 74, 88, 104, 105, 109, 111, 112, 128, 129, 135, 136, 138, 142	
騰盛君	136	
顧正秋	469, 472, 499, 503, 514	1928年生。江蘇南京人，著名京劇女演員。原名丁蘭葆，幼年向吳繼蘭學戲。1939年，考取上海戲劇學校、成為黃桂秋的弟子。1940年在校期間首次公演，改名顧正秋。顧氏擅演四大名旦的劇目，如「生死恨」、「貴妃醉酒」、「昭君出塞」、「鎖麟囊」等。曾與張正芳合作演出「兒女英雄傳」、「白蛇傳」、「紅樓夢」等戲。1941年，與關正明合演全本「王寶釧」。1944年親炙梅蘭芳，得其悉

姓　　名	頁　　碼	資　　歷
		心指導。1945年自上海戲劇學校畢業後自組顧正秋戲團，赴南京、青島、蚌埠、徐州等地公演。1948年11月，應台灣省邀請率劇團赴台，在台北永樂座演出，短短5年演出公演近84齣劇，風靡一時，曾被譽為「台灣梅蘭芳」。1950年3月中國文藝協會成立，網羅當時文壇活躍的作家及藝術家，顧氏亦為其理事成員之一。1953年嫁給台灣省政府財政廳長任顯群後不久即解散劇團，息影劇壇。1978年赴美，間或回台演出，並向弟子傳藝。1990年初，她與張君秋在美國接受美國美華藝術學會和紐約林肯中心授予的「終生藝術成就獎」。2003年獲頒第七屆國家文藝獎。
顧鴻傳	501	江蘇江都人，台灣省民政處專門委員。
龔榮宗	393	
龔聯禎	507, 509	
脇山大尉	45, 70	

二、機構篇

武七會	曾經寄宿在東京都小石川區武島町七番地楊肇嘉宅院的台灣留學生及楊家親友子弟組成的聯誼會
滿鐵	全名為「南滿鐵道株式會社」。1905年，日本在日俄戰爭勝利後，依日俄講和條約與北京條約獲得中國東北地方的主控權，其中包括關東州的租借權、長春至旅順·大連間的鐵道經營與相關權益、安東至奉天的鐵道經營權、鴨綠江流域的木材砍伐權。其中為因應鐵道相關權益，1906年設立滿鐵，並請來曾擔任台灣總督府民政長官、擁有在台灣推展國有鐵道計畫經驗的後藤新平，擔任首任滿鐵總裁。1907年，滿鐵總公司由東京移至大連，擴增組織，在總裁底下設置總務、調查、運輸、礦業、地方等五部，並增設大連醫院與撫順炭坑兩獨立性極強的組織。之後經過多次改組，除了內部編制擴增外，更陸續建立相關子公司。九一八事變後，日本於隔年1932年擁溥儀即位，於東北與內蒙熱河成立「滿洲國」。隨著滿洲國的成立，滿鐵的組織出現大幅度的更動。由於滿洲國行政編制的出現，加上鐵道事業的大幅增加，滿鐵裁撤原本的鐵道附屬地經營，逐漸走向專業鐵道事業的模式。

華北交通株式會社	日本政府基於戰略上考量，期望盡早完成「日滿支經濟圈」，於1938年11月7日成立規模更巨大、機制更完整的國策會社——華北開發株式會社。華北開發株式會社(以下簡稱華北開發)資本額為三億五千萬日圓，由日本政府與民間出資各半，主要營運內容在於投資與統合交通、運輸、港灣、通信、發送電、礦產、食鹽製造販賣利用等相關事業。隔年4月，最大子公司華北交通株式會社(資本額三億日圓，中國方面出資三千萬日圓)成立，管理華北開發旗下最主要也最大宗的鐵道交通事業。
農復會	「中國農村復興聯合委員會」之簡稱。1948年10月1日，依據中美兩國所簽經濟合作協定，成立於南京。該會主要協助戰後農村復興工作。1949年蔣介石遷台，農復會亦隨政府來台，繼續在台灣農業發展上扮演重要角色。1978年9月15日，中美斷交，美方照會中華民國，終止雙方合作並停派農復會美籍委員；6個月後，「中美經合協定」依約自動失效，農復會乃於1979年3月15日結束。同年3月16日，政府將農復會改組，成立「行政院農業發展委員會」（簡稱農發會），為行政院之農業諮詢、設計、協調單位。

主要參考文獻

一、檔案：

1.《居住長春台灣省籍名簿》、《滿洲醫科大學昭和15年學籍簿》、《滿洲國政府公報》、《華北職員錄》、《滿華職員錄》、《盛京時報》。

2.中央研究院近代史研究所編，《二二八事件資料選輯(二)》，台北市：中央研究院近代史研究所，1992年。

3.許雪姬，〈日治時期赴滿洲國台灣人表〉，未刊表。

二、專書：

1.丁滌生編，《中華民國名人傳之四》，台北：世界文化服務社，1957年。

2.卜幼夫，《台灣風雲人物》，香港：新聞天地社，1962年。

3.中央研究院近代史研究所「口述歷史」編輯委員會，《口述歷史第五期 日據時期台灣人赴大陸經驗》，台北市：中央研究院近代史研究所，1994年。

4.中華民國人事錄編纂委員會編，《中華民國人事錄》，台北市：中國

科學公司，1953年。

5. 台灣新民報社編，《台灣人士鑑》，台北：該社，1937年。

6. 吳銅，《台灣醫師名鑑》，台中：台灣醫藥新聞社，1954年。

7. 周明，《楊肇嘉傳》，南投市：台灣省文獻委員會，2000年。

8. 東南文化出版社編輯，《南台灣人物誌》，台中：該會，1954年。

9. 林獻堂著，許雪姬等註解，《灌園先生日記》1-14，台北市：中央研究院台灣史研究所，2000-2007年。

10. 柯水源計畫主持，《謝漢儒先生訪談錄》，台北市：台灣省諮議會，2001年。

11. 張炎憲、陳傳興主編，《楊肇嘉留真集：清水六然居》，台北市：吳三連台灣史料基金會，2003年。

12. 許雪姬訪問，《日治時期在「滿洲」的台灣人》，台北市：中央研究院近代史研究所，2002年、2004年再版。

13. 許雪姬總策畫，《台灣歷史辭典》，台北市：行政院文化建設委員會、中研院近史所、遠流出版社，2004年。

14. 章子惠編，《台灣時人誌》，台北：國光出版社，1947年。

15. 楊肇嘉，《楊肇嘉回憶錄》，台北市：三民書局，2004年。

16. 彰化銀行百年史編輯委員會，《彰化銀行百年史》，台中市：彰化銀行，2005年。

17. 興南新聞社編，《台灣人士鑑》，台北：該社，1943年。

18. 賴彰能編，《嘉義市志──卷七：人物志》，嘉義市：嘉義市政府，2004年。

19. 薛人仰，《薛人仰先生訪談錄》，台北縣：國史館，1996年。

20. 口正德編輯，《最新支那要人傳》，大阪：朝日新聞社，1941年。

三、論文：

1. 莊紫蓉，〈淡水河畔的美麗漣漪──王昶雄訪談錄〉，《淡水牛津文藝》第7期，2000年4月。

2. 許雪姬，〈戰後初期原「台灣華僑」(1945-1947)〉，《台灣史研究一百年：回顧與研究》，台北市：中央研究院台灣史研究所籌備處，1997年。

3. 葉文心，〈戴笠和劉戈青事件：抗戰時期中國地下工作中的英雄主義〉，《歷史月刊》39，1991年4月。

四、網站：

1. 台灣大百科全書網站(http://taipedia.cca.gov.tw/)
2. 台中圖書館數位典藏/舊報紙資訊網(http://paper.ntl.gov.tw/)
3. 台灣醫療史料數位博物館資訊網(http://203.65.117.106/)

編後語

　　大約是1999年的夏日，我突然接到一位婦人的電話，她說她是燕美的舅媽，從美國聖荷西到大阪友人處拜訪，經由燕美的推薦，想請我幫她的亡夫楊基振先生寫一部傳說小說，這是她丈夫去世前留下的遺願。她帶了不少關於她亡夫的資料前來，希望我能去大阪與她相見，願意將資料提供給我做為參考之用。

　　燕美是我極為尊敬的前輩，當時任西雅圖華盛頓大學東亞圖書館副館長。關於楊基振，我僅知道他曾在1933年參與東京台灣留學生的文藝組織「台灣藝術研究會」的活動，並在該研究會的機關誌《福爾摩沙》創刊號發表了詩作，其餘的則毫無所知。為了滿足好奇心，我還是專程從名古屋趕到大阪與楊基振先生的遺孀楊張碧蓮女士見了面。當時楊夫人交給我的資料是楊先生自己親撰的自傳及一些讀書筆記、照片等，看完這些資料，我老實告訴楊夫人要靠這些線索寫部傳說小說恐怕有難度。

　　2001年夏天，我剛好有機會前往哥倫比亞大學東亞系作一年的訪問學人，時間上比較充裕。透過燕美的聯繫，我從東岸飛到西岸，和燕美與楊夫人、楊先生的長女瑪莉、二公子宗義相會於燕美位於西雅圖海邊的小木屋別墅，這一回楊夫人帶來了楊先生從1944年開始撰寫的日記。在海邊別墅三、四天假期中，楊夫人及其長女公子說了許多當年的往事，而且還允許我閱讀楊先生的私人日記，讓我對楊先生有更深的一層認識。在閱讀了楊先生的私人日記後，發現其中有很高史料價值的記載，我花了時間說服她們，與其希望我利用這些資料為楊先生撰寫個人傳記小說，倒不如花時間將這些寶貴材料整理出版，更能讓楊先生為世人所知，最後家屬終於同意了。

　　2002年夏，返回日本教書的大學後，就開始著手楊先生的日記及相關資料的整理工作。為了出版事宜，我先後與許雪姬教授、張炎憲教授商量，最後在資料的整理、校正上得到許教授的協助，出版上則得到張教授的協助，這是我要首先特別感謝的。從整理到出版為止的五年漫長時光，除了感謝楊氏家屬(包括燕美)的無條件支持、協助與耐心等待外，也要感謝愛知大學大學院中國研究科碩士畢業生中川直美小姐、我的學生同研究科碩士畢業生青木沙彌香小姐、博士生湯原健一先生耐心費神的整理、打字日文原稿，以及名古屋大學大學院國際言語文化研究

科博士生許時嘉小姐的精確中文翻譯，美國聖路易華盛頓大學比較文學研究科博士生呂淳鈺小姐、政治大學中文研究所博士生高嘉謙先生、李文卿小姐的協助調查楊氏之遺文。

最後，還要感謝楊肇嘉先生的家屬成立的六然居資料室及張念初先生提供了楊氏的未公開寶貴書簡，以及在出版的繁瑣作業上給予協助的國史館何鳳嬌小姐與陳美蓉小姐。

2007.6.26誌於名古屋

楊基振日記 附書簡・詩文（下冊）

發　行　人	：	張炎憲
編　譯　者	：	黃英哲・許時嘉
日文編輯整理	：	湯原健一　青木沙彌香　中川直美
校　　　註	：	許雪姬・吳燕美・許時嘉
審　　　訂	：	許雪姬・楊宗義
執　行　編　輯	：	何鳳嬌
校　　　對	：	林玲華・何鳳嬌
封面版型設計	：	石朝旭設計有限公司
出　版　機　關	：	國史館
地　　　址	：	台北縣新店市北宜路2段406號
網　　　址	：	http：//www.drnh.gov.tw
電　　　話	：	(02)22175500-605
郵　撥　帳　號	：	15195213
出　版　年　月	：	2007年12月初版一刷
排　版　印　刷	：	冠順印刷事業有限公司
地　　　址	：	台北市和平東路一段87號2樓
電　　　話	：	(02)33222236

定價：350元

GPN：1009603430

ISBN：978-986-01-1822-3(精裝)

國家圖書館出版品預行編目資料

楊基振日記 ：附書簡、詩文 / 黃英哲, 許時嘉
編譯. -- 初版. -- 臺北縣新店市 ：國史館,
2007.12
冊 ； 公分

ISBN 978-986-01-1821-6(上冊 ：精裝). --
ISBN 978-986-01-1822-3(下冊 ：精裝)

855   96022866

展售處：

1.國史館台灣文獻館（門市部）
 南投市中興新村光明一路256號
 (049)2337489
 http：//www.th.gov.tw
2.國家書坊台視總店
 台北市八德路3段10號B1
 (02)25781515轉284
 http：//www.govbooks.com.tw
3.五南文化廣場（發行中心）
 台中市中山路6號
 (04)22260330
 http：//www.wunan.com.tw